Vulnerables

LOLA CABRILLANA

Vulnerables

Grijalbo

Papel certificado por el Forest Stewardship Council®

Penguin
Random House
Grupo Editorial

Primera edición: abril de 2025

© 2025, Lola Cabrillana
© 2025, Penguin Random House Grupo Editorial, S. A. U.
Travessera de Gràcia, 47-49. 08021 Barcelona

Penguin Random House Grupo Editorial apoya la protección de la propiedad intelectual. La propiedad intelectual estimula la creatividad, defiende la diversidad en el ámbito de las ideas y el conocimiento, promueve la libre expresión y favorece una cultura viva. Gracias por comprar una edición autorizada de este libro y por respetar las leyes de propiedad intelectual al no reproducir ni distribuir ninguna parte de esta obra por ningún medio sin permiso. Al hacerlo está respaldando a los autores y permitiendo que PRHGE continúe publicando libros para todos los lectores. De conformidad con lo dispuesto en el artículo 67.3 del Real Decreto Ley 24/2021, de 2 de noviembre, PRHGE se reserva expresamente los derechos de reproducción y de uso de esta obra y de todos sus elementos mediante medios de lectura mecánica y otros medios adecuados a tal fin. Diríjase a CEDRO (Centro Español de Derechos Reprográficos, http://www.cedro.org) si necesita reproducir algún fragmento de esta obra.
En caso de necesidad, contacte con: seguridadproductos@penguinrandomhouse.com

Printed in Spain – Impreso en España

ISBN: 978-84-253-6835-6
Depósito legal: B-2.576-2025

Compuesto en M. I. Maquetación, S. L.

Impreso en Black Print CPI Ibérica
Sant Andreu de la Barca (Barcelona)

GR 6 8 3 5 6

A Marusella G., Mari Carmen V. y Paqui G.
Sois mi pasado, mi presente y mi deseo de futuro.
La familia que he tenido la suerte de encontrar en mi camino

Las tres chicas guardan silencio, de pie, junto a la inmensa cristalera. La espera las inquieta. El nerviosismo que tratan de controlar se vuelve cada vez más intenso, más grumoso y palpable. Intentan templar sus miedos apoyándose en una complicidad invisible. Se miran con ternura, regalándose los últimos ápices de cariño, tejidos en la desgracia, engranados en el temor y la amargura. Amanece y todo está a punto de acabar. O quizá no haya empezado.

Miran al mar sumidas en sus pensamientos. Contemplan cómo las olas rompen con brío, cubriendo de espuma gran parte de la orilla. Esta visión repetitiva no consigue calmarlas.

Un ruido en el exterior las sobresalta. Reconocen en sus amigas la misma sensación de angustia, de asfixia, el mismo terror adherido a las entrañas. Intuyen que están siendo rodeadas. Saben que la policía ha llegado. Un golpe seco. Dos. El tercero se acompaña de gritos que resuenan en toda la casa.

Han abierto la puerta.

Unos segundos después, la estancia se llena de gente que gira en torno a ellas, de palabras amables que las arropan, de seguridad en forma de atención personalizada. Se sienten envueltas en preguntas sin respuesta, en incógnitas que no podrán resolver. Las examinan con cuidado, asegurándose de que están bien, de que no han sufrido daños. Los protocolos se extienden por toda la casa, con un incesante revuelo de personas uniformadas que salen y entran en el resto de las estancias. Gritan consignas que ellas han oído cientos de veces en series de televisión y nunca imaginaron tan cercanas. Alguien les echa una sábana por los hombros, con suavidad, con miedo a quebrar su fragilidad. Las animan a caminar al exterior, donde un equipo médico las espera. Se separan sin dejar de mirarse. Contienen las lágrimas con serenidad, aferradas a la entereza que contemplan en sus compañeras, al apoyo que se brindan en silencio, sin que nadie sea testigo. Intentan que hablen, les formulan preguntas respetando el espacio interpersonal, dejando un tiempo prudencial para la reacción. Las respuestas se les estancan en la garganta.

Las chicas no emiten ningún sonido.

Ninguna dice nada.

Ni una sola palabra.

Varias unidades policiales se quedan registrando la casa. No hay objetos personales, ni ropa, ni enseres que justifiquen los días de cautiverio. Tan solo encuentran varias toallas sucias, tres trajes de baño similares a los que llevan puestos y un peine de púas anchas. La inspectora a cargo de la investigación se da cuenta de que todas las cámaras están rotas. Se asombra por la cantidad y por la colocación estratégica de estas, sin dejar ni un solo ángulo muerto. Sobre la mesita de la entrada, visible, dentro de un cenicero, hay un juego de llaves. Comprueba que con ellas se pueden abrir todas las puertas de la casa; la de la entrada, la del garaje y la de la casa de invitados. La inspectora sabe que allí nada es lo que parece.

PRIMERA PARTE
Ellas

1

La historia de Tamo

A la primera que escogieron fue a Tamo.

Tamo no era consciente de su belleza, de su encanto genuino y de lo que este provocaba a su alrededor. Para ella, la sonrisa era una mera expresión de simpatía, un ademán gratuito que regalaba sin reparo. Desconocía que el resto del mundo lo recibía como un gesto seductor, atrayente, con un halo de ingenuidad que desconcertaba. Sus rasgos, casi perfectos, se difuminaban en una inocencia llena de inseguridades. Su atractivo era innato, pero, cuando ella se miraba al espejo, solo era capaz de atender a la tristeza que irradiaban sus ojos negros. Estudiaba en un instituto a orillas del mar, a escasos metros de distancia del hogar que compartía con sus padres y sus dos hermanos pequeños. Vivían en Torremolinos, un pequeño pueblo de pescadores que creció hasta perder su esencia primitiva y convertirse en una ciudad invadida por el turismo.

Era una estudiante que sobresalía no solo por sus extraordinarias calificaciones, también por la creatividad de sus respuestas y la vehemencia con la que defendía sus ideas.

—Algún día seré una policía científica importante —bromeaba con su madre cuando le mostraba sus excelentes notas.

Sus logros eran más llamativos cuando te detenías a analizar su pasado, que arrastraba complicaciones hasta su presente y le dibujaba en los pies una realidad injusta, inmersa en una sociedad que prefería mirar hacia otro lado.

En aquellos días, su situación económica rozaba la pobreza más extrema, la crueldad más inhumana. Le habían cortado la luz, en venganza por los meses de impago del alquiler que se acumulaban en un cajón y que habían agotado la paciencia y el bolsillo del arrendador. El desafortunado casero no encontraba trabajo y tampoco podía hacerse cargo de los gastos de la casa si no recibía remuneración por su ocupación. Su situación también se estaba agravando hasta tal punto que vivía en la misma precariedad que sus inquilinos.

La familia de Tamo no era capaz de sobrevivir con los ingresos que proporcionaba el viejo taller mecánico del padre. Allí arreglaba coches y pequeños electrodomésticos, dándoles una nueva vida. No es que a su padre le faltara trabajo para llenar la cesta de la compra, de lo que carecía era de habilidad para que el dinero que generaba llegara a su hogar con puntualidad. La mayoría de las veces, el sueldo se esparcía en alguna mesa de juego cercana.

Aquella mañana, Tamo cogió su mochila para ir al instituto. En ella solo iban sus cuadernos, una botella llena de agua del grifo y el hueco vacío que debió ocupar su bocadillo. También cargaba con la impotencia de saber que sus hermanos no llevarían nada para desayunar al colegio. Había sido su culpa, por ser tan tonta y confiada.

La noche anterior, su madre estaba preocupada, sabía de sobra que, una vez más, él no cumpliría su palabra y no acercaría algo de dinero antes de que los niños se marcharan a clase.

—No te preocupes, mamá —la calmó Tamo, aproximándose a ella—. Tengo dos paquetes de galletas que guardé para alguna emergencia. Te las dejo en la encimera de la cocina.

Tamo no barajó la posibilidad de que su padre llegara de madrugada, en el mismo estado lamentable de las noches anteriores, y que se comiera los dos paquetes de galletas.

Al levantarse, agarró con rabia el plástico de los envoltorios tirados en la encimera y sintió unas ganas tremendas de entrar a su habitación y gritarle que se había comido lo único que sus hijos pequeños tenían para desayunar aquel día. Pero el miedo relegó a un segundo plano su rabia, dejando a la impotencia el papel protagonista de la escena que acababa de vivir.

Cerró la puerta despacio, con la pesadumbre de saber que su familia lo iba a pasar mal. Su madre sentiría vergüenza y sus hermanos, una pena inmensa por no tener nada que llevarse a la boca.

Al salir del portal, la brisa del mar le recordó que había olvidado su chaqueta. Tampoco le preocupó demasiado, en unas horas el invierno se templaría y pasaría a disfrazarse de una primavera cálida que seducía tanto a turistas como a residentes.

Aunque el día había comenzado con amargura y sentía que llevaba consigo una sensación de aflicción, le consoló recordar que tenía clase con Inés antes del recreo.

Inés era su profesora de informática y una de sus personas favoritas. Pero no siempre había sido así. Se habían acercado el año anterior, después de un episodio desagradable. Tamo se enfrentó con dureza a una compañera que la había insultado. La profesora intervino en el conflicto y la sacó de clase con decisión, casi arrastrándola detrás de ella. A solas, en la biblioteca, la miró a los ojos y se conmovió con la frialdad que encontró en ellos, inusual en una persona tan joven. Su alumna contenía las lágrimas con rabia. Tamo nunca había sentido una mirada tan entrañable, tan cercana y llena de intención. Se derrumbó, llorando desconsoladamente en los brazos de su profesora.

—Llora —le dijo Inés mientras la abrazaba con fuerza—. Saca fuera todo eso que tienes dentro y que te está haciendo tanto daño.

—Si saco todo lo que me hace daño, me quedo sin nada —bromeó la chica, con la respiración entrecortada.

—ابنتي الصغيرة, a veces es bueno quedarse sin nada para volver a llenarse de cosas bonitas —añadió Inés mientras le acariciaba el cabello con suavidad.

—No sabía que hablabas árabe —dijo la muchacha al escuchar a su maestra susurrar palabras de consuelo en su idioma materno.

—Me crie en Casablanca, tuve que aprender para tener amigas. Y no te creas, aún las conservo —le contó sonriendo.

Desde ese día estuvo pendiente de ella, acercándose poco a poco hasta ganarse su confianza. En sus conversaciones diarias,

Inés emitía alguna pregunta amable que le permitía ir tejiendo, con las respuestas, la realidad de la chica. Sintió una pena profunda al descubrir su dureza.

Intentaba ayudarla, cuidando de no herir su orgullo, sin poner en evidencia sus necesidades. Esta cautela conmovía a Tamo, que la percibía con cariño y se dejaba contagiar de una ternura desconocida, de una empatía poco común en su vida.

Inés llevaba el coche al taller de su padre para revisiones que no necesitaba, la invitaba a desayunar con frecuencia y le regalaba libros que Tamo releía decenas de veces, atesorándolos en una vieja estantería de su habitación.

En cuanto sus compañeros salían de clase en estampida al escuchar el timbre que indicaba el final de la clase, ella se acercaba a su profesora y mantenían una conversación que la llenaba de vida, de amabilidad, de la única atención que recibía en el día.

—Tienes muy mala cara, Tamo, vamos a desayunar —propuso Inés, firme pero con cariño.

—Ya he comido —mintió la muchacha—, pero te acompaño a la cafetería y charlamos.

Inés sabía lo que solía desayunar Tamo y, sin consultarle, pidió un bocadillo de tortilla francesa con mayonesa, un café y un zumo de piña para llevar. Intuía que Tamo le había mentido y que no había probado bocado. Caminaron despacio hacia al paseo marítimo, como solían hacer cuando la clase finalizaba antes del recreo. A Inés le encantaba tomarse el café allí, sentada frente a ella, cabalgando sobre el pequeño muro que separaba la arena de la acera. La cercanía del mar y el sol entibiándole la piel la reconfortaban.

Desde que se había prejubilado, impartía solo cinco horas de clase y ya no tenía una tutoría que atender. Apreciaba el nuevo ritmo de vida sosegado, sin prisas, disfrutando de los pequeños momentos del día.

—Toma, cómetelo, es tu favorito —ordenó Inés mientras le ofrecía el bocadillo—. Estás muy delgada. Como sigas perdiendo peso vas a desaparecer.

—A veces me gustaría. —Tamo se arrepintió enseguida de sus palabras—. Si no te importa, voy a guardarlo para después, ahora no tengo hambre.

—¿Cómo va la orden de desahucio?

—Estamos esperando, no sabemos nada más. Buscamos otro alquiler, pero no hemos tenido suerte. Entre que no tenemos nómina y que nos piden tres meses de fianza y un certificado de estar exentos de deudas, es una misión imposible.

—Y los precios, que los alquileres vacacionales se lo han comido todo. —Inés conocía la situación por otras madres del instituto.

—Ya casi que me he acostumbrado a vivir así, no me importa. A mis hermanos les descargo los últimos vídeos de sus *streamers* favoritos y se los pongo en el móvil. Al menos así los veo sonreír, que, con lo que tenemos encima, no es fácil. Pero si nos echan, no sé a dónde vamos a ir. Yo me adapto a todo, pero no quiero que ellos tengan que dormir en un coche.

Inés sacó dos baterías portátiles de su bolso.

—Casi se me olvida. Toma, están cargadas, así tendrás también para ti. Son de mis hijos, pero, como tienen tantas, no las van a echar de menos.

Tamo miró lo que le ofrecía y tuvo la seguridad de que Inés se las había comprado.

—No hacía falta, ya me diste dos la semana pasada, pero te lo agradezco. Rawan me las cargará cuando se acaben y podré ver alguna serie yo también.

—¿Y tu tía? ¿No puede ayudaros?

—No podemos pedirle más. Nos prestó el dinero para pagar los atrasos del alquiler. Mi madre se muere de vergüenza; al fin y al cabo, fue su culpa. No pudo ser más imprudente. En vez de ir ella o mandarme a mí a saldar la deuda, se lo dio a él, no sé en qué estaba pensando. Se lo fundió todo en una sola noche.

Inés recordó a la madre de Tamo. Cuando la citó a una tutoría, sintió que los papeles estaban intercambiados, que la hija ejercía de madre en la familia. Era una mujer bonita, que, al contrario de Tamo, tenía un carácter tímido y recatado. No hablaba español, pero notó que tampoco tenía iniciativa ni expresaba su opinión ante lo que le estaba explicando. Se limitó a sonreír o emitir monosílabos durante toda la entrevista.

A su padre lo había visto un par de veces en el taller. Con ella siempre había sido amable y correcto, pero no le agradaba la forma en la que hablaba a su mujer y a su hija. Su autoridad impregnaba cada palabra, infundiendo mucho más miedo que respeto.

Tamo murmuró una disculpa y se marchó. Inés se quedó preguntándose por qué se había ido tan rápido. Permaneció unos minutos más mirando al mar, saboreando ese nuevo estado que le permitía disfrutar de la tranquilidad de no tener prisa. Había deseado tanto que llegara ese momento que se sorprendía de no saber gestionar su tiempo libre con la eficacia que había imaginado. Sus hijos ya eran mayores, ambos tenían su trabajo y vivían su propia vida. Y su marido, al contrario que ella, disfrutaba ahora de un momento profesional de éxito que lo mantenía ocupado más tiempo del que a ella le gustaría. Decidió dar un paseo por la orilla, sin quitarse a Tamo de la cabeza. Debía buscar la forma de ayudarla un poco más. Ella tenía dinero, tiempo y recursos para hacerlo con sensibilidad.

Mientras, Tamo había conseguido llegar puntual al recreo de sus hermanos. Cuando calculó que su profesora no podía verla, echó a correr.

En cuanto los pequeños se percataron de que su hermana tenía algo para darles, se acercaron a la verja gritando su nombre. Los dos habían desayunado; sus maestras, acostumbradas a los olvidos de algunas madres que siempre iban con prisas, contaban en clase con galletas y zumos para cubrir esos despistes. Aun así, los dos cogieron el trozo de bocadillo con ganas, le dieron las gracias a su hermana y salieron corriendo para mostrárselo orgullosos a sus maestras y compañeros de juego.

Tamo miró su móvil y se dio cuenta de que había perdido la clase de después del recreo. Valoró que no era importante, ya que tenía tutoría y llegaría a la próxima, a educación física. Ella misma se justificaría la falta en el móvil de su madre.

Se dirigía al instituto cuando recibió una llamada de su padre, pidiéndole que se pasara por el taller. Necesitaba un presupuesto para un camión de una empresa local. Tamo era la única en su casa que sabía escribir en español, así que caminó desganada en su dirección, a un par de kilómetros de allí. Ojalá ese trabajo les proporcionara un poco de dinero para hacer una compra en el supermercado. Se planteó quedarse con su padre el resto del día; así, si entraba algo de efectivo, podría llevárselo y comprar algo para el almuerzo o la cena. Se animó con esa idea, quizá el día no terminaría tan mal.

Al llegar, vio a su padre en la puerta hablando con Karim, un viejo amigo de la familia. A ella nunca le había gustado ese hombre que le dedicaba una mirada amable cuando estaba con su padre, pero que la observaba con un aire lascivo si se encontraban a solas. Le daba miedo la forma con la que clavaba los ojos en los suyos, y cómo después le recorría el cuerpo de arriba abajo. Su intuición la alertaba de que no se quedara a solas con él, que intentara huir de cualquier situación en la que no hubiera más personas.

Hassan, el padre de Tamo, entró al pequeño habitáculo que utilizaba de oficina. Tamo siguió sintiendo la mirada de Karim clavada en la espalda.

—Tienes que hacerme un presupuesto por esta cantidad. —Le señaló unos números que parecían escritos por un niño de educación infantil—. Y estos son los datos, los que están escritos en este papel.

—¿Para cuándo lo necesitas? —tanteó Tamo—. Tengo que volver al instituto, pero si te urge, puedo hacerlo ahora.

—Sí, lo necesito ya —rogó Hassan—. Y también quiero pedirte otra cosa. Tienes que acompañarme al final de la semana a Tánger. Debo llevar unas cosas a la tienda de Mohamed y quiero que vengas conmigo.

Sabía perfectamente por qué se lo pedía. Era la única forma de asegurarse de que no se gastaría el dinero de la venta. Se lo daría a Tamo en cuanto lo cobrara y esta no se lo devolvería por nada del mundo, aunque en la noche volviera suplicándole por él. Lo acompañaba a menudo, cuando reconocía que la situación era insostenible y que su familia no tenía para comer. Además, ella era una negociadora implacable y conseguía más dinero que su padre por los objetos que arreglaba.

Hassan desconocía que Farah, su cuñada, las ayudaba a escondidas. Tamo recurría a ella cuando necesitaban ropa o material escolar. Farah era generosa con su familia, pero no soportaba la vida que su cuñado le daba a su hermana. Sabía que era un hombre trabajador, que trataba bien a los pequeños, pero no le perdonaba su adicción al juego y que hubiera arrastrado a toda la familia a un estado de penuria que no merecían. Tamo ignoraba que detrás de esta rencilla familiar había mucho más de lo que parecía.

Nunca nadie le contó esa parte de su historia.

2

La historia de Estefanía

Estefanía fue la segunda en ser escogida.

Con una belleza mucho más exótica y voluptuosa, la joven escondía sus sinuosas curvas en camisetas deportivas, vistiendo con varias tallas por encima de la suya. No se sentía cómoda ni con su cuerpo ni con su rostro. Detestaba que sus ojos claros le acentuaran el moreno perenne de la piel, herencia de su padre. Los pequeños tirabuzones y el cobrizo del pelo fueron la de su madre. Estefanía no dedicaba tiempo a cuidar de su apariencia. Desenredar la larga melena rizada era un suplicio por el que solo estaba dispuesta a pasar una vez a la semana. Ese día se dejaba el cabello suelto, pero el resto de la semana se lo recogía en una cola alta que disimulaba su pereza para perder tiempo definiendo los rizos.

Estefanía vivía con su madre en Fuengirola, un pueblo costero que en pocos años se había convertido en la segunda residencia de muchos extranjeros que buscaban un buen clima y tranquilidad. Sus calles humildes, antes repletas de comercios locales, se habían trasformado en senderos de franquiciados que proliferaban a una velocidad de vértigo, condenando a los lugareños a vivir con la sensación de fracaso, y a algunos, con suerte, de la renta del alquiler de sus locales.

Nunca conoció a su padre, un uruguayo que desapareció un día dejando sobre la mesa la promesa de volver a por ellas. Pero jamás lo hizo. Sí que había mantenido un contacto discreto, en forma de mensajes de texto llenos de palabras bonitas que nunca calmaron la ausencia.

Estefanía tenía una hermana mayor, Almudena, que ya no vivía con ellas. Su madre y su hermana no habían tenido nunca buena relación, y Almudena se marchó de casa el mismo día en que cumplió los dieciocho, con doscientos euros y la necesidad de salir de un hogar que la asfixiaba. No había vuelto nunca, algo que Estefanía no superaba. La echaba de menos a todas horas. Echaba de menos los gritos, las peleas que la despertaban a medianoche, las zapatillas que su madre lanzaba con ira. Su hermana y su madre se parecían mucho. Las dos tenían una baja tolerancia a la frustración, una necesidad imperiosa de llevar siempre la razón y unos esquemas mentales extremadamente rígidos.

Recordaba la noche en que se había marchado y cómo la había mirado a los ojos. La tristeza que se impuso desde ese momento en su vida no se evaporaba, no desaparecía con el paso de las semanas.

«Volveré a por ti y te llevaré conmigo», le dijo Almudena con convicción. Esa fue la última vez que la vio. Estuvo durante un par de meses mandándole mensajes todos los días, hasta que, sin avisar, dejaron de llegar. No volvió a saber más de su paradero. Estefanía la había buscado durante meses, había preguntado a sus amigas, y todas le decían que estaba bien, que se había marchado al extranjero y que trabajaba en una tienda de ropa.

Nunca se lo creyó. Las caras de las amigas transmitían lo contrario. Era inteligente y pudo intuir que algo le ocultaban. Temía que su novio, un chico del pueblo que siempre se estaba metiendo en líos, tuviera algo que ver. Nunca le había gustado cómo la trataba. Una de sus amigas le daba una carta de Almudena cada cierto tiempo. En ella le contaba cosas triviales y mantenía viva la esperanza de que se encontraba bien.

Aquella mañana, Estefanía se había quedado dormida y se presentó tarde en la panadería. Eso suponía que, si quería llegar puntual al instituto, tenía que correr para hacer sus tareas. Si no las terminaba, no podría evitar que su madre perdiera los nervios.

Con un poco de suerte y premura le daría tiempo. Tenía dos horas para meter la bollería en el horno, formar los panes cuya masa su madre ya había puesto a levar a primera hora y ordenar los mostradores. Realizaba las mismas tareas desde que era pequeña, cuando solía acompañar a su abuelo al obrador. Al entrar en la preadolescencia, no le perdonó por haberles dejado en herencia ese ruinoso negocio en el que siempre había agujeros que tapar y mercancía que comprar. Con el tiempo comprendió que sin él hubiesen estado perdidas.

Sacó la masa de pan y la cortó en trozos pequeños que iba pesando en la báscula. Antes de darles forma, metió en el horno los cruasanes y las napolitanas. Roció la bollería del día anterior con un jarabe suave y le dio un golpe de calor. Eso la volvió tierna y jugosa, lista para ser vendida.

Cuando sacó el pan del horno, su madre levantó la pesada persiana para abrir la panadería. Pudo oírla maldiciendo a los niñatos que se habían orinado en ella la noche anterior.

—Ya he terminado la bollería, me falta hacer la crema pastelera y meter el hojaldre de las palmeras —contó Estefanía.

—¿En serio? —cuestionó Graciela—. No puedo creer que no hayas terminado todavía. Dispones de dos horas para hacer cuatro cosas y solo te da tiempo a dos. ¿Es que no te das cuenta de que tú te vas al instituto y yo me quedo aquí sola? Y hoy tenemos tres locas gigantes, que debes hacer antes de irte.

—Voy a llegar tarde. No me va a dar tiempo a hacer las locas —protestó subiendo el tono.

—Estefanía, me parece muy bien que desees seguir estudiando y que quieras ser una mujer de provecho. Pero resulta que para eso necesitas comer. Y para comer necesitas que vendamos más porque no llegamos. Y fue a ti a la que se le ocurrió la genial idea de hacer las locas gigantes de distintos sabores para los cumpleaños. Así que deja de perder el tiempo y hornea los hojaldres. Son dos de avellanas, una de chocolate blanco y otra de dulce de leche.

—Pero, mamá, eso son cuatro, no tres. Me va a llevar más de una hora.

—Sí —confirmó Graciela—. Va a ser más porque hay que preparar una bandeja de chajá para Sergio, que es su cumpleaños y olvidé decírtelo.

Estefanía supo que no pisaría el instituto en toda la mañana, cosa que le pasaba últimamente con mucha frecuencia.

La elaboración de dulces gigantes para cumpleaños había sido todo un acierto. Hornear napolitanas de gran tamaño o el dulce típico de Málaga por excelencia, las locas, para quince comensales le había proporcionado un incentivo extra muy necesario. Se sentía orgullosa de haber defendido su idea, aunque a veces le robara horas de estudio. Al menos podrían pagar todas las facturas sin que se acumularan.

Se sintió frustrada al pensar en el trabajo que le quedaba.

Lo único que la reconfortó fue que adoraba a Sergio, un uruguayo que trabajaba de administrativo en una escuela de idiomas cercana. Era uno de los clientes que más apreciaba. Sergio siempre la miraba a los ojos, con franqueza, y era el único que parecía sentir compasión cuando su madre la trataba con desdén, interviniendo con diplomacia para que dulcificara su carácter. Lo hacía con bromas y chascarrillos que no funcionaban siempre con el mismo éxito, pero que Estefanía valoraba.

Sergio solía venir a comprar el pan a diario, con sus hijos, a última hora de la tarde. Los pequeños eran unos niños alegres y educados a los que les encantaba pasar al obrador y llenarse las manos de harina. El padre conversaba con Graciela, mientras Estefanía les regalaba los recortes de hojaldre o bizcocho que habían sobrado ese día. Algunas veces se los mojaba en chocolate y otros en dulce de leche. Los niños salían contentos de la tienda, mostrándole a su padre la bolsita con sus tesoros. En ocasiones especiales, por su cumpleaños o Navidad, los invitaba a hacer galletas de mantequilla. Estefanía disfrutaba con los pequeños, que se esforzaban por cumplir con las normas de higiene y seguridad que les marcaba con rigurosidad.

Sabía que esa familia se deleitaba en su panadería por tener elaboraciones de su tierra, herencia del tiempo que su padre pasó allí. Encontraban frailes rellenos de dulce de leche, cruasanes de azúcar y los mejores chajás, un pastelillo típico uruguayo que combinaba merengue y bizcocho con trozos de melocotón en almíbar.

Estefanía los consideraba sus amigos. No contaba con amigas íntimas. Aunque tampoco hubiese tenido tiempo para compartir con ellas momentos especiales. Sus relaciones sociales se limitaban a las excursiones con el instituto o al cumpleaños de alguna compañera en el que se sentía una extraña. Se levantaba demasiado temprano para acostarse tarde y terminaba el día convencida de que no tenía nada emocionante que compartir con nadie. Todas las noches, antes de dormir, envidiaba en silencio la vida de sus compañeras. Revisaba sus cuentas en redes sociales una a una, sintiendo de alguna manera que formaba parte de esos ratos de risas, de esa complicidad que se compartía en cada fotografía. Le hubiese encantado tener un grupo de amigas, una pandilla con la que reír y divertirse.

Aun así, era muy activa en redes. Colgaba fotos triviales de su día a día, de sus elaboraciones, de lo que comía o soñaba. Le encantaba consultar sus cuentas y encontrarse con likes de desconocidos que le alegraban el día de manera desmesurada.

—Ya he terminado las locas y lo de Sergio. Si me doy prisa, llego a las dos últimas horas.

—Va a llegar la harina y mira cómo tengo la tienda, tienes que quedarte a ayudarme.

Estefanía suspiró en el mismo instante en que escuchó el pitido con el que saludaba el camión de reparto. Se encontró sin escapatoria, se volvió a poner el delantal y abrió por la puerta lateral para dejar pasar al repartidor. Tardarían un buen rato en colocar la mercancía, en rellenar los recipientes donde se guardaba la harina y limpiar el rastro blanquecino que dejaba en el suelo.

Le encantaba el olor que desprendían los sacos al abrirlos, el aire empolvado que tardaba un rato en desaparecer. Compraban materia prima de primera calidad, invirtiendo en ella gran parte de los beneficios. El resultado final era un pan denso, con miga apretada y un sabor único. Esta diferencia era la que les había hecho sobrevivir frente a los productos de panadería de bajo coste que ofertaban las grandes superficies. Realizaban pocas unidades, todas con masa madre que ellas mismas elaboraban.

Graciela se levantaba a las cinco para amasar y preparar el levado de todas las piezas que vendían en el día. No tenían capacidad para hacer grandes cantidades. Sus hornos no eran modernos, de gran potencia. Pero ofrecían el pan de siempre, de calidad, el que podías guardar en una panera una semana entera sin temor a comerte un trozo de corcho.

Su clientela se dividía entre los lugareños que llevaban toda la vida comprando allí y los extranjeros que adquirían el pan como una exquisitez del país que visitaban.

Rafa, el repartidor, vivía una realidad muy parecida a la de Estefanía. Su padre andaba desde muy joven empolvado, repartiendo harinas por toda la costa. Ahora vendían menos y trabajaban más, porque tenían que recorrer el doble de kilómetros que antaño. La mayoría de las panaderías compraban sus elaboraciones congeladas.

—Buenos días, cosa bonita. Te traigo diez de candeal, cinco de fuerza, dos de integral y uno de centeno. También te traigo una bolsa llena de especias y dos tarros que no tengo ni idea de lo que son; serán para tus experimentos. Te lo pongo donde siempre si me das un pastelito, que estoy *enmallao* —soltó de corrido Rafa, casi sin respirar, metiendo la mano en la bandeja que había preparado para Sergio.

—¡Ni se te ocurra tocarme esos! —gritó Estefanía—. Si me falta uno, voy a tener que preparar otra vez el bizcocho, que son para un encargo. Anda, coge un xuxo de chocolate, que los acabo de freír.

—Y uno de crema, ¿no? Mira este cuerpo, muchacha. —Se levantó la camiseta para mostrarle los músculos marcados de su estómago—. Necesito combustible para mantenerlo en forma.

—Ni loca, que cualquiera escucha a mi madre —replicó mientras le daba un cruasán y un empujón para que se marchara a descargar la mercancía.

Él se resistió entre risas e hizo el amago de coger un pastelito de otra bandeja. Estefanía se movió con rapidez, interponiéndose en su camino. Quedaron tan cerca que su mejilla le rozó el hombro.

—Algún día deberías soltarte el pelo, y no digo solo quitarte ese moño rancio que llevas. Vente conmigo un sábado a Puerto

Marina y verás qué bien te lo pasas. Te presento a mis amigas, que son las mejores, o, si no, nos vamos los dos solos, que no te vas a aburrir ni *mijita*.

—Yo no voy contigo ni a la vuelta de la esquina; anda, termina, que hoy vas a llegar a comer a las cinco de la tarde.

—No importa, ya voy lleno con el xuxo que me has dado, el cruasán y el otro que te he birlado. —Abrió la mano y le enseñó un pastelillo aplastado—. No te has dado ni cuenta... Como no puedes dejar de mirarme, es lo que hay.

Estefanía sonrió y se apoyó en la puerta. Se quedó observando cómo el chico cargaba los pesados sacos, con qué facilidad los levantaba y los apilaba.

—Si esto hago con los sacos, imagínate lo que puedo hacer contigo —le susurró al acercarse.

Estefanía se sonrojó y abrió mucho los ojos. El muchacho se rio a carcajadas de su expresión, lo que provocó que las mejillas se le ruborizaran aún más.

—Anda, fírmame el albarán, que si se lo doy a tu madre se escuchan los gritos hasta en Marbella. Y eso que no le subimos el precio desde hace tres años.

—Es que sois muy careros —protestó recuperando la compostura—. Es normal que mi madre se queje.

—Muchacha, en tu madre nada es normal. Tú tienes un chalet en el cielo al que le están poniendo la piscina y la pista de tenis. Soportarla tiene que darte algún premio en la otra vida.

Rafa cogió el albarán firmado y se marchó guiñándole un ojo. Por primera vez en su vida, Estefanía se había sentido dueña de un halago, de la atención de un chico. Fue una sensación nueva que le gustó más de lo que podía reconocer.

Una sensación que muy pronto cambiaría el rumbo de su vida.

3

La historia de Arabia

Arabia fue la última de las tres en ser seleccionada.

Le faltaban cuatro meses para cumplir diecisiete años, pero su cara aniñada y su delgadez la hacían parecer mucho menor. Era un torbellino que contagiaba de alegría a todos los que tenía a su alrededor. Cuando hablaba, movía las manos con gracia, con salero, utilizando una verborrea que, si te pillaba desconcentrado, no eras capaz de descifrar. Cuidaba con detalle de su aspecto, intentando armonizar los tonos del maquillaje con la ropa barata a la que conseguía dar glamour. Su rostro era armonioso, de ojos grandes y labios perfectos, siempre iluminados por una sonrisa franca difícil de ignorar.

Arabia vivía con sus padres y sus tres hermanos pequeños en las afueras de Benalmádena, en una modesta casa que, en cuanto abría sus puertas, dejaba a los invitados con la boca abierta. Nadie esperaba que en ese barrio humilde hubiese una casa tan imperfecta y tosca por fuera, pero con una decoración tan cuidada y exquisita en su interior. Ni el mejor decorador de la costa del Sol hubiese hecho un trabajo más equilibrado y perfecto.

Arabia y su madre, Lucía, trabajaban limpiando chalets de lujo de turismo vacacional. Cuando entraban en esas mansiones, observaban, se fijaban en los pequeños detalles que embellecían cada habitación. Las dos tenían muy claro que el concepto de lujo y glamour no tenía nada que ver con los muebles caros, sino con la combinación de los pequeños detalles. Y habían creado en su hogar una réplica de todo lo que las impresionó en el camino.

Aquella mañana, Lucía tenía que limpiar un chalet, un apartamento y un estudio. La noche anterior, Arabia se había ofrecido a acompañarla. Si no lo hacía, su madre no terminaría hasta bien entrada la madrugada.

Cuando despertó, la mujer ya tenía el cubo preparado con todos los trapos y líquidos espumosos que ella misma elaboraba para limpiar, con vinagre, bicarbonato y detergente.

—Ya lo tengo todo —susurró a su hija—. No hagas ruido al cerrar o tu padre se despertará, y acaba de llegar de pescar.

El padre de Arabia había sido albañil desde su adolescencia, pero un accidente laboral lo retiró de manera forzosa. Se había caído de un andamio a gran altura con tan mala suerte que los hierros de la estructura le habían cortado la pierna de mala manera. Cuando llegó al hospital, los médicos decidieron amputársela. Pero los gritos y lamentos del hombre, que se negó de todas las formas posibles, hicieron que los médicos se plantearan otra solución.

Tras varias operaciones y varios injertos, pudieron salvar la pierna, pero nunca volvió a caminar con normalidad. Una pronunciada cojera lo dejó fuera del sistema laboral, que lo castigó con una jubilación parcial, argumentando que era un hombre joven que podía desempeñar un trabajo acorde a su nueva condición física.

La realidad fue que se sumió en el pesar más profundo, sintiendo que había fracasado como marido y como padre por no poder traer el sustento a casa. Por su culpa, su mujer debía salir a trabajar. Lucía no lo había tenido fácil; sin los estudios más básicos, el mundo laboral estaba muy restringido. Comenzó a echar horas fregando escaleras y limpiando portales hasta que encontró trabajo en una empresa de limpieza.

Aunque al principio les costó un poco adaptarse a las nuevas formas de acceso a las casas, abriendo los portones con códigos y candados colgados en sitios cada vez más inverosímiles, ya se habían acostumbrado. La sorpresa, en todo caso, las aguardaba en el interior. Comenzaban la tarea con el pensamiento de «no saber lo que iban a encontrarse dentro».

En cuanto abrieron la puerta supieron que necesitarían más tiempo del que habían calculado. No tenían claro qué había ocurrido allí, si había sido una fiesta o una batalla campal. Las sillas estaban volcadas en el jardín y había restos de bebida y comida en todas las superficies de la casa, incluidas las paredes. Cientos de vasos y copas de cristal se esparcían por el césped.

—Antes de tocar nada, grábalo, *mama*, que la *pechá* de horas que vamos a emplear para restaurar esta pocilga no va a ser chica. Y no nos van a creer.

—Sí, hija, buena idea, y voy a llamar a la agencia para que envíen a alguien al apartamento y al estudio. Aquí vamos a echar el día y parte de la noche —sentenció Lucía, apesadumbrada.

—Ve tú limpiando dentro y yo voy recogiendo las copas del jardín. ¿Sabes dónde hay una bandeja? —preguntó Arabia.

Lucía ya la tenía preparada en la mano, lo que hizo que su hija sonriera. Las dos comenzaron a limpiar, maldiciendo e insultando a las personas que tenían esa forma tan peculiar de divertirse.

Cuando Arabia hubo llenado la bandeja de copas, entró en el salón para colocarlas en el lavavajillas. No se dio cuenta de que un pequeño escalón separaba las dos estancias, tropezó y cayó al suelo rompiendo todas las copas. Lucía, que se encontraba cerca, intentó coger la bandeja, pero lo único que consiguió fue que una de ellas le estallase en la frente.

—¡Ay, *mama*, que la he liado! ¡Treinta copas por lo menos he tirado!

—Válgame Dios, acabas de cargarte el sueldo de cinco semanas —decretó con una inmensa pena.

—No me digas eso, *mama*, no me digas eso que me muero.

—Si es que esas eran copas de las que suenan, hija.

—¡Qué van a sonar ni van a sonar! ¿Qué me estás diciendo? Encima te he dejado tonta con el golpe. No se puede tener más *bajío*.

—Que son del cristal del bueno, de esas que, cuando están llenas, pasas el dedo y suenan. Que no me has dejado tonta, que ya vengo así de serie. No sé cómo vamos a arreglar esto, si es que no tenías que haber cargado tanto la bandeja.

—Pero es que no sabía que la iba a tirar. Si lo llego a saber, no la cargo, mala *puñalá* me den. Podemos ir al bazar a ver si encontramos unas parecidas.

—O podemos decir que lo han hecho ellos. Estos estaban tan borrachos que ni se acuerdan —propuso Lucía.

—Pues no es mala idea, *mama*, podemos decir eso.

—Ten cuidado no te vayas a cortar con los cristales. Acércame una bolsa de basura de allí. —Lucía señaló la alacena.

—*Mama*, que no podemos.

—¿Que no podemos qué? —preguntó Lucía, muy alterada.

—¡El vídeo! Que en el vídeo se ven las copas bien, y ya se lo hemos mandado a tu jefe y él se lo habrá enviado al dueño del casoplón este.

—Pues vamos al chino. Compramos las que veamos. Algunas parecidas habrá.

—¿Pero tú sabes lo que nos van a costar la ristra de copas que me he cargado? Tenemos que poner dinero encima hoy.

—Y si descubren que hemos dado el cambiazo, me despiden y a ver qué comemos, que ni a ti ni a tu padre os gusta la sopa de sobre.

Lucía estalló en carcajadas y su hija se contagió. Cuanto más reían, menos podían parar. Con un ataque de risa, las dos fueron incapaces de encontrar una solución.

—Pues vamos a tener que decir la verdad, no nos queda otra —sentenció Lucía cuando se hubo calmado.

—Pues le coceré huevo duro a la sopa, para mejorar una *mijilla* el sabor. Y le echaré trocitos de jamón serrano. ¿Ves? No puedes perder el trabajo, que tengo gustos caros.

Arabia se levantó de golpe. Corriendo abrió los muebles. Y se dio cuenta de que en uno había al menos cincuenta copas como las que había roto. Suspiró aliviada.

—Ya tengo la solución. Tráete los cristales, métetelos en el cubo de la basura —pidió Arabia, decidida.

—A ver si ahora nos vamos a cortar y va a ser peor el remedio que la enfermedad.

—No, *mama*, mira, aquí hay copas para dar y regalar. —Señaló el mueble inferior—. Cogemos los cristales y, como no hemos grabado en la parte de arriba, le decimos que estas estaban allí rotas. Y nos ahorramos hasta de lavarlas.

—Niña, si al final nos has hecho un favor —anunció Lucía, contenta.

Subieron a la planta de arriba. No sabían muy bien cómo poner las copas para que pareciera que se habían roto allí.

—Ya lo tengo —afirmó Arabia.

Corrió a buscar el recogedor y el escobón y volcó todos los cristales en el suelo.

—Ahora los amontonas así y le grabas un vídeo a tu jefe que diga que estas son todas las copas rotas que has encontrado en la planta de arriba, como si ya las hubieses barrido.

—Torpe eres un rato, pero lista también.

Lucía siguió el consejo de su hija y mandó el vídeo a su jefe. Cuando este le devolvió un emoticono con una cara de sorpresa como respuesta, supieron que el plan había funcionado.

Bajaron y siguieron con la faena. Estaban tan acostumbradas a trabajar juntas que no necesitaban repartir las tareas. Arabia siempre realizaba las que necesitaban de más esfuerzo físico, intentando que la espalda de su madre no se resintiera más de lo que ya estaba. Lucía siempre limpiaba los baños, porque sabía que a su hija le desagradaba.

Cuando solo les quedaba el salón, Lucía se armó de valor y decidió sacar un tema que le preocupaba.

—¿Vas mañana con tus primas a dar una vuelta por el mercadillo? —interrogó con tiento.

—No puedo, tengo que estudiar.

—Un ratillo, hija.

—Va a venir Laura a estudiar conmigo a casa.

—De eso se trata, Arabia, que solo estás con Laura y que tus primas te echan de menos.

—Ya sé que Laura no te gusta, pero es la única de mi clase que se preocupa por mí; me presta los apuntes de los días que no voy y me explica las cosas que no entiendo. Pero, vaya, yo sé por qué no te gusta.

—No te equivoques, ¿eh?, que si piensas que no me gusta porque es *lesbriana*, estás equivocada.

Arabia estalló en risas.

—¿Qué has dicho que es? *¿Lesbriana? ¿*Eso qué es? —preguntó muerta de la risa.

—Sí, eso, ríete de tu madre y su ignorancia. Que yo no tuve la suerte que tienes tú, guapa, de poder estudiar. Que con catorce años ya estaba fuera del colegio. Qué feo está eso de reírse de una madre. He dicho «lesbiana», lo que pasa es que me he *trabao,* pero sé cómo se dice. Y puede que sea una ignorante, pero para otras cosas soy muy *avanzá;* si tú estás *roneando* con la niña esa, pues tira. Yo se lo digo a tu padre y él no va a poner ninguna pega. Que uno quiere a quien el corazón le dice. Eso sí, lo que no me gustaría es ser la última en enterarme.

—Que Laura tiene su pareja y es muy feliz con ella, que solo somos amigas. Que a mí no me gustan las mujeres, que te lo he dicho ya muchas veces. Qué cansina eres…

—Cansina no, sé que estas cosas suelen ser dificilillas de soltar. Y mira lo guapa que eres y sin pretendientes, Arabia, eso tampoco muy normal no es. Con tu edad, yo ya te tenía a ti en el mundo.

—Pero si me has dicho cientos de veces que no corra, que no cometa tus errores. ¿En qué quedamos? Lo mismo me vas a dibujar un croquis con la edad indicada para hacer cada cosa.

—Aligera con la encimera y vámonos a limpiar el bar de fuera, anda, que allí he visto unos vómitos verdes que, como se sequen, no hay Dios que los quite.

Arabia puso cara de asco, sin caer en la cuenta de que su madre le estaba tomando el pelo.

—Vas a ser la primera en saber quién me gusta y con quién salgo —prometió Arabia.

No sospechaban ninguna de las dos que ese momento llegaría muy pronto.

4

Los pasos de Tamo

Le hizo el presupuesto a su padre deseando con todas sus fuerzas que fuera aceptado y que la situación mejorara. Estaba a punto de salir cuando vio que un chico se paró en la puerta. Era alto, atractivo, con unos ojos azules que llamaban la atención por su tonalidad clara. Empujaba una moto de gran cilindrada. No tendría más de veinte años.

La miró dedicándole una bonita sonrisa.

—Hola, ¿está abierto? La moto no me arranca.

—Buenos días —habló Tamo—. Dame un segundo, que llamo a mi padre para que le eche un vistazo.

—Muchas gracias, me salvas la vida. Tengo que ir a trabajar y sin la moto estoy perdido.

Tamo llamó a su padre por teléfono, pero no le localizó. Se sintió incómoda por la espera del chico.

—No me lo coge, pero no debe de andar muy lejos. ¿Has notado algo raro antes de que se te parara? —preguntó para ganar tiempo.

—No, que va, esta mañana vine desde Estepona sin ningún ruido extraño, pero ahora he ido a arrancarla y no he conseguido que me lleve de regreso —contó con una sonrisa.

—Mi padre es especialista en ese modelo que tienes. Se las conoce como la palma de la mano, no tardará en dar con lo que le pasa. Es más, a veces solo mirándolas sabe qué les ocurre. Yo no puedo entender cómo lo hace.

—Perdona, no me he presentado, he llegado tan apurado... Me llamo Adrián.

—Yo soy Tamo —contestó dándole la mano.

El chico se la estrechó con suavidad, quizá apretándola unos segundos más de los adecuados. La muchacha pensó que eran imaginaciones suyas.

El padre de Tamo apareció en ese momento, interrumpiendo un silencio incómodo que se había interpuesto entre los dos.

—Padre, este chico tiene un problema con su moto.

Hassan, con su tosco español, indicó al muchacho que metiera la moto dentro. No le había gustado mucho la intimidad que captó entre los dos y pidió al joven que se quedara con él.

—No es nada importante —relató el mecánico—. Estará arreglada en una hora.

—Qué alegría me da. Pues voy a tomarme algo y vuelvo en una hora. Muchas gracias.

Tamo lo miró alejarse. Nunca había visto un chico tan guapo y amable. Le encantó su forma de mirarla, fijamente a los ojos pero con respeto.

Adrián se acomodó en la cafetería que estaba frente al taller y Tamo sintió unas ganas terribles de acompañarlo. De charlar con él un rato. Pero su padre la hubiese matado. A ella le encantaba conocer gente, escuchar sus historias con atención. Se sentó en la oficina, esperanzada, deseando que el muchacho le pagara y pudiera llevarse algún dinero para casa. Esa idea la indujo a pensar en la lista de la compra más efectiva y necesaria. Puso a cargar su móvil, tras recordar que luego no podría hacerlo.

Calibró que tenía que adquirir cosas no perecederas, que no necesitaran de refrigeración. Lo que más sentía era que no tenía leche para sus hermanos. Se le ocurrió que podría comprar leche condensada, un par de botes; no necesitaba frío y les encantaría. El pensamiento optimista de que los pequeños pudieran seguir tomando en el desayuno sus cereales favoritos la alegró, aunque los demás tuvieran que soportar el nerviosismo por la dosis extra de azúcar.

El chico entró en el pequeño despacho, sobresaltándola.

—Lo siento, no quería asustarte —se disculpó—. Es que en la cafetería está dando el sol de lleno y, si no te importa, me gustaría esperar aquí.

Tamo asintió con la cabeza, incapaz de articular una palabra de lo nerviosa que estaba.

—¿Tenéis Instagram? Tengo que haceros una buena reseña, por la ayuda que me habéis prestado.

—A mi padre no le gustan las redes sociales —respondió Tamo—. Pero tengo que hacer uno. Si no apareces en internet, no existes.

—Claro, además la ubicación del taller es muy buena: esto está lleno de extranjeros que no tienen amigos para pedir recomendaciones. Cuando necesitan un servicio, lo miran por internet. Y estoy seguro de que tú hablas por lo menos tres idiomas.

Tamo sonrió. Se había equivocado, hablaba cuatro. Cuando era pequeña se aficionó a los dibujos animados en francés y siguió viendo series y películas en ese idioma. También hablaba inglés con soltura, árabe y español.

—Tienes razón, voy a abrir uno hoy mismo. Y voy a ponerlo en cuatro idiomas.

—Pues yo voy a ser tu segundo seguidor. No me mires así, la primera serás tú.

Los dos rieron con complicidad. Se observaban con interés, aunque su timidez no les dejaba tener una conversación fluida. Se callaron de golpe cuando el padre de Tamo entró en la oficina.

—Ya está lista.

—No sabe cómo se lo agradezco —confesó Adrián—. Me ha salvado la vida.

Hassan le indicó que le siguiera y le explicó lo que le había ocurrido. Le mostró una pieza malograda y se la metió en una pequeña bolsa. El muchacho lo escuchaba con atención. Tamo los miraba a cierta distancia. Tenía que ver el dinero que le daba, para reclamarlo al completo y que su padre no se quedara con nada.

Cuando escuchó «sesenta euros», sintió una inmensa alegría. Pero cuando vio que el chico le daba dos billetes de cincuenta, «por la rapidez y las molestias», Tamo tuvo que contener las lágrimas de felicidad.

—Gracias por todo —se despidió el chico estrechando la mano de Hassan—. Ha sido un placer. Volveré cuando tenga algún problema.

Al despedirse de Tamo, le susurró un «nos vemos pronto» que sonó a promesa, a deseo de volver a verla, a que sus destinos se habían cruzado para enredarse.

En cuanto el chico se hubo marchado, Tamo corrió y le pidió a su padre el dinero. Este la miró con un enfado descomunal mientras le daba un billete de cincuenta euros.

—¡No lo vuelvas a hacer más! ¡Eres una ramera! —la increpó a gritos—. Tonteas con todos los hombres que se te ponen por delante. Ya me lo dice Karim, pero nunca he querido verlo.

—Yo no he tonteado con nadie, era un cliente y estaba siendo amable —se defendió Tamo—. No me hables así. No he hecho nada malo. Dame el otro billete.

—Lo necesito para comprar unas piezas —replicó el padre—. ¡Y no me cambies de tema! ¡Eres igual de manipuladora que tu madre! Mírate, si vas vestida como una cualquiera.

A Tamo le hervía la sangre de rabia. Cuando la insultaba de esa manera, lo detestaba con todas sus fuerzas. Se miró. Llevaba puestos unos vaqueros ajustados y una camiseta negra desgastada por el uso. Era cierto que se le marcaban la cintura y el busto, pero no por coquetería, simplemente las formas que existían no se podían ocultar.

Sin pensar lo que hacía, metió la mano en el bolsillo de su padre y salió corriendo. Sabía que le iba a costar caro; tendría que estar varios días escondida en casa de su amiga Rawan o la molería a palos. Pero no le importaba. Sus hermanos podrían comer un par de semanas y eso merecía la pena. Con este pensamiento salió corriendo hacia el supermercado.

Escuchó los gritos de su padre y temió que luego lo pagaría con su madre. Tenía que darse prisa, hacer la compra y avisarla.

No podía evitar llorar. Encontrarse de frente con la cara más ruin de su padre la hería con una intensidad abrumadora. Se fue secando las lágrimas, animada por las cosas que echaría dentro de la cesta de la compra.

No tardó demasiado, se ayudó de la lista que seguía en su memoria. Compró legumbres y hortalizas, con las que su madre podría hacer un par de guisos. Estaba segura de que su amiga se los guardaría en el congelador, y con eso se asegurarían quince días de comidas equilibradas. Calculó lo que llevaba y lo que le sobró se lo gastó en sémola de trigo y sobres de verduras deshidratadas. Era algo muy barato, que cundía mucho y acallaba el estómago cuando rugía de hambre. No podía comprar carne allí, su madre no lo aceptaría si no estaba sacrificada como marcaba su religión.

En la cola deseó no haberse pasado del presupuesto. Le avergonzaba mucho tener que devolver algún producto mientras los demás miraban.

—Vaya, te has llevado medio supermercado —exclamó una voz justo detrás de ella.

Tamo se sonrojó al descubrir que era Adrián. Estaba esperando su turno con un refresco y unos pastelitos.

—Hola, otra vez —susurró Tamo sin saber muy bien qué decir.

—¿Vas a llevar tú sola todo esto a casa? Es muy pesado, ahí tienes por lo menos diez kilos.

Era cierto que, entre el arroz, las legumbres y la sémola de trigo duro, el peso era considerable. No lo pensó al cogerlo.

—Tengo la excusa perfecta para llegar tarde al trabajo, la moto se me ha roto —anunció Adrián—. Te ayudo.

Tamo no pudo negarse.

No vivía muy lejos, solo a un par de calles del supermercado. Aunque podría cargar con todo lo que había comprado, era cierto que hubiese sido dificultoso.

Adrián cogió las bolsas más pesadas y la siguió.

Tamo no sabía lo que le ocurría, pero no le salían las palabras. Por más que intentaba pensar en qué decir, ninguna de las posibilidades que barajaba le parecía adecuada. En cambio, él hablaba con tranquilidad y disfrutaba de los tiempos de silencio.

—No has nacido en España, ¿cierto? Aún tienes un acento extranjero que no puedes ocultar.

—Nací en Marruecos, pero me vine muy pequeña. Debe ser porque sigo hablando con mi familia en árabe y no en español.

—Hablas un español perfecto —confirmó Adrián—. Creo que mejor que el mío.

Los dos sonrieron. Habían llegado a la casa de Tamo.

—Muchas gracias por la ayuda.

—A ti por atenderme tan bien esta mañana. Toma —le tendió la mano con una tarjeta—, por si alguna vez necesitas un informático. Te atenderé tan rápido como tú a mí. Escríbeme, charlaremos un rato. Y quizá podamos ir algún día a tomar algo.

Tamo, nerviosa, cogió la tarjeta. Sin poder evitarlo, sus dedos se rozaron. Sintió que la piel se le erizaba cuando Adrián se marchó dedicándole una última sonrisa.

No pudo centrarse en nada durante todo el día.

5

Los pasos de Estefanía

Estefanía volvía al obrador a las cuatro. Después del instituto, se pasaba por casa e improvisaba el almuerzo con lo que encontraba en el frigorífico.

Al entrar en la panadería, miraba el mostrador con atención, comprobando lo que se había agotado en la mañana. Reponía lo que quedara dentro y evaluaba qué podía elaborar de forma rápida.

Aquella tarde, las estanterías estaban completas, así que decidió hacer unos merengues y unas magdalenas de limón, dos elaboraciones que siempre se vendían. Sus magdalenas eran famosas en todo el pueblo y, en cuanto salían del horno, el primer vecino que las veía en el mostrador avisaba a los demás. La madre de Estefanía no quería hacerlas a menudo. Defendía que era un producto barato cuya venta evitaba que se adquirieran otros pastelitos más rentables. Pero a ella le entusiasmaba el olor que desprendían, el sabor suave y la textura esponjosa. Esa tarde pensó en cambiar las de limón por algo más atrevido y decidió que las iba a hacer de canela y clavo. Le encantaba el sabor que le daba el clavo de olor a la masa. Con un par de ellos molidos en el mortero sería suficiente para las tres bandejas que horneaba. Podía tener lista la masa en unos minutos. Rellenaba los papelillos con precisión, recordando la voz de su abuelo cuando le susurraba que, echando la cantidad exacta, se aseguraba la belleza exterior. Disfrutó del olor del horneado, del aroma a canela que siempre le evocaba su infancia.

A las cinco en punto abrió las puertas y se quedó de pie detrás del mostrador, mientras las últimas bandejas reposaban en el horno abierto. Tenían un aspecto magnífico y estaba deseando que se enfriaran para embolsarlas y venderlas. Una voz con un melodioso acento uruguayo la sacó de su ensoñación.

—No vayas a pensar que he venido por mi propia voluntad, he venido porque ese olor que sale del horno me ha dicho que salga corriendo antes de que se acaben. Decime que son magdalenas.

Estefanía sonrió. Sergio estaba de puntillas, intentando ver el interior del obrador.

—Son magdalenas. Pero siento decirte que no son de limón, son de canela y clavo.

—Bo, no puedo esperar, dame una.

—Sergio, están calientes —protestó Estefanía.

—Calientes están más ricas.

En ese momento entró un chico a la tienda, que contempló divertido la escena en la que la dependienta se oponía y el cliente rogaba.

—Tienes que esperar a que se enfríen —anunció Estefanía—. Atiendo a este muchacho y te doy una.

—Yo también quiero probarlas, creo que me voy a esperar —añadió el recién llegado, riendo.

—Está bien, voy a por un par de ellas, pero si os quemáis no es mi responsabilidad.

Estefanía sacó una bandeja dorada con tres magdalenas. Repartió dos y le dio un mordisco a la tercera. Si hubiese estado su madre, los gritos por comer delante de los clientes se hubiesen escuchado hasta en el pueblo de al lado.

—¡Bo, esto es un pecado mortal! —exclamó Sergio dando otro gran bocado a la magdalena.

—En mi vida había comido una magdalena con esta textura, ¿las has hecho tú? —preguntó el chico.

Estefanía asintió moviendo la cabeza y sin poder dejar de mirar sus ojos grises. Era el chico más guapo que había visto nunca. Desde el mostrador no podía evaluar su altura, pero sí podía percibir que su cuerpo era musculoso. Tenía una sonrisa encantadora y, por su acento, parecía extranjero, quizá francés.

—¿Puedo encargarte una docena para mañana? —consultó el chico.

—Sí, si es por la tarde. Te las puedo tener preparadas a esta hora.

—Estupendo, ahora dime… ¿Tienes más magdalenas para venderme?

—¡Taaa! Un momento, yo también quiero, y he llegado el primero —replicó Sergio con tono burlón.

—Hay para los dos, he hecho tres bandejas. Pero no os las puedo dar todavía, tienen que enfriarse. Si las meto en la bolsa calientes, se estropearán.

—No pasa nada, vos me las reservás —rogó Sergio—. Y en un rato, cinco minutos, no voy a poder esperar más, vengo a por ellas.

El chico y ella se rieron al unísono, viendo a Sergio salir de la panadería.

—Me llamo Alberto y acabo de descubrir que vas a ser mi perdición —se presentó el muchacho.

—Yo soy Estefanía —contestó con timidez.

—Estefanía, veo que eres una chica maja… Estoy buscando un piso de alquiler por esta zona, porque vivo en Marbella y la cosa allí está carísima. ¿Puedo darte mi Insta y, si te enteras de algo por aquí, me avisas? Te lo agradecería mucho.

—Puedes agregarme, si quieres —invitó Estefanía—, pero es muy complicado encontrar algo en esta zona.

Le indicó cuál era su nombre de usuaria y observó como Alberto la buscaba en la pantalla. En ningún momento pensó que el chico quisiera ligar con ella. Se miraba al espejo cada día y sabía de sus posibilidades. Pensaba que no tenía ningún atractivo y a sus dieciséis años no había besado a ningún chico. Se creía la única mujer de esa edad, en todo el planeta, que no despertaba el interés de nadie.

Su baja autoestima estaba alimentada por los comentarios de los clientes. Su hermana mayor sí que era bonita. En su infancia, los adultos se lo recordaban continuamente. A ella nunca le llegaba ningún halago. Cuando él la volvió a sonreír, se sintió incómoda y entró a comprobar que las magdalenas se habían enfriado. Decidió metérselas en una caja y, sin pensarlo, siguiendo un impulso, echó dentro un par de galletas de mantequilla, sus favoritas. Le dio una bolsa y la caja y le cobró sin atreverse a mirarlo. Se arrepintió de no haberle metido ella misma la caja en la bolsa.

Alberto se marchó dándole las gracias por todo. Hasta que llegó Sergio, quince minutos después, Estefanía estuvo dando vueltas al encuentro. Por primera vez en su vida había sentido algo extraño. Cuando el chico la miró, se puso nerviosa, inquieta, sin poder justificar el motivo.

—Dame mis magdalenas, preciosa —pidió Sergio con su acostumbrada amabilidad—. Y algo de pan, lo que tenés.

Su madre los interrumpió, dando las buenas tardes de manera seca.

—¿A qué huele? —preguntó Graciela.

—He hecho magdalenas —respondió Estefanía, sabiendo lo que vendría después.

—¿En serio? Estefanía, ¿cuántas veces te he dicho… —espetó su madre, callándose de golpe la segunda parte de la frase, al darse cuenta de que Sergio escuchaba atento.

—Graciela, ha sido culpa mía, he insistido para que me las hiciera. Ya me ponés un par de docenas, una para mí y otra para la escuela. No podés reñirla por hacer lo que le encargamos.

Sergio guiñó un ojo a Estefanía cuando su madre se volvió para colocarse el delantal.

—Es que no para de inventar, Sergio, y no podemos tener una carta tan amplia. El otro día hizo unas galletas de mantequilla y ahora todo el mundo quiere galletas. Y al precio que están la mantequilla y la luz, no se pueden cobrar las galletas.

—Tenés razón, pero hay que innovar. Si no lo hacemos, nos come la competencia, Graciela, que a la gente le gusta mucho la novedad, encontrar cosas distintas —argumentó el uruguayo.

—Sí, claro, les gusta, pero no quieren pagar las cosas a su precio. Quieren llevarse cinco dulces por cinco euros —aclaró Graciela con amargura—. Y ya ves, no podemos sobrevivir así.

—Hacéis el pan más exquisito de toda Fuengirola. Tenéis clientes de todas partes.

—¿Y de qué nos sirve eso? Si las cuentas no salen, no salen.

Sergio se rindió, le dedicó una mirada de complicidad a Estefanía y se despidió de las dos.

—Espera, que te he guardado los recortes para los niños. Dame un minuto.

Estefanía le dio una bolsa con trozos de hojaldre y de masa quebrada.

Sergio le dio las gracias y se marchó sintiendo pena por esas dos mujeres que no paraban de trabajar.

—Tengo un encargo de magdalenas para mañana, pero, si quieres, solo hago las que me han pedido —anunció Estefanía.

—¿Eres tonta? —ironizó su madre—. Si vas a poner el horno y solo haces las que tienes encargadas, nos va a salir por un ojo de la cara. Huelen diferente, no son de limón.

—No, son de canela y clavo. Tienes que probarlas.

Estefanía corrió al obrador a por una magdalena para su madre. Y de regreso dio un respingo al ver de nuevo a Alberto allí.

—Hola de nuevo —habló con timidez—. ¿Te quedan magdalenas?

—¿Cuántas te pongo? —preguntó Estefanía, también retraída.

—Las que te queden. Y ponme también dos merengues y dos xuxos.

El chico la sonrió y Estefanía le devolvió la sonrisa. Charlaron durante unos minutos sobre los dulces que llevaba.

Graciela no paraba de mirar al chico que acababa de entrar y a su hija, preguntándose por qué se trataban con tanta familiaridad. Cuando el muchacho salió, se plantó delante de Estefanía con los brazos en jarra.

—¿Qué? —preguntó Estefanía—. Es un cliente nada más, vino con Sergio y probó las magdalenas. Y ya ves, se las ha llevado todas. Y encima ha comprado más cosas, que es lo que siempre te digo.

—Estabas coqueteando con él —afirmó con rotundidad—. Y ya tengo bastante con que una de mis hijas sea una perdida. Así que cuidadito con lo que haces.

Estefanía se metió en el obrador. No soportaba que su madre hablara mal de su hermana. Pero conocía el final si replicaba. Le gritaría sin mesura, sin importar donde estuvieran.

En un intento de calmarse, cogió su móvil. Alberto le había mandado un mensaje privado. Solo la había saludado, pero sintió cientos de mariposas revoloteando en su estómago. Comenzó a mirar sus fotos y le extrañó que en todas se viera solo, practicando deporte. También había alguna con animales.

Se sobresaltó al darse cuenta de que posiblemente él hubiese hecho lo mismo. Su muro expresaba cómo era su vida. No aparecía en ni una sola foto haciendo algo divertido con amigas. La mayoría eran en la panadería, con alguna elaboración. Tenía muchas fotos colgadas, pero en todas se evidenciaba lo sola que estaba.

Las dudas la asaltaron de nuevo. ¿Quién se iba a interesar por una chica como ella? No tenía nada que ofrecer. No era guapa ni divertida y, mucho menos, especial.

Guardó el móvil sin contestarle. «No había necesidad de hacer el ridículo», pensó.

Y volvió al mostrador a atender a los clientes que venían a por su pan para cenar.

6

Los pasos de Arabia

Arabia aceptó ir al mercadillo con sus primas, aunque no por la insistencia de estas, sino por la necesidad de compartir lo que le había ocurrido.

Sus primas, Cecilia y Yanira, dos gemelas de su misma edad, eran también sus mejores amigas. Vivían cerca y su infancia había sido un continuo correr de una casa a la otra. Las madres, además de cuñadas, compartían amistad desde niñas; estaban muy unidas y esa relación impregnó a las tres chicas del mismo cariño.

Arabia defendió siempre que las cosas emocionantes de la vida resultaban mucho más divertidas cuando se compartían.

Llegó a casa de su tía temprano, recogió a sus primas y salieron, sin demora, para el mercadillo. Tenían una media hora hasta llegar allí, pero ellas preferían caminar a ir en autobús.

—Ayer me pasó algo superextraño.

Las dos se pararon a la vez y la miraron a los ojos.

—¿«Superextraño» qué es, prima? —preguntaron.

—Os lo cuento, pero me tenéis que prometer que me guardaréis el secreto.

—Que sí, pesada, suéltalo ya —increpó Yanira.

—Resulta que hace un par de semanas vinieron a dar una charla a mi instituto. Una charla sobre el maltrato a la mujer, ya sabéis, para prevenir. Y la verdad es que me encantó, fue muy participativo e hicieron unas actividades muy...

—Quieres ir al grano —rogó Cecilia—. Hija mía, que te enrollas como una persiana.

—Bueno, ese mismo día, escribí un mensaje en el Insta de la organización que lo había dado, diciendo que había estado muy bien y que hacía mucha falta, que los hombres andaban fatal de la cabeza.

Las dos primas hicieron un mohín gracioso con la cara, a modo de protesta por dilatarse tanto contando las cosas.

—Pues anoche me contesta un chaval y me dice, justo debajo de lo que yo había escrito, que no todos los hombres son iguales, que algunos respetan a las mujeres.

—¿Y qué? —interrumpió Cecilia.

—Que me dio rabia que el chaval me dijera eso. Le respondí que «algunos» no era suficiente. Que a las mujeres que habían sido asesinadas de poco les servía que él respetara.

—Muy bien dicho —confirmó Yanira.

—A los cinco minutos me escribió un privado.

Las dos se volvieron a parar de golpe.

—¿Estás *roneando* con el zagal, prima? —interrogó Cecilia—. Si no lo conoces de nada, capaz eres.

—No he dormido en toda la noche, es que no podéis imaginar lo guapo que es: moreno, con los ojos verdes, alto, musculoso, deportista. Y es inteligente y tiene un sentido del humor muy particular.

—Prima, tú, de lo que veas en internet, no te creas ni la mitad. Fíjate en tu perfil, que pareces una *top model* de tantas cosas como cuelgas y eres una tiesa sin un euro —recomendó Cecilia riéndose.

—Tiene muchas fotos en esa casa. Y se nota que son de verdad, no soy tonta, hija.

—¿Y de qué habéis estado hablando toda la noche? Porque yo no podría estar tanto rato de cháchara con un desconocido.

—Si me lo hubieses preguntado ayer, te hubiese dicho lo mismo, pero, no sé, Abel es diferente, es…

—Para, para, para. Hablas de Abel con un empalago que…, ¡ay, madre mía de mi alma!, que estamos en terrenos pantanosos —dedujo Yanira.

—No pasa nada porque hable con un chico, no seas antigua.

—No, claro que no pasa nada. Si ese chico lo tienes de cara

y puedes medir sus intenciones. Pero, prima, tras una pantalla, eso es otra historia. Que hay mucho malaje que se esconde detrás y luego son unos pervertidos que tienen cincuenta años.

—Ya lo sé, no soy tonta, por eso lo voy a conocer.

—Niña, vas a hacer que hoy me explote la cabeza —replicó Cecilia—. Tú estás *chalá*, que no anda el mundo para ir quedando con desconocidos. ¿Tú no ves las noticias, muchacha? Niñas que quedan con uno y luego había veinte esperando para violarla; tú no vas a quedar con nadie, eso te lo digo yo. Ni loca.

—Pareces nueva, no voy a quedar en su casa, hija. Vamos a ir a un sitio público y vosotras me vais acompañar.

—A nosotras no nos metas en tus líos —argumentó Cecilia—. Que mi madre nos mata. Que no.

—Pues ya estáis metidas. He quedado con él en media hora en el bar del Paco.

—Definitivamente, el muchacho te ha comido la cabeza. En el bar del Paco, dice, si ahí te conoce todo el mundo. Se va a enterar el pueblo entero de que estas *roneando* con un chaval —discrepó Cecilia.

—No seáis pavas, que me voy a tomar un café y a comer un pitufo con aceite, no a dar la vuelta al mundo con él. Además, vosotras vais a estar en la mesa de al lado sin quitarme el ojo. ¿Qué me puede pasar? Nada.

Sus primas mostraron con una decena de argumentos su desaprobación por el plan que había trazado sin su consentimiento.

—Tengo un mal presentimiento, en serio. Vámonos al mercadillo, que me quiero comprar un bolso nuevo, que el mío está muy trillado —rogó Yanira.

—Una hora, os lo prometo. No voy a tardar más de una hora. A las doce y media estamos en el puesto del José Antonio comprándonos unos bolsos.

Con carantoñas y mohínes infantiles, convenció a sus primas de que la siguieran al bar de Paco, una pequeña cafetería de barrio donde las familias comían churros y los obreros devoraban inmensos bocadillos con más relleno en su interior que pan.

Arabia estaba nerviosa. Había pasado toda la noche conversando con Abel, sintiendo que la entendía como nadie lo había hecho en su vida. Hablaron de la familia, de los amigos, de sus metas y sus sueños. Se contaron anécdotas infantiles y se rieron juntos de ellas. Arabia había notado que Abel era un chico culto, creativo en su forma de preguntar, de establecer una conversación. Le encantaban su sentido del humor y los valores que había podido vislumbrar tras sus palabras. No podía entender cómo en unas horas lo sentía tan cercano, tan conocido, tan afín.

Se paró para mirarse en el espejo retrovisor de un coche, antes de entrar en el bar. Sus primas estaban serias, sin poder disimular que el plan no les gustaba en absoluto.

Abel ocupaba la última mesa del fondo, la más esquinada. Se levantó nada más verla. Le sonrió tímidamente y se acercó a ella. Arabia miró a sus primas, corroborando sin palabras que era el chaval guapo de la foto y no el pervertido de cincuenta años.

Le dio dos besos sin acercar demasiado el cuerpo, guardando una distancia prudencial para que no se sintiera incómoda. Sus primas se sentaron en la mesa de al lado, sin disimular en ningún momento que la estaban vigilando.

—Espero que te parezca bien esta mesa, pensé que aquí podíamos hablar con más intimidad —se explicó el chico, aguardando a que ella se sentara primero.

—Sí, está bien, no te preocupes —contestó Arabia.

Los dos estaban nerviosos, no sabían muy bien cómo empezar.

—Tus amigas no paran de mirarme —dijo acercando ligeramente la cabeza—. Si quieres, pueden sentarse con nosotros.

—No te preocupes por ellas. Son mis primas y tenía que traerlas. Ya sabes, eso de quedar con desconocidos es, hoy en día, un deporte de riesgo.

—Claro, lo entiendo. Espera, vamos a decirles que se unan. Tenemos toda la vida por delante para quedar a solas. Ahora es el momento de conocernos y charlar, y será más entretenido con ellas.

Arabia estaba encantada con el gesto. Sobre todo porque sabía que haciendo eso ya había ganado puntos en la confianza de sus primas.

Se levantó y distribuyó dos sillas más alrededor de la mesa. Sin darse cuenta, enganchó el mantel y tiró el jarroncito con flores que estaba colocado en el centro. Abel enrojeció desde las mejillas hasta las orejas. Las primas de Arabia no podían dejar de reír.

—Muchacho —le dijo Cecilia—, no te pongas nervioso, que no te vamos a hacer *na*.

Todos estallaron en risas de nuevo. Abel intentó solventar el momento incómodo riéndose de su torpeza. Pero se volvió a poner en evidencia cuando, al repartir las bebidas que el camarero había dejado en la mesa, volcó uno de los zumos.

A Arabia le encantó el rubor de las mejillas de Abel. Era el chico más guapo que había tenido cerca. Miraba con atención sus largas pestañas y la profundidad de sus pupilas, de un verde esmeralda vibrante. Recorrió varias veces la comisura de sus labios, intentando que no se diera cuenta.

Una de sus primas le dio una patada por debajo de la mesa, señal de que se querían marchar lo antes posible, pero Arabia la ignoró por completo.

Abel les contó que vivía en la Zagaleta y las tres supieron en ese momento que era un chico de una familia acomodada. Habían oído historias de esa urbanización de lujo, donde los excéntricos millonarios podían pedir a cualquier hora, en la recepción, las cosas más inverosímiles.

—¿Es verdad que tenéis una pista de aterrizaje? —preguntó Yanira.

—Tenemos una pista para helicópteros, sí, pero no os creáis todo lo que dice la gente. Podéis venir cuando queráis, os va a gustar.

Cecilia y Yanira no pudieron disimular esa cara que parecía decir sin palabras: «Ni locas nos vamos a subir en un coche con un desconocido que quiere llevarnos a un chalet».

—Entiendo que ahora mismo no, quería decir más adelante, cuando me conozcáis un poquito más —las tranquilizó Abel.

—Ahora tenemos que irnos —cortó Yanira—. Pero ha sido un placer.

Las tres se levantaron, Arabia con la desilusión escrita en la cara. Le hubiese gustado quedarse un rato más.

Abel la cogió de la muñeca cuando se marchaban.

—Quiero verte pronto —le susurró al oído.

Ella lo miró a los ojos. En ese momento tuvo la certeza de que sus destinos estarían unidos para siempre.

Y no sabía hasta qué punto eso que predijo iba a ser una realidad.

7

Las huellas de Tamo

El ascensor no funcionaba desde hacía días. Subió la mitad de la compra rezando para que nadie se llevara el resto de las bolsas antes de que volviera a por ellas.

Su madre le abrió la puerta y alabó a Alá al ver a su hija con las manos llenas.

—Ve colocando esto, me quedan otras en el portal. Voy corriendo antes de que me las quiten.

Le contó a su madre todo lo ocurrido en el taller y pudo ver en su rostro la preocupación por lo que vendría a continuación. Conocía las palabras que gritaría su padre, sabía que no iba a perdonar que Tamo le hubiese quitado el billete.

—Me voy a ir a casa de Rawan. Estaré bien, cuando se le haya pasado me avisas. Aquí están las baterías cargadas para los pequeños; esta es para ti, para que puedas hablar con Farah. Te he recargado el móvil, y en el de los niños ya tienen descargado un directo. Prepárale una cena rica y procura tener la casa limpia, cualquier excusa será buena para pagarla contigo, ya lo conoces. He comprado una bombona de butano para que puedas cocinar. Mete a mis hermanos en el cuarto temprano y ponles los cascos.

Su madre miró al suelo. Sabía que su hija había levantado la ira de Hassan y que nadie la libraría de pagar las consecuencias, pero, al ver la cocina llena de comida, sintió que merecería la pena. Con un poco de suerte, su marido habría conseguido algo más de dinero, pasaría toda la noche en alguna timba ilegal y por la mañana llegaría demasiado borracho para mantenerse en pie.

Fátima pensaba que en el fondo no era un mal hombre, solo que el juego y el alcohol lo tenían fuera de sí. Su memoria selectiva había escogido no acordarse de todas las humillaciones y desplantes que había sufrido en los primeros años de casados, cuando la adicción de su marido no había entrado aún en su matrimonio.

Tamo cogió su mochila y metió los libros, los cuadernos y algo de ropa. Salió corriendo a casa de su amiga. Conoció a Rawan en el colegio, cuando las dos llegaron nuevas a primero de primaria. Se hicieron amigas el primer día y nunca habían tenido una discusión. Aunque Rawan llevaba una vida más cómoda que la de su amiga, también sentía como suyas las circunstancias de Tamo. Sus madres, en cambio, no consiguieron fraguar una amistad. Las dos eran de la misma ciudad de origen, pero Hidaya, la madre de Rawan, no era capaz de entender la forma de vivir de Fátima, esa sumisión abnegada ante su marido y esa falta de carácter para defender a sus hijos y su futuro. Eso fue lo que las distanció para siempre. Hidaya no supo ayudarla, y verla sufrir se convirtió en una condena que no estaba dispuesta a pagar. Un buen día se dijo que, si su amiga quería seguir sufriendo, era su elección, pero no iba a arrastrarla con ella. No soportaba verla llena de golpes, sin atender a los consejos que le daba. Debía denunciar a su marido. Desistió cuando se dio cuenta de que nunca lo haría. Así que Hidaya la apoyaba en silencio, acogiendo a Tamo o mandándole comida, si se enteraba por su hija de que no tenían nada para los pequeños.

Tamo lo pasaba muy mal cuando se veía obligada a pedir ayuda a su amiga. Sentía una vergüenza que la ahogaba, que le provocaba unas inmensas ganas de llorar. Se quedaba en el portal y se demoraba varios minutos antes de subir, controlando la angustia de verse otra vez en la calle, teniendo que mendigar un techo para dormir. Era muy difícil para ella. Conocía lo que Hidaya pensaba de su madre y le apenaba que no hubiese seguido sus consejos.

Rawan intentaba que Tamo sufriera lo menos posible. Justificaba las numerosas noches que Tamo pasaba en su casa con excusas que nadie creía. Aquella tarde, cuando vio a su amiga aparecer con la mochila, supo de inmediato que huía de su padre.

—Mamá, Tamo se va a quedar a dormir. Vamos a hacer un regalo a una amiga, no sabemos cuándo lo vamos a terminar.

—Claro, puedes quedarte las noches que necesites, que, con lo que habláis cuando estáis juntas, no me extrañaría que pasase el cumpleaños y no hubierais terminado. Voy a prepararos algo de merendar y os lo llevo al cuarto.

Para Rawan, que su amiga vinera a casa era motivo de alegría. No tenía hermanos ni primos con quien compartir secretos. Tamo era la única amiga en la que confiaba.

Hidaya les trajo una bandeja con un par de bocadillos, dos tés con hierbabuena y la promesa de que no las iba a molestar. Las avisaría para la cena, al cabo de un par de horas.

Tamo estaba deseando quedarse a solas para contarle a su amiga lo que le acababa de ocurrir.

—¿A qué estás esperando?, agrégalo —la animó Rawan—. Estoy segura de que vas a tener una maravillosa aventura con él. Vamos, enséñamelo ya, quiero verlo.

Tamo se rio a carcajadas de la impaciencia de su amiga. Por un rato se olvidó de su madre, de sus hermanos y de su padre.

—Madre mía, si parece un modelo de lo guapo que es.

—Y es muy agradable, me acompañó y me llevó las bolsas. ¿Dónde has visto tú a un chico que hoy en día haga eso?

—¡Tienes razón! ¡No lo puedes dejar escapar!

Pasaron la noche pegadas al móvil, inventando historias románticas, soñando con un futuro lleno de aventuras, de viajes a países que no podían situar en el mapa, comprobando cada cinco minutos si el chico había escrito.

—Escríbele tú, no seas tonta. Si no te ha escrito al terminar el día, hazlo tú —la animó su amiga.

—Que me muero de vergüenza... ¿Qué le voy a decir? Además, si está interesado escribirá; yo le he agregado. Lo mismo tiene novia y ando aquí dándole vueltas a la cabeza para nada.

—Y lo mismo no tiene novia y dejas pasar al hombre de tu vida. Es guapísimo. Y mira qué moto lleva. Daría lo que fuera por dar una vuelta agarrada a lomos de un chico como este. Ahora estará stalkeando tu Insta con lupa.

—«Lomo» solo se usa para animales. Agarrada a la espalda, quieres decir —corrigió muerta de la risa el español de su amiga.

—A lomos de un semental como este, que te estampa contra la pared con una sola mano —dijo Rawan dando vueltas por la habitación, entre carcajadas.

Tamo le tiró una almohada y ella respondió golpeándola con la suya. Comenzaron una batalla campal que cesó en cuanto le dieron a uno de los vasos del té. Rieron hasta que su madre las mandó callar por el jaleo que tenían.

Tamo pensó lo que vería Adrián si entraba en sus redes. Sus muros estaban llenos de fotografías sin sentido. Le encantaba inmortalizar rincones con macetas de vivos colores, charcos sobre los que llovía con fuerza y puertas de madera envejecidas por el paso del tiempo. Pero se evidenciaba su falta de vida social, de reuniones o de actividades con amigas.

Cenaron en la habitación y continuaron soñando juntas. Solo durmieron un par de horas, pero ninguna de las dos amaneció cansada. Tamo se preguntó cómo se encontraría su madre y se sintió culpable por haberse divertido, cuando estaba segura de que ella no había corrido la misma suerte.

Por la mañana se levantó temprano, se dio una ducha y esperó a que Rawan se desperezara.

—Voy a acercarme un momento a ver a mi madre. Muchas gracias por todo, vuelvo a la noche —susurró Tamo antes de salir.

No asistían al mismo centro educativo. Rawan había decidido cursar una formación profesional y Tamo optó por estudiar bachillerato. Quería ser policía y no se iba a conformar con ser una patrullera de barrio. Ambicionaba seguir estudiando, convertirse en agente de la científica y tener una carrera como investigadora en las fuerzas y cuerpos de seguridad del Estado.

En apenas unos minutos estaba en su casa. Se aseguró de que las llaves de su padre estuvieran colgadas donde siempre las dejaba. Se acercó tan sigilosa a la cocina que sobresaltó a su madre al abrazarla por detrás.

Se alegró cuando la miró a la cara y comprobó que estaba en perfecto estado. Le cogió la cabeza con ambas manos y le dio un beso en la mejilla.

—Vete, que tu padre se va a despertar de un momento a otro. Cuando salgas del instituto, ve a verlo al taller y habla con él. Allí estarán sus amigos y podrás explicarte con tranquilidad. Corre, vas a llegar tarde —imploró su madre.

Cuando entró en el instituto y cogió el móvil para quitarle el sonido, se dio cuenta de que Adrián le había escrito. Fue un simple mensaje en el que le decía que le había encantado conocerla y que le gustaría seguir viéndola. Tamo se paró unos instantes a disfrutar de lo que le había hecho sentir, de la alegría que le había provocado.

—Buenos días, señorita, qué feliz la veo hoy —le comentó Inés al finalizar la clase.

—Luego en el recreo te cuento —susurró Tamo a su profesora, para que ninguno de sus compañeros la oyera.

Pasó la mitad de la mañana imaginando que volvía a quedar con Adrián, deteniéndose en los detalles de la ropa que se pondría y de cómo se maquillaría para que no pareciera que se había arreglado para él.

Fue Inés la que la buscó en el recreo, de nuevo con un bocadillo de tortilla y un zumo. Tamo se lo guardó en la mochila, no podía probar bocado.

—He conocido a un chico —soltó de repente—. Es muy guapo.

Inés sonrió reconociendo ese estado tan ilusionante del principio de una relación, cuando comienzas a sentirte atraído por alguien.

—Me alegro mucho. No tengo que pedirte que seas precavida, porque eres muy lista y sabes caminar por el mundo sin consejos. Solo voy a decirte que estoy aquí para lo que necesites. Mis hijos han sido dos adolescentes enamoradizos que me han dado mucha experiencia en el tema. —Inés sonrió.

—No sé si debería quedar con él.

—Tamo, si no quedas con él, no vas a poder conocerlo. Tienes que darte una oportunidad. No te estoy diciendo que vayas a su casa el primer día. Queda en un sitio público, cerca de casa. Acude con alguna amiga, si te da cosa ir sola. Ve despacio, estate atenta y disfruta.

—Inés, ¿de verdad crees que con mi familia puedo gustarle a alguien? No solo soy musulmana, también tengo un padre muy complicado. En cuanto lo conozca, saldrá huyendo.

—No digas tonterías. Se tiene que enamorar de ti, no de tu padre. El error lo cometió tu madre, no tú. —Se arrepintió inmediatamente de sus palabras—. Perdona, no quería ser desagradable. Tu madre escogió su destino y tú debes escoger el tuyo. Es ley de vida que te enamores, que tengas tu pareja, tu propia familia. Tus hermanos pequeños son encantadores y tu madre es buena persona. No veas solo las cosas negativas que te rodean.

—No soy negativa, soy realista. No va a ser fácil que alguien entienda que tengo un padre como el mío y que mi madre no pueda luchar por cambiar las cosas.

—Eres una de las mujeres más inteligentes que he conocido nunca. Capaz de expresarse de una manera clara. Sabrás exponer tus argumentos cuando llegue el momento. Tampoco tienes que ir enseñando tu currículo familiar a todo el que llegue a tu vida.

—Es que no quiero construir una relación sobre una mentira. Y este chico me gusta.

—No le vas a mentir. Mírame, Tamo, las relaciones se van cimentando poco a poco. Ves a la otra persona en el día a día. No hay que contar nada que una no quiera. Y tampoco es necesario enamorarse de la primera persona que entre en tu vida. Puedes salir con él una vez y darte cuenta de que no te gusta o, todo lo contrario, puede que la segunda vez que vayas al cine desees no separarte de él jamás. Pero eso no se puede predecir. Tan solo se puede disfrutar.

La muchacha la abrazó agradeciéndole su ayuda. Regresó a clase segura de que quería conocer a Adrián y de que iba a escribirle en cuanto llegara a casa. Necesitaba pasar antes por el taller, hablar con su padre e intentar arreglar las cosas.

Cuando llegó, no lo encontró, había salido a probar un coche. Karim estaba en la oficina. Quitó los pies de la mesa en cuanto la vio entrar. Su sonrisa maquiavélica la hizo retroceder y decidió esperar a su padre en la calle. Karim la cogió de un brazo a medio camino, parándola para que no se marchara. De un fuerte tirón, se la acercó tanto que Tamo pudo sentir su aliento en la cara.

—No tengas tanta prisa —susurró cogiéndole un mechón y metiéndoselo detrás de la oreja—. Tu padre va a tardar un rato.

Se quedó paralizada durante unos segundos, pero reaccionó cuando la mirada de Karim se posaba con fuerza sobre la forma de sus pechos.

—Suéltame —le ordenó arrastrando las sílabas—. Si me tocas un pelo, lloraré con todas mis fuerzas y le diré a mi padre que has abusado de mí. Y te matará.

Karim se lo pensó unos segundos y finalmente la soltó.

Tamo se marchó a su casa corriendo. Sentía que ningún hombre sobre la faz de la tierra merecía la pena.

8

Las huellas de Estefanía

La mañana en el instituto se le hizo eterna. No dejó de pensar en Alberto. Quería prepararle algo especial. Al final se decidió por rellenar algunas magdalenas con caramelo salado y cubrirlas con chocolate con leche.

Cuando llegó a casa, recordó que su madre había ido a comprar suministros al almacén. No tenía hambre, así que se comió unas cuantas patatas de un paquete abierto y una empanadilla de atún que había sobrado de la noche anterior.

A las tres y media ya estaba en la panadería, con la intención de prepararlo todo con tiempo. Entró por la puerta lateral, la que daba directamente al pequeño obrador. Por suerte solo tenía que glasear las palmeras de hojaldre que se habían agotado y cocer una hornada de pan integral. Se entretuvo decorando las magdalenas y rellenándolas con cuidado. Metió el pan en el horno, después de esperar a que levara, y a las cinco menos cinco salió para abrir la persiana. Y cuál fue su sorpresa que no consiguió elevarla. Utilizó todas sus fuerzas para tirar de ella, pero no cedió.

Justo cuando iba a darse por vencida, vio unas manos que, de una fuerte sacudida, la subieron con rapidez.

—Hay que echarle un poco de aceite, le falta lubricación —informó Alberto sin dejar de sonreír—. Menos mal que pudimos abrirla, no he hecho otra cosa en toda la mañana que pensar en las magdalenas.

Estefanía se preguntó si no habría querido decir otra cosa. Pero descartó la idea.

—Gracias —dijo tímida—. Me veía llamando al cerrajero. Tengo listas tus magdalenas, voy a darte a probar otras. Son iguales, pero están rellenas de caramelo salado y con un topping de chocolate con leche.

—Eso suena muy bien —respondió Alberto sin dejar de sonreír.

Estefanía entró al obrador y respiró hondo. «Vamos, no seas tonta, no tienes por qué estar tan nerviosa», se dijo a sí misma. Pero lo cierto es que no podía controlar lo que aquel chico le provocaba.

Sacó dos magdalenas y le ofreció una a Alberto, que la devoró en un par de bocados. Ella se comió la otra.

—Si las de ayer estaban buenas, las de hoy son insuperables. Ya sé cuál es tu táctica: vas dando a probar cada día una para que nos quedemos enganchados y volvamos a comprar al día siguiente, ¿no? Quiero de estas. También de las otras. Y galletas de mantequilla. ¿Eran de mantequilla las galletas que venían en la caja?

—No tengo galletas, puede que haga mañana.

—Vale, dame todas las magdalenas de chocolate que tengas. Aquí el que se lo piensa se queda sin nada.

—Tengo tres bandejas de cada. ¿Qué vas a hacer con tantas magdalenas? —Se arrepintió inmediatamente de haberle preguntado eso.

—¿Comérmelas? —preguntó divertido.

—Te vas a poner malo, no puedes comerte tantas a la vez. Puedes congelarlas; eso sí, en cuanto estén frías.

Graciela entró por la puerta y los miró sin disimulo. Pasó por el mostrador dando las buenas tardes y se metió dentro a cambiarse.

—¿A qué hora cierras? —susurró para que su madre no lo escuchara—. Es que voy a echarte aceite después para que mañana no tengas el mismo problema con la persiana.

Por unos instantes, Estefanía pensó que se interesaba por ella. La desilusión, cuando declaró su intención de ayudarla, fue difícil de disimular. Se dio cuenta de que su madre los escuchaba con atención oculta en el obrador.

—Te voy a cobrar las magdalenas —anunció con un tono más elevado del que le hubiese gustado.

El chico pagó y salió dando las gracias por la amabilidad.

—¿Qué? —cuestionó la muchacha ante la mirada impasible de su madre.

—¿Y me preguntas? ¿No hueles?

Había olvidado los bollos integrales en el horno. Su madre le mostró una bandeja con unos panes carbonizados.

—No estás en lo que tienes que estar. Andas más pendiente de tontear con todo el que entra que del trabajo. Te voy a meter en el obrador y no vas a salir en un mes. Te juro que, como lo vea volver por aquí, te encierro y no sales. Es que no sé qué tienes en la cabeza. Con los clientes no se tontea, niña, que es tu trabajo, tu pan.

Sintió una rabia enorme y se metió dentro del obrador.

No pudo evitar sollozar como una niña pequeña. No entendía muy bien qué era lo que le ocurría. Un huracán de emociones le impedía respirar, apretándole el pecho con fuerza. Necesitaba sacar todo lo que tenía dentro. No podía dejar de sentirse estúpida por estar llorando, y eso hacía que las lágrimas brotaran con más fuerza.

Nunca iba a poder enamorarse. Su madre no se lo permitiría. No la iba a dejar ser feliz. Tampoco es que lo hubiese sido nunca. Ni una sola vez en la vida le había dicho que la quería, nunca recibió un beso de buenas noches. Ni un gesto cariñoso junto a una felicitación de cumpleaños. Lo único que su madre había hecho a la perfección era amargarle la existencia.

—Deja de llorar y haz la masa de los bollos —ordenó Graciela.

Sintió unas ganas enormes de quitarse el gastado delantal y tirárselo a la cara. Y salir corriendo. Correr sin parar.

Pero no tenía donde ir. Nadie a quien acudir. Su padre no la quería en su vida y su hermana se había olvidado de ella. Estaba sola. Un nudo en el estómago le acentuó la sensación de desamparo, hasta tal punto que le provocó un dolor físico.

Trabajar era lo único que la aliviaba. Se acordó de que al día siguiente tenía un examen y sacó los apuntes en un intento de quitarse el malestar que se le había pegado a la piel. Su móvil cayó al suelo al sacar la libreta y vio que tenía un mensaje privado de Alberto. Le pedía la respuesta que su madre había interrumpido.

Tenía que conseguir que se marchara y la dejara allí.

No podía pensar con claridad. Se sentía apenada y aturdida a partes iguales. Pero la posibilidad de volver a ver a Alberto le producía una emoción desconocida que no sabía cómo encajar.

Llegó la hora y no se le había ocurrido nada. Su madre echó la persiana y ella seguía con los apuntes en la mano.

—Vamos a casa —le ordenó.

—Mañana tengo un examen y pasado otro. Voy a hacer las rosquillas y los hojaldres, así adelanto y puedo estudiar por la mañana —contó con un hilo de voz.

—Abre esta puerta, que se quite este olor a quemado. Y no tardes mucho, no quiero que vuelvas de noche sola.

—En un rato me voy, no te preocupes.

Cogió el móvil y le mandó un mensaje a Alberto. Se dio cuenta de que tenía uno suyo en el que le indicaba su número de teléfono. Le avisó y corrió al baño a mirarse, se pellizcó las mejillas y se recogió el pelo de nuevo, a fin de domar los rizos alborotados que se habían salido de la cola. Se hizo un nudo en la parte delantera de la camiseta para ajustarla un poco. No había salido del baño cuando sintió unos golpes en la puerta.

Estefanía guardó los libros con rapidez y salió del obrador.

—Qué susto me has dado, te esperaba por esta puerta.

—He salido por el obrador —le explicó Estefanía sin dejar de sonreír.

—He traído esto. —Le mostró un bote de aceite lubricante—. Estoy seguro de que podrás abrirla mañana con facilidad.

Sin esperar respuesta, comenzó a echar aceite a la cerradura y en todas las piezas que encajaban en el suelo.

—Intenta abrir ahora, a ver qué tal.

Estefanía sacó las llaves de la mochila y abrió de nuevo la persiana. Se sorprendió de la facilidad con la que subía.

—Muchas gracias, nunca había abierto así.

—Toma, guárdalo. Es mano de santo. Échale un poco cada quince días y tendrás persiana para toda la vida. Mi abuelo era cerrajero y, cuando era pequeño, me iba con él a trabajar. No sirve cualquier marca de aceite, tiene que ser esta. Es la mejor de todas.

Estefanía cogió el bote sin saber muy bien qué decir. Murmuró un agradecimiento y lo dejó dentro del local. Al salir, los dos se quedaron en silencio.

—¿Quieres que vayamos a tomar un helado? —propuso al fin Alberto—. Seguro que me llevas a la mejor heladería de la zona y así voy conociendo el barrio.

—Si quieres un helado bueno —se animó Estefanía—, tienes que probar la heladería Barroco, en el centro. Está a unos quince minutos de aquí, pero tiene unos helados impresionantes. La calidad de la materia prima es superior a la de las demás. Mi favorito es el de magdalenas.

—Estás bromeando, ¿no? No existen helados de magdalenas.

Estefanía se rio a carcajadas de la expresión de Alberto.

—El de tarta de la abuela te va a encantar. Sabe a la tarta de galletas y natillas que todas las abuelas hacen.

—¿Otra vez me estás tomando el pelo? —preguntó dudando.

—No, esta vez no; existe y está riquísimo. Si vamos rápido, me da tiempo a que me invites a uno.

—Eso está hecho. Ahora, el helado de tarta de la abuela se lo pides tú a la dependienta, que no tengo muy claro que no me estés tomando el pelo.

Caminaron de prisa a la heladería y Alberto pagó los helados. Se los comieron sentados en un banco de un parque cercano.

—Me he quedado loco con la cantidad de sabores que hay. Es usted una buena influencia, señorita Estefanía. ¿Alguna hamburguesería buena y barata por la zona?

—Justo debajo de mi casa hay una. Preparan los mejores camperos de la ciudad.

—No sé qué es un campero. Nací en Francia y he vivido toda mi vida en Italia.

—Es un bocadillo enorme, típico de aquí, que tiene… No se puede contar, hay que probarlo.

—Pues si quieres, mañana quedamos y nos comemos uno. ¿A esta hora?

Estefanía no tenía ni idea de cómo iba a hacer para quedar con él al día siguiente. Pero nunca había deseado nada con tanta intensidad.

9

Las huellas de Arabia

El martes salió de clase dos horas antes.

Arabia quería ir al Arroyo de la Miel, con la intención de comprarse algo de ropa para la cita que el viernes tendría con Abel. Estaba ilusionada, impaciente, feliz.

No paraban de hablar en todo el día, los mensajes llegaban continuamente y le hacían sonreír. Lo tenía todo pensado para poder escaparse. Le había dicho a su madre que pasaría la tarde estudiando con Laura, y ella la acercaría con su hermano cuando terminaran. Lo habían hecho otras veces, cuando Arabia tenía que aprovechar el viernes porque el sábado y el domingo se habían comprometido con la agencia de limpieza.

Pensó que primero se compraría una camiseta nueva, para ponérsela con sus vaqueros favoritos, y después entraría en la perfumería a por una barra de labios que se había hecho viral en TikTok y parecía que a todo el mundo le sentaba de maravilla.

Salió del instituto evitando que sus primos, que también estudiaban allí, la vieran. Cortó camino por las callejuelas blancas del pueblo que tanto le gustaban. Los vecinos adornaban las fachadas con geranios y helechos, y pasear entre ellas era un deleite para los sentidos. Podía oler las flores y disfrutar del contraste de colores, caminando despacio por las calles empedradas.

Antes de llegar al centro se paró de repente. Le había parecido ver a su madre entrar por la puerta lateral de la iglesia. No recordaba que le hubiese comentado que tenía que limpiar nada en esa zona. Se apresuró a ver si era ella, pero en unos segundos se creó una cola enorme y le bloquearon el paso. Fue entonces cuando se dio cuenta de lo que pasaba y sintió que el mundo se detenía.

Su madre no había acudido allí para limpiar. Estaba en la cola de la beneficencia, esperando su turno para coger una de las bolsas de comida que ofrecían para las familias sin recursos. Se escondió, no quería que su madre supiera que la había visto. Esperó unos minutos a que saliera y la vio portando una bolsa pesada. Le extrañó la dirección que escogió y tardó unos segundos en entender que había aparcado el coche en la explanada del parque de atracciones Tívoli. Para su sorpresa, su madre no se metió dentro para regresar a casa. Guardó la bolsa en el maletero y con paso rápido se volvió a perder por las calles del centro.

La siguió a cierta distancia para no ser descubierta. Tuvo que taparse la mano con la boca al ver que su madre se ponía en otra cola, esta vez en la Cruz Roja. Arabia se hizo muchas preguntas. No tenía ni idea desde cuándo su madre pedía comida, si lo había hecho siempre o es que la situación era entonces más apurada que nunca.

En ese momento recibió un mensaje de Abel. Sintió unas ganas enormes de contarle lo que acababa de ver, pero no lo hizo. En el fondo le daba vergüenza. Y suponía que a su madre también, por eso había ocultado al resto de la familia que necesitaban ayuda.

Se sintió desconcertada, sin fuerzas para decidir nada. Ya no le apetecía ir de compras. Sopesó las dos opciones: seguir con su vida y sus ilusiones, ignorando lo que había visto, o esperarla allí y enfrentar la realidad. No podía pasar de largo, no quería dejarla sola. Imaginó la primera vez que su madre llegó a ese lugar, con su inseguridad y su sofoco. No habría sido nada fácil.

Decidió esperar allí, hablar con ella. Ofrecerse para acompañarla cuando tuviera que volver. O luchar por que eso no volviera a suceder. Trabajaría, se buscaría algo que le diera un ingreso extra. Pensó en el trabajo de su madre, tan inestable, tan agotador. Con jornadas de catorce horas y sin saber cuándo la iban a llamar de nuevo. Esa incertidumbre, ese vivir pendiente del teléfono, sin hacer planes que se pudieran estropear. Esa vida era la que su madre no quería para ella. Por eso la animaba, la empujaba a estudiar, a estar preparada, a encontrar un trabajo digno.

No podía mirar para otro lado. Tenía que afrontarlo y compartirlo, estaba segura de que su madre se desahogaría con ella y sería mucho más llevadero.

Cuando Lucía la vio apoyada en el capó del coche y evaluó su rostro, supo que Arabia la había visto. Sin decir una palabra, guardó la bolsa que llevaba en la mano y el pack de leche y se sentó en el asiento del conductor sin arrancar el automóvil.

Un silencio espeso se interpuso entre las dos. Ninguna sabía cómo empezar.

—¿Desde cuándo, *mama*? —preguntó Arabia con lágrimas en los ojos.

—Desde hace mucho que no llegamos. No salen las cuentas, hija, y no sabía qué otra cosa hacer. —La miró a los ojos con una súplica que Arabia no supo interpretar—. Perdóname, pero de verdad estaba muy *desesperá*.

—¿Perdonar? ¿De qué hablas, *mama*? ¿Qué voy a tener yo que perdonarte a ti? Solo te puedo echar en cara que no me lo contaras y hayas venido sola. Te conozco y eres muy orgullosa, te ha tenido que costar la misma vida. Pero no hay nada que perdonar. Tú sí que debes perdonarme a mí. Esta mañana te he sacado veinte euros para una camiseta, cuando no tenemos ni para comer, no sabes cómo lo siento.

—Pero yo… no quiero avergonzarte, pidiendo limosna para poder sobrevivir. No sabes lo que me cuesta venir y ponerme en esa cola. La noche previa no duermo, nada más pensando en la posibilidad de que me vea algún vecino. Por eso vengo al Arroyo y no al pueblo. Allí hay mucha gente *conocía* y alguien podría haber ido con el cuento a tu padre.

—*Mama*, escúchame. —Le cogió la cara con las dos manos—. Tú no estás pidiendo limosna, estás intentando sobrevivir. Yo nunca me avergonzaría de ti; todo lo contrario, no puedo estar más orgullosa. Eres capaz de hacer cualquier cosa por sacarnos adelante.

—Arabia, prométeme que no se lo vas a decir a tu padre, o nos mata.

—¡Cómo se lo voy a decir! Pero ¿cómo justificas toda esta comida?

—La guardo en el maletero hasta el día que cobro. Solo saco la leche o lo que necesitamos de paquete en paquete. Cuando me pagan, compro la verdura, la fruta y los *mandaos* que me faltan y lo subo todo a la casa.

—Pero, *mama*, yo he visto estas cosas en la casa de la Paca y en los envoltorios pone «Prohibida su venta». Yo nunca vi eso en nuestra alacena.

—Tu padre no se acerca a la cocina, y contigo he tenido mucho cuidado. Voy rellenando los recipientes, hija.

—No tenías que habértelo tragado tú sola. Pensé que nos lo contábamos todo.

—Pues, ya ves, tú no me has contado lo del chaval y yo no te he contado esto.

—¿Qué chaval? —intentó disimular Arabia.

—Con el que te escribes hasta las tantas de la noche. El que te manda un mensaje y se te pone una sonrisilla tonta. Con el que has quedado el viernes.

—Pero ¿cómo sabes que he quedado el viernes?

—Las madres tenemos un sexto sentido para estas cosas. Y porque mientes fatal.

—¿Qué dices que te han dado? ¿Hay algo bueno? —preguntó Arabia en un intento de cambiar de tema.

—Arroz, lentejas, garbanzos, azúcar, café, atún, galletas María, detergente y papel higiénico. Y en el otro lado me han dado una lejía y unas cuantas latas de conservas.

—¿Tan mal estamos?

—Este mes he cobrado mil euros, y de gastos fijos tenemos ochocientos ochenta. Imagínate. Entre pagar el préstamo, el coche, la luz, el agua y los muertos, ya me he quedado sin sueldo.

—¿A qué muertos le tienes que pagar tú?

—Niña, eso es para que nos entierren. No quiero morirme y que encima me tengan que echar a una cuneta, y tampoco quiero yo ser un gasto para vosotros, que ya tendréis bastante con la pena.

—No hables de eso, que tú no te vas a morir nunca.

—Pues claro que me voy a morir, como todo el mundo.

—*Mama*, creo que yo puedo ayudar. Voy a buscar un trabajo, no podemos seguir así.

—Tú no vas a hacer nada —replicó Lucía—. Tú vas a seguir estudiando, te vas a sacar tu carrera. Y si tenemos que comer puchero tres días, se come. Ya me ayudas bastante. He hablado con mi jefe y le he dicho que todo lo que salga en la costa me lo tiene que dar. Me paso muchos días sin trabajar y eso no puede ser.

—No tengo que dejar de estudiar, puedo hacer las dos cosas a la vez. En Puerto Marina hay muchos bares y siempre están buscando camareras.

—Tú estás *chalá* si piensas que yo voy a permitir que trabajes en una barra con un escote hasta el ombligo y rodeada de babosos. Antes me voy al polígono yo.

—No digas eso ni en broma. Vamos a hacer una cosa: voy a ir a la aldea mañana y le voy a decir a las primas que de cinco a seis voy a estar dando clases particulares en la casa. A diez euros por niño a la semana.

—Lo mismo no hace falta que te metas en líos. Si mi jefe me da más trabajo, me tendrás que ayudar. Y con eso y los estudios ya tienes bastante. Ahora vamos a comprar esa camiseta. Y ya te lo he dicho muchas veces, no quiero ser la última en enterarme.

—No hay nada todavía, nos estamos conociendo —se disculpó Arabia.

—Arabia, te he parido y sé que ese muchacho te gusta. Solo quiero que tengas cabeza, hija, y no te quedes con el primero que se te arrime, como hice yo. No me mires así, no me ha ido mal, pero nunca sabré si me podría haber ido mejor. —Lucía hizo un gesto con la mano y añadió—: Ponte el cinturón, que hoy hay mercadillo en Fuengirola y vamos a comprar esa camiseta. Nos acercaremos al puesto de la prima Susi y le pediremos unos pendientes nuevos para la ocasión.

Arabia miró a su madre. Tenía treinta y pocos años, pero parecía mayor. Era una mujer llamativa y atraía la mirada de los hombres al caminar. Pero no se cuidaba. Todo lo que poseía era para sus hijos.

—Mejor guardamos el dinero de la camiseta y me prestas tu blusa verde —sugirió Arabia con timidez.

—Puedo prestarte mi blusa verde, pero, si vas a salir con ese chico, no te vas a poder poner la misma blusa todos los días. Y, aunque hace mucho, yo también he pasado por eso. Le vi a José Antonio unos tacones preciosos y los había en verde; si le lloramos, nos los deja en diez y podemos comprar otra camiseta.

—Eres la mejor madre de este mundo. Si no fuera por la mala leche con la que te levantas...

—Perfecta no iba a ser. Llama a tu tía y dile que vamos para allá, que baje a tomar un café. Con un poco de suerte te paga la camiseta y los zapatos.

—*Mama*, no seas *aprovechá*, eso no me gusta.

—No me digas eso. No le he pedido un euro en la vida y Dios sabe que me ha hecho falta. Ella tiene un buen sueldo, si se gasta algo en su sobrina no comete ningún delito. Además, trabaja de tarde y nunca podemos ir a verla, no hay mejor ocasión que esta. Llámala. Es mi hermana, hija, no estamos llamando a una desconocida.

Arabia obedeció a su madre. Su tía bajó a tomar un café con ellas y, como Lucía había predicho, le compró a Arabia los zapatos, una camiseta que dejaba ver los hombros y un bolso a juego. Además de invitarla a que pasara algún sábado por la mañana a llevarse ropa que ya no se ponía.

Regresó a su casa con un sabor agridulce. Se sentía mucho más cerca de su madre, pero, a la vez, no podía hacer nada por apartar de ella ese halo de tristeza.

Tenía que ayudarla. Y tenía que hacerlo pronto.

10

La realidad de Tamo

No volvió a contestar a Adrián. Su vida era demasiado complicada. Se pasaba el día buscando soluciones y no le apetecía compartir ese malestar con nadie.

A su padre se le pasó el enfado en cuanto recordó la necesidad que tenía de que Tamo lo acompañara a Marruecos. Hassan cargó en el coche secadores de pelo, bicicletas, varios televisores y un horno microondas, así como todos los objetos que había cogido de la basura y arreglado con paciencia. No entendía que los españoles tiraran al contenedor las cosas antes que repararlas. En algunas ocasiones, la avería era tan pequeña que reía a carcajadas por la ignorancia de sus anteriores dueños.

Cogió la bolsa que le ofrecía su mujer, en la que había varios bocadillos y bebidas para el viaje. Hicieron el camino hasta Algeciras en silencio, con el coche cargado de trastos. Tamo se desesperaba ante las largas colas para embarcar. Solían durar horas y la aburrían. Fue en ese momento cuando decidió escribir a Adrián.

Recibió una respuesta rápida y comenzaron una conversación trivial, espontánea y divertida. Tamo no podía evitar reír con las ocurrencias del chico. Era ingenioso y muy inteligente. Tuvo que silenciar su propia risa para que su padre no se molestara con las carcajadas.

«Dime que nos veremos en cuanto vuelvas», rogó el muchacho. Tenía dos días para pensarlo. Identificó una nueva emoción desconocida para ella: la ilusión. Bajaron del ferry al amanecer, cuando Tánger despertaba y se llenaba de vida, de olores y colores que sorprendían por su brillo.

A Tamo le encantaba su país: el olor a tierra, a especias y a hierbabuena. Disfrutaba paseando entre los puestos callejeros que los extranjeros fotografiaban. Para ella eran parte de su esencia, del mundo del que provenía, donde se convertía en un ser invisible y mediatizado. Mientras su padre descargaba el coche en la tienda, fue al mercado a por unos encargos que le había hecho Hidaya. Compró el aceite de argán, la henna y el ghassoul, una arcilla muy cotizada que la madre de Rawan adoraba. Pasó por el mercado central y se pidió un té verde y unos briuats, su dulce favorito, una mezcla melosa de almendra y miel envuelta en masa brick.

Sin entretenerse, fue a la casa de su tía, la hermana mayor de su padre. Era una mujer seca y de pocas palabras que no aceptaba que Tamo no quisiera cubrirse la cabeza con el hiyab. La saludó con cortesía, pero sin una pizca de cariño. La ayudó a recoger la mesa y a preparar unas chebakias para regalar a su madre y sus hermanos. Su tía no asimilaba que decidiera por ella misma y le recriminaba a Hassan en cada visita la falta de autoridad sobre la muchacha. Tamo temía perder el control en una de esas discusiones y que su familia se ofendiera.

—Mira lo que me ha dado Ashraf —le dijo su padre mostrando con alegría un portátil moderno con la pantalla rota—. Me ha dicho que puedo quedármelo y arreglarlo. Seguro que en España encontramos a alguien que nos lo ponga a funcionar. No le he llevado las cosas a Mohamed; se las he llevado a él, es mucho más generoso.

—Yo tengo un compañero de clase que arregla ordenadores —mintió Tamo—. Estoy segura de que nos hará un buen precio.

Estuvieron un rato charlando. Discutieron por los mismos temas de siempre, mientras tomaban té y comían pastas de almendra y miel.

Antes del mediodía pasaron por la tienda de Ashraf para que les pagara. Cuando les dijo la cantidad estipulada, Tamo rio con unas carcajadas exageradas, cogió todas las cosas, las amontonó en el mostrador una a una y amenazó con llevárselas. Buscó con la mirada objetos similares, fijándose en los precios.

—Padre, trae el coche, que nos lo llevamos todo. Prefiero regalárselo a los pobres antes que permitir que me engañen. Nos das una miseria, cuando lo estás vendiendo por diez veces más. Los negocios no se hacen así, Ashraf, tienen que ganar ambas partes.

Decidida, cargó con el microondas y lo sacó a la calle. Su padre la miró estupefacto.

—Está bien —decidió Ashraf—. Te daré trescientos por todo el género.

—Vámonos —ordenó Tamo—. Vas a sacar más de tres mil. Si no nos das mil, nos lo llevamos todo. El padre de una amiga tiene una tienda, solo serán un par de horas. Y él nos ofrecerá un trato justo. Nos aprecia.

—Setecientos y no estoy dispuesto a dar un euro más.

—Novecientos —sentenció Tamo—. Y en dos semanas te traemos más cosas.

—Pero no vengas tú. Por esto no me gusta negociar con mujeres. Los negocios son cosa de hombres. Las mujeres no deben entrar a negociar o los hombres lo perdemos todo —argumentó Ashraf, sonriendo.

El padre de Tamo había observado la escena sin parpadear. Habían hablado por el camino de pedir quinientos euros por todo lo que traían, y había conseguido cuatrocientos euros más. Salieron de la tienda en silencio, aguantando la risa.

—Lo que llevábamos no valía ni cien euros.

—Ha sido muy fácil, padre. Observé a cuánto vendía cada cosa e hice una cuenta mental de lo que iba a sacar por todo.

—Vamos a comer a casa de tu tía, que nos está esperando. Tira por el mercado, que quiero comprar queso y aceitunas.

Caminaron por la ciudad con alegría, despacio, parándose a saludar a los conocidos.

Soukania era la menor de las hermanas de su padre y la única con la que Tamo simpatizaba. Además, estaba segura de que almorzarían algo delicioso, porque era la mejor cocinera de las seis. Su tía la recibió con cariño y, en cuanto su hermano y su marido se fueron a saludar a otros familiares, interrogó a su sobrina para averiguar cómo estaba la situación en casa. Tamo no quiso decirle la verdad, sabía que, si le contaba las penurias que pasaban, lo único que iba a conseguir era preocuparla.

—Te noto distinta, Tamo, más mayor. Estás creciendo muy deprisa, ¿o es quizá que estás enamorada? Solo espero que sea un chico musulmán, no sé cómo tu padre llevaría emparentar con un cristiano.

—Soukania, ya sabes que el corazón no entiende de religiones. Cuando una se enamora, no lo hace de la religión, lo hace de la persona.

—Cómo se nota que eres muy joven —replicó su tía en un perfecto español—. La convivencia es muy difícil, el matrimonio es muy complicado. Y lo es aún más cuando los dos no tienen una fe común, un punto de encuentro donde reconciliarse.

—Tía, aprecio tus consejos, pero no estoy dispuesta a aceptar una pareja que me haga sentir inferior o que me trate como un accesorio. Quiero compartir mi vida con alguien que respete mis sueños, mi forma de vivir, y que me acompañe en el camino para facilitármelo. Y me da igual si es musulmán, budista o cristiano.

—Querida, puedes comprarte un perro. Es la mejor opción para lo que quieres conseguir. Y serás muy feliz —añadió su tía con sentido del humor.

—Quizá esa sea la solución. Solo hay que tener un poco de suerte y no enamorarse.

Ayudó a su tía a preparar la comida. Se sentaron en el suelo, sobre unos cojines que Tamo recordaba de su infancia. Comieron queso, aceitunas y dátiles. La pastela estaba tan exquisita que Tamo repitió tres veces.

Los sabores de su tierra natal siempre la embriagaban de recuerdos, del polvo que los niños descalzos levantaban cuando jugaban, de las mujeres con cestas de mimbre que regresaban del mercado, de los sueños de llegar a un mundo mejor que los hombres compartían en largas charlas en la plaza. Cerraba los ojos con cada bocado y saboreaba cada ingrediente, volviendo a una infancia que la llenaba de nostalgia.

Se marcharon después del tercer té, recordándole a su tía que ella también podía visitarlos.

En cuanto se subieron al ferry, Tamo sacó la conversación del dinero.

—Tenemos que dárselo al casero y convencerlo para que nos ponga la luz. No podemos seguir viviendo así.

—Cuando yo era pequeño, los siete hermanos compartíamos habitación, con suerte comíamos una vez al día y nunca nos quejamos a nuestros padres.

—Es que tu padre murió joven y tu madre hizo lo que pudo. No creo que nuestras realidades se puedan comparar.

—Decide con tu madre en qué emplear ese dinero. Pero tienes que reservar cien euros, hay que pagar la luz del taller. El recibo está en la oficina.

Antes de llegar a su casa, Tamo subió en su estado del WhatsApp la foto del portátil roto. Y surtió el efecto deseado. En menos de media hora, tenía una cita para que a la mañana siguiente vinieran a por él.

Una cita con el chico que no había podido sacarse de la cabeza.

11

La realidad de Estefanía

Por primera vez en su vida, Estefanía se sentía feliz, plena, llena de ilusión. Era una sensación que nunca había experimentado. Disfrutaba de la emoción de ser importante para alguien. Echó de menos a su hermana, le hubiese encantado compartirlo con ella. Le dolía no tenerla cerca para contarle los detalles: cómo la miraba Alberto, lo que el roce de su mano le hacía sentir, la necesidad de acercarse cuando caminaban juntos.

Tenía que concentrarse, estudiar para el examen, pero no podía. Era imposible quitarse de la cabeza su sonrisa, su manera de halagarla, mirándola a los ojos fijamente. Se sentía flotando en una nube. Miró la foto que se hicieron juntos, con los helados en la mano. Él la había etiquetado con un texto precioso en el que decía que había tropezado con alguien que merecía la pena. Disfrutaba de la misma certeza, de una complicidad mágica que no había experimentado con anterioridad. Se habían visto dos veces, tan solo un par de horas. Los mensajes de texto habían sido el canal que más habían utilizado para conocerse. En el último mensaje le había pedido que se dieran la oportunidad de llegar a ser algo importante el uno para el otro.

No le contestó.

Quería aceptar, pero no sabía cómo hacerlo. Cómo verse con él, conocerlo, si no disponía de tiempo. No había forma de encontrar hueco en su vida, teniendo encima la atenta mirada de su madre. No se lo confesó, pero había pasado toda la noche sin poder dormir. A las cinco se estaba duchando y, por primera vez en su vida, se arregló el pelo dos veces en la misma semana.

Cuando llegó a las seis de la mañana a la panadería, Alberto estaba sentado en el escalón de la puerta del obrador, con dos cafés para llevar en las manos. En la conversación de la noche anterior, le había detallado todos sus horarios y le había contado que Graciela llegaría a la hora de abrir al público.

—No podía dormir y se me antojaron magdalenas —le dijo mientras le daba el café.

Entraron al obrador y, entre miradas cómplices, prepararon la masa del pan, de la bollería y del hojaldre. Alberto la ayudó en todo sin dejar de observarla.

—Tienes que irte ya, mi madre está a punto de llegar —rogó Estefanía entre susurros.

—Solo me iré si me das un beso.

—Vete —ordenó ella con voz dulce.

Él se acercó despacio, midiendo con cautela si la respuesta al beso iba a ser positiva. Estefanía no se movió, esperando que él se aproximara más. La besó despacio, con mucho cuidado. Ella recibió esa lentitud como una muestra de cariño, de cuidado hacia su persona. Sus cuerpos se rozaron levemente. Fue un beso largo, apasionado, que les cortó la respiración.

El ruido de la llave en la cerradura los sobresaltó.

—Es mi madre. Me va a matar. Espérate aquí, voy a entretenerla. Cuando esté con ella, sales por la puerta del obrador y tiras por detrás.

Llegó justo cuando su madre estaba subiendo la persiana.

—Espera, tenemos que echarle esto, que ayer por la tarde no podía abrirla.

Le dio a su madre el bote de aceite lubricante. Ella lo miró fijamente.

—Ha subido muy bien, más suave que nunca —confirmó su madre.

—Por eso, porque le eché ayer. Pero hay que ponerle tres días seguidos y luego una vez cada quince días.

—¿Quién te ha dicho eso? —interrogó su madre, intrigada.

—Un señor mayor que viene a menudo; su abuelo era cerrajero. Tuvo que ayudarme ayer. Se atascó por la tarde y se me olvidó contártelo. Era extranjero, me dijo que en su país lo usaban mucho.

Su madre la miró incrédula. Se metió dentro y se puso el delantal.

Justo cuando se preparaba para ir a clase, escuchó la voz de Alberto en la panadería, pidiendo magdalenas. No pudo evitar reírse. Cuando su madre le contó que no había magdalenas, el chico pidió cinco piezas de bollería. Graciela entró a buscarlas y Estefanía se acercó para ayudarla. Un pitido en el móvil le indicó que Alberto acababa de mandarle un mensaje: «No pensarías que me iba a quedar sin probar lo que habíamos preparado, y como me has echado tan rápido no me ha dado tiempo a coger uno. Te recojo cuando salgas. Necesito un helado de los de ayer».

Estefanía pasó el día en una nube. El examen le resultó fácil y la mañana se le hizo eterna, deseando que llegara la hora de salir. Se quedó a mediodía en el obrador. Quería prepararle una sorpresa a Alberto. Mientras freía las rosquillas y formaba los molletes, que se habían acabado, miró vídeos en YouTube. Estaba segura de que lo iba a sorprender.

Batió la masa de las magdalenas y las puso a hornear. Montó nata y, cuando las magdalenas estuvieron listas, desmigó unas cuantas. Las mezcló con leche y las guardó en la nevera. Después echó nata semimontada en un recipiente de plástico. Y por último añadió la mezcla con movimientos envolventes. Guardó el resultado final en el congelador, rezando para que estuviera listo antes de que apareciera Alberto.

Su madre la sorprendió fregando los cacharros. No era su hora de entrar.

—Tengo que hablar contigo —le soltó Graciela sin ni siquiera saludarla.

—¿Qué? —preguntó Estefanía, temiendo haber sido descubierta.

—Tu padre va a venir.

—¿Cómo que va a venir? ¿A dónde?

—Aquí. Necesita el divorcio para casarse de nuevo. Quiere venir a firmar los papeles y yo qué sé a qué más, de él puede esperarse una cualquier cosa.

—¿Cuándo viene? ¿No puede firmarlos por internet?

—La semana que viene. Prefiere venir.

—¿Y quiere verme?

—Y tanto, ha pensado quedarse en la casa...

—¿En la nuestra?

—No, en la de la vecina. ¿En qué casa va a ser? Le he dicho que sí, que puede dormir en el sofá. Al fin y al cabo, es tu padre, tampoco lo voy a dejar en la calle.

—Pero se puede ir a un hotel. No quiero que se quede en la casa. No me hace ninguna ilusión que esté en mi salón.

—Tienes buena relación con él, Estefanía.

—Oh, sí, si llamas buena relación a tres mensajes al año que siempre dicen «Hola, ¿cómo estás?», «Feliz cumpleaños» o «Feliz Navidad, mi hija preciosa».

—Pensé que siempre habías querido conocerlo —dijo su madre con sinceridad—. Pero puedes decirle lo que te venga en gana cuando lo tengas delante.

—Es que no quiero tenerlo delante. Es más, creo que me voy a ir a casa de Sergio a dormir, así me quedo con sus niños y él puede salir a cenar con su mujer.

—Haz lo que quieras.

—Eso haré. Mamá, llevo dieciséis años sin él. No me hace falta —añadió con indignación.

Se metió en el obrador e intentó concentrarse en los deberes. No deseaba ver a su padre. No quería echarle en cara los años que no lo tuvo. Todo lo que sintió por su abandono, por la certeza de que no la quería. Tener la oportunidad de hacerlo era tentadora, pero solo pensarlo la agotaba. No merecía la pena.

Su madre se marchó a comprar al almacén. Cinco minutos después, Alberto llamó a la puerta.

—¿Estás bien? Te noto preocupada —interrogó al ver su cara.

—No es nada. —Sonrió restándole importancia—. Tengo una sorpresa para ti.

Sacó el helado congelado y, con cuidado y la ayuda de un cuchillo, lo separó del recipiente. Lo echó en la mezcladora con la intención de convertirlo en una crema. Cortó dos magdalenas a trocitos y las vertió en la mezcla. En treinta segundos estaba listo.

Alberto cogió la cuchara que le ofrecía y se metió un poco del helado en la boca.

—No puedo creerlo.

—¿Está rico? —preguntó Estefanía, impaciente.

—Es el helado más rico que he probado nunca. Has preparado helado de magdalenas para mí. ¿Cómo demonio lo has hecho?

—Es una vieja receta de mi familia, con una tradición... —narró ceremoniosa.

—Lo has visto en TikTok —interrumpió entre risas.

Estefanía se rio a carcajadas. Se sirvieron dos porciones generosas y se las comieron en silencio, mirándose y sonriendo sin parar.

—¿Me cuentas ahora qué te preocupa? —rogó Alberto.

—Mi padre viene la semana que viene desde Uruguay.

—Qué bien, ¿no? Imagino que tienes muchas ganas de verlo.

—No lo he visto en mi vida.

—¿No lo has visto nunca? —Alberto parecía desconcertado.

—Se separó de mi madre antes de que yo naciera. Al parecer, se llevaban muy mal y se volvió a su país. Lo único que sé de él es que es uruguayo y que tiene buena memoria.

—¿Cómo que «tiene buena memoria»?

—Recuerda la fecha de mi cumpleaños. Todos los años me felicita, pero nunca me mandó un regalo, jamás lo vi en persona.

—¿Y nunca has estado tentada de llamarlo y preguntarle por qué te dejó tirada?

—Si él pasó de mí, no me voy a preocupar en saber el porqué. Si fue algo grave, me lo podría haber contado. No quiero que venga, no quiero verlo y no quiero que se quede a dormir en mi casa —concluyó Estefanía.

—No puede ser. Y ¿no ha pensado la posibilidad de irse a un hotel?

—Yo le he dicho a mi madre que no voy a dormir con él en mi casa. Vaya, eso lo tengo claro.

—Puedes quedarte en la mía, si quieres —respondió Alberto con rapidez—, o puedo traerme un par de colchonetas y pasar aquí la noche.

—Me encantaría. Será divertido, te enseñaré a preparar magdalenas.

Estefanía tenía claro que no dormiría una noche bajo el mismo techo que su padre.

12

La realidad de Arabia

Abel no paraba de escribirle. Sus mensajes eran originales, frescos, llenos de un sentido del humor inteligente. Ella respondía pasados unos minutos, sabiendo que él estaría pegado al teléfono, esperando su respuesta.

Asumía que se estaba enamorando de él. No era la primera vez que experimentaba ese sentimiento y lo reconocía. Era experta en fijarse en quien no debía. Su currículo amoroso era corto pero intenso. Se había enamorado de un extranjero que le juró amor eterno y resultó que la eternidad tenía fecha de caducidad: la del final de sus vacaciones. A los pocos meses, se enamoró de un chico del pueblo, pero el interés de él decreció en cuanto las forasteras comenzaron a llegar y ocuparon las hamacas y las discotecas.

Se conocía lo suficiente para saber que se ilusionaba muy pronto. No podía evitar vivir ese amor como si no hubiese otra cosa en el mundo y, cuando finalizaba, le costaba lidiar con el vacío que se instalaba en su interior.

Con Abel tenía otras sensaciones. Intuía que le ocultaba algo, lo notaba en sus tripas, pero la atracción que sentía por él era más fuerte que cualquier premonición. O quizá era la inseguridad que le provocaba que no quisiera subir fotos suyas a las redes sociales. A ella le encantaba subir vídeos y fotografías que inmortalizaban las ocasiones especiales, las fiestas de su familia, la forma alegre con la que disfrutaban de la vida. Pero supo respetarlo. No todo el mundo estaba dispuesto a compartir su privacidad.

Solo se habían visto un par de veces. En la primera cita fueron a dar un paseo por la playa. Hablaron de sus sueños y sus aficiones, de sus miedos y sus inseguridades, de lo que anhelaban de la vida. Arabia expuso sus límites y lo que no estaba dispuesta a aguantar.

En la segunda cita, él la llevó a comer a un sitio caro, donde el camarero esperaba paciente a que el cliente diera vueltas a su copa antes de probar el vino.

—Yo es que estos sitios pijos no acabo de entenderlos —se sinceró—. Te cobran un ojo de la cara por una porción minúscula de comida que lo único que tiene de original es el chorreón de salsa que el chef pinta en el plato.

Abel se había reído a carcajadas de su ocurrencia y ella disfrutaba de su compañía y de su sentido del humor. Pasaron una velada inolvidable y se volvió con la negativa de un beso al despedirse. Pero eso no le restó interés. Todo lo contrario, fue claro al decirle cuáles eran sus intenciones y qué quería de ella. Abel también había salido de una relación tóxica que le había asfixiado hasta dejarlo sin espacio vital. Necesitaba serenarse, ir despacio y disfrutar de todas las etapas.

Arabia estaba feliz, pero sin perder de vista a su madre. La observaba de cerca y algo le decía que la cosa no iba bien, que algún problema la acechaba. Le preocupaban sus ojeras y su forma de responder con monosílabos. Cada vez tenía menos paciencia con sus hermanos y la notaba agotada.

Una noche la vio llorar en la cocina. Intentó disimular, al ser descubierta, pero sus ojos enrojecidos no dejaron lugar a dudas. Arabia le pidió que se sentaran en el porche y que charlaran un rato. Cuando su madre cogió un paquete de pañuelos de papel, supo que algo grave ocurría. Sacaron dos sillas de la cocina y se sentaron en la zona más fresca. Esperaron a que la vecina que estaba paseando al perro pasara de largo para tener más intimidad.

—¿Qué pasa, *mama*? Estoy preocupada, no te veo bien y estás todo el día llorando. ¿Tenemos que pagar algo y no podemos?

—No, no te preocupes, lo único que hay que pagar son dos recibos de la luz, y la prima Susana nos lo ha prestado hoy. Ya se lo devuelvo yo cuando cobre. A ella no le hace falta ese dinero y a nosotras nos saca de un apuro y...

—*Mama*, soy adulta, y sabes que puedes confiar en mí. Si no me cuentas lo que ocurre, voy a estar comiéndome la cabeza y no es el momento.

Lucía miró al suelo y no pudo evitar que las lágrimas le cayeran a borbotones.

—Tu padre y yo no estamos pasando por un buen momento.

Arabia no pudo disimular su cara de sorpresa. En la larga lista de probables quebraderos de cabeza de su madre no había incluido esa posibilidad.

—¿Os habéis peleado? Pero si os veo muy bien.

—No, no va la cosa bien, Arabia, nada bien.

—*Mama*, no... Dime que no os vais a separar. ¿A dónde va a ir el *papa*? Si no tiene donde caerse muerto.

—No ha sido mi culpa, Arabia, yo he luchado por este matrimonio con todas mis fuerzas, pero hay cosas que no se pueden solucionar.

—Pero, *mama*, todos los matrimonios pasan por malas rachas, seguro que solo es una de ellas y las cosas mejoran.

—Yo no sé cómo decirte lo que te tengo que decir, Arabia, pero prefiero que te enteres por mí.

—Me estás asustando —confesó nerviosa.

—Tu padre me ha engañado con otra.

Arabia miró a su madre sin poder creer lo que le decía. No podía ser verdad. Su padre. Si su padre era un santo, si ni siquiera miraba a otra mujer. Siempre la había tratado bien, con respeto. Eran la pareja perfecta.

—Dime con quién, que le arranco los pelos.

—Arabia, eso no importa. Lo que intento decirte es que ya no puedo más.

—Vamos a ver, *mama*, ¿cómo que ya no puedes más? ¿Es que esto viene de largo? ¿Es que tú lo sabías?

—No es la primera vez que me engaña. Entonces lo perdoné. Pero ahora no sé cómo voy a hacerlo.

—¿Cómo que lo perdonaste, *mama*? ¿Qué me estás contando?

—Cuando tu padre tuvo el accidente, en la sala de espera había una chica joven, una rubia muy guapa. Era inglesa. Me dijo que su novio había tenido un accidente y empezamos a hablar. Yo no sabía lo que le había pasado a tu padre, solo que lo estaban operando, así que no atamos cabos. Pasamos dos horas contándonos nuestra vida. No nos dimos cuenta de que hablábamos de la misma persona hasta que tu padre salió del quirófano y pidieron a la familia de Carlos García que acudiera a información. Las dos nos levantamos a la vez.

—¿Me estás diciendo que mi padre era tu marido y a la vez su novio?

—Tuvo la mala suerte de que, cuando se cayó del andamio, ella había quedado en llevarle un bocadillo para comer, y la pobre salió corriendo hacia el hospital. Y allí nos encontramos. A ella le contó el cuento de que tenía que cuidar de su abuela por las noches. Incluso la llevó a verla. Que no sé a quién porras se buscó, porque su abuela se murió cuando él tenía cuatro años.

—No puedo creerlo. Pero si mi padre es un cacho de pan, ¿cómo pudo hacerte eso? ¿Y por qué le perdonaste? No debiste hacerlo.

—Yo era joven y tú eras muy chica, y pensaba que sin él no podía vivir. Y me convenció de que solo había sido un flirteo. Me lo creí.

Arabia se puso las manos en la cara. Sentía una angustia dentro que no la dejaba respirar.

—¿Qué ha sido ahora? ¿Sigue con la guiri?

—Arabia, lo que te voy a contar ahora no lo puede saber nadie. Júramelo por tu tata.

—Te lo juro por quien tú quieras, pero dímelo antes de que me dé un ataque al corazón.

—Tu padre tiene otra familia.

—¿Cómo que tiene otra familia? ¿Otra familia dónde?

—Cuando se iba a pescar, no se iba a pescar. Se marchaba a casa de otra mujer. Y tiene dos hijos con ella.

Arabia se levantó de golpe y empezó a gritar. Tiró la silla al suelo y perdió los nervios, rompiendo todo lo que se encontraba por el camino. Quebró varias macetas, haciéndose un corte en la mano.

—¡Voy a matarlo! —le gritó a su madre—. ¡Te juro que yo lo mato!

—Arabia, por lo que más quieras, no me lo pongas más difícil. Cálmate, que te va a dar algo.

—Sí, pues claro que me va a dar algo, como que me acabas de contar que tengo dos hermanos y que mi padre es un mal nacido que va dejando preñadas por ahí a otras mujeres. ¿Cómo me calmo? ¡¿Cómo?!

—Escúchame, él no sabe que yo lo sé.

—¿Que no sabe qué?

—No sabe que lo he descubierto todo.

—*Mama*, es que lo tuyo tampoco es normal. ¿Me estás diciendo que has descubierto que mi padre es un farsante con una doble vida y sigues durmiendo a su lado?

—Es que no sabía qué hacer —susurró Lucía—. No es tan fácil tirar tantos años a la basura.

—Aquí la única basura que hay es él.

—No hables así, sigue siendo tu padre.

—El respeto hay que ganárselo. Tú siempre me lo dices y yo creo que él acaba de perderlo definitivamente. No es que te haya engañado a ti, es que nos ha jodido la vida a todos, a ellos y a nosotros. ¿La otra mujer sabe que está casado? Imagino que sí, porque él viene a dormir a casa. Algo tiene que sospechar.

—No tengo ni idea.

—Pues vamos a preguntárselo. Pero tú ¿cómo te has enterado?

—Los he visto en el centro comercial de Fuengirola. Los he seguido. Los niños son clavados a tu padre. Dos fotocopias.

—Pero lo mismo hay otra explicación y son sus primos. Yo qué sé.

—Los he seguido varios días. Tu padre no ha cogido una caña de pescar en su vida.

—¿Qué me estás contando? Si va a pescar todos los martes y todos los jueves. *Mama*, que se va con el Marcelino. Que el Marcelino es tu amigo de toda la vida. ¿Cómo ha podido hacerte esto? Ese es otro al que voy a arrastrar de los pocos pelos que le quedan.

—Tú no vas a *revolear* a nadie. Las cosas se van a hacer a mi manera. Sin escándalos. Y sobre todo no quiero que tus hermanos estén delante.

Arabia no podía asimilar toda la información, gestionar todas las emociones que encontraba en su interior. Pero mucho menos podía plantearse el tener que acallar la situación que estaba viviendo.

—Ahora no está pescando. Lo vamos a pescar nosotras. Ponte un chaquetón, que nos vamos.

—No, no vamos a ir a ningún lado. Vamos a tranquilizarnos y lo vamos a hablar. Buscaremos una solución.

—¿Solución? No hay ninguna.

—Tu padre tendrá que escoger.

—Tú estás loca. ¡Qué escoger ni escoger! No, *mama*, mi padre no va a escoger. Porque tú no le vas a dar esa oportunidad, no lo vas a perdonar, porque, si lo perdonas, la que coge sus cosas y se va soy yo. Y no vuelvo a pisar esta casa en mi puñetera vida. Así que te va a tocar elegir a ti: o te quedas con el *malnacío* de tu marido, o te quedas con tu hija. Pero ya te digo yo que con ese hombre no comparto más mi techo. Y yo no tengo a donde ir, voy a estar tirada en la calle.

—Se te olvida que es tu padre, Arabia, y que ha sido un buen padre.

—No, no te equivoques. Un buen padre no te da dos hermanos en otra relación a escondidas. Un buen padre le es fiel a su mujer. Es que no me entra en la cabeza cómo puedes plantear la posibilidad de seguir con él. Que te ha estado engañando durante años… Estás loca, es que no puedes. No te lo voy a permitir. No es buen padre, ni buen marido y mucho menos buena persona. Es un malaje que no tiene sangre en las venas. Siento unas ganas de matarlo que, si lo tuviera delante ahora mismo, no sé lo que sería capaz de hacer.

Lucía se echó a llorar desconsoladamente. Arabia la abrazó, sintiendo que su madre no se merecía eso. Condensaba tanta rabia que le costaba gestionarla.

—¿Qué vamos a hacer? Es que no sé cómo hacerlo —confesó Lucía sin dejar de sollozar.

—Vamos a salir de esta, *mama*. Juntas y solas, pero conseguiremos salir de esta. Ahora nos toca pensar cómo lo vamos a hacer, y en quienes tenemos que centrarnos es en los pequeños. Algo se nos ocurrirá, todo va a bien.

Las dos se miraron y supieron que a partir de ese momento sus vidas habían cambiado para siempre.

13

Las dudas de Tamo

Adrián la estaba esperando en la puerta del instituto. Tamo no dudó en ningún momento de su honestidad y le entregó el ordenador con confianza. Intercambiaron un par de sonrisas. Le prometió que se lo arreglaría lo antes posible. Ella estaba tan nerviosa que apenas pronunció tres frases.

Entró a clase con la sensación de que no había proyectado una imagen adecuada, que se había mostrado como una persona sosa y sin encanto. Todo lo contrario de lo que pretendía.

La mañana mejoró cuando Inés le dijo que no tenían clase después del recreo, porque su compañera estaba enferma, y le pidió que la acompañara a comprar un regalo para su hija.

Tamo aceptó encantada. Le agradaba pasear por las tiendas que salpicaban el paseo marítimo. Eran en su mayoría pequeños negocios con ropa de diseño o tiendas de objetos artesanales.

—No te imaginas lo complicado que es comprarle un regalo a alguien que lo tiene todo.

—¿En qué trabaja tu hija? Nunca me lo has contado.

—Inma es psicóloga. Es especialista en habilidades sociales y adicciones. Trabaja en entidades públicas.

—Qué trabajo más bonito. Tu hijo también es psicólogo, ¿no?

—Sí, pero trabaja en otro ámbito. Es psicólogo deportivo, se dedica a motivar a equipos para que lleguen lejos en las competiciones. Siempre está viajando, es muy feliz, y eso es lo importante.

—Tu marido también es psicólogo, estás rodeada —bromeó Tamo.

—Totalmente, pero ninguno me hace caso, es muy paradójico. Si alguna vez tuviera un problema, tendría que buscar ayuda psicológica fuera, porque los de casa no me ayudarían. Mi marido es psiquiatra, aunque también estudió psicología.

—No digas eso. Tus hijos y tu marido te adoran, que todo el mundo sabe que para vuestro aniversario y para tu cumple siempre te llega un ramo de flores enorme al instituto.

—Es verdad, no me puedo quejar, es un compañero casi perfecto. Si bajara la tapadera del inodoro sería ya el hombre ideal.

Las dos rieron.

Inés no tenía muy claro qué comprar. Calculó que una blusa bonita sería una buena opción. Su hija tenía un armario impresionante, pero su trabajo le exigía una imagen muy cuidada.

Entraron en una pequeña tienda de marca que Tamo solo había visto en las redes sociales. Se acercó a la etiqueta de una prenda y casi pegó un grito cuando vio la cantidad de cifras que había en el precio. Con ese dinero podía vestirse ella toda la vida.

Inés fue rápida y compró una blusa blanca con encaje en el cuello, que a Tamo le pareció preciosa. Entraron en una perfumería y estuvieron un rato viendo sets de regalo que incluían tratamientos faciales de alta gama.

—Ven, vamos a comprar algo para ti. Que puede que tengas una cita...

Tamo se sintió avergonzada, pero eran tantas las ganas de tener algo nuevo, algo que la hiciera parecer más bonita, que no pudo negarse. Inés le compró un set de maquillaje completo, empacado en una cajita trasparente, y ella se sorprendió por el precio tan elevado. Aunque al principio declinó la oferta, su profesora insistió.

—Creo que con esto tengo maquillaje para toda la vida —confirmó Tamo—. Pero no he debido aceptarlo. No está bien que te gastes dinero en mí.

—No digas tonterías. Todas las jóvenes tenéis derecho a estar bonitas e ir a la moda. Aunque sinceramente no necesitas nada de eso para estar preciosa. Además, ha sido un detalle por acompañarme, hubiera sido muy tedioso caminar por todas estas tiendas yo sola.

Se sentaron a tomar un refresco cerca de la casa de Tamo.

—Y ahora cuéntame por qué estás tan triste. ¿Ha ido mal con el chico que conociste el otro día?

—No, con el chico todo va bien. Me está arreglando un portátil viejo que le han regalado a mi padre y, si logra repararlo, será una maravilla, porque podré hacer los trabajos en mi casa y no tendré que ir a la biblioteca.

—Tamo, podía haberte conseguido un portátil desde el instituto. Lo siento, no he caído —se lamentó Inés.

—No, no te preocupes. Tampoco pasa nada, si casi nunca tenemos luz en casa, ya lo sabes. Si no puede arreglar el ordenador, con el móvil y la biblioteca me apaño bien, la verdad.

—Si no es el chico, ¿qué es lo que te ocurre?

—Que me gusta mucho y que sé que es imposible. Mi padre no me va a permitir tener una relación con alguien que no sea de mi religión. Y si se entera, me mata a palos. ¿Para qué voy a empezar algo que sé que no tiene futuro? Es muy complicado para mí. Cuando estoy en Marruecos, me perciben como si fuera extranjera, y aquí siempre seré de otra cultura. Vivo entre dos mundos y no siento que tenga espacio para empezar una relación en ninguno de los dos.

—Tu padre vive en un país donde no se puede matar a palos a los hijos, y eso deberías recordárselo —soltó Inés sin pensarlo demasiado.

—Inés, si yo tuviera una madre como tú, mi vida sería distinta, pero tengo que ser consecuente con mi realidad. Mi madre me apoyará, ella siempre lo hace por encima de todo. Me cubrirá si quiero salir con él, pero todo tendrá que ser a escondidas, y eso es muy difícil. Mírame. Voy con ropa que nos han donado y con un poco de suerte mañana nos pondrán la luz, pero no sabemos cuánto tiempo nos durará.

—Tamo, eres libre para escoger a quien amar. Eso no puedes olvidarlo nunca. Muy pronto serás mayor de edad y podrás decidir por ti misma.

—Cumplir dieciocho no va a cambiar nada. Seguiré viviendo con mis padres y tendré que cumplir las normas que me impongan. No tengo otra opción, no me puedo ir a vivir debajo de un puente.

Inés se quedó callada. Una parte de ella quería animarla, empujarla a que viviera su vida experimentando, a que disfrutara del amor y sus comienzos. Pero otra parte sentía miedo de equivocarse y de que sus consejos le dieran fuerza para tomar unas decisiones de las que se arrepintiera en un futuro.

Tamo le enseñó una foto en la que estaba con el chico. Los dos sonreían a la cámara. La cara del chico le resultó algo familiar, pero Inés no comentó nada.

—Tengo que irme, mi padre necesita que le haga una factura —interrumpió Tamo al recibir un mensaje en el móvil.

—Nos vemos mañana.

—Gracias por el maquillaje. Es el regalo más bonito que me han hecho nunca.

Tamo salió corriendo en dirección al taller. Inés se quedó un rato más sentada, pensando en cómo ayudar a esa joven que tanto apreciaba.

En menos de diez minutos, Tamo estaba haciendo la factura a su padre. Se alegró de tener de nuevo un poco de dinero.

—Hija, quédate aquí un rato, voy a tomar algo con Karim y los chicos.

—¿Y no es mejor que me des para hacer la compra? —preguntó Tamo sin mucho ánimo.

—Hay comida en la casa, no necesitamos nada. Vuelvo pronto.

Tamo sabía que no regresaría en todo el día. Le había pasado cientos de veces. Cuando su padre disponía de dinero en el bolsillo, se olvidaba de que tenía una casa, una mujer y unos hijos que formaban parte de su vida. Se alegró de llevar consigo la mochila con los libros, al menos podría pasar la tarde estudiando.

No tenía dinero para comprarse nada de comer. Registró los cajones de su padre y encontró un par de snacks, algunos caramelos de menta y una lata de té sin refrigerar. Llevaba media hora estudiando cuando sonó el teléfono.

—Ya lo tengo arreglado —anunció Adrián—. No como me hubiese gustado, porque la pantalla es antigua y no he encontrado el cristal de la medida, pero, si no lo cierras, te servirá fielmente durante años.

—¡Qué alegría me das! —exclamó la muchacha—. ¿Cuánto te debo?

—¿Has comido? Me muero de hambre y no me gusta comer solo. Si me acompañas, tu deuda quedará saldada.

—Me encantaría, pero no puedo, tengo que quedarme en el taller de mi padre y tampoco me he traído dinero.

—Eso no es problema, te recojo en veinte minutos.

Tamo corrió al baño con el regalo de Inés. Se humedeció el pelo con las manos y se aplicó un poco de colorete en las mejillas. Se maquilló los ojos con el lápiz negro y se puso un poco de iluminador en los pómulos. Terminó dándose brillo en los labios y decidió que había mejorado mucho. Miró su ropa. Llevaba una camiseta gastada que su madre había comprado en el mercadillo de segunda mano. Por esa razón no podía salir con nadie. Su nivel de pobreza la haría avergonzarse continuamente.

Adrián llegó en la moto y, sin quitarse el casco, le ofreció otro para que se lo pusiera. Tamo se subió sin preguntar a dónde iban. Salieron del pueblo y tomaron la carretera en dirección a Benalmádena. Escogieron el camino de la autopista y no pararon hasta llegar a Marbella.

Disfrutó del viaje, de estar apoyada en su espalda, abrazada con fuerza a su cintura. Adrián aparcó la moto en la puerta de un sitio precioso, en una calle blanca adornada con maceteros de un celeste intenso.

—Aquí se come la mejor comida marroquí del mundo —anunció Adrián—. Bueno, quizá sea la segunda en el *ranking*, porque la de tu madre será la primera. Pero está todo muy rico.

Se sentaron en una mesa esquinada, con vistas a una terraza preciosa. Tamo no podía dejar de mirar la decoración tan exquisita que adornaba las paredes.

—Esto es precioso —murmuró.

Les tomó nota un camarero que les recomendó briuat de pollo y verduras y baisara, una crema de guisantes y habas especialidad de la casa. Adrián añadió a las recomendaciones unos aperitivos que Tamo conocía muy bien.

—Este sitio es muy caro, no tenías que haberme traído aquí. No es necesario que te gastes tanto dinero —dijo mientras miraba la carta.

—Vaya, me he equivocado contigo, pensé que eras de esas personas que no aceptan que les digan lo que tienen que hacer y, por lo tanto, tampoco dicen a los demás lo que tienen que hacer ellos —bromeó sabiendo que su comentario la iba a provocar.

—No, no te has equivocado conmigo. Pero no quiero ser una carga para ti. Y me parece excesivo, no nos conocemos.

—Llevamos días hablando y tengo la seguridad de que quiero seguir conociéndote. Eres la mujer más bonita e inteligente con la que me he tropezado en mi vida y no voy a dejarte escapar, al menos sin intentarlo.

A Tamo le gustó su franqueza en la misma medida que la desconcertó. No sabía qué decir, pero tampoco podía dejar de mirarlo.

El camarero interrumpió llenando la mesa de platos. La presentación estaba acorde con el local. Aunque las raciones no eran muy abundantes, sí que tenían el sello de estar elaboradas con esmero, cuidando mucho el emplatado.

Comieron sin dejar de hablar y de reír, los dos se sentían cómodos. La seguridad de Tamo había ido creciendo en cada plato, de modo que, cuando trajeron el postre, su timidez inicial se había evaporado.

—Tienes que probar este. —Tamo señaló uno de los pasteles del surtido que les habían traído—. Es el mifi, un milhojas que está espectacular.

Adrián la miró fijamente. Le quitó un poco de azúcar glasé que se le había quedado prendido en la mejilla.

—Este me ha encantado, pero ese que está girado sobre sí mismo es mi favorito. La *chuparkia* me encanta.

Tamo rio por la forma con la que había nombrado la chebakia, pero no lo corrigió.

—No sé cómo se llama, no te rías de mí.

Pidieron un té y les trajeron la cuenta. Cuando Tamo vio el tíquet, no pudo disimular su malestar.

—Siento que haya sido tan caro —dijo con pesadumbre.

—No es caro, Tamo, es un restaurante de diseño, y lo bueno tiene ese precio.

—Te lo agradezco mucho, ha sido una experiencia muy bonita —expresó antes de ponerse el casco.

—Tamo, antes de llevarte de regreso quiero decirte algo. Soy muy cortado para estas cosas y me cuestan un poco, pero me gustas, me gustas mucho. Eres una chica diferente, inteligente y divertida. Me gustaría conocerte más. Pero tengo unas intenciones que quiero dejar muy claras desde el principio. No quiero perder el tiempo, quiero alguien con quien pasarlo bien, con quien salir, disfrutar del día a día. Estoy cansado de dar vueltas y que me mareen con malos rollos, así que me gustaría que fueras sincera conmigo.

Tamo sintió que las piernas le flaqueaban. Pero se impuso la necesidad de ser totalmente sincera.

—Yo..., yo... —balbuceó nerviosa—. Yo siento que eres lo mejor que me ha pasado en mucho tiempo. Y me encantaría conocerte, pero creo que no soy lo que estás buscando. Vivo en la más absoluta de las pobrezas, mi familia no tiene comida en el plato la mayoría de los días. Yo no tengo ropa bonita, y pagar la mitad de un restaurante como este supondría el presupuesto de casi todo un año. Creo que necesitas una chica con la que poder salir y entrar sin que signifique una carga. Una chica con la que poder disfrutar y llevar el ritmo de vida al que estás acostumbrado. Y evidentemente no soy yo.

Adrián la miró atentamente. La atrajo hacía él y la besó. Primero despacio, rozando solo sus labios. Luego se separó de ella y la miró a los ojos. La intensidad del beso fue creciendo, hasta que se dieron cuenta de que estaban en un sitio público.

—Estoy totalmente convencido de que eres lo que siempre he estado buscando. Eres auténtica.

Un mensaje rompió el encanto del momento. Su madre le mandó la foto de una carta que había llegado a casa. Era una orden de desahucio.

14

Las dudas de Estefanía

El día en que llegó su padre, Estefanía estaba nerviosa, angustiada por la incomodidad que le producía el momento. No quería ponerse delante del hombre que ni siquiera había querido conocerla.

Alberto, como cada mañana, fue a verla a la tienda. Siempre la esperaba en la puerta y la acompañaba al instituto. Hoy se tenía que quedar en la panadería. Estefanía no podía entender cómo en tan poco tiempo era tan importante para ella.

—Si quieres, puedes presentármelo —le dijo decidido—. Quiero que sepa que aquí hay alguien que te cuida, que no le va a permitir que te haga daño.

—¿Estás loco? Mi madre se enteraría y no podríamos vernos.

—Tu madre tendrá que aceptarme tarde o temprano.

—Tengo dieciséis años y tú eres mayor de edad, su primera intención será denunciarte.

—Solo nos llevamos un año y medio, ningún juez me va a llevar a la cárcel por eso —dijo cogiéndola por la cintura—. No tenemos que ocultarnos, no hacemos nada malo. Habla con él, no pierdes nada.

—No voy a hablar con él —anunció categórica—. No tiene ningún sentido. No quiero llegar a casa y decir «¡Hola, soy tu hija!». No ha querido conocerme nunca, y no puedo creer que en dieciséis años no haya podido venir ni una sola vez.

—Las cosas allí no están como aquí —informó Alberto—. Quizá deberías escuchar su historia antes de juzgarle.

—Eso no es excusa. Me podía haber invitado a que fuera. Tengo familia, tengo tíos, tengo primos y dos abuelos. Aquí solo estamos mi hermana, que pasa de mí, y mi madre. Yo podía haberme pagado un billete para ir allí.

—Debes decidir por ti misma. Pero piensa que es una oportunidad única. No sabes si lo vas a volver a ver.

—No sé qué hacer —confesó al tiempo que apoyaba la cabeza en su pecho—. No sé por qué ha tenido que pedir el divorcio precisamente ahora.

—Tengo que irme, tu madre está a punto de llegar. Te veo a las nueve. Traeré dos sacos de dormir y dos esterillas y pasaremos aquí la noche.

—Gracias por entenderlo.

—No lo entiendo, podríamos estar en mi casa mucho más cómodos. Y no tenemos que hacer nada que tú no quieras.

—Lo sé, pero nos conocemos de hace muy poco. Y disponemos de todo el tiempo del mundo.

—Escríbeme después. Y mándame muchas fotos sexis, que las necesito para vivir —le rogó haciendo una mueca graciosa con la cara.

—No te voy a escribir, que te pones muy pesado. Y no voy a estar todo el rato mandándote fotos, tengo que estudiar y trabajar.

—Hoy te voy a perdonar, estás muy nerviosa, pero mañana quiero estar hablando contigo todo el día. Soy un hombre y eres preciosa, no puedes culparme por querer ver todo el rato este escote, esta cinturita o este... —le dijo dándole una cariñosa palmada en las nalgas.

—Anda, vete, que son las nueve y mi madre está a punto de llegar.

Estefanía se equivocó. Graciela apareció casi a las once, cuando ya pensaba que se había ido directamente al aeropuerto. Estaba cambiada. Se había maquillado demasiado. En el intento de parecer más joven, había envejecido diez años. Utilizó colores que llevaban una eternidad fuera de la moda.

—Lo sé, estoy horrible, voy a lavarme la cara —anunció con decisión.

—Tengo mi bolsa de maquillaje, déjame que lo intente.

Su madre no contestó, lo que significaba que aceptaba su propuesta. Era la primera vez en su vida que interaccionaban tan cerca. Estefanía le pasó una toallita desmaquillante por toda la cara, arrastrando el resto de sombra azul que se había esparcido por las mejillas.

—No me eches muchos potingues, que tampoco quiero estar pintada como una puerta —la avisó poniendo de nuevo patente su mal genio.

—Déjame que te maquille. Si luego no te gusta o te ves muy cargada, te quitas lo que quieras —rogó Estefanía con cautela.

Graciela cerró los ojos y se dejó hacer. Estefanía se esmeró, le echó la base de maquillaje con cuidado. Se dio cuenta de que nunca antes había tocado la cara de su madre. Le aplicó un poco de colorete y le maquilló los ojos de forma suave. Sin pedirle permiso, le humedeció el pelo con el dispensador de agua en espray que utilizaba para bañar la bollería. Sus rizos revivieron, dándole juventud y alegría a su cara.

—Siempre te estiras demasiado los rizos en la cola, con lo guapa que estás cuanto lo llevas suelto —murmuró Estefanía—. Ya puedes mirarte, estás preciosa.

Graciela se miró al espejo y no reconoció la imagen que vio. Estefanía había resaltado sus ojos claros sin que tuvieran un maquillaje recargado. Estaba tan poco acostumbrada a decir halagos que no fue capaz de articular una sola palabra. Se quedó en silencio, observando su rostro desde diferentes ángulos.

Estefanía sonrió. Esa falta de expresión era tan valiosa para ella como el mayor de los elogios.

—Me voy. Se me ha hecho muy tarde para ir al aeropuerto —habló por fin.

—Espera, quítate esa blusa y ponte esta —le acercó la que ella se había quitado para no mancharse al preparar el pan.

Graciela la miró. Era una blusa de manga larga, de color celeste y estilo bohemio, que le sentaría bien con su color de piel. Tenían la misma talla. Aunque dudó unos instantes, aceptó el ofrecimiento de su hija y se cambió.

—Si ves que hay mucho lío, me llamas.

—No te preocupes, ve a comer a algún sitio bonito, que nunca vas. Luego a mediodía me acerco a casa, como algo y me vengo para acá. Yo me encargo de todo.

—A la tarde vuelvo. No puedes estar todo el día sola.

—Mamá, es sábado, no hay ni colegios ni obreros. Tengo todas las cosas preparadas y a mediodía elaboro las que haya que reponer. Y puedo hacer la masa de mañana, te lo dejo todo preparado.

Graciela cogió su bolso y se marchó. Se volvió para mirar a su hija y siguió con prisas su camino.

Alberto entró por la puerta un par de minutos después. Había estado esperando fuera a que la madre de Estefanía se marchara.

—Te vas a quedar sin trabajo. Estás todo el día aquí.

—Es la ventaja de ser tu propio jefe. Puedo trabajar a la hora que quiera. Y necesitaba desayunar.

Estefanía le ofreció un trozo de empanada de atún. Entró a por una lata de refresco.

—¿Cómo estás? —preguntó sabiendo la respuesta.

—Bien, deseando que pase ya el día. La que estaba nerviosa era mi madre.

Se acercó al mostrador y le cogió la cara con las manos. Estuvo tentado de darle un beso, pero se contuvo.

—No sé lo que le voy a decir. ¿Qué se le dice a un padre que no te ha querido nunca? —cuestionó Estefanía.

Alberto la miró con ternura. No tenía respuesta para esa pregunta.

—No sé qué puedes preguntarle. Pero sé que es el momento de que te responda a todas las preguntas que has tenido siempre en la cabeza. Ordénalas, dales forma de cuestionario y las disparas una tras otra.

—Lo que no voy a saber es cómo empezar. No quiero darle dos besos, ni la mano. No sé qué es lo apropiado en el caso de los padres que han pasado olímpicamente de sus hijas.

—No tiene que preocuparte eso ahora.

Sonó un móvil y Alberto miró la pantalla, nervioso.

—Tengo que irme corriendo, me acabo de acordar de que tenía que entregar algo que no he hecho.

Estefanía se quedó sola, sintiendo una decepción a la que no encontraba mucho sentido. Se había dado cuenta de que no era el móvil que normalmente utilizaba y pensó que tendría uno para el trabajo y otro para uso personal.

—¿Qué ha ocurrido en el universo para que haya un cambio de vendedora de la mañana? —Era Sergio, que había entrado a comprar el pan.

—Hoy tenemos un día especial, voy a ser tu dependienta de confianza —respondió sonriendo.

—Ah, pues yo no tengo nada que objetar —replicó—. Es más, ahora que no me escucha la dependienta de siempre, me gusta más la sonrisa de la nueva.

Estefanía sonrió. Charlaron durante unos minutos hasta que la tienda se llenó de gente y por un momento pensó que no iba a ser capaz de sacar el trabajo ella sola. Se puso nerviosa, no sabiendo muy bien a quién atender primero. Sergio se dio cuenta y, sin pedir permiso, se metió detrás del mostrador y la ayudó. A las dos, Estefanía cerró las puertas siendo consciente de que no había parado ni para ir al baño.

Llamó a Alberto por si quería comer con ella. Seguía nerviosa ante el inminente reencuentro con su padre, pero no obtuvo respuesta. Aun así, preparó una pizza grande para guardarle un trozo. No le contestó la llamada ni le mandó un mensaje en todo el día, y empezó a preocuparse. Abrió la panadería de nuevo con la incertidumbre de ignorar su paradero.

Cuando su padre entró en la tienda, lo reconoció enseguida. Miraba con asiduidad la foto de su perfil y los estados del WhatsApp que colgaba. Venía solo, sin Graciela, que posiblemente estaría aparcando.

—Hola… Soy Mateo —dijo su padre con timidez—. ¿Vos cómo estás?

—No creo que eso te importe mucho, llevas dieciséis años sin saberlo.

—Entiendo que estás molesta conmigo —balbuceó—. Sé que no me vas a perdonar, ni yo mismo lo hago. Pero necesito que me escuches. Dame unos minutos y no te molestaré más, si es eso lo que vos querés.

Esperaron en un silencio incómodo a que llegara Graciela, pero esta tardaba y Estefanía acabó por quitarse el delantal. Salieron a la cafetería de enfrente.

—Tu madre me ha dicho que te ha costado mucho decidirte a hablar conmigo y lo entiendo. Agradezco esta oportunidad que me das —le dijo mirándola a los ojos.

—Esto no es fácil para mí. No es fácil encontrarse con alguien que no te ha querido en su vida.

—Os quiero con toda mi alma —contestó Mateo—. Siempre os he querido. No he dejado de pensar en ustedes ni un solo día de mi vida.

—No te imaginas lo poco que nos ha servido eso —bufó Estefanía, sin creerle una sola palabra.

—Fui un cobarde. Sentí miedo.

—¿Miedo? —cuestionó alterada—. Los hijos dan amor, no miedo.

—Fueron tiempos muy difíciles. Tu madre tampoco me lo puso fácil.

—Claro, ahora resulta que eso de que te fueras y no quisieras saber nada de nosotras fue por culpa de mi madre. Es lo que me quedaba por escuchar.

—Dejá que te cuente… Cuando naciste, nuestra relación estaba muy resentida. Laburamos mucho y a duras penas podíamos pagar las facturas. La panadería y dos niñas pequeñas acabaron con todas nuestras fuerzas. Tu madre se hundió en una profunda depresión posparto. No supimos lidiar con una niña pequeña, una recién nacida y un matrimonio que tenía serios problemas para sobrevivir. Y yo no estuve a la altura. No supe ayudarla, no encontré la forma de que nuestra familia permaneciera unida. Comencé a pensar que no me soportaba. Que todo lo que hacía la incomodaba. Entendí que yo era el problema. Yo era la causa de toda su tristeza, de la pérdida de toda la ilusión por vivir. Y cada reproche me alejaba un poco más. Hasta que llegó el día en que me di cuenta de que con mi presencia lo único que conseguía era crear un infierno para ustedes y nos separamos. Y fue allá cuando llegó la bronca. Yo quería vivir el día a día de ustedes. No quería perderme ni un minuto. Pedí la custodia compartida. Entramos en una lucha legal que nos destrozó la existencia a todos.

—¿Cómo que pediste nuestra custodia? —preguntó Estefanía sin entender nada.

—Los dos primeros años estuve en tu vida, acá.

—Eso no es verdad, mi madre me dijo que te marchaste antes de nacer yo.

—Te mintió. Era la única forma de no tener que explicar lo que pasó.

—¿Has venido desde tan lejos para decirme que mi madre es una mentirosa? ¿Y esperas que te crea?

—Escuchá, no he venido a acusar a tu madre de nada. Ella hizo todo lo que pudo para no separarse de ustedes. Tu madre no supo gestionar las emociones. Cada vez que a ustedes os tocaba pasar tiempo conmigo, sufría un infierno que la desgarraba por dentro. Las separaciones eran tan dolorosas para ella que yo sentía que la condenaba a una vida que no quería vivir. Una tarde me avisaron de que estaba en el hospital. Había tenido un accidente con el auto después de que os recogiera para pasar el fin de semana conmigo. La había visto marchar una hora antes, llorando. Me sentí muy culpable. Si hubiese pasado algo, yo no me lo hubiese perdonado nunca. A pesar de todo, amaba a tu madre con toda mi alma. Y me di cuenta de que mi presencia no la dejaba ser feliz. Cuando tu madre salió del hospital, decidí marcharme a Uruguay.

»Tuve que escoger entre la felicidad de ustedes o la mía. Y me marché. Pero no os dejé. Lo único que pedí a tu madre es que me contara todas las semanas, los domingos, cómo estabais. A cambio, ella me hizo prometer que no vendríais allá, a Uruguay. Tenía miedo de que no regresarais. Y lo ha cumplido durante catorce años.

—¿Has preguntado por nosotras todo este tiempo?

—Era el mejor momento de la semana. Lo esperaba impaciente. Me mandaba fotos. Las he guardado todas. Me contaba con detalle todo lo que habíais hecho cada día de la semana.

Le mostró un álbum en su teléfono en el que se apreciaba su evolución desde que era un bebé. En las primeras fotografías, se la veía a ella en una casa desconocida, en una habitación pequeña con su padre y su hermana. Había muchas. No le había mentido.

—¿Por qué no viniste nunca a vernos?

—No pude. Nunca tuve dinero para el vuelo.

—Pero ahora te vas a casar y sí que puedes —le increpó Estefanía.

—No me voy a casar. Llevo ahorrando desde que volví. En mi país las cosas no son fáciles. Ahorré durante años. Pero tu abuela enfermó y tuve que gastar ese dinero. Fue muy difícil conseguir de nuevo la guita.

Estefanía no sabía muy bien cómo integrar en su vida toda la información que acababa de recibir. No sabía si creerlo o no. Estaba abrumada, desconcertada, muy confusa.

—Necesito pensar, todo esto es... muy difícil de entender —dijo mientras se levantaba.

Y salió de la cafetería sin saber muy bien a dónde ir.

15

Las dudas de Arabia

Estuvo dando vueltas en la cama un buen rato. Intentaba buscar la solución para desenmascarar a su padre sin que su madre resultara herida. Pero no era fácil. Ella estaba muy enamorada. Se desvivía por que a su padre no le faltara de nada. Siempre pendiente de que comiera, lavándole y planchándole la ropa pulcramente. Su madre no había hecho otra cosa en la vida que cuidarlos a todos. Trabajar para cubrir sus necesidades. No se merecía que la trataran así.

Se levantó sigilosamente y fue al cuarto a echarse un rato a su lado. La cama estaba vacía. La encontró en la cocina, tomando una infusión.

—Yo tampoco consigo dormir —dijo Arabia acariciándole el pelo—. Pero no podemos seguir así, tenemos que enfrentarnos a él y decirle que lo sabemos.

—Espera unos días, hija, que el jueves es el cumpleaños de tu hermana.

—*Mama*, es que yo no voy a poder mirarlo a la cara. Me come la rabia.

—Pues tienes que hacer un esfuerzo. Si yo me lo estoy tragando y sigo viva, tú también.

—Si es que no te entiendo. ¿Cómo puedes acostarte en la misma cama que él? —preguntó apesadumbrada Arabia.

—Ojalá el chico ese con el que sales sea una buena persona y no te pase como a mí.

—Abel es muy buen niño y es muy detallista. No puedo pararme en un escaparate; en cuanto digo que algo es bonito, entra a la tienda y me lo compra —contó sonriendo—. Además, siempre me lleva a sitios preciosos. El otro día estuvimos en un restaurante y no sabes lo que me pasó. Fui al baño y había perfumes de los caros, de los de marca buena, y una señora allí cuidando de que no se los metiera nadie en el bolso. Te podías echar todo lo que quisieras, pero después tenías que dejarlo en su sitio. La señora medía dos metros, por lo menos; cualquiera era la guapa que se llevaba un frasco. Al salir del baño, la señora me dio una pastilla y pensé que me estaba pasando drogas. Pero era una toalla. Estaba prensada y, cuando la ponías en las manos mojadas, se hinchaba. Me encantó. Como me había quedado tan *aluciná*, se me olvidó abrocharme los vaqueros y salí con la cremallera *bajá* y enseñando las bragas. Yo me había dado cuenta de que la gente me miraba, pero, claro, me creía que era porque allí todo el mundo era de postín y yo llevaba unos vaqueros del mercadillo y una rebequilla con pelotillas. Pero no, era que iba medio desnuda.

Las dos rieron a carcajadas, intentando acallar la risa para no despertar a los pequeños.

—Qué fatiga te daría delante del muchacho.

—No te imaginas qué lache me dio cuando me dijo que me abrochara el botón. Pero es que la semana pasada metí la pata otra vez. Me lleva a comer a un sitio donde hay un marisco muy bueno. Las langostas estaban en una pecera, vivitas y coleando. Pues terminamos de comer el primer plato y nos ponen unos cachos de limón, y yo eché sal y me lo comí. Y, *mama*, que era para lavarse las manos.

—Pero, hija, ¿no lo has visto en las películas? Te ponen un sobre con una toallita de limón o un cacho de limón para quitarte el olor del marisco.

—¡Yo qué voy a ver! Yo no había visto *na*. Lo único que vi fue la cara de *pasmao* que puso Abel cuando me lo comí. Y como pensé que el limón a él no le gustaba, ¿sabes qué hice?

—Te comiste el suyo.

—Como me conoces, *mama*. Me comí el suyo. Tenías que ver la cara del camarero cuando me vio con el limón en la boca.

—Hija, es que no tenemos mundo y luego nos pasa lo que nos pasa —sentenció Lucía.

Arabia vio que su madre se ponía triste de nuevo, recordando su realidad.

—*Mama,* ¿tú sabes lo que yo haría? El día que sepamos que está con ella, le recogemos todas sus cosas y se las llevamos a esa casa. Y se lo suelto allí todo. Porque la otra lo tiene que saber, no puede haber dos mujeres tan tontas.

—A mí también me parece que lo sabe. No creo que sea tan idiota como yo.

—Lo que más me duele es que todos esos regalos que habéis ido a comprar para los hijos de sus primos de Murcia y para su hermana, la que no te puede ver porque eres gitana..., esos regalos eran para esa mujer. Y los ha comprado con tu dinero. Y eso, eso no se lo voy a perdonar en la vida. Y a ti eso te tiene que dar una rabia y un dolor que no te deje perdonarlo nunca.

—Arabia, pero es que no noto esa rabia dentro. Lo único que siento es que no sé vivir sin él. Todo me va a venir grande.

—Pero ¡qué me estás contando! ¡Si tú tienes la familia más bonita de este mundo! Si en cuanto tus hermanos se enteren, se van a volcar contigo.

—Eso también me preocupa mucho. Tus tíos lo van a coger y lo van a matar.

—Por eso no te preocupes, ellos van a respetar lo que tú les digas y lo sabes. Voy a hacerlo yo. Yo voy a ir sola a casa de esa mujer y le llevo las cosas. Le digo a Laura que me acompañe en el coche.

—¿Qué va a pensar tu amiga?

—Es que tú no te tienes que avergonzar de nada. ¡De nada! Que se quede con ella. Que se lo coma con papas. Que se trague su mal humor y su mala leche de por las mañanas. Que le pague su tabaco y sus vicios. Anda, vamos a dormir un poco que mañana tengo un examen y lo voy a suspender.

Ni su madre ni ella pegaron ojo en toda la noche.

Intentó no coincidir con su padre al día siguiente, ni en la comida ni en la cena. Fue en el cumpleaños de su hermana cuando lo tuvo delante por primera vez. Se contuvo como pudo, fingiendo que tenía un terrible dolor de cabeza. Cuando los niños se comieron la tarta, él anunció que se iba con Marcelino a pescar. Arabia y su madre se miraron. Lucía le rogó que se quedara, que estaba toda su familia allí.

Cuando lo vio salir por la puerta, Arabia supo que era la última vez que su padre se iría de pesca. Entró en silencio en la habitación de sus padres con un par de bolsas para la basura. Decidió que solo le iba a echar la ropa más vieja y usada. Las prendas nuevas o los trajes que había pagado su madre con el sudor de su frente, esos se los regalaría a sus tíos o a sus primos. En ese momento se dio cuenta de que su padre las había estado engañando también en el aspecto monetario. Que los doscientos euros que le habían quedado de pensión, de la que siempre estaba maldiciendo, eran otra patraña suya. Seguro que la cuantía era mucho más alta, pero la necesitaba para la otra familia.

Cogió la ropa interior de su padre con rabia. Se subió a una silla para arramblar también con las cosas que tenía encima del armario. Recordó que allí había baratijas de su juventud, algún llavero que alguien le regaló en algún viaje y varios bolígrafos de publicidad. Cuando dio con la caja, la tiró al suelo. El ruido que hizo le llamó la atención. Era una caja de madera, que en su tiempo había sido un costurero. Pero había sonado como si contuviera algo metálico. Se agachó a recoger el contenido y se dio cuenta de que dentro del costurero había una pequeña lata de metal. Intentó abrirla, pero no pudo. Con uno de los bolígrafos, la forzó. Dentro había unas fichas de dominó. Volvió a cerrar la caja, pensando por qué motivo su padre guardaría esas fichas. Esa curiosidad fue la que le hizo volver a la caja. La volcó encima de la cama y no pudo evitar pegar un grito. Cayeron un montón de billetes de cien euros. No podía entender de dónde había sacado su padre tanto dinero y se temió lo peor. Pero entre los billetes encontró la respuesta: un justificante del seguro por una suma millonaria, como indemnización por el accidente laboral que tuvo.

Arabia decidió guardar ese dinero y no decirle nada a su madre. Ya tenía bastante con lo vivido ese día. Siguió buscando. Tenía que encontrar la cartilla del banco. Todo lo que quedara sería propiedad de su madre. Estaba dispuesta incluso a denunciarlo si hacía falta. Pensó con frialdad dónde escondería su padre algo para que ellas no lo encontraran. Corrió al patio, donde dejaba los enseres de pesca. Ni siquiera se llevaba las cosas para disimular, todo estaba allí. Miró en unas mochilas viejas y en varias cajas de aparejos, pero no la encontró. En cuanto vio una lata de cebos vivos, supo que la cartilla estaría dentro. Había sido tan tonto que había apuntado hasta el número pin del cajero automático en un papel y lo había guardado entre las páginas. Se dio cuenta de que sacaba cantidades grandes, unos setecientos euros al mes, desde hacía cerca de tres años. La pensión que le había quedado no era de doscientos euros.

Llamó a su amiga Laura y se marchó. Su madre ya le había dicho dónde vivía la otra familia de su padre y, por la descripción, estaba segura de que daría con la casa destartalada en Colmenarejo, un barrio adyacente a Campanillas. Durante el camino, Laura respetó su silencio. Sabía que su amiga se encontraba en los momentos más difíciles de su vida.

Encontró el coche que su madre le había descrito aparcado en la puerta. No tardó ni un minuto en ver por la ventana a su padre. Ahora solo le quedaba insuflarse fuerzas y entrar.

—Te espero el tiempo que haga falta, me he traído los apuntes. No te preocupes por mí.

Arabia le dio un abrazo a su amiga y salió del coche. Cogió las bolsas de basura y pegó en la puerta. Abrió su padre, que, en cuanto la vio, la empujó con fuerza para que no entrara a la casa.

—Voy a entrar —le dijo devolviéndole el empujón—, o por las buenas, o por las malas.

Una mujer con un bebé en brazos apareció en el salón.

—¿Quién es esta chica? ¿Qué quiere? —preguntó al ver a Arabia tirarle las cosas a la cara.

—Soy su hija. Y tiene tres más, aparte de los tuyos. Además de una mujer, que seguro que también se le ha olvidado contártelo.

—¿Cómo que tu hija? ¿Qué está diciendo?

—Puedo explicártelo. Estamos separados hace mucho, pero ella no lo asume —le dijo a la señora que cargaba el bebé.

La mujer se puso muy nerviosa. Dejó al niño en un andador y se acercó a la puerta.

—No entiendo nada —dijo desconcertada.

—Mejor te lo explico yo. Este hombre es el mayor mentiroso que hay sobre la faz de la tierra. No está separado de nadie. Vive con nosotros, come con nosotros, menos los martes y los jueves, que se va a pescar con su amigo toda la noche. —Giró la cabeza para dirigirse a él—: Y veo que has pescado bien. Imagino que es aquí donde pasas las mañanas, y no en el bar, como le dices a la *mama*. Y que por las tardes no te vas a la peña. Y lo de cuidar de tu madre enferma es otra patraña. Eres el mayor sinvergüenza que he conocido nunca. No te mereces nada. Ni el aire que respiras. Vete buscando un abogado bueno y barato, porque no tienes un euro. La cartilla y el dinero están en poder de mi tío Ángel; a ver si tienes arrestos, después de lo que le has hecho a su hermana, de ir a buscarlo. No quiero volver a verte en mi vida. Y te juro que, si te vuelves a acercar a mi *mama* una sola vez, no te quedará rincón en el mundo para esconderte y que yo no te encuentre. Y no iré sola. Que mi *mama* tiene mucha gente que la quiere y la va a defender de un gusano como tú. Que hemos pasado hambre, nos has visto *enmallaos* y no has hecho nada, teniendo dinero guardado en una caja. Que no hemos tenido zapatos y no has sido capaz de comprárnoslos. Eres la peor persona con la que me he tropezado en mi vida. —Y se volvió entonces hacia la mujer, antes de añadir—: Señora, ahí se lo dejo, que vaya regalito se lleva usted. ¡Que lo disfrute!

—Espera, vamos a hablar —dijo su padre corriendo tras ella.

Arabia se marchó con la sensación de que no había dicho lo suficiente. Pero no quería permanecer más tiempo allí. Se sentó en el coche y le pidió a Laura que arrancara.

No volvió a derramar ni una sola lágrima por lo que acababa de perder.

16

Tamo

Después de la conversación con Adrián, en la que le dejé claro que yo no era una buena opción como pareja, me relajé. Había puesto mis cartas sobre la mesa. No tenía que esconderme, ni fingir lo que no era.

Desde ese momento, todo resultó más fácil. Cuando estaba con él, olvidaba mis problemas, mi complicada situación. Me apoyaba en silencio sin sacar los temas más bochornosos, los que sabía que me dolían en el alma.

Siempre he confiado más en las acciones que en las palabras. Las palabras me parecen contenedores vacíos que se pueden llenar de mentiras o de sentimientos inventados. En cambio, las acciones son evaluables, te proporcionan argumentos para formarte una opinión certera de alguien.

Al día siguiente de la comida en el restaurante, Adrián estaba en la puerta del instituto, a la hora de la salida, dentro de un coche. Traía una enorme cesta de pícnic.

—Como no acerté con el restaurante caro, a ver si con esto tengo más suerte. Vamos, te vendrá bien distraerte un rato —me dijo mientras me miraba a los ojos y señalaba la cesta colocada en el asiento trasero.

Le escribí un mensaje a mi madre contándole que me iba a casa de una amiga a comer. Me subí en el coche y nos dirigimos a una pequeña cala escondida, justo donde acaba Benalmádena y comienza Fuengirola. Era un rincón que no conocía, pero que me encantó.

El mar estaba calmado y el sol de otoño nos calentaba, proporcionando una temperatura perfecta para disfrutar del aire libre. Adrián desplegó un paño enorme y colocó dos toallas de playa, una frente a la otra. De una cesta comenzó a sacar diferentes bandejas con queso, encurtidos, pan recién hecho, una ensalada de vivos colores y humus.

—¿Has traído comida para todo el pueblo? —pregunté riendo.

—Es que no sabía si te iba a gustar, así que compré un poco de cada cosa —afirmó con timidez—. El pan es de una panadería de Fuengirola, lo hacen a mano con masa madre.

Pasamos la tarde entera comiendo y riendo. Con Adrián me sentía libre, con unas ganas de disfrutar de la vida desconocidas para mí.

—¿Sabes qué me pasa contigo? —me preguntó al atardecer, mientras contemplábamos tumbados el rosado del cielo y él jugaba con mis rizos—. Que puedo ser yo mismo, sin miedo a que me juzgues. Eres la persona más increíble que he conocido nunca.

Me besó con dulzura, rozándome la cara con el dorso de su mano. Cuando me besaba, sentía estremecer cada poro de mi piel. Era tan mágico que me costaba separar mis labios de los suyos.

—Vámonos a casa, no quiero que te regañen por mi culpa.

No solo me sedujo su sonrisa, su manera de tratarme y de cuidarme con una mezcla de respeto y cariño; lo que más me gustó fue su forma de integrarse en mi vida, intentando no alterar mi complicada existencia. Ahí encontré el foco para enamorarme completamente de él. Nos empezamos a conocer, a describir nuestros gustos y preferencias. A darnos cuenta de que pertenecíamos a dos mundos distintos.

A él le encantaba ir de compras. Yo nunca había podido hacerlo. Me contó que su familia tenía el dinero suficiente para que él, hijo único, pudiera vivir con comodidad toda su vida sin tener que trabajar. No le pesaba levantarse temprano; lo hacía porque le apetecía, no por necesidad. Trabajaba en ciberseguridad, y por eso en muchas ocasiones tenía que atender al teléfono, coger llamadas y contestar mensajes mientras estábamos charlando o comiendo. A veces esas llamadas partían nuestra cita en dos.

—Lo siento, estoy de guardia —me decía consternado—. Tengo que irme, toma un taxi.

Antes de marcharse, me daba un billete que yo nunca quería aceptar, y que con seguridad cubriría el taxímetro de una vuelta a todo el pueblo. Ocurrió varias veces. Nunca quiso que le devolviera el importe que no había gastado.

—¿Podemos ir de compras esta tarde? Necesito unos regalos para mis sobrinos pequeños —me dijo por teléfono a la hora del recreo, el día después del pícnic—. Creo que serás una asesora perfecta.

Le ayudé a comprar varias prendas de ropa, además de zapatos, juguetes y libros. También unas enormes bolsas de golosinas. Cuando me llevó a casa, sacó de su maletero la compra y me la dio.

—Es todo para tus hermanos —exclamó con una sonrisa—. No me mires así. Si te hubiese dicho que era para ellos, no lo habrías aceptado. Disfrútalo.

Tuve que dar dos vueltas para poder subir todas las bolsas. Las escondí en mi armario, no quería que nadie me hiciera preguntas. Ya buscaría la manera de entregarlos sin levantar sospechas.

—Creo que debes decir en casa que estás trabajando —me aconsejó—. Así podrás estar fuera y nos veremos más.

—No puedo engañar a mi madre. Soy tan mala mintiendo que en dos minutos sabría la verdad.

Nunca había conocido a nadie que comprara tanto. Y me sorprendía con todo tipo de detalles, como perfumes caros, accesorios de moda y bombones que se fundían en la boca. A menudo aparecía con un conjunto o un vestido nuevo. Cuando llegaba a casa, siempre me pedía que me lo probara y que me hiciera una foto con él. Le gustaban mis fotos. Se reía con mis caras, con mis posturas y con todas las tonterías que le mandaba.

Me encantaba que nunca me pidiera que posara sexy o provocativa. Simplemente, quería que fuera yo. Los conjuntos que me compraba eran inocentes faldas y tops a juego, con estampados infantiles o coquetos. Eso me decía mucho de él. No buscaba situaciones de morbo en las que yo me hubiese sentido en desventaja.

—Me encanta tener tu sonrisa en mi pantalla mientras trabajo —admitía—. Se me hace el tiempo mucho más corto.

Pasamos noches sin dormir, hablando, riendo, intimando. Conversamos sobre la vida, el amor y de mis miedos ante el sexo. Me dio la seguridad necesaria para que no me preocupara. Eso me acercó a él. Hizo que no percibiera mi propia inexperiencia como algo negativo.

—No hay prisa, esperaré todo lo que sea necesario.

Sus palabras me supieron a gloria, a amor verdadero, a historia con un futuro prometedor.

Una noche me dijo que le pidiera permiso a mi madre para dormir fuera, que le contara que me iba a casa de Rawan. Me quería dar una sorpresa.

No tenía miedo, confiaba en él.

Mi amiga me ayudó. Llamó a mi madre para pedirle permiso y ella, que confiaba en mí, me dejó. Viví la aventura con emoción. Ilusionada como una niña pequeña ante la fiesta de su cumpleaños.

—Vas a tener la noche más especial de tu vida —me susurró al recogerme.

Llegamos al puerto de Estepona, un lugar precioso que no conocía. Entramos a la zona de servicio, donde había duchas y aseos.

—Toma, ponte esto —me dijo dándome una bolsa con ropa.

Cuando me puse el vestido y los accesorios que había en su interior, no reconocí a la mujer que se miraba al espejo. Quería verme así, con ese glamour, con ese estilo, el resto de mi vida. Ese era el futuro que deseaba: lleno de alegría, sin la cuenta atrás de un desahucio, con la seguridad plena de que a los míos no les faltaba de nada. Y si para ello tenía que matarme a estudiar un montón de años, lo haría.

Salí del baño despacio, sin poder caminar con soltura por la altura de los tacones que había escogido para mí.

—Nunca he visto una mujer más bonita que tú —me dijo.

Por un momento pensé que iba a llorar, que estaba emocionado, y eso me estremeció de una manera asombrosa.

—¿Estás preparada? —me preguntó mientras me cogía la bolsa con la ropa que me había quitado.

—Depende para qué...

Me tomó de la mano y me guio hasta uno de los yates que estaban atracados.

—¿Nos vamos a subir en un barco? —pregunté asustada.

No me gustaba la idea de estar en alta mar, sin salida, con alguien que se había gastado un dineral en mí y que casi no conocía.

—Sí, pero no te preocupes, no lo vamos a mover de aquí. Además, una chica nos servirá la cena —comentó intuyendo mi desconfianza.

El barco era precioso. En la cubierta había un pequeño espacio donde habían colocado una mesa y dos sillas. La decoración era muy bonita. Había rosas frescas y guirnaldas por toda la zona.

Estuvimos un buen rato sentados, disfrutando de las vistas, a solas. El olor a mar, a salitre, a nuestros perfumes me tenía totalmente embriagada.

—¿Cómo tienes tanto dinero? —pregunté sin ningún reparo.

Adrián rio a carcajadas.

—Eres muy directa. Mi padre es un empresario importante, hizo una pequeña fortuna. Yo trabajo en ciberseguridad y también me gano bien la vida. No te preocupes por los gastos, si estamos aquí es porque puedo asumirlos.

A las nueve nos sirvieron la cena.

—¿Qué es esto? —pregunté sorprendida—. No puedo creer que hayas pedido que te pongan comida marroquí.

—Bueno, quería acertar y sabía que con un cuscús y una pastela lo haría seguro.

Me serví en el plato un buen trozo del hojaldre, asombrándome por lo bueno que estaba.

—Está deliciosa, tiene un relleno exquisito. Gracias.

—Nuestra chef tiene estudios internacionales. Estaba seguro de que te gustaría.

Antes de que hubiésemos terminado la comida de la mesa, la chica nos trajo una bandeja de patatas fritas y una ración de croquetas, mi plato español favorito.

—Madre mía, es la cena perfecta —anuncié con la boca llena.

—Espera a ver el postre.

Devoramos la comida y la camarera nos trajo un plato dorado con dos trozos de baklava.

—Esto está de muerte, no sé por qué ha puesto un trozo tan pequeño.

La camarera me oyó y trajo una bandeja con el resto del pastel.

—Puedes llevarle a tu madre y tus hermanos lo que sobre.

Creo que eso fue lo que más me enamoró. No solo pensaba en mí. También se preocupaba por los míos.

—Les encantará, gracias.

Terminamos de cenar y pasamos el resto de la noche en cubierta, tapados con una manta, disfrutando de las estrellas. Cuando al amanecer me llevó a casa, sentía que flotaba en una nube.

No imaginé que esa nube sería la peor de mis tormentas.

17

Estefanía

No puedo decir que lo nuestro fuera una relación perfecta. Alberto me llenó de momentos únicos, de sensaciones que no había vivido nunca, pero también de sinsabores y de angustias que no había experimentado con anterioridad.

Cuando estábamos juntos, todo era maravilloso. Nuestras conversaciones se alargaban con humor, con el interés de conocer a alguien de quien te estás enamorando perdidamente. Pero cuando nos separábamos, cuando comenzábamos alguna conversación por escrito, empezaban las desavenencias.

Me desesperaba su prosa cansina, siempre dando vueltas a lo mismo, con continuas peticiones de fotos que no podía censurar porque fueran de carácter sexual; no era esa la cuestión, sino que siempre me pedía pruebas de lo que hacía, de dónde estaba, de lo que llevaba puesto. Nunca me reclamó ninguna foto que me encendiera las alarmas y me alejara de él. Todo lo contrario, solo me hacía saber que quería conocer los detalles de mi vida.

—Eres muy cansino —le decía cuando nos veíamos—. Me encanta que quieras saber de mí, pero a veces me agobias.

—Perdóname, sé que no me expreso igual por escrito, pero es que no puedo quitarte de mi cabeza ni un solo segundo. No puedo controlar las ganas de estar a tu lado. Me estás volviendo loco, Estefanía —contestaba entre risas.

La primera noche que pasamos juntos, en el obrador, fue una noche mágica.

No me encontraba bien. Tenía dentro de mí una explosión de emociones que no acababa de canalizar. Quería odiar a mi padre, experimentar el mismo sentimiento hacia él que había tenido desde la infancia. Pero, tras escuchar su versión, todo había cambiado. El hecho de que siempre hubiese querido saber de mí tumbó la percepción de abandono que también me había acompañado durante años. Alberto me ayudó a entender, a poner en orden mis ideas.

Quise elaborar las masas que se iban a hornear al día siguiente para estar relajada. Preparé galletas y magdalenas. Limpiamos el obrador entre risas y, por un rato, me olvidé de mi realidad.

Cuando terminamos, separamos las mesas y tendimos las esterillas. En el momento en que me paré, en que me tumbé a su lado, unas ganas de llorar incontrolables me hicieron perder el control.

—Llora —me consoló mientras me abrazaba con delicadeza—. Tienes que sacarlo todo fuera.

—Perdona —le dije intentando controlar las lágrimas—. No sé qué me pasa, supongo que estoy muy sensible.

—Es que es demasiado, te has enfrentado a una situación dura que te ha cambiado los esquemas. Tienes que aprender a vivir con toda esa nueva información y no va a ser fácil.

—Es que no sé qué hacer. Una parte de mí no quiere verlo, necesita que regrese a su país y que nos deje en paz. Pero otra parte quiere conocerlo, quiere tener una familia, una cena de Nochebuena, un día de Reyes con regalos. Me gustaría tener un padre con el que poder hablar de las decisiones importantes. O, simplemente, alguien con quien quejarme del mal carácter de mi madre.

—¿Y por qué rechazar esa oportunidad? Las personas cometemos errores, nos equivocamos, lo mismo es un buen tipo que merece una segunda oportunidad —aportó con sinceridad.

—Tengo dieciséis años y no lo había visto en mi vida. Tiempo ha tenido para venir antes, por mucha excusa que me ponga.

—Estefanía, en otros países no es tan fácil. Se ven obligados a sobrevivir. Y no se puede ahorrar para viajar. Ya te lo contó.

Creo que no necesitas tomar ninguna decisión, todo se pondrá en su sitio sin que fuerces nada. Si te apetece verlo, lo ves. Si te parece adecuado quedarte a dormir en tu casa y charlar con él, pues estupendo.

—Prefiero pasar la noche aquí contigo —susurré acomodándome en su pecho.

—Yo también lo prefiero, pero tenemos que pensar en tu futuro.

Eso era lo que más me gustaba de él: que desde el primer momento pensó en mí, en mis necesidades, en lo que me apetecía y quería hacer. Siempre era lo primero. Complacerme era su principal objetivo.

Era placentero ser el centro de la vida de alguien. Por una vez me prestaban atención. Me enganché a esa sensación y no supe ver nada más.

Aquella noche nos besamos durante horas. Era la primera vez que tenía intimidad con un chico. Mi necesidad de sentirme querida, de sentirme deseada, anuló la vergüenza de los primeros instantes.

—Vamos a parar un poco —me dijo—. Sé que es tu primera vez y lo vas a recordar toda la vida. No quiero que recuerdes el suelo de un obrador. Esperaremos, no hay prisa.

Esas palabras me hicieron estar relajada, disfrutar del resto de la noche, de sus anécdotas, de su forma de mirarme.

Me quedé dormida unos minutos antes de que sonara el despertador. Lo despedí con prisas, no quería correr el riesgo de que mi madre lo viera allí.

Antes de llegar al coche ya me estaba escribiendo. Recibía sus mensajes a todas horas. Dudaba que pudiera centrarse en el trabajo y bromeaba con eso. Todo hubiese sido perfecto si no hubiéramos discutido tanto cuando no estábamos juntos.

Y no puedo decir que dejara de ser dulce o atento. No era eso. Su intensidad era superior a lo que yo podía responder. Mi trabajo en el obrador no me permitía estar todo el día con el móvil en la mano. Era habitual que al salir de clase tuviera más de cien mensajes. En ellos me expresaba las ganas que tenía de verme y cientos de peticiones que me parecían infantiles.

No me agradaba que presumiera de listados interminables de cosas que me quería comprar. O de sitios donde me quería llevar. Yo no veía la necesidad de tanto lujo ni de tantas promesas.

—Cuando me escribes, me agobias. Te voy a bloquear —bromeé.

—Si tengo que pasar todo el día sin saber de ti, me muero. Iré a buscarte al instituto o me meteré detrás del mostrador contigo —manifestó con gestos teatrales.

—No es eso, pero es que te pones muy intenso. Me explota la cabeza cuando salgo de clase y veo tantos mensajes.

—¿Y no te lo pasas bien leyéndolos? Sé que te ríes mucho conmigo.

—Me gusta reírme cuando te veo, cuando te tengo delante.

Debo reconocer que, cuando estaba con él, era la chica más feliz del mundo. Mi vida giraba en torno a nuestros encuentros.

—No te enfades conmigo —me pidió cuando nos vimos—. He venido a avisarte. Lo siento mucho, pero vienen unos amigos de fuera y no puedo dejarlos solos, tengo que acomodarlos en casa. No podré ir luego al obrador.

Al saber que no dormiríamos juntos, sentí algo extraño en mi interior. Cuando lo identifiqué, me di cuenta de que también era nuevo. Estaba decepcionada. Nunca había sentido la decepción en ese estado. Era un malestar singular, que me oprimía el pecho y empañó el resto de las actividades del día. No se lo dije, no quería que supiera lo colada que estaba por él.

Pensar en él me envolvía en cosas bonitas. Me llenaba de anhelos, de confianza en mí misma, de sueños y de ganas de luchar por ellos. Esperaba ansiosa a que llegara el momento de vernos para seguir haciendo planes, seguir creando sueños.

Quedamos para el día siguiente a las diez. Nos veríamos en el obrador y pasaríamos la noche juntos. A las once no había aparecido y me empecé a preocupar. A las doce lo llamé de forma insistente, pero el móvil estaba apagado. No pude dormir, pensando en que le habría pasado algo grave y no le había dado tiempo a avisarme.

A las cuatro de la madrugada, sentí que pegaban a la puerta.

—Hola —me dijo mientras me abrazaba.

—Perdóname, me quedé dormido y el móvil se me apagó. Cuando he visto la hora que era, he pegado un salto y no me ha dado tiempo ni a cargarlo.

Con el alivio inmenso de saberlo a salvo, pasamos el resto de la noche comiendo y hablando. Fue a las seis, al ir a meter el pan en el horno, cuando vi sobre el mostrador su móvil. Se encendió con un mensaje. La batería estaba completa.

Me pregunté por qué me había mentido.

18

Arabia

Imagina que el chico perfecto, con el que siempre has soñado, se te pone delante. Eso me pasó con Abel. Tenía todas las características que le pedía a un muchacho. Era atractivo, interesante, con una conversación inteligente, cargada de humor. No es que no pudiera resistirme, es que no quise.

Cuando lo tenía a mi lado, me seducía su forma de tratarme, como a una adulta, valorando cada cosa que decía. Y, si soy sincera, su nivel de vida me deslumbró. No había conocido a nadie que pudiera comer fuera siempre que quisiera, que se comprara todo lo que le apeteciera en cada momento.

No tardó mucho tiempo en demostrarme su poderío. Una tarde fuimos a un centro comercial de Marbella muy conocido.

—Vas a tener la cita más emocionante de tu vida —me dijo sonriendo.

Me dejé llevar. Quizá fue por el momento por el que pasaba, o por la sencilla razón de que nunca había vivido algo así. No tenía ni idea de lo que íbamos a hacer. Imaginé que daríamos una vuelta, veríamos algunas tiendas y luego tomaríamos algo. No intuí lo que me esperaba.

—Mírame —me dijo cogiéndome la cabeza—. Quiero que te dejes llevar. Que tengas una de las tardes más inolvidables de tu vida. Vamos a ir a cenar a un sitio muy especial. Y para ese sitio, necesitamos ir muy elegantes. Compraremos un traje, unos zapatos y accesorios. Y maquillaje.

—¿No voy bien maquillada? —pregunté ofendida.

—Estás preciosa. Pero llevas los labios pintados de marrón. Si ahora te compras un vestido rojo, necesitarás un tono a juego, ¿no?

—Claro, por supuesto —asentí, pensando que todo era una broma.

Cuando entramos a una tienda de marca y comenzó a ojear vestidos para mí, sospeché que hablaba en serio.

—Tú no estás bien de la cabeza —le dije cuando me ofreció un vestido que valía dos mil euros.

—Pruébatelo —me ordenó—. Me muero de ganas de vértelo puesto.

Era un vestido rojo, con escote pronunciado y ceñido. Tenía las mangas de gasa y resultaba lo suficientemente corto para que no te pudieras sentar con comodidad. Cuando salí del probador, pude ver en su cara que le encantaba.

—Nos lo llevamos. Pero necesitamos un abrigo a juego. La chaqueta vaquera que llevas no le va nada bien. Y también unas medias, o te helarás.

Cambié el vestido por otro idéntico del perchero sin que se diera cuenta. Cogí uno que tenía la etiqueta oculta en la parte de atrás, de modo que podría ponérmelo y volver para descambiarlo después. Con ese dinero comía mi familia por lo menos tres meses.

—Ahora vamos a por los zapatos.

En otra tienda de diseño escogió unos tacones del mismo rojo que el vestido.

—Mejor en negro, así me pongo el bolso del mismo color y queda más elegante —le dije siendo práctica, porque no iba a poder usar unos tacones rojos en muchas ocasiones. A los negros le sacaríamos más partido. Mi madre y yo teníamos el mismo número de pie.

Compramos los zapatos, el bolso y un conjunto de pendientes y colgantes que sabía que no iba a poder devolver, porque me habían enamorado. Cuando ya creía que nos íbamos, paramos en la tienda de maquillaje más grande del centro comercial. Se dirigió a una de las dependientas.

—Buenas, ¿la podría maquillar? Nos llevaremos todo lo que utilice y le guste.

Abrí los ojos como platos. Ni en mis mejores sueños me había visto en una situación así. Lo único que tenía de marca en mi neceser era un rímel de pestañas que una guiri se dejó en uno de los casoplones que limpiamos.

—¿Te has vuelto loco? El maquillaje es muy caro.

—Sí, loco por ti. Creí que era evidente —me dijo mientras me besaba en los labios.

La chica me preguntó si prefería alguna marca en especial y le respondí que no, que me dejaba aconsejar.

—Te voy a preparar un set con el que vas a estar maravillosa —me dijo al oído.

No tenía muy claro si la chica se había confundido y pensó que yo era otra cosa, pero tampoco me importó demasiado como para sacarla de su error. Cuando terminó, casi una hora después, Abel se había comprado un traje y una camisa.

—Te falta un perfume —me dijo la chica, contenta por la comisión que esa tarde se había ganado—. Voy a recomendarte algunos que me encantan.

«Y que seguro son muy caros», pensé. Después de probar más de veinte fragancias, me quedé con un perfume fresco, con un toque de manzana.

La chica me ofreció la crema corporal y la bruma de la misma gama, y Abel asintió. Cuando le dieron la cuenta, casi me caigo de espaldas. Otros mil quinientos euros. No podía creer lo que me estaba pasando.

Al subirme en el coche, lo miré a los ojos y puse las cosas muy claras.

—Si piensas que por comprarme todo esto me voy a acostar contigo, lo mismo tenemos que devolverlo todo.

—Si piensas que esto lo he hecho para acostarme contigo —dijo mirándome fijamente a los ojos—, lo mismo deberías ir a descambiarlo todo.

Sonreí. No pensaba descambiar, esa tarde, nada de nada, ni que estuviera loca.

—Llama a tu madre y le dices que te vas a quedar a dormir en casa de Laura.

Le mandé un mensaje a mi madre para decirle que Laura

tenía un problema y que ya le contaría. Me dio pena dejarla sola, sabía que no lo estaba pasando nada bien.

—¿Por qué haces esto? ¿Por qué me compras estas cosas? —pregunté.

—Quiero hacerte feliz. Sé que estás mal por tu padre y lo que te ha ocurrido. Y también porque, si tu concepto sobre el hombre no era del todo positivo, ahora, con lo que has vivido, nos vas a tener en peor estima. Solo quiero demostrarte que no todos somos iguales.

—Nada va a conseguir que me fie de un hombre —añadí siendo sincera.

—Y no te lo voy a pedir. Solo quiero demostrártelo.

Habíamos hablado y acordado que no habría sexo, que era muy pronto. Me tranquilizó con palabras amables, que para mí eran un camino de rosas.

—¿Preparada? —me dijo poniéndose el cinturón—. Vamos a un sitio precioso.

Quince minutos más tarde, llegamos a una cabaña, en el interior de la montaña que bordeaba mi pueblo. Estaba cerca de la carretera principal, pero alejada de la civilización. Me bajé del coche con un pellizco en el estómago. Las guirnaldas de luces que adornaban la entrada me parecieron la decoración más romántica que había visto nunca. Una hilera de velas encendidas, encerradas en pequeños botes de cristal, nos indicaron el camino a seguir.

Cuando llegué a la parte trasera, me sorprendió un jardín interior y no pude evitar un grito de sorpresa cuando vi la enorme piscina. Todos los árboles estaban iluminados por candiles que irradiaban una luz cálida. Podría haber cientos de ellos. Era el lugar más bonito del mundo.

—Vístete, vamos a cenar.

En el patio había una mesa con velas. Abel calentó en un grill dos camperos y en el microondas, una ración de patatas.

—No puedo creer que te hayas molestado en preparar dos camperos. Eres un sol —le dije mientras le daba un bocado al enorme pan relleno de pollo y verduras.

—Tenía que acertar, así que esta fue la opción más segura. Sé que te encantan —rio mientras me miraba a los ojos.

—No recuerdo que lo hubiésemos hablado, pero sí, has acertado. El campero es mi bocadillo favorito.

Cenamos en una atmósfera preciosa, sintiendo que estaba en el paraíso y que era el día más bonito de mi vida.

—Podemos bañarnos, está climatizada —me dijo mientras paseábamos por el jardín.

—No he traído el bañador —susurré mientras me agarraba a su cuello.

—Tampoco te hace falta —añadió besándome en la mejilla—. Estamos solos. Ven, hay otra sorpresa más.

Entramos en la habitación y me sorprendió un enorme jacuzzi pegado a uno de los ventanales. Nunca me había bañado en uno, aunque había limpiado muchos.

—Puedes meterte con ropa interior, si estás más cómoda —me dijo.

—No pensaba desnudarme delante de ti —comuniqué trasluciendo más nerviosismo del que me hubiese gustado.

—Bueno, eso tiene fácil arreglo. Me salgo de la habitación, te quitas la ropa, te metes y luego entro yo. La ropa interior se te va a dañar con el cloro.

La vergüenza me paralizó. Era una niña asustada. Mis inseguridades no podían estropear la noche más bonita de mi vida, no lo permitiría.

Asentí. En cuanto se salió, me quité la ropa y me metí dentro. Comprobé que el movimiento del agua provocaba tanta espuma que me tapaba por completo. Sentir todas las burbujas explotando en mi cuerpo me encantó, era una sensación placentera, dulce y agradable.

Abel se quitó la ropa sin pudor y se metió dentro. Era la primera vez que tenía a un hombre desnudo tan cerca. Noté que mis mejillas se sonrojaban. Pero la oscuridad lo ocultó. Tan solo nos iluminaban dos pequeñas velas al fondo de la habitación.

—Relájate —me pidió—. No voy a acercarme a ti ni para besarte. Quiero que estés tranquila, que disfrutes. Nunca te haría nada que no quisieras.

Se lo agradecí. No conseguí relajarme hasta un rato después. Recuerdo el olor a esencia de limón y canela, la sensación placentera de estar en esa agua templada, rodeada de burbujas que cosquilleaban sobre mi cuerpo.

Podría haberme quedado allí toda la vida. Sumergida en la paz más absoluta.

—Voy a salirme y ahora te sales tú. Ponte solo una toalla, te voy a dar un masaje que te va a encantar.

Cuando salí del agua, me di cuenta de que la toalla era demasiado pequeña, apenas me tapaba. Me avergoncé, pero no dije nada. Mi cuerpo se tensó y me sentí insegura. Intenté controlarme para que no notara que temblaba.

—Tiéndete aquí —me pidió señalando una camilla plegable.

Le obedecí. Me coloqué boca abajo y destapó con suavidad mi espalda. Puso la toalla doblada sobre mis nalgas, dejando espacio para poder deslizar sus manos.

—Me voy a quedar aquí. —Se situó delante de mi cabeza—. Abre las piernas o no podré quitarte la tensión de la espalda. Te prometo que no me moveré de aquí, de tu cabeza.

Abrí las piernas con timidez, sin dejar de comprobar continuamente dónde se encontraba. Si él se movía, me daría tiempo a cerrarlas.

Pero Abel no se movió. Me dio un masaje suave, placentero, que apenas me rozó el pecho por debajo de los brazos. Me vi flotar en una nube. Nunca me había relajado tanto, nunca había experimentado tantas sensaciones. Por primera vez en mi vida, sentí placer en todo mi cuerpo.

—Ponte la toalla, vamos a bañarnos en la piscina.

Le obedecí lamentando que el masaje se acabara. Me envolví en la toalla y aproveché que él estaba en el baño para zambullirme rápida en el agua. Estaba caliente. Era muy agradable sentir ese calor en la piel, que aún seguía sensible. Nadamos, nos rozamos y nos besamos juntando nuestros cuerpos desnudos.

—No estoy preparada —le dije cuando percibí que la intensidad de sus caricias iba en aumento.

—Entonces tendremos que esperar. Pero permíteme disfrutar de esto, no haremos nada más.

Accedí a que recorriera mi cuerpo, que me tocara y que me besara. Me dejé llevar creyéndome en el cielo. Era lo más bonito que había sentido nunca. Nos quedamos más de una hora acariciándonos en la piscina.

Estaba agotada. Extasiada. Feliz. Aunque una voz dentro de mí me alertaba, me avisaba de que no merecía lo que estaba viviendo.

Me quedé dormida sintiendo que había tenido uno de los días más bonitos de mi existencia. Que el hombre de mi vida estaba a mi lado. Un hombre que me respetaba y que tomaba en consideración todas mis decisiones.

Al día siguiente, cuando me despedí y lo abracé, me di cuenta de algo: me había clavado en la mano la etiqueta de su chaqueta. Él tampoco las había quitado.

19

Tamo

Todos mis profesores han coincidido siempre en calificarme como una chica inteligente, despierta y avispada. Inés me lo recordaba continuamente. Estaban equivocados. Era todo lo contrario. No me percaté de nada.

No es que tuviera una autoestima especialmente alta; nunca me vi bonita o me creí una chica guapa. Creo que ese fue uno de los principales problemas.

Con Adrián me sentí atractiva, querida e importante para alguien. Esas tres cosas hicieron que perdiera el filtro que me ayudaba a analizar la realidad. Que no fuera capaz de atender a las señales.

Las hubo, claro que las hubo. La primera, las desapariciones constantes. De vez en cuando, su móvil se apagaba y dejaba de estar disponible durante horas, a veces incluso todo el día. Y, aunque lo pasaba mal cuando me llenaba de dudas, de inseguridades y de teorías macabras en las que acababa malherido, él regresaba con una sonrisa o un beso y conseguía que esos momentos se borraran inmediatamente, que dejaran de existir.

Estaba enamorada. De la imagen que me había creado de él. De todo lo que me ofrecía, tan distinto a mi dura realidad.

El momento por el que pasaba era terrible. Perderíamos la vivienda y me vería abocada a vivir en casa de un hombre que me miraba de forma obscena, acompañada de mis hermanos pequeños. Así lo había decidido mi padre. Sabía que, si entraba por la puerta de la casa de Karim, mi vida no sería la misma. Lo intuía en lo más profundo, en el lugar donde se presienten las tragedias que están por venir.

Adrián me ofrecía la oportunidad de tener otra vida en la que esconderme, en la que escapar de mi mundo. Un lugar lleno de lujo, de cosas bonitas, de cariño y de atenciones.

Estaba cerrando las cajas con las cosas de mis hermanos cuando mi vida se torció, dio un vuelco que la rompió en mil pedazos, dejándome destrozada. Recibí un correo de un remitente desconocido. Me animé a abrirlo cuando leí que en el asunto ponía: «Tamo, esto es para ti». En un principio pensé que era una de las sorpresas de Adrián.

Cuando lo abrí, me quedé helada. Un enlace me llevó a unas fotografías. Miré la imagen y pegué un grito. Se me veía completamente desnuda. Acababa de quitarme la toalla, después de darme una ducha. Tenía tanta resolución que se distinguían hasta las gotas de agua en mi piel.

No entendí nada. No comprendía quién me mandaba aquello. Y cómo había conseguido hacerlo. Me bloqueé.

Mi primera reacción fue llamar a Adrián, pero no me lo cogió. Me senté en la cama. Las manos me temblaban. No podía sujetar el teléfono. Si esa foto se hacía pública, se difundía en internet, acabaría con mi vida. No podría soportarlo. Mi padre me mataría. Mi madre se moriría de la pena.

Comprobé que no había sido creada con inteligencia artificial. Era yo.

Tardé un rato en darme cuenta de que estaba hecha en mi habitación y que la única forma de que la tuvieran era que me hubiesen pirateado la cámara del ordenador. Lo cerré de golpe y lo metí en el fondo del armario.

Entré en pánico.

Si alguien se había introducido en ese ordenador, esa no sería la única foto. Siempre me cambiaba en mi cuarto. Era el único sitio donde tenía intimidad. El ordenador estaba delante del espejo. El corazón me pegó un vuelco cuando recibí otro correo. Tenía otro enlace.

Respiré hondo y pinché con las manos temblorosas.

Esperé a que se cargara un vídeo. Me encontraba de nuevo totalmente desnuda. En la imagen me frotaba los pechos. Me estaba echando crema hidratante por todo el cuerpo. Se me veía sentada, con las piernas abiertas y deslizando las manos por mi piel. Toda mi intimidad quedaba expuesta en ese vídeo. La imagen se acercaba y se ralentizaba. Parecía un vídeo erótico.

No podía creerlo.

Comencé a llorar desconsoladamente. Estaba perdida. Seguro que ese vídeo andaría ya circulando por la red y todo el instituto lo estaría viendo. Y le llegaría a mi padre. O a Karim.

Tuve que salir de mi cuarto para ir a vomitar. No podía respirar. El dolor en el pecho se hizo profundo y creí que iba a morirme, que me estaba dando un infarto. Me tendí en la cama deseando que eso pasara. No quería enfrentar lo que estaba viviendo. Necesitaba despertar de esa pesadilla. No me planteé que la persona que me había robado esas imágenes se hallara cerca de mí. Pensé que había sido fruto del azar. Que alguien me había escogido por pura casualidad.

El siguiente correo me llevó a la desesperación más absoluta. En el vídeo no quedaba ninguna parte de mi cuerpo sin mostrar. En un trozo me veía con las piernas abiertas mientras me depilaba; me enfocaban desde atrás mientras me ponía la ropa interior. Era una película pornográfica, totalmente profesional. Y lo peor, estaba montado de forma que mi cara se veía, en tomas intercaladas, sonriendo a la cámara. Parecía que el vídeo estaba editado con mi consentimiento. Que era yo la que lo había grabado.

Se acercaba a mis labios, enfocaba una sonrisa, se alejaba y se centraba en mis pechos, que se mostraban con todo lujo de detalles.

No sabía qué hacer.

No podía confiarle a nadie lo que me estaba pasando. Pensé en mi madre, lo que sentiría si me viera así. Luego valoré la posibilidad de decírselo a Rawan, pero me moría de vergüenza.

Tenía que contárselo a Adrián. Él trabajaba en ciberseguridad, seguro que conseguiría borrar todos los archivos, haría que desaparecieran. Me agarré a esa esperanza. Podía haber una salida, una forma de encontrar una solución.

Le mandé mensajes, lo llamé por teléfono de forma insistente. Pero no conseguía localizarlo.

Salí a la calle. Necesitaba que me diera el aire. Sentía que todo el mundo me miraba. Que los hombres me sonreían. Dudé si habían visto el vídeo, si me reconocerían. Estuve una hora vagando por el pueblo mientras la rabia y el dolor se derramaban por mis mejillas en forma de lágrimas. No sabía cómo salir de aquella situación. Y lo peor era que no conseguía localizar a Adrián.

Cuando subí a casa comencé a buscar el vídeo en la red, necesitaba saber si ya se había difundido. Metí en el buscador: «Joven marroquí desnuda». Fue desolador. Casi noventa mil entradas. Había vídeos similares al mío y sospeché que también serían robados. Al imaginarme en una de esas páginas, el desconsuelo me aislaba de la realidad, me metía dentro de mi propio dolor sin ser capaz de valorar nada más.

Mi madre entró en mi cuarto cuando yo estaba buscando en la red.

—No llores, hija —me dijo—. Estoy segura de que Alá nos dará una solución, que encontraremos un lugar para vivir.

—Mamá, Alá no te va a buscar nada. Nadie nos va a buscar nada. Y no me obligues a ir a casa de Karim, o me escaparé.

—Hija, es que tu padre…

—¿Mi padre? ¿Y tú? No siempre tiene que ser lo que diga mi padre. Tú también eres mi madre. Y si tú no quieres, podrías pelear con él para que no me lleve.

Enseguida me arrepentí de lo que había dicho. No iba a conseguir nada. Mi madre no iba a enfrentarse a mi padre. Y la había hecho sentirse mal. Había pagado mi frustración con ella.

—Tus hermanos pequeños estarán mejor en casa de Karim —murmuró mirando al suelo.

—Sabes que no dejaré a mis hermanos solos. Y sabes que Karim me hará daño. Y padre también lo sabe. Pero le da igual. Yo os doy igual. Nunca os he importado.

Salí de la casa dando un portazo.

Grité en la calle. Lloraba por mi situación, por no saber enfrentarme a lo que acababa de descubrir. Lloraba porque no tenía a nadie en mi vida a quien contarle lo que me ocurría. Nadie que me ayudara.

Jamás me había sentido tan sola. Con tanta pena, tan afligida. Volví a llamar a Adrián, pero el teléfono estaba apagado. Entré a su Instagram para comprobar si había colgado alguna cosa. No lo encontré. La página no existía. Me paré en medio de la calle. No podía ser. Tenía que ser una broma. Comencé a sospechar que Adrián estaba detrás de todo. Él me había arreglado el portátil. Y me había aconsejado que no lo cerrara, para que no se rompiera el cristal de la pantalla, por no ser el adecuado. «Una talla inferior», me dijo.

Había metido a mi enemigo en casa. Darme cuenta de que me había engañado fue un golpe muy duro. Me sentí tan frágil y desolada que no era capaz de pensar con claridad.

Intenté recordar si había alguna posibilidad de que tuviera más material. Recordé aterrada que nos habíamos besado y acariciado en su coche. Podía haberme grabado allí. Serían imágenes aún más comprometedoras ante mi familia. Nunca entenderían mi relación con Adrián.

Estaba perdida.

Si había sido Adrián, lo había hecho con algún fin. Me encontraba en sus manos. Me iba a chantajear o algo peor. Esa incertidumbre me hizo estar aterrada.

Sonó mi teléfono. Otro correo. Su único contenido era un emoticono con una cara feliz. Estaba jugando conmigo. Desequilibrándome. Comencé a valorar qué posibilidades tenía. Si acudía a la policía, esas imágenes serían visualizadas por decenas de personas. No podía pasar por eso. El miedo que sentía no me dejaba pensar con claridad.

No tenía ni idea de que los objetivos estaban perfectamente trazados. A partir de ese momento, yo era una mera marioneta sin capacidad de decisión.

20

Estefanía

Soy una ignorante. No sabía que una persona se podía enamorar con aquella fuerza, con aquella intensidad. No había nada más en el mundo que él. El resto me sobraba. Si no estaba a su vera, me faltaba el aire y el tiempo se convertía en un mero trámite que tenía que superar hasta que llegara el momento de vernos.

Aunque sus mensajes me seguían pareciendo empalagosos y prefería su presencia física, la carga de trabajo que tenía nos hizo estar mucho tiempo separados. Y pasábamos todo el día y las noches hablando, jugando con las palabras y retándonos a demostrar nuestro amor. Cada vez me sentía más segura, más atrevida y confiada.

Cuando estábamos juntos, era tan respetuoso, tan cariñoso y atento que pensé que había encontrado al hombre más maravilloso del mundo. «Perdóname si, cuando no estamos juntos, me paso con las cosas que te pido, pero es que te deseo mucho. Y sé que detrás de una pantalla no te vas a violentar. Cuando estoy contigo, no quiero que pienses mal, que creas que no te respeto. Te quiero, estoy enamorado de ti», me decía continuamente.

A mí no me preocupaban las fotos que le mandaba o los chats que teníamos en directo, que iban subiendo de tono. Me creía una chica inteligente y siempre utilizaba plataformas que no permitieran grabar las imágenes. Había leído mucho sobre eso y me sentía segura. Además, tenía total confianza en él. La primera vez que le mandé una foto en ropa interior, le miré el móvil cuando dormía y no estaba en su galería. Y con eso pensé que estaba tomando precauciones. Fui una ilusa. Tampoco tenía galerías ocultas donde esconderlas. Me sentía tranquila, me sentía feliz. Y mi mundo había cambiado de color, girando en un arcoíris lleno de luz.

Mi madre estaba también más animada. Mi padre no parecía querer irse y yo sospechaba que estaban estrechando lazos, aunque en mi presencia mantenían las distancias.

La tercera noche que pasamos juntos sucedió algo extraño. Algo que no supe interpretar con exactitud. Estábamos dormidos cuando sonó el móvil. Alberto se levantó y se metió en el baño. Me incorporé y me acerqué a la puerta para oír quién lo llamaba a esas horas.

—Todavía me queda un día o dos. No me presiones. Estoy cumpliendo los plazos y todo estará listo a tiempo. No te fallaré.

Estaba muy nervioso, muy alterado. Cuando salió del baño y me vio de pie, no supo qué decir.

—¿Con quién hablabas a estas horas? —pregunté celosa.

—Con mi jefe —me contestó—. Quiere que le entregue un informe hoy y me faltan un par de días para terminarlo.

—Podías haberte quedado haciéndolo, siento que por mi culpa lo entregues tarde.

—No, no, ya lo tengo hecho, solo que quiero repasarlo bien —me dijo mientras me abrazaba.

Volvimos a las colchonetas, pero un pensamiento no me dejó dormir. Siempre me había dicho que no tenía jefe. Que trabajaba probando videojuegos y que era autónomo. Decidí no preguntarle. No quería que pensara que era una novia tóxica.

Cuando nos despedimos ese día, estuvo especialmente cariñoso.

—Quiero que sepas que estoy loco por ti. No hay nada mejor que estar contigo, ni lugar en el mundo donde sea más feliz que a tu lado. Ya estoy deseando que termines en la panadería y chatear contigo. Tengo un regalo para ti. Quiero que lo abras y me lo enseñes luego por la cámara web. No puedo esperar el momento de verlo.

En cuanto salió por la puerta, abrí el paquete. Era un vestido negro, corto, precioso, de una marca muy cara que me encantaba. También incluía un body de encaje con un liguero a juego. Era tan bonito. Tenía la etiqueta con el precio puesto. El body valía casi quinientos euros. El tejido era ligero, suave, con unos destellos brillantes que lo convertían en una prenda delicada. Había entrado en su juego y me encantaba sentirme deseada, que me comprara cosas para disfrutarlas juntos.

En cuanto salí del instituto, corrí a la panadería a ayudar a mi madre. Aquella noche dormiría sola en el obrador, pero quería adelantar trabajo para poder hablar con él el mayor tiempo posible. Fue una de las noches más divertidas de mi vida. Aunque yo solo podía ver lo que me escribía, él sí me veía a mí, y sentir que era deseada, que disfrutaba mirándome, era una sensación que cada vez me agradaba más.

A las tres de la madrugada, cortó la conversación. De golpe, sin avisar. Le mandé un mensaje al móvil, no quería dejar de hablar con él.

Sentí que llamaban a la puerta con una sucesión de pequeños golpes. Era él. Me encantó la sorpresa. Lo abracé y pasamos el resto de la noche comiendo dulces y riéndonos del mundo. Disfrutamos de una velada preciosa que no me hizo sospechar lo que tendría que vivir.

Fue al día siguiente cuando sucedió todo.

Estaba esperándole en el obrador. Me dijo que pasaría la noche conmigo. No llegó a la hora acordada. Comencé a elaborar el pan y unas magdalenas de chocolate blanco, sus nuevas favoritas. Justo cuando metía las magdalenas en el horno, recibí un correo. En el asunto ponía mi nombre y el remitente era extraño, tan solo unas siglas. Pensé que sería alguna de las publicidades que me mandaban de los productos del obrador.

Cuando lo abrí, tenía un enlace. Pensé en no abrirlo, pero estaba firmado por Alberto. Cuando pinché, lo primero que vi fue a un hombre mayor, con el pelo blanco, delgado, de espaldas, mirando una pantalla. Se le veía escribir en un ordenador: «Ahora quítate el vestido». Se me encendieron todas las alarmas cuando la cámara enfocó a la pantalla, a lo que el hombre estaba viendo. Cuando distinguí a quién mandaba las órdenes.

Era yo.

Se apreciaba claramente como me quitaba el vestido de forma sensual. Sentí un asco profundo, una vergüenza descomunal, la peor sensación que he experimentado en mi vida. El corazón se me iba a salir del pecho.

El vídeo continuaba con un montaje en el cual el hombre aparecía en diferentes días y yo tenía distintas actitudes. En una imagen, me agarraba los pechos. Recordé que estábamos jugando y que nos reímos mucho en ese momento. Desde la perspectiva del hombre, solo se veía a una chica que se tocaba el cuerpo de forma insinuante.

Podía oír al señor disfrutar ante mi imagen semidesnuda. No aguanté más.

Me sentí tan tonta, tan estúpida. Me había engañado. Y había caído en su trampa. Entendí por qué nunca me gustó cuando me escribía. No lo hacía él, sino un hombre mayor. Cualquier persona que viera ese vídeo pensaría que yo era una chica que trabajaba vendiendo mi cuerpo en una webcam. No fui capaz de llorar. De romper todo lo que tenía dentro y sacarlo fuera. Se quedó en mi interior haciéndome un daño infinito.

Pensé en mi madre y en cómo se sentiría cuando el vídeo corriera como la pólvora. En ese momento me planteé el por qué. Si alguien había ideado eso era para hacerme daño. Me pregunté quién. Quién quería herirme de esa manera. Quién me odiaba tanto. Repasé toda mi vida y no encontré ninguna circunstancia en la que hubiese provocado el rencor, el dolor de alguien.

Necesitaba a mi hermana. Hice un intento que sabía de antemano que no iba a funcionar. Le dije a una de sus amigas que necesitaba hablar con ella. Lo había hecho antes, pero no había dado resultado. Esta vez lo hice llorando. Le rogué a su mejor amiga que le pidiera por favor que me llamara. No podía entender por qué mi hermana no quería hablar conmigo. Sus amigas la disculpaban, me decían que necesitaba tiempo y que ponerse en contacto conmigo le hacía daño por no poder llevarme con ella. Que en cuanto cumpliera los dieciocho, el mismo día vendría a buscarme.

Cuando llegó mi madre, me encontró en un estado lamentable. Llevaba horas llorando. No podía contarle la verdad. Había pasado la peor noche de mi vida.

—Necesito hablar con mi hermana —sollocé—. La necesito más que nunca.

Mi madre pensó que todo lo que me ocurría tenía que ver con la llegada de mi padre y mis sentimientos contradictorios.

—Está bien —contestó mi madre—. Voy a contarte la verdad. Siéntate.

Estaba tan sorprendida que me apoyé distraída sobre una bandeja de galletas, tirándolas todas al suelo.

—Tu hermana cometió un error. Trapicheó con drogas y está en la cárcel.

—¿Cómo? ¿En qué cárcel? —pregunté sin poder creer lo que me decía.

—En la cárcel de mujeres de Alhaurín de la Torre. Le queda un año y medio para poder salir, quizá menos para el tercer grado.

—No puede ser, ¿por qué no me lo dijiste? —pregunté molesta.

—Ella me lo prohibió.

—Tiene que estar pasándolo fatal... Necesita mi ayuda, mi apoyo. Has sido muy cruel por no decirme la verdad.

—Está yendo a una psicóloga y eso la está ayudando mucho. También está estudiando y hace un montón de actividades. Insistí mucho, quise que fueras a verla desde el principio.

—¿Vas a verla?

—Sí, una vez cada dos semanas, a una comunicación. Y una vez al mes, a un vis a vis.

—Quiero ir a verla.

—Se lo diré. Estoy segura de que, ahora que lo sabes, no se negará. Se muere por hablar contigo. En cuanto me ve, lo primero que hace es preguntarme por ti. Eres la persona que más quiere en el mundo.

—¿Por qué lo hizo? Ella nunca se había metido en líos.

—Mantenerse por una misma es muy duro. Hace falta dinero para todo. Podría haber vuelto a casa, pero tampoco se lo puse fácil. Pensó que era una forma sencilla de conseguir dinero. Fue un señuelo.

No podía creerlo. Si hacía unas horas me había sentido una estúpida, ahora tenía delante la confirmación de que era la persona más idiota del planeta.

Salí de la tienda despacio, intentando gestionar lo que me había contado mi madre. Mi hermana me quería, no se había olvidado de mí. Estaba segura de que no deseaba que yo me enterara para que no sufriera. Iría a verla, podría abrazarla. Sentí pánico al pensar en todo lo que habría vivido allí sola, sin mi apoyo, sin el apoyo de nadie.

Caminé absorta, cargando con unos pensamientos que me hacían mucho daño. No sabía qué hacer, qué pensar, a dónde ir. Tenía unas terribles ganas de llorar que me anudaban la garganta, asfixiándome. No era capaz de encontrar un camino que seguir, de tomar una decisión para salir a flote del pozo donde notaba que me hundía.

Pasé por el puente que cruzaba la autovía. Me alivió sentir que podía acabar con todo, que sería muy fácil. Tan solo debía volcar mi cuerpo por encima del pequeño muro. Miré la carretera. Moriría en el acto. No sufriría. En el asfalto estaba cuajada la solución. Solo tenía que alcanzarla con el peso de mi cuerpo. No me vería expuesta a la vergüenza de que todo el mundo viera el vídeo, al daño que me querían provocar. Y se acabaría el dolor. Esa angustia que albergaba en mi interior y que no me dejaba respirar.

Puse las manos sobre el muro. La sensación de ahogo me oprimía. Podía hacerlo. Podía terminar con todo. Deseaba con todas mis fuerzas empujar mi cuerpo. Tenía tanto desconsuelo, era tal la opresión que la salida se me planteaba cercana y placentera. La alcanzaría en unos segundos.

La imagen de mi hermana sonriendo me paralizó. No podía dejarla sola. Ya había sufrido bastante. Continué caminando, despacio, sin rumbo fijo, con la mirada perdida. El teléfono me avisó de que tenía otro correo.

No fui capaz de abrirlo.

21

Arabia

Las mujeres de mi familia se enamoraban con una pasión desmesurada. Ya no existía otra cosa que no fuera ese amor que te desbarataba el alma y te ponía la vida del revés. Lo había visto en mis tías y mis primas. Y lo había sufrido con mi madre. Era una ceguera pasional que no permitía ver más allá de esa persona. Y te absorbía con la seguridad de que sin ella no podías disfrutar de tu existencia.

Yo no fui menos. Me enamoré de Abel a una velocidad de vértigo y me dejé llevar por todo lo que me hacía sentir. A ciegas, disfrutando de todos los detalles.

Entré en ese círculo en que dependías de la persona que te regalaba la felicidad y te la robaba sin que pudieras hacer nada. Tu estado de ánimo se supeditaba a él. Si estaba bien contigo, eras feliz. Si reñías, sentías que no podías estar en ningún sitio y la gente te sobraba.

Con él aprendí que no hay nada que enganche más en esta vida que el refuerzo intermitente. Eso de ahora sí y luego no es un juego psicológico cruel que tritura tus sentimientos para luego poner tu autoestima a sus pies. Ahora te amo y eres la persona más importante del mundo, pero me paso todo el día sin hacerte ni caso. Y cuando te presto atención, te tengo comiendo de mi mano. Chispa más o menos, esa fue mi evolución.

De necesitarme para respirar pasó a no contar conmigo para nada. Y eso me volvía loca.

Cuando lo veía, era tan encantador, tan amable y detallista

que no era capaz de emitir ni un solo reproche. Los acallaba con besos, con caricias, con un amor que me hacía sentir la felicidad más embriagadora. No había nada más maravilloso que estar entre sus brazos.

Sí, también descubrí mi propia sensualidad. Resultó apasionante experimentar lo que mi cuerpo provocaba en un hombre. Sentirme deseada fue como una droga que me enganchó con fuerza.

No perdí la virginidad porque él no quiso. Si hubiese insistido un poco más, hubiese caído. Era el amor de mi vida. Cada vez que me tocaba, mi cuerpo temblaba. ¿Por qué no disfrutar de lo que la vida me ponía delante? Estaba convencida de que era para mí y nada podría separarnos. No me importaba romper las reglas que me imponía mi cultura.

Con dieciséis años, me sentía una mujer adulta, inteligente, feminista, con las cosas claras. Con ganas de vivir una vida plena. Lo suficientemente madura para tomar mis propias decisiones.

Menudo batacazo que me pegué.

El primer drama llegó cuando observé que no siempre estaba disponible para mí. Había horas en las que me era imposible comunicarme con él. Su teléfono estaba apagado. Los celos me reconcomían. Imaginaba que estaba casado, que tenía otra vida, que yo solo era un juguete. Pero entonces llegaba él, me miraba a los ojos, me daba una excusa sin mucho argumento y terminaba con la contundencia de que no todos los hombres eran como mi padre.

No pasaba por un buen momento. Toda mi realidad estaba alterada. Y Abel era esa puerta de atrás por la que yo escapaba y que revelaba un mundo maravilloso. Un mundo de glamour, de deseos concedidos, de riqueza absoluta, de bienestar completo. Nunca he sido materialista, no le había dado importancia a las cosas lujosas, pero era cierto que los regalos, los sitios con estilo y la forma de vida adinerada habían despertado en mí una ambición de la que carecía.

Nunca había tenido nada. Los regalos solo llegaban en el día de Reyes y los cumpleaños. Y conociendo el sacrificio que había detrás, no se disfrutaban igual. Con Abel había experimentado algo distinto. Deseaba estudiar, tener un futuro y sobre todo quería disponer de dinero. Aportó esa necesidad a mi vida.

Había encontrado mi media naranja y el destino quiso que estuviera forrado. No me quedaba otra que disfrutarlo.

Mi buena suerte se giró un martes por la tarde, cuando él me dejó plantada en la carretera que llevaba a la aldea. Dos horas alisándome el pelo, maquillándome y poniendo el ropero patas arriba para una cita cuyo único resultado fueron unos zapatos manchados de polvo. Después de la espera, no tenía ánimo para volver a mi casa. Necesitaba hablar con mis primas, compartir con ellas el plantón.

—Espera a que te dé una explicación —medió Cecilia—. Lo mismo le ha pasado algo y no tenía cobertura, o se le olvidó el móvil.

—No sé, tengo un mal pálpito, aunque cuando estamos juntos no podemos estar mejor. Pero no me digáis que no me ha podido avisar, que no me lo creo.

—Arabia, después de lo que te ha pasado con tu padre, no me extraña que desconfíes de todo el mundo. Pero es que el chiquillo se desvive por ti. Está siempre pendiente de lo que quieres, de lo que necesitas. Antes de ponerte de los nervios, dale tiempo.

Mis primas tenían razón: debía ser paciente. Y tanto se desarrolló mi paciencia que lo esperé eternamente, porque no volví a saber de él.

Al día siguiente, me pasé mañana y tarde buscando en las noticias una catástrofe que justificara la desaparición. Pero no la encontré. No había habido un terremoto, ni un accidente, ni un incendio mortal que pudiera explicarlo. Supe que algo grave había sucedido cuando fui a escribirle a sus redes sociales y no las encontré.

Abel había desaparecido, se había esfumado. Pasé horas con mis primas recreando cada minuto, analizando cada conversación para buscar el argumento que me ayudara a entender lo ocurrido. No alcanzaba a comprender por qué se había alejado de mí de una forma tan brusca.

—Alguna explicación te dará en algún momento —repetía Yanira.

—Me estoy volviendo loca. Tengo que encontrarlo. Pero es que no sé dónde vive, no sé dónde trabaja. Es mi novio y no sé nada de él.

—¿Nunca te presentó a ningún amigo? ¿A nadie de su entorno? —interrogó Cecilia.

—No, no me había dado cuenta de nada. Y ¿sabes lo peor?, que tampoco tengo ninguna foto. Estaban en mi móvil, pero han desaparecido todas. Incluso las de mis redes sociales.

—Qué mal rollo me da eso —me dijo Cecilia.

—¿Te cogió el móvil el último día que os visteis? —preguntó Yanira.

—Sí —recordé—. Estuvimos cenando en un restaurante mexicano de Puerto Marina y me pidió el móvil para mandar un correo. Esperad un momento, el camarero lo conocía. Se interesó por su familia. Tenemos que ir allí y preguntar por él.

Esa misma noche fuimos al restaurante. No teníamos dinero para cenar, para hacernos pasar por clientes. Así que abordamos al camarero de frente.

—Hola. —Nos colocamos las tres delante del chico—. Estuve cenando aquí el otro día con mi novio y ha desaparecido, y estoy muy preocupada. Te saludó y te preguntó por tu familia. ¿Sabes de algún sitio donde lo pueda encontrar?

El chico palideció. Se puso muy nervioso. Notamos que no sabía qué decir.

—No lo habías visto en tu vida, ¿cierto? —afirmó Yanira.

—No quiero líos —anunció el chico.

—El lío lo vas a tener si no me sueltas la verdad —amenacé.

—No, no lo había visto en mi vida, pero me dijo que tú no querías ir a un mexicano nuevo, sin referencias, y te mintió diciendo que era un restaurante al que había venido muchas veces. Me pidió que le siguiera la corriente. Me dio una propina de veinte euros. Lo siento.

Salí cabizbaja, sin hablar. Comenzaba a valorar la gravedad de la desaparición.

¿En qué clase de lío me había metido?

¿Quién era mi novio?

En ese momento me di cuenta de que lo que yo había creado, ese universo Abel, estaba solo en mi cabeza. Había inventado algo que no era real. Lo que no me acababa de cuadrar eran los motivos. Si todo eso lo había ideado para acostarse conmigo, ¿por qué no lo había intentado? ¿Por qué había sido tan respetuoso? No entendía nada.

—Se estaba enamorando y le ha dado miedo y se ha quitado de en medio —opinó Yanira, que basaba su teoría en todas las novelas románticas que devoraba.

—Yo creo que hay algo más que no sabemos. Algo que se nos escapa —afirmaba Cecilia.

No tuve que esperar mucho más para averiguarlo.

Al día siguiente, cuando estaba a punto de irme a dormir, recibí un correo. En el asunto ponía: «Arabia y Abel». Lo abrí inmediatamente. Ni una sola palabra en el cuerpo del correo, tan solo un enlace. No pensé en un virus ni en nada por el estilo.

Visualicé un vídeo de tres minutos y cinco segundos que me cambió la vida. Comenzaba con una imagen en la que se me veía sonriendo, girando sobre mí misma. El montaje era profesional. Parecía un programa de televisión que presentaba una candidata a un concurso. Planos cortos de mis ojos, de mis labios, de mi cuerpo bailando. El corazón se me salió del pecho cuando vi cómo me desnudaba ante la cámara y sonreía. Cómo me tumbaba boca abajo en la camilla y enfocaban mi entrepierna. El montaje iba saltando de mi cara de placer a la imagen de mis piernas abiertas, desnuda en la camilla, donde se vulneraba toda mi intimidad. El minuto escaso que duraron esas tomas, esa recreación de una escena erótica que yo protagonizaba, se me hizo eterno.

Pero la cosa no acabó ahí. Había más imágenes metiéndome desnuda en el jacuzzi, ralentizando mi cara, con muecas de placer mientras sentía las burbujas sobre mi piel. Pero lo peor fue en la piscina. La secuencia pasó de erótica a pornográfica, con las caricias que Abel y yo nos intercambiamos. Ahora lo entendía todo. Su forma tan extraña de tocarme, de ponerme de espaldas, de cambiarme continuamente de postura. Estaba intentando que las cámaras pudieran grabar las mejores imágenes de mi cuerpo desnudo mientras yo me lo acariciaba.

Sentí un terror que se apoderó de mí. Si mis padres veían eso, se morirían de la vergüenza, se sentirían deshonrados para el resto de sus días. Imaginé a toda mi familia visualizando el vídeo. A todos mis primos avergonzados por mi culpa. A todos mis compañeros de instituto difundiéndolo. Y quise morirme.

Sentí que mi vida se acababa.

Pensé en mi madre. Con todo lo que estaba pasando y la iba a hundir todavía más.

No pude resistirlo.

Lo primero que noté fue el corazón queriéndoseme salir del pecho. Luego un mareo leve que me obligó a tumbarme. Comenzó a faltarme el aire para respirar. ¿Sería ese el propósito de Abel? ¿Quería matarme? Cuando ya no me quedaban fuerzas y me dejé llevar a lo que yo interpretaba como una muerte segura, mi cuerpo reaccionó vomitando. Estaba sola en casa y me arrastré hasta el cuarto de baño.

Sabía que todo eso saldría a la luz.

Y me preguntaba cuándo sería.

SEGUNDA PARTE

Las madres

22

Fátima

No sé leer español, pero intuí de inmediato que esa carta no traía buenas noticias. Cuando se la mandé a Tamo, mi hija, me dijo que era una orden de desahucio. Nos echaban de la casa. El mundo se me hundió. Me temblaba todo el cuerpo al contemplar la posibilidad de que mis hijos no tuvieran un techo bajo el que dormir.

Cuando algo me preocupa, siento una nube negra y espesa en mi cabeza que me bloquea para buscar soluciones. Siempre la he sentido, desde que era muy niña.

Nunca he sabido hacer nada bien. Las cosas que soy capaz de manejar han necesitado de entrenamiento constante, esfuerzo y concentración. «Tendrás que esforzarte más que los demás —me dijo mi madre siendo muy niña—, pero aprenderás por tu tesón. Podrás hacer todo lo que quieras, no lo olvides nunca».

Recuerdo las largas conversaciones mientras hacíamos el pan de pita, mezclando los ingredientes en recipientes de barro y cocinando en viejas sartenes de hierro que untábamos con aceite de aguacate o de sésamo. Me contaba historias de nuestros antepasados y siempre concluía con el día en que nací con prisas y me caí de cabeza, sin que ella pudiera evitarlo. Sonreía con ternura al recordar cómo mi vida y la suya habían cambiado desde ese momento.

Mi madre me entrenó con esmero, dedicándome más tiempo que a mis hermanas. Sus cuidados y sus horas de perseverancia me convirtieron en una niña de apariencia normal, que caminaba lenta y segura.

No es que sea especialmente torpe, ni me falta inteligencia para darme cuenta de las cosas. Es mi personalidad tímida, escuálida, sumisa la que me hace diferente. Algo se paraliza en mi interior cuando tengo que tomar una decisión. No soy capaz de encontrar soluciones. Nunca me vienen a la cabeza, por mucho que lo intento. Las ideas se acaban enmarañando unas con otras. Necesito a alguien que me ayude, que me indique el camino que seguir.

Farah siempre fue mi mejor guía, hasta el día en que nuestros caminos se separaron. Ni ella ni yo tuvimos la culpa, y luchamos para que nuestro cariño no se quebrara. Solo necesitábamos tiempo y distancia para recuperar algo que nunca desapareció, pero que el dolor había tapado con una sábana gruesa.

Las dos somos muy parecidas físicamente, aunque ella es más delgada y de rasgos más delicados. Cuando éramos jóvenes, eso provocaba que nos confundieran por la calle. Aunque ella andaba con pasos mucho más seguros, con la cabeza erguida y acarreando decenas de miradas. Yo, en cambio, era todo lo contrario; mis pasos dubitativos me hacían invisible.

Recuerdo el día en que supe que Hassan y su padre vendrían a vernos para apalabrar el compromiso con Farah. Mi padre recibió la noticia con alegría. Le encantó que el pretendiente fuera el hijo de su mejor amigo. Se conocían desde niños y habían tenido varios negocios juntos. Mi padre y el de Hassan se reunieron una tarde en mi casa para hablar del enlace. Pero nos sorprendieron a todos con un cambio que nadie esperaba. Fui yo la esposa escogida, y no Farah. Eso supuso para mi hermana un golpe difícil de asimilar. Mi padre, sabiendo que yo no encontraría marido por las habladurías que me envolvían, aprovechó la cercanía del padre del novio y su interés por poner un negocio en el centro de la ciudad. Farah llevaba años enamorada de Hassan. Los sorprendí meses antes, una tarde, hablando a escondidas, cuando ambas familias estaban en una celebración. El día del compromiso, Farah vino a mi habitación.

—No aceptes a Hassan, Fátima, no lo hagas.

—Padre me mataría, no puedo negarme —le confesé con pesadumbre.

—Padre se enfadará, pero se le pasará. Y yo me casaré con él devolviendo la honorabilidad a esta familia. Fátima, no podré soportarlo. El islam te protege, nadie puede casarse obligada.

—No es decisión mía —me justifiqué—. Yo no pretendo hacerte daño. Pero no puedo. Lo deshonraré y no me perdonarán nunca. Madre dice que nadie querrá casarse conmigo y que padre no lo olvidará mientras viva.

—Fátima, yo estaré contigo, te ayudaré.

En esos instantes, pude cambiar mi vida y la suya. Pude negarme a casarme con él. Pero no fui capaz de contradecir a mi padre. No levanté la voz para decirle que no deseaba casarme con Hassan. Nunca he podido rebelarme contra la autoridad. No he sabido como hacerlo. Y lo intenté, bien sabe Alá que lo intenté. Pero no me salieron las palabras.

Farah cambió ese día. Dejó de sonreír, de reír a carcajadas en la cocina cuando molíamos los pistachos. Nunca me volvió a mirar con cariño ni a cuidarme con la ternura que solía desplegar en su trato.

No podía culparla.

El día de mi boda fue el más infeliz de su vida. Han pasado muchos años y sigo sintiendo su infelicidad cargada a mi espalda. Farah jamás se casó. Y sé que Hassan nunca amó a nadie como la amaba a ella. Siempre estuvieron juntos. La boda no destruyó su amor.

Podía ver cómo se buscaban con la mirada, cómo se rozaban cuando creían que nadie los veía. Nunca les dije nada. Me tragué mi pena, las noches sin dormir cuando mi marido se equivocaba y la nombraba a ella. La culpa de todo la tenía yo, por haberle robado la felicidad a mi hermana. Recibía lo que me merecía.

La noche en que Tamo nació, escuché una conversación que me partió el alma en dos. Farah le contaba a Hassan que se marchaba a España, que no podía soportar más ese amor que se alimentaba de momentos a escondidas. Que se iba lejos para olvidar. Para empezar de nuevo.

—Tienes que centrarte en tu familia, no puedo hacerle eso a mi hermana y a mi sobrina. Ahora tu amor debe ser para ellas —le susurró para que yo no la oyera.

Hassan no aceptó esa pérdida y, en cuanto Fátima se marchó, se volvió un hombre arisco y desubicado que no encontraba calma en ningún rincón del mundo.

Una mañana de noviembre, cuando Tamo tenía dos años, me informó de que nos veníamos a España, que su amigo Karim le había buscado un trabajo de mecánico en un taller de un paisano que había enfermado y no podía atenderlo.

Llegamos a España con trescientos euros y una niña pequeña. Fuimos a la dirección que teníamos de Farah, pero en vez de una casa encontramos un bar de carretera. Farah se había marchado a Dubái, siguiendo a un amor que le prometió una vida mejor.

Mi mundo, desde entonces, han sido cuatro paredes, un techo y la incansable repetición de las recetas que me enseñó mi madre y no quiero olvidar. Cuidar de un marido que no me ha querido nunca y de unos hijos que sienten que su madre es más un estorbo que cualquier otra cosa. Sé que piensan eso. Aunque Tamo me quiere. Es la única persona en el mundo que me tiene un amor puro, que me acepta tal como soy y que no me exige que cambie.

Es igual de inteligente que su tía Farah. Y sé que ama con la misma intensidad que lo hace ella. Lo podía ver en sus ojos cuando pensaba en ese chico.

Lo único que le pedía a Alá es que tuviera cuidado. Que los hombres son capaces de mentir para conseguir lo que quieren. Se pasaba horas hablando con él. La veía feliz, siempre estaba sonriendo. No le daba consejos, no sé hacerlo. Solo permanecía atenta, observando en la distancia.

Para lo único que sirvo es para escuchar, y me encanta que me cuente sus sueños. Ojalá pueda alcanzarlos.

En ese momento, todo se complicaba. Si nos teníamos que ir de aquella casa no sabía dónde íbamos a pasar la noche. Pensaba que ya habíamos solucionado los problemas, que con el dinero que le dimos todo se había calmado, hasta teníamos luz de nuevo.

—Ya estoy aquí —gritó Tamo desde el salón.

Se acercó y me cogió la cara con cariño.

—No te preocupes, que lo vamos a solucionar.

Asentí con la cabeza. No era capaz de expresar mis miedos.

—Voy a llamar a la tía Farah, a ver si nos puede ayudar. Y empezaré a buscar ahora mismo.

—¿Se lo has dicho a tu padre? —pregunté.

—Sí, pero me ha asegurado que eso tarda mucho. Que nunca es la fecha que pone ahí.

—¿Qué fecha pone?

—Dentro de treinta días —me contestó Tamo, transparentando en sus palabras todo su temor—. No llores, que vamos a encontrar una solución. Pero, por si no la encontramos pronto, mañana nos acercaremos las dos al taller de padre y quitaremos toda la porquería que hay. La iremos sacando poco a poco. Tienes que ayudarme y, aunque padre diga que no, debemos tirarla.

—¿Para qué quieres tirar las cosas de tu padre?

—En el taller hay baños y una manguera con agua —me explicó con calma—. Podemos quedarnos allí hasta que encontremos algo. La hornilla, el microondas y los colchones son nuestros, nos los podemos llevar. Solo tenemos que recogerlos por el día y amontonarlos detrás de algunos cartones. Les echaremos algo encima para que no se ensucien. Los niños pueden jugar en la oficina.

—Hija —dije con alivio—, qué lista eres. Tienes toda la razón, allí no pasaremos frío y no estaremos en la calle.

—Ahora voy a pedirle a Farah que me llame. No sé cómo le voy a decir que andamos otra vez en las mismas. Pero estoy segura de que nos ayudará.

Sin decir palabra, contemplé como mi hija mandaba a mi hermana el mensaje.

Me metí en la cocina y empecé a preparar la cena. Quedaba un poco de sopa que había sobrado del almuerzo. Pero decidí rellenar unas crepes con verduras asadas, para entretenerme un poco más y no pensar.

Mi hermana llamó a Tamo un par de minutos después. Pude oír los gritos de Farah. Nunca me perdonaría que le hubiese dado a Hassan el dinero para pagar los meses de atraso. No sé cómo pude ser tan tonta.

Hablaron durante un buen rato. Tamo daba vueltas sin parar en el salón mientras mi hermana gritaba. No me acerqué hasta que estuve segura de que había colgado.

—Nos ayudará. Se ha enfadado un poco, pero no nos dejará tirados. Me ha dicho que tiene una amiga con un piso aquí y que le va a preguntar a ver si nos lo puede alquilar.

—Ya nos ha ayudado bastante, es normal que esté cansada. Ella también tiene que sacar adelante su salón. Y la vida allí es muy cara.

En ese momento, Tamo recibió un mensaje y me volví a la cocina para dejar que contestara con intimidad. Estaba segura de que era su novio. Ella no me lo había contado, pero yo sabía que tenía una relación.

Los había visto, días atrás, paseando por la plaza. Cuando me di cuenta de que no era musulmán, me preocupé mucho. Su padre no le iba a permitir que tuviera una pareja que no perteneciera a su religión. Y mi hija era muy cabezota. Sería una guerra entre padre e hija y no podría hacer nada.

Tamo regresó al salón con cara de preocupación. Sabía que algo le había pasado, pero no le pregunté. Yo nunca pregunto. Siempre estoy atenta por si me necesita.

—Todo va a salir bien —me dijo cogiéndome la cara con las manos.

Y, por primera vez en mi vida, sentí que era yo la que tendría que estar diciéndole eso.

23

Graciela

Mi hija no lo estaba pasando nada bien. La vuelta de su padre le había afectado mucho. Mi amor por Mateo, mi forma insana de amarle les había condicionado la vida.

Mi padre me lo advirtió. Enamorarse era perder el control de uno mismo para pertenecer a otra persona. Pero no quise hacerle caso.

Sé que soy distinta. Que tengo mis rarezas. Y sé perfectamente que podría mejorar. Pero tendría que condicionar mi vida a una terapia constante, incluso a una medicación, que lo único que me darían es la continua seguridad de que soy diferente.

Siempre lo he sido.

Mi maestra de infantil fue la primera en darse cuenta. Cuando cumplí los cinco años, llamó a mi padre para informarle de que me iban a hacer una evaluación psicopedagógica. Mi padre defendió que yo estaba bien, que lo único que ocurría es que había heredado su mal carácter.

—No se trata de mal carácter, hay algunas cosas en ella que no van bien. No sabe relacionarse con los demás. No soporta que la toquen y no capta las bromas. Además, no puede parar de comer, no se sacia nunca.

—Lo que le digo, señorita, es igual que yo. Piense que su madre murió y se está criando con un bruto que no tiene ni idea de cómo enseñar a una niña —añadió mi padre.

—Vamos a hacerle la exploración para quedarnos más tranquilos. Y si es el mal carácter, como usted dice, pues le damos algunos consejos para que vaya mejorando.

Mi padre me cogió de la mano y me tranquilizó. Solo me pasaba igual que a él. No nos gustaba la gente.

A los dos meses, volvieron a citarlo. Esta vez acompañaban a la maestra la directora y la psicóloga. Todas estaban muy serias.

—Como le informó su tutora, hemos hecho una serie de pruebas a Graciela. Y lo hemos citado para comunicarle que ya tenemos un diagnóstico —habló la psicóloga—. Las pruebas nos han confirmado que Graciela padece un trastorno que se conoce con el nombre de autismo; más concretamente, estamos convencidas de que podría ser el síndrome de Asperger.

Mi padre me miró y miró a la psicóloga.

—¿Y eso qué es? —preguntó sin mostrar preocupación.

—Es un trastorno del neurodesarrollo que tiene una serie de características. Por ejemplo, Graciela no tiene habilidad para captar las bromas o la ironía. Es muy sensible a los estímulos sonoros y visuales, y no se relaciona con sus compañeros de forma adecuada.

—Pero si mi niña es buena, nunca se ha peleado con nadie —corrigió mi padre.

—No se trata de que se pelee con alguien —aclaró mi maestra—, y claro que es una niña buena, nadie está diciendo lo contrario. Solo que no sabe acercarse a los niños, le cuesta jugar con ellos y prefiere hacerlo sola.

—Es que usted me habla, señorita, y me está describiendo a mí cuando era pequeño. Yo también jugaba solo y ahora cuento con un montón de amigos. Tengo una panadería y la llevo adelante yo solo.

—Y no me cabe la menor duda de que Graciela podrá llegar a ser lo que quiera en la vida. Es una niña extremadamente inteligente, por encima de la media —informó la directora—. Este diagnóstico es para ayudar a entenderla, no para ponerle límites. Si sabemos qué le está ocurriendo, sabremos cómo ayudarla.

Mi padre no quiso escuchar más. Me cogió de la mano y me sacó de allí casi en volandas.

Me cambió de colegio, se compró libros, consultó a expertos, incluso asistió a un congreso para llegar a la conclusión de que ninguna etiqueta iba a condicionarme la vida. Quemó el diagnóstico en el horno de la panadería y me entrenó para que nadie se diera cuenta de que yo era una niña diferente.

Para mí era un juego divertido. Mientras hacíamos el pan, me ayudaba a memorizar las preguntas que tenía que hacer a mis amigos, me enseñaba trucos para hacerme invisible y que mi rareza quedara oculta bajo las normas de cortesía elegantes y correctas.

Y funcionó, la etiqueta de rara se fue borrando con cada entrenamiento. «Tienes que sonreír diez veces en el recreo, siempre a niños distintos, y juegas con los que se te acerquen. Debes estar atenta y reírte cuando todo el mundo lo haga. Nunca comiences a reírte tú y nunca lo hagas más fuerte que los demás», me aleccionaba.

Mi padre se convirtió en mi maestro y a mí me encantaba aprender con él. Podían transcurrir los días sin hablarnos, nos comunicábamos a la perfección sin palabras. Los domingos por la tarde, pasábamos horas haciendo puzles que luego colgábamos en las paredes.

Mi vida fue casi perfecta hasta que llegó la adolescencia y me enamoré. Entonces no funcionaron los entrenamientos de mi padre y perdí el rumbo de mi vida. Me sentí perdida y salí de las situaciones lo mejor que supe. Tuve suerte y fui correspondida, pero la convivencia con otra persona me resultó muy complicada.

Lo que él interpretaba como falta de interés no era más que la carencia de la habilidad para expresar lo que sentía. Me costaba el contacto físico, expresar mis preferencias. Querer era difícil para mí.

Cuando fui madre, sentí que algo había cambiado. Era capaz de identificar sensaciones y emociones que nunca había reconocido. Quiero a mis hijas con tanta fuerza que a veces no he sabido controlar ese sentimiento.

No hice siempre lo correcto. Pero intenté adaptarme a un mundo que no me entendía. Donde me sentía perdida y al que no quería pertenecer. A veces, la angustia en mi interior era tan fuerte que necesitaba morirme y que se acabara.

Y lo intenté, intenté apagarme por dentro, que nada ni nadie me volviera a hacer daño.

No he dejado de amar a mi marido. Todos los días me levantaba sintiendo ese amor dentro y nunca he sabido muy bien cómo manejarlo. El tiempo no borró lo que sentí el primer día que lo vi. Y mi memoria, prodigiosa, recordaba hasta el último segundo vivido con él. Cuando lo volví a tener a mi lado, cuando sentí que me miraba, no pude soportarlo. No quería revivir ese dolor, la pérdida que no soy capaz de asumir. Prefería morirme. Pero dejaría sola a Estefanía y no podía hacerle eso. Fui consciente de que mis monstruos habían vuelto aparecer.

Mi padre me ayudó entender a los demás. Nunca llegué a empatizar y siento esa sensación lejana, imposible de alcanzar.

Mis hijas no han tenido una vida fácil. No han disfrutado de una madre amorosa que las haya abrazado cuando se caían en el parque, una madre que las recibiera con besos al llegar del colegio. Y estoy segura de que si hubiesen tenido la oportunidad de cambiarme por otra no hubieran dudado; me habrían cambiado por alguien que les demostrara su cariño.

Cuando perdí a Mateo, leí todo lo que existía sobre «cómo recuperar un amor». Llegué a la conclusión de que ninguno de los que habían escrito esos libros habían reconquistado a nadie. Me costó asumir que no había una fórmula para conseguir mi objetivo. Tuve que enfrentarme a esa situación yo sola. No fue fácil. Por eso volver a tenerlo en mi vida me rompía todos los esquemas que había construido con tanto esfuerzo.

Desde que se bajó del avión y me sonrió, mi vida fue un caos, se volvió inestable, impredecible. Pude ver en su rostro la sonrisa de Estefanía. Son dos gotas de agua, aunque ella tiene mi color de ojos. También se parecen mucho en la personalidad. Los dos son cariñosos, trabajadores y se preocupan por los demás. No hay duda de que comparten la genética.

Paramos a comer algo y hablamos como si el tiempo no nos hubiese separado. No pude postergar las ganas que tenía de ver a su hija.

Entré tan aturdida a la panadería que ni miré lo que hacía falta reponer. Pero Estefanía lo tenía todo controlado.

La vi marcharse a hablar con su padre. Sabía que ese momento marcaría un antes y un después en nuestra relación. Sabía que le iba a contar la verdad. Una verdad oscura que yo me había encargado de ocultar.

Cuando regresó un rato después, tenía los ojos enrojecidos.

—Ya puedes irte —me dijo sin mirarme.

Estaba segura de que su padre le había contado que me pasaba la semana esperando el domingo. Me sentaba en mi cama, ansiosa, deseando que llegara el primer mensaje. Siempre le contestaba con una foto de las niñas, robada sin que ellas se dieran cuenta. A veces le mandaba vídeos que grababa en la casa, jugando. A él le encantaba verlas.

Hablábamos casi una hora todos los domingos. Repasábamos la semana, rememorábamos algún momento pasado y compartíamos alguna preocupación presente.

Nunca nombrábamos nuestras relaciones personales. No había vuelto a estar con ningún hombre en todos esos años. Sabía, por sus redes sociales, que él había tenido varias historias, pero que ninguna salió bien.

La hora de los domingos era lo único que me ilusionaba en la vida. Y la perspectiva de tener ese momento, en mi salón, frente a frente, me hacía sentir decenas de mariposas cabalgando por mi estómago.

—Que te vayas —me ordenó Estefanía, empujándome.

Le sonreí y se desconcertó. No lo hago muy a menudo.

—Diviértete —insistió.

Vi a Mateo sentado en el bar de enfrente. Me di cuenta de que no había cambiado nada. Los años lo habían tratado bien. No tenía ni un kilo de más, pero las canas que empezaban a aparecer le daban un aspecto intelectual que resultaba muy atractivo.

—Quizá podamos ir a dar un paseo por la orilla del mar antes de ir a casa —me pidió con tristeza.

—¿Cómo fue? —pregunté con interés.

—No ha sido una conversación fácil.

—Imagino. Puede que quiera hablar contigo mañana de nuevo. Dale tiempo.

—Tiempo es lo que no tengo, Graciela, me marcho pronto.

—Estefanía es igual que tú. Le puede el corazón, tiene más fuerza que la cabeza. Estoy segura de que mañana te llamará y querrá hablar contigo.

—Tengo que decirte algo que no te va a gustar. Le he contado la verdad. No he venido a por el divorcio, Graciela, he venido para recuperar a mis hijas.

Lo intuía, y anticiparlo me hizo digerirlo con más facilidad. Sentí tanto alivio al saber que no iba a romper ese vínculo que nos unía, que seguiríamos casados, que no me importó que Estefanía supiera su verdad.

Había llegado el momento de contarle la mía.

24

Lucía

Me quedé esperando en el porche a que Arabia volviera. No me salían las lágrimas. Sentía con toda mi alma lo que estaba sufriendo mi hija. Era mi problema, mi responsabilidad. Pero ella sabía que nunca conseguiría reunir el valor suficiente para presentarme en esa casa. Para ponerle a su padre y a su amante la verdad de frente.

Solo fui valiente una vez en mi vida. Y fue el día en que trunqué mi destino. Cuando mi rumbo cambió para seguir una deriva que me sumergió en las profundidades de mí misma.

Conocí a Carlos, mi marido, en una feria de agosto. Yo había ido con mis primas, seguida muy de cerca por mi hermano Ángel, que llevaba en el bolsillo cien euros para pagar los carricoches y en la cabeza, la orden de mi padre de no perdernos de vista. Mi hermano nos dio la mitad del dinero y se marchó a una caseta, a bailar con una de sus enamoradas.

Mis primas y yo disfrutamos de nuestra libertad. Nos subimos a los coches de choque y allí nos encontramos con Carlos y sus amigos, que nos persiguieron por toda la pista. Pasamos una noche inolvidable. Me enamoré de su sonrisa, de la gracia y el arte que tenía. Era un chico alto, con unos inmensos ojos negros. Tenía diecisiete años y trabajaba con su padre en la obra. Era el chico más guapo que había visto nunca. No nos separamos en toda la noche. Mi hermano nos recogió al amanecer y regresamos juntos.

Los rumores de que tenía novio llegaron a mi casa incluso antes de que lo hiciera yo. También llegó la prohibición de volver a verlo. Mi familia era tan grande y mi padre tan querido y popular en el pueblo que alguien le fue con el chisme esa misma madrugada.

No era uno de los nuestros y mi padre no quería oír ni hablar de que con catorce años comenzara una relación con nadie. Me las ingenié para verlo con la complicidad de mis primas, que venían a recogerme a casa y luego me devolvían. Yo estaba ilusionada, disfrutando de los primeros encuentros, de los primeros besos a escondidas.

Cuando alguien le dijo a mi padre que me habían visto con el mismo chico de nuevo, me encerró en mi cuarto. «De ahí no vas a salir hasta que cumplas los dieciocho», me dijo con una autoridad que no había conocido nunca.

Mis hermanos custodiaban mi entrada y salida del colegio. Le escribí una carta, contándole que no podía verlo más, y los sentimientos de Carlos se multiplicaron hasta tal punto de que se negaba a vivir sin mí. Nos escapamos una madrugada, cuando en mi casa todos dormían. Convencida de que era lo único que podía hacer para salvar mi amor.

Carlos me estaba esperando con su moto al final de la aldea. Pasamos la noche en la playa, con cuarenta euros en el bolsillo y la certeza de que nadie nos iba a separar.

—¿Qué vamos a hacer ahora? —le pregunté con inocencia.

—Querernos toda la vida —me contestó abrazándome.

Le creí. Nos quedamos dormidos al refugio de las hamacas que los chiringuitos recogen en invierno y amontonan en la orilla.

Cuando mi padre me encontró por la mañana, la alegría de verme a salvo vino con un contrato de matrimonio que Carlos no esperaba. Nos habíamos escapado y, como marcaban nuestras costumbres, a partir de ese momento sería mi marido, y yo su mujer. Habíamos unido nuestros destinos.

Al principio no fue fácil. Veníamos de dos mundos distintos y no éramos capaces de encontrar un espacio armonioso para crear nuestro hogar, para formar nuestro proyecto. Pero las noches se cubrían de caricias que calmaban los gritos del día.

Me quedé embarazada a los dos meses de casados.

—Tenemos que buscar la forma de abortar —afirmó en cuanto se lo dije—. Somos muy jóvenes y nos va a arruinar la vida.

—No te preocupes —le contesté indignada—. No me faltará quien quiera ser el padre de mi hijo, no te necesito para nada.

Me fui, levantando el mentón y tragándome las lágrimas.

A las dos semanas volvió llorando, asumiendo que no podía vivir sin mí y que no me iba a hacer cambiar de idea.

Con quince años, ya tenía a Arabia, la responsabilidad de una casa y de un marido que vivía una realidad diferente a la mía. Él continuaba con la misma vida de antes. Seguía saliendo con sus amigos, teniendo los mismos derroches, divirtiéndose cada fin de semana. Y yo me moría de pena, esperando en la casa que mi padre nos había apañado, construyendo cuatro paredes tras la suya. También quería salir con mis primas, jugar a las cartas en la puerta mientras comía pipas, golosinas y roscos de azúcar. Quería ir al centro comercial a comprar la camiseta que todas llevaban. Pero yo no podía. Tenía una hija que cuidar y una madre que me recordaba, cada cinco minutos, que la responsabilidad era mía.

—Te lo hubieses pensado antes —me decía si protestaba por mi falta de independencia—. Te creíste muy mayor para tener una hija; ahora debes serlo para cuidarla.

Me perdí en mí misma. Y ya no fui capaz de encontrarme. La depresión posparto se encadenó con la ansiedad que me producían las noches durmiendo sola, la sensación de soledad al no poder compartirlo con nadie y los reproches de mi marido, que me recordaba cada día que por mi culpa estaba condenado a una vida que aborrecía. Y yo me sentía tan pequeña, tan inútil que en esos años perdí las ganas de vivir. El único consuelo era mi niña pequeña, a la que vestía y adornaba como a mis últimas muñecas. Era mi compañera, la que me hacía sonreír. Me aferré a ella, a un bote de pastillas y a una buena dosis diaria de azúcar para sobrevivir.

El accidente lo cambió todo. Carlos no había venido a dormir a casa esa noche. Estuvo de fiesta por Puerto Marina con sus amigos. Pude ver las fotos que colgaba en sus redes sociales, junto a chicas monísimas con tops diminutos que me sumergían en la más cruel de las envidias. Cuando me llamaron, me contaron que se había caído de un andamio, con tan mala suerte que los hierros que lo sujetaban le habían dañado la pierna de forma severa. Luego, en la caída, se volvió a cortar la misma pierna en la parte posterior con las estructuras metálicas que estaba colocando, lo que hizo que, ya en al hospital, los médicos decidieran amputársela por el estado en que se encontraba.

Carlos tenía veinte años. Lloró, gritó y amenazó de muerte a todos los que no ofrecieron una solución. Un médico joven, que acababa de llegar al equipo, sugirió que lo intentaran, que le reconstruyeran la pierna y que le hicieran un injerto y lo cubrieran con piel de las nalgas. Sería doloroso, pero podría funcionar.

Le salvaron la pierna, pero quedo maltrecha. Necesitó aprender a andar de nuevo. Su cojera era pronunciada, aunque no necesitó de prótesis, y el mal carácter se le acentuó de forma profunda.

Fue en la sala de espera del hospital donde me di cuenta de que mi vida era una mentira. Había vivido tan rápido que me había perdido unas experiencias que no podía recuperar. Pasé de mi niñez a mi etapa adulta sin pasar por la adolescencia. La joven extranjera que me acompañó aquella noche del accidente, la que me hablaba de su novio, que resultó que era Carlos, me hizo entender muchas cosas.

La persona que ella describía, ese hombre amable, atento, cariñoso y detallista, no era mi marido. Yo lo había ahogado, asfixiado, y por mi culpa estaba allí en esa mesa de operaciones. Si con ella era encantador y conmigo no, quedaba claro quién era la responsable.

Me culpé hasta del accidente. Se había quedado dormido en el andamio porque no quería volver a casa, a las facturas sin pagar, a la niña que lloraba cada noche con sus terrores nocturnos, a la mujer amargada y gorda que no hacía otra cosa que escupir reproches sin parar. Si no me hubiese tropezado en su camino, él sería feliz. Tendría sus piernas perfectas. Por mi culpa ahora estaba preso en una vida que odiaba, de la que no podía escapar. Y había necesitado crear otra paralela que le diera ilusión.

Cuando salió del hospital, le pedí que se olvidara de ella, porque yo podía cambiar y me esforzaría por hacerlo feliz.

Es curioso cómo nos engañamos a nosotras mismas. Cómo justificamos una infidelidad y cómo creamos un mundo paralelo al real. Me cubrí de un sentimiento de culpa que en mis pensamientos justificaba su engaño. Inventé un mundo en que yo trabajaría quitando la porquería de la gente para que él tuviera el camino limpio y fácil. Sin cargas ni reproches que lo alejaran de mí. Percibía que nada había cambiado. Me volví a sentir esa joven insegura sentada en el sofá de casa tras la mayor desilusión de su vida.

Ojalá no hubiese ido aquel día al centro comercial. Mira que me lo pensé, porque estaba lejos de mi casa. Pero la oferta de dos botellas de aceite de oliva al precio de una me pudo. Di vueltas por el supermercado, buscando las botellas anunciadas, pero no daba con ellas. Me dirigía a preguntarle a uno de los empleados cuando lo vi. Se encontraba de espaldas, con un niño pequeño de la mano. Intuitivamente me escondí. Vi llegar a una mujer rubia, joven, no tendría más de veinte años, con otro bebé en brazos. Era muy atractiva. Me fijé en lo delgada que estaba. En lo cuidado que tenía el pelo, con unas mechas impecables. Me sentí vieja, gorda y fea. Entendí por qué me había sustituido por ella. Era preciosa.

Los seguí con el coche. No sabía que mi marido tuviera coche. Nunca quería conducir el mío, argumentando que su pierna se lo ponía muy difícil. Por el camino me di cuenta de cómo la había conocido. No había olvidado ese camino que tantas veces habíamos hecho juntos. Su mejor amigo vivía ahí, en Colmenarejo, cerca de Campanillas. Sería en una de sus visitas cuando la conoció. Puede que incluso se la presentara él.

Mi marido tenía un coche, una mujer y unos hijos que yo ignoraba.

Arabia me recriminaba que no hubiese reaccionado. No es fácil asumir eso. Que la persona que amas, que quieres con toda tu alma, te ha engañado de esa manera tan terrible. Que no has sido en su vida nada. Solo un error.

Ella no entiende cómo he aguantado tanto.

Pero he sido feliz. No todo ha sido malo. Carlos me ha hecho feliz. Con él he reído a carcajadas, he disfrutado de momentos románticos y nunca me ha puesto la mano encima. Siempre me ha dado libertad para trabajar donde yo quisiera y he podido entrar y salir con mis hijos donde me ha apetecido.

No podía quitarme de la cabeza la imagen que vi cuando fui a su otra casa. Lo observé mientras jugaba con el niño pequeño. Siempre le habían gustado los críos, pero nunca le había visto esa cara cuando estaba en casa con mis hijos. Se le veía feliz, embelesado mirando al pequeño. Luego pasó a la cocina y la visión no era tan nítida. Me pareció que él ayudaba a hacer la cena. Pero lo mismo solo fueron imaginaciones mías. En mi casa no sabía ni en qué cajón estaban las cucharas de postre.

Pasé una hora en la puerta, sin saber qué hacer. Me fui cuando los vi besándose. Ella se reía de algo que le había dicho. No recuerdo qué camino cogí, ni como llegué a mi casa. Arabia ya había dado la cena a los dos pequeños, los había duchado y les estaba contando un cuento. Cuando vi la escena de mi hija mayor en la cama con los otros pequeños, me dije a mí misma que tenía que luchar por que mi familia no se rompiera, por que mis hijos no crecieran sin un padre. Si tenía que sacrificarme yo, lo haría.

Me estaba volviendo a engañar. Tenía treinta y un años y no sabía estar sola. No sabía hacer nada sola. Iba a ser una desgraciada toda la vida.

Quién me iba a querer a mí, si me sobraban veinte kilos y me faltaba inteligencia. Era una inculta que no tenía ni los estudios más básicos. Quién quería en estos tiempos una pareja tan ignorante como yo.

Arabia llegó visiblemente alterada.

—Mírame bien. Si ese hombre vuelve a esta casa, me voy y no me vuelves a ver más el pelo. No lo olvides nunca.

Conocía a mi hija y sabía que lo haría.

25

Fátima

Karim le dijo a mi marido que lo mejor que podíamos hacer era irnos antes de que vinieran a echarnos. No era bueno que la policía metiera sus narices en nuestras cosas. Tamo no estaba de acuerdo.

—¿Y si no vienen? ¿Para qué vamos a irnos? Tenemos todo listo y en cuanto vengan nos marchamos —rebatió a su padre.

—No quiero que los vecinos vean a la policía aquí. Sigo trabajando en el barrio y hay que dar buena imagen. Además, tú y tus hermanos os vais a ir a dormir a casa de Karim, que tiene una habitación libre —comentó mi marido.

—Ni loca —contestó Tamo—. No me voy a casa de Karim ni aunque me ates.

—Tú irás donde yo te diga. No vas a dormir en el taller con las cucarachas y las ratas saltando por los pies —replicó su padre.

—Más rata es Karim. —Tamo se arrepintió enseguida de haberlo dicho.

Su padre la cogió por los hombros y la empujó hasta pegar su espalda a la pared.

—Eres una insolente. No sé cómo no te parto la cara. Te vas a ir a donde yo te diga. Y te vas a llevar a tus hermanos.

—Si vieras cómo me mira cuando no estás delante, ni se te ocurriría pedirme eso. El otro día tuve que darle un empujón en el taller. Es un baboso al que no le voy a permitir que se meta en mi cama.

Dio un portazo y salió corriendo escaleras abajo.

—Has criado a una sinvergüenza. No has sabido ni hacer eso. ¡Ponte a recoger las cosas, que tenemos mucho que empaquetar! —me increpó Hassan.

Tamo me había contado que no le gustaba cómo la miraba Karim y yo había estado atenta, pero nunca noté ninguna mirada con malicia. Siempre escuchaba a mi hija cuando me hablaba de sus cosas. Ella es mucho más inteligente que yo y sabe lo que tiene que hacer. Estoy segura de que, si yo le dijera algo, me equivocaría y tendría unas consecuencias terribles.

Igual me pasaba con Hassan. Si pronunciaba una sola palabra, se enfadaba más, así que lo mejor era obedecer y callar.

Por todo eso mantenía silencio la mayoría del tiempo.

No quería pensar en la discusión, así que me puse a guardar cosas. No te das cuenta de la cantidad de objetos que amontonas hasta que te mudas. Cuando tienes que meter tu vida en unas cajas, aprecias todo lo que has comprado en ese tiempo. Yo me traje muy pocas cosas de Tánger: tres vestidos, un par de fotos con mis padres y mis hermanas y varias joyas de mi dote, que vendí hace mucho. La verdad es que no nos ha ido tan mal. Solo sufrimos malas rachas. A veces, Hassan no nos da ni un euro en varias semanas y es muy duro no tener para dar de comer a tus hijos.

Tamo volvió a casa en cuanto supo que su padre ya estaba en el taller.

—Estás muy triste, ¿verdad? —dije conociendo la respuesta.

—No voy a ir a casa de Karim, prefiero dormir debajo del puente. No estaría segura allí. ¿Qué padre deja a su hija adolescente en casa de un hombre solo?

—Él ha sido hospitalario y tu padre está agradecido. No es tan mala persona como piensas. Admira mucho a tu padre y estoy segura de que nos aprecia a todos.

—¿Y por qué no nos acoge a la familia al completo? ¿No se pregunta eso? Podemos estar juntos en la misma habitación.

—Hija, es que tu padre quiere lo mejor para ti. Y no es lo mismo dormir en una cama caliente, con ducha y calefacción que en el taller.

—No voy a ir a casa de Karim, y mucho menos voy a llevar a mis hermanos allí. Hablaré con la tía Farah, tiene que ayudarnos.

Mi hija se echó a llorar. No lo hacía nunca y eso me impresionó.

—Yo, yo... —balbuceó sin que cesaran las lágrimas—, yo no paso por mi mejor momento y sé que tú me necesitas. Todavía no les hemos dicho a los peques que nos tenemos que ir y ha llegado el momento de hacerlo.

Asentí y los llamé. Los sentó en el sofá y se posicionó frente a ellos. No tenía ni idea de cómo se lo iba decir, pero estaba segura de que lo haría bien.

Abdelgani adoraba a su hermana. Le encantaba escucharla hablar. Aisha era demasiado pequeña para darse cuenta de nada, acababa de cumplir cuatro años.

—Tenemos que contaros algo —comenzó a explicar Tamo—. Nos vamos a ir a otra casa, más bonita y grande que esta. Pero, como todavía no la hemos encontrado, nos quedaremos unos días en el taller de padre. Muy pronto la encontraremos y nos mudaremos.

—¿Tengo que cambiar de colegio? —preguntó Abdelgani, afligido.

—No, por supuesto que no. Vamos a buscar una casa cerca para que sigáis en vuestro colegio.

—¿En el taller de padre hay camas? —cuestionó Aisha.

—Sí, y una mesa, y muchas cosas más. Será muy divertido, porque será un secreto. Por la mañana lo guardaremos todo y nadie sabrá que estamos escondidos allí. No se lo podemos contar a nadie. Ni a las maestras ni a nuestros amigos, a nadie.

—¿Por qué no? —interrogó Abdelgani.

—Porque, si se enteran los maestros, van a decir que ahí no se puede vivir y os van a llevar internos a un colegio, cada uno a uno distinto, y no nos vamos a poder ver más. Es que ellos piensan que no se puede vivir en un taller, por eso hay que mantenerlo en secreto.

—Pero, cuando tengamos la nueva casa, sí que lo podemos decir.

—Claro, entonces sí. Pero mientras tanto, será nuestro secreto.

Tamo estaba preocupada por los asistentes sociales. Había oído historias sobre la retirada de la custodia de niños pequeños y eso la aterraba. Sabía que, si venían a vernos al taller, nos iban a declarar no aptos y se llevarían a los críos a un hogar de acogida.

Se sentaron los tres en la mesa del salón y comenzaron a preparar un pergamino.

—Nadie puede conocer el secreto del pergamino, solo nosotros. Si alguien lo descubre, la familia se tendría que separar. Es nuestro reto, mantenerlo en silencio —dijo dramatizando las palabras.

Los pequeños la miraban entusiasmados. Hicieron un pacto con leche y chocolate y, por primera vez en todo el día, vi a Tamo sonreír.

Algo le ocurría a mi hija. Algo más la atormentaba. No dejaba de mirar el móvil. No le quise preguntar, pero intuía que guardaba relación con su novio.

O quizá lo del desahucio la tenía muy alterada. Era normal. Nos vinimos de Marruecos para vivir una vida mejor. O al menos eso creía yo. Aunque siempre he sabido que la verdad es que nos vinimos buscando a Farah. Muchas veces me he preguntado qué hubiera pasado si mi hermana no se hubiese marchado. Si se hubiera quedado aquí. Posiblemente, no hubiese tenido más hijos. Y me hubiese apartado. Les hubiera dejado ser felices.

A la mañana siguiente, sonó el timbre del portero electrónico muy temprano. Me puse nerviosa cuando vi quién era. Karim venía para ayudarnos a llevar las cajas.

Miré a Tamo, que parecía no haber dormido en toda la noche, y pude leer como sus ojos me suplicaban que no la dejara sola. Todos los hombres que había conocido habían sido siempre respetuosos con las mujeres. Aunque escuchaba en la televisión, con frecuencia, historias de hombres que abusaban de ellas. De eso tenía miedo mi hija. Pero estaba segura de que mi marido nunca permitiría que la dañaran y que confiaba plenamente en su amigo.

—Vengo a por las cajas que tengáis preparadas —anunció Karim con tono amable.

—Hay dos en el baño que puedes llevarte y una en la cocina. Son las únicas que nos ha dado tiempo a cerrar. Pero mientras bajas esas, cerraremos otras.

—No —dijo Karim—. Tengo el coche bien aparcado y eso es muy complicado, os ayudo a empaquetar. Tamo, cojamos tus cosas primero, que van para mi casa.

—No me voy a ir a tu casa —espetó Tamo—. No nos vamos a separar. Nos quedaremos todos en el taller.

—No seas desagradecida, niña. —Karim torció el gesto de forma desagradable—. Tu padre tiene razón, eres una mal educada. Vendréis a dormir a mi casa los tres, porque el taller no es sitio para que duerman unos niños. En mi casa tenéis internet y agua caliente.

—He dicho que no nos vamos a ir a tu casa. Si quieres una mujer que te sirva de criada, conmigo no cuentes.

Karim se contuvo para no darle una bofetada. Mi hija había acertado. La quería para que le hiciera la comida y mantuviera limpio su hogar. Mi marido decía siempre que su casa era una pocilga. «Un hombre solo necesita de una mujer que le ayude —añadía convencido—. Y no es bueno que Karim esté siempre solo. Debería buscarse una mujer». Pero no resultaba fácil que alguien quisiera compartir su vida con él. No era agraciado físicamente, no tenía educación y casi siempre era grosero. Mi marido le estaba muy agradecido, porque él convenció al anterior dueño para que le vendiera el taller. Y lo hizo por una suma simbólica que él mismo le prestó.

Mi hija me indicó con la mirada que empaquetara las cosas de la cocina. Temía que no podría recuperar las pertenencias que se llevara a su casa.

El teléfono de Tamo volvió a sonar. Algo debió de aparecer en la pantalla que la puso muy nerviosa. Se metió en su habitación para que Karim no la viera.

—Tengo que irme, mamá, vuelvo pronto.

—¿Estás bien? —le pregunté.

—Sí, una amiga tiene un problema. Cosas de amores, ya sabes. Voy a salir, pero vuelvo pronto.

Seguí empaquetando los cacharros de la cocina, sin ser consciente de que la vida de mi hija y la de todos nosotros estaba a punto de cambiar en ese momento.

26

Graciela

Estefanía necesitaba tiempo para asumir la historia que le había contado su padre. Se habían vuelto a ver en el obrador y algunos minutos en la casa, cuando ella entró a coger ropa para cambiarse, pero no volvieron a hablar.

Sabía que me hija me estaba mintiendo. Me dijo que se había quedado en casa de una amiga, pero en el baño de la panadería encontré todas sus cosas de aseo y, aunque había escondido el saco de dormir y la esterilla, las mesas de trabajo seguían desplazadas. Seguro que las apartó para estar más cómoda.

La entendía. No tenía que ser fácil para ella convivir con un extraño, dormir sabiendo que en el sofá del salón había un desconocido. Por eso se lo permití. Lo mismo me estaba engañando a mí misma y lo que yo quería era permanecer a solas con su padre.

Fueron dos noches largas. Mateo llevaba demasiado tiempo con preguntas en la cabeza y encontró el momento para hacerlas. Empezó la primera noche, cuando me pidió que me quedara tomando un mate, antes de irnos a dormir.

—¿Qué nos pasó? —me preguntó después de un largo silencio.

Conocía la respuesta. Había estado en mi cabeza durante todos esos años.

—Fui yo. No estaba preparada... —asumí sin terminar la frase.

—¿Preparada? Graciela, vos no eras ninguna niña. Nadie se prepara para una relación, para convivir no hay entrenamiento previo —argumentó convencido.

—Yo lo hubiese necesitado. La situación me desbordó. Hay algo que no te he contado nunca. Tengo dificultades.

Mateo se quedó callado, aguardando a que hablara. A que le contara cuál era mi problema. En mi cabeza daban vueltas las palabras que tenía que decir, pero era incapaz de ponerlas en orden y expulsarlas.

Me incorporé nerviosa, con la esperanza de que el tiempo difuminara la pregunta y no tuviera que contestarla. Pero él se levantó también, se posicionó demasiado cerca y me cogió la mano. Me volvió a sentar en el sofá. Acercó su cabeza a la mía. Pudo reconocer en mis ojos el miedo, la sensación de terror que me suponía pronunciar aquellas palabras. Desnudarme por primera vez en mi vida ante alguien.

—Graciela, contame lo que te ocurre. Llevo demasiados años buscando las respuestas. He perdido todo en la vida. Mis hijas, mi familia, mi gran amor...

Lo interrumpí. Me acerqué con rapidez y lo besé en los labios. Fue un impulso, un beso torpe pero cálido, con sabor a pasado y recuerdos bonitos, con textura a encuentros secretos que no se pueden contar. Un beso que removió demasiadas cosas en mi interior.

—Cuando era pequeña —comencé—, me diagnosticaron un trastorno del neurodesarrollo. Síndrome de Asperger. Es autismo. No tenía herramientas para pedir ayuda, para salir de la depresión en la que me encontraba.

Los dos callamos. El silencio se apoderó de la habitación con fuerza. Mateo cerró los ojos. Acababa de ponerle delante todas las respuestas que había buscado durante tanto tiempo.

—Graciela... —Mi nombre sonó dulce en sus labios.

—Debí decírtelo, pero nunca supe cómo hacerlo —interrumpí—. Me entrenaron para que no lo contara nunca. Y la rigidez de mis esquemas mentales no me permitió ver otras alternativas.

Mateo se levantó y me observó. Intenté descifrar lo que había en su mirada, tal como me había enseñado mi padre. Eso me ayudaba siempre. Era buena interpretando y podía pasar a la acción antes de que sucediera algo. Así logré que los niños en el colegio no me pegaran. Que en el instituto se burlaran de mí.

Evité que la panadería se fuera a la ruina. Si anticipaba, podía construir la solución y defenderla. Había trabajado con mi padre, durante años, para ser una experta modulando la voz. Podía conseguir que mi voz sonara algo más dulce y que los clientes no se quejaran por mi torpeza en las relaciones.

—Si lo hubiese sabido, hubiésemos podido encontrar una solución. Podríamos haber pedido ayuda. Graciela, por el amor de Dios, ¡debiste decírmelo!

—Te lo acabo de decir. Y mira cómo has reaccionado. Me estás gritando. Tenía la certeza de que, si te lo contaba, me ibas a dejar de querer para siempre.

Me tapé los oídos, como hacía siempre ante un ruido que me molestaba.

—No he dejado de quererte, Graciela —me confirmó apesadumbrado—. Pero siempre pensé que no me amabas lo suficiente, que nuestra falta de comunicación era debida a que vos no me querías. Si hubiese conocido la verdad, si lo hubieses compartido conmigo, todo hubiese sido distinto. Podríamos haber pedido ayuda a un profesional que me habría enseñado a entenderte, a ayudarte, a darte lo que necesitabas. A descubrir lo que pasaba dentro de tu cabeza.

—Si me hubieses querido de verdad, hubieras buscado la solución. Te fuiste porque no me querías.

—No es cierto. Me fui porque nuestra vida se convirtió un infierno. Porque nada de lo que hacía estaba bien. Porque romper tu rutina más pequeña provocaba el drama más grande.

—Debo tenerlo todo ordenado. No soporto que alguien toque mis cosas. Pero no supe expresar lo que ocurría.

Estuvimos conversando durante horas, hasta que Mateo se dio cuenta de que en breve me tenía que ir a trabajar a la panadería y me mandó a la cama.

La siguiente noche volvimos a hablar. Le pedí que no se lo dijera a Estefanía. No quería que mi hija supiera que su madre era una inepta incapaz de gestionar su vida. Él lo respetó, pero me pidió ayuda para recuperar a sus hijas.

Fue Mateo quien propuso, la tercera noche, salir a cenar los tres juntos. A mí no me agradó la idea. No quería que comprobara que no era una buena madre. Temía que alguno de mis gestos y mi forma de relacionarme con Estefanía lo volvieran a espantar para siempre.

Escogió uno de los chiringuitos del paseo marítimo. Nos sentamos en una mesa amplia, cerca de la orilla. Ninguno de los tres sabía muy bien cómo encauzar una conversación que nos uniera, que nos ofreciera un punto en común para comenzar a crear algo, aunque fuera una simple cena en familia. Yo no tenía la habilidad de fomentar un clima adecuado, aunque lo deseara con todas mis fuerzas. Y Estefanía estaba ausente, no paraba de mirar el móvil, preocupada por algo. Parecía a kilómetros de distancia.

Me preguntaba si tenía algo que ver con el chico con el que se veía. Puede que se hubieran peleado. No quería que sufriera, pero no sabía protegerla.

En ese instante, sentados en una mesa, me di cuenta de que no tenía las estrategias para llevar una conversación fluida. En lo único que parecía buena era en evaluar mi falta de capacidades.

Mateo nos miraba a las dos, buscando la manera de que la noche fuera apacible.

—¿Qué queréis? ¿Pedimos una fritura variada y comemos los tres? ¿O preferís sacar raciones individuales? —consultó Mateo.

—Mejor cada uno pide lo suyo, a mi madre no le gusta que le cojan de su plato —dijo mi hija, bastante seria.

—Puedo apartarme en mi plato y comer de una fritura —añadí nerviosa—. Pero tenemos que elegir alguna cosa más, los tres comemos mucho.

—Tú comes más que los dos juntos —contó Estefanía—. Es un milagro que estés tan delgada.

—Una vez se comió una tarta de almendras entera —recordó mi marido, riendo—. Y en su defensa, argumentó que tenía que comer en cantidad para reconocer los ingredientes y poder repetirla.

—Sí —confirmó mi hija sin cambiar el tono—. Siempre usa esa excusa. Cada vez que compro algo y se lo come entero, me dice lo mismo.

Escuchaba con atención. No me gustaba que hablaran de mí como si yo no estuviera. Había aprendido que eso podía ser una burla. Lo confirmé cuando los dos se rieron a carcajadas. Era una risa nerviosa, que descargaba la tensión que había entre ambos.

—Burlaos de mí, pero la tarta de almendras es la más vendida de la pastelería. Y sí, me pasa como a ti, sigo buscando elaboraciones que nos hagan diferentes. No tengo la culpa de tener un paladar lento que necesite varias intervenciones.

—Ya somos diferentes, elaboramos el mejor pan de la zona. Solo debemos subir los precios.

—Graciela, la niña tiene razón. Seguís vendiendo casi a los mismos precios de cuando yo vivía aquí. Y has mejorado mucho la calidad. Tenés que especializarte, crear diferentes tipos de pan con la misma masa y atraer a un público que disfrute con la variedad.

—Si preparáramos más de centeno, de espelta y de semillas de amapola, atraeríamos al público alemán y al danés. Y mejoraríamos mucho económicamente —argumentó mi hija.

Los dos pasaron el resto de la comida elaborando una lista de panes que podríamos hacer. Notaba cierta distancia, pero podía captar su entusiasmo, su ilusión por un proyecto nuevo. No fui capaz de aceptar que en unas horas su padre había conseguido lo que yo no había logrado en dieciséis años: comenzar a ser cómplice de mi hija.

27

Lucía

El primer día sin mi marido no fue fácil. Estaba acostumbrada a que no durmiera en casa y a sus continuas ausencias en la mesa, cuando se justificaba con que iba a comer con su hermana y su madre. Pero siempre volvía: a colgar el cuadro nuevo, a sacar la compra, a escucharme cuando me quejaba de mi jefe.

Lo primero que quise hacer es hablar con su hermana. Llevábamos años sin ver a mi cuñada. Necesitaba saber si comía en su casa, como decía, y si cuidaba a su madre, como me relataba con todo lujo de detalles. Y sobre todo quería entender por qué me odiaban tanto. Había llegado el momento de pedir una explicación, necesitaba saber si el repudio a mis hijos, esa ignorancia que duró tantos años, tenía el origen en su propio padre.

Esperé a que Arabia llegara del instituto y, cuando los pequeños estaban durmiendo la siesta, nos armamos de valor y la llamamos. Nos sorprendió la respuesta de mi cuñada. No quiso hablar nada por teléfono y se ofreció a venir a mi casa.

Entre las dos terminamos de limpiar la cocina en silencio. Estábamos nerviosas. Justo cuando pusimos la cafetera, llegó Míriam, mi cuñada. En cuanto le pedimos que pasara, se abrazó a Arabia, emocionada. El cariño con el que lo hizo nos dio la seguridad que necesitábamos para hablar con naturalidad. Le contamos la doble vida de su hermano, la existencia de sus otros dos sobrinos y mi evidente separación.

—Me decía que tres veces a la semana comía contigo y con tu madre, y que se pasaba la tarde cuidándola, porque no podía andar —le conté sabiendo que era mentira.

—¿Mi madre? Si mi madre se encuentra mejor que nosotras. Está trabajando en el centro comercial que hay frente a mi casa, en la perfumería. Mi hermano viene una vez al mes y porque lo llamo. Nos ha engañado a las dos. A mí me dijo que nos odiabas y que no querías ni vernos. Te llamamos durante meses. Mi madre ha ido a ver a los niños a la puerta del colegio, a cierta distancia, porque no quería dejar de saber cómo iban creciendo.

Míriam no podía dejar de mirar a Arabia. Sentía con toda mi alma que estuviera escuchando hablar así de su padre. Charlamos durante un par de horas, esperó a que los pequeños se levantaran de la siesta y los abrazó llorando.

—No sé con qué clase de monstruo he estado casada —comenté a mi hija cuando mi cuñada se hubo marchado con la promesa de volver al día siguiente con su madre.

—Y no llegarás a saberlo nunca —añadió Arabia—. Esto es lo que hemos descubierto. Pero estoy convencida de que hay más. Y te digo una cosa, espero que la tita se la líe. Y la abuela también. Se merece que lo repudien, que no le hablen el resto de la vida. Mi abuela se ha perdido los mejores años de sus nietos. Si es que no se puede ser peor persona. No puedo quitarme de la cabeza la cantidad de mentiras que ha vertido en las dos partes solo para tener una doble vida, para ganar espacio y poder hacer lo que le diera la gana. Y qué bien le ha salido, que no nos hemos enterado hasta ahora.

Mi hija tenía razón. No era fácil de digerir todo lo que acabábamos de descubrir.

Estaba fregando las tazas del café cuando Arabia me dio un beso de despedida. No me dijo dónde iba, pero sospeché que se vería con su novio. No me pareció tan contenta como siempre, pero no me preocupé. Era normal, con todo lo que habíamos averiguado, que estuviera afectada.

Intenté ver la novela en la televisión. No era capaz de centrarme en nada. Pegué un salto del sofá cuando escuché la llave en la cerradura. No me lo podía creer. Había tenido la desfachatez de venir. Y estaba segura de que había esperado a que Arabia se marchara para entrar.

—Ya te puedes largar por donde has venido o llamo a la policía —le dije a mi marido en tono bajo para que no me escucharan los niños.

—Esta sigue siendo mi casa y mis niños están aquí. Voy a venir siempre que quiera a verlos.

Las piernas me temblaban. No esperaba que tuviera el valor de volver.

—Y pienso dormir en mi cama, ¡te guste o no te guste! —añadió gritando.

—Esta no es tu casa. Esta casa la hicieron mi padre y mi hermano con sus propias manos, y tú no pusiste más que un montón de reproches. Porque el señor quería un palacio, no una chabola.

—Lucía, cálmate y vamos a hablar, que puedo explicártelo todo.

—Tú a mí no me tienes que explicar nada —grité secándome sin parar las manos en el trapo de cocina—. Eres el ser más despreciable que hay sobre la tierra. Tu hermana ha estado aquí y me ha contado todas tus mentiras y patrañas.

—Mi hermana es una falsa y lo sabes. Siempre ha querido separarnos y ahora ha visto el momento propicio para hacerlo. Le ha faltado tiempo para venir. ¿Qué hay de cenar? —soltó con naturalidad.

—Pregúntaselo a tu mujer, que seguro que ella es capaz de prepararte algo que te encante.

Me di cuenta entonces de lo que pasaba. Estaba en la calle, sin un lugar donde dormir.

—Te ha echado, ¿no? Ella tampoco tenía ni idea del ser tan despreciable que eres.

—No me ha echado, me he ido yo. Ha sido una tontería, tú eres la mujer de mi vida. Tienes que perdonarme. Yo no puedo vivir sin ti.

Comenzó a llorar como un niño pequeño. Mis hijos entraron en la habitación y él los abrazó de una forma cariñosa. Lo amenacé con la mirada. Me parecía increíble que se atreviera a meter a los niños en eso.

—Coged los deberes, que vais a ir a casa de las primas a hacerlos con ellas.

A los niños les encantaba estar con sus primas. Los ayudé a cruzar la calle y le pedí a mi cuñada que se quedara con ellos. Me miró con extrañeza, pero no me hizo preguntas.

Cuando regresé a casa, mi marido estaba buscando su dinero. Pero ya no estaba. Arabia lo había escondido dentro del bote de sus compresas higiénicas, así que no podía encontrarlo.

—¿Qué buscas? —le increpé—. No puedes buscar lo que no es tuyo. Eres basura. Me has tenido engañada toda la vida y vienes con tu cara dura a decirme que me quieres. Tú no tienes sentimientos.

—Vamos a sentarnos a hablar tranquilamente. Puedo explicártelo todo. —Se sentó en la cama y rompió a llorar de nuevo—. No he querido nunca a nadie como te quiero a ti. Ha sido un tonteo, no ha significado nada para mí. Solo fue un *roneo* que no supe parar.

—Es la única verdad que has dicho en toda la tarde. Mira si no has sabido parar que has tenido hasta dos hijos.

—Los niños no son míos...

—Pero qué me estás contando, si son igualitos a ti. Que no vas a poder engañarme más. Que se me ha caído la venda de los ojos. Vete antes de que llegue Arabia, porque, como te pille aquí, no quiero ni imaginar la que va a liar.

—¡Que esta es mi casa! ¿Dónde está mi dinero? Necesito que me lo devuelvas para poder dormir esta noche en algún sitio. ¿O vas a dejar al padre de tus hijos en la calle?

—El padre de mis hijos los ha visto con los zapatos rotos y no ha sacado su dinero de la cajita donde lo guardaba. Los ha visto con hambre y no ha ido a comprar comida, y también sin materiales para el colegio y le ha dado exactamente igual. Perdona si ahora no soy capaz de sentir una pizca de compasión por el padre de mis hijos. Estoy sintiendo la mismita pena que sentiste tú por ellos y por mí. No quiero volver a verte en mi vida. Y no quiero que te acerques a mis hijos. Tendrán que crecer sabiendo que su padre no los quiso. Que mientras ellos pasaban necesidades, él tenía dinero guardadito en una puñetera caja.

Y créeme que se lo voy a recordar las veces que haga falta. Me has destrozado la vida, pero no voy a permitir que les destroces la suya. No te quiero cerca. Y no te va a ser difícil. No eres capaz de querer a nadie que no seas tú mismo.

Se acercó a mí con aire amenazante. Me cogió por los hombros, pero con un movimiento brusco me deshice de sus manos.

—Dame mi dinero y me marcharé. No volverás a verme nunca más.

—¿Tu dinero? ¿Qué dinero? Si tú ganas una mierda de pensión que no te cubre ni los desayunos en el bar —solté con ironía.

En ese momento, Arabia entró en la habitación. Se acercó a él con decisión.

—¡Vete ahora mismo de aquí! No sé ni cómo te atreves a venir.

Su padre enmudeció. Nunca había visto a Arabia con tanta rabia, con tanta furia.

—En cuanto tu madre me dé mi dinero, me voy.

—¿Tu qué? Pero si tú no has tenido nunca ni para comprarme un chupachups. ¿Qué dinero nos estás reclamando? ¿El que te gastabas con tus ligues? Anda, pues va a ser que tu pensión no era tan ridícula. Lo mismo llevabas años quejándote de algo que era una mentira más grande que tú. Y ¿vienes ahora pidiendo dinero? Ese dinero es el dinero de mis hermanos, de mi madre y mío. No vas a volver a coger ni un euro. Y si quieres, nos denuncias, que, cuando el juez haga las cuentas, lo mismo tienes que pedir un préstamo para pagarnos.

Su padre levantó la mano para pegarle una bofetada, pero yo se la agarré y lo impedí.

—Déjalo, *mama,* déjalo que me pegue. Que con su mano *señalá* en mi cara me voy para la casa de mi tío Ángel. Y te va a faltar planeta para esconderte. ¿O tú piensas que mis tíos no te van a buscar cuando se enteren de lo que le has hecho a mi *mama*? Es que no sé cómo tienes valor para volver por aquí.

—Esta es mi casa. Y sois mis hijos.

—No te equivoques. Esta ha dejado de ser tu casa cuando decidiste vivir en otra. Que hemos sido unas tontas y no nos hemos dado cuenta, y esa suerte que has tenido. Pero ahora tu buena racha se ha acabado. Lárgate de aquí o llamo a mis tíos, y el que está más cerca vive a veinte pasos y mide uno noventa.

Mi marido abrió el armario para llevarse el resto de la ropa que le quedaba, pero se lo encontró vacío. No había nada en ninguna parte, nada que nos recordase que había vivido con nosotros.

Salió dando un portazo.

Sentí como algo se me desgarraba por dentro. Cuando miré a mi niña, me di cuenta de que no tenía los ojos enrojecidos por la rabia. Había estado llorando.

—Menos mal que las primas me avisaron de que no tenías buena cara. Imaginé que había venido por el dinero.

—Esto no va a acabar bien, Arabia, creo que deberíamos ir a hablar con tu tío. Tiene que echarnos una mano.

—¡Ay, *mama*! La vida se me complica por minutos.

La abracé sin saber que faltaban pocas horas para sentir que esa frase iba a resonar con toda su fuerza.

28

Fátima

A las diez, los niños pequeños se fueron a la cama. Los arropé con tristeza, aguantándome las ganas de llorar. Su cuarto era muy bonito, muy tierno y cálido. Pronto tendríamos que irnos de allí. Tamo no había llegado aún. No había vuelto en todo el día. Me extrañó, ella no regresaba nunca más tarde de las nueve y media. Mi marido llegó a las once, se duchó, le serví la cena y encendió el televisor. No tenía dinero para participar en ninguna timba. Procuré que no se diera cuenta de que Tamo no estaba en casa, así que me acerqué al cuarto de mi hija y fingí que hablaba con ella, que se encontraba dentro.

Todo hubiese sido más fácil si Hassan no hubiera entrado a su habitación para darle las instrucciones de las cosas que necesitábamos para el día siguiente. Entonces se dio cuenta de que no estaba.

—¿Dónde está Tamo? —preguntó enfadado.

—Fue a cuidar a una amiga que está mala y no va a venir hoy. Me pidió permiso para dormir allí.

—Llámala, dile que venga —me ordenó Hassan.

—Se dejó el teléfono en la habitación. —Lo cogí y se lo mostré—. Fue una urgencia, sabes que ella no sale sin su móvil.

—Ve a la casa de la amiga o llama a su madre, ahora.

—No sé dónde vive la amiga —contesté anticipando los problemas.

Hassan me empujó hacia la puerta de la entrada, la abrió y me sacó fuera de la casa.

—No vuelvas hasta que no la encuentres. Me va a escuchar. Le voy a dar una paliza que no va a olvidar en su vida.

Salí a la calle cogiendo el hiyab de un puñado antes de que cerrara la puerta. Me di cuenta en el ascensor de que mi chilaba estaba sucia; era la que me ponía para cocinar.

Me paré en el portal. No sabía a dónde ir, dónde buscar a mi hija. La única amiga que tenía era Rawan, pero todos en su casa debían de estar dormidos. Recordando la amenaza de Hassan, pulsé el portero electrónico de Hidaya.

—Soy Fátima, estoy buscando a Tamo, no ha llegado aún.

—¡Fátima! Aquí no está, pero sube.

Escuché el sonido que me avisaba de que podía entrar al portal. Rawan me recibió con cara de preocupación.

—¿Se ha peleado con su padre? —preguntó susurrando.

—No —contesté en el mismo tono—. Es muy raro, ella nunca llega tarde.

—¿Tú la has visto hoy, Rawan? ¿Te dijo algo de lo que iba a hacer? —interrogó Hidaya.

—No, no la he visto en todo el día. Le mandé un mensaje esta tarde y no me lo ha leído aún. Me extrañó, pero pensé que se habría quedado sin batería.

—El móvil está en mi casa —anuncié, sabiendo que eso no era una buena señal. Mi hija estaba en ese momento ilocalizable.

—¿Se fue sin móvil? —preguntó Rawan.

—Me dijo que iba a ayudar a una amiga esta mañana muy temprano. Me miró de forma extraña, me dio un beso y un abrazo. No le presté atención… Es complicado, no estamos pasando por buenos momentos.

—¿Ha sucedido algo más? —preguntó Rawan, preocupada.

—No…, ella no dejaría nunca a sus hermanos pequeños, y menos en el momento en el que estamos. Voy a volver a casa, quizá haya regresado ya. Gracias por todo.

—Escríbenos en cuanto aparezca —me rogó Hidaya.

Algo dentro de mí me decía que mi hija no había vuelto a casa, que estaba en peligro. Di una vuelta por el parque donde solía sentarse con Rawan. Vi a una pareja besarse. Quizá estaba con el chico con el que salía y había perdido la noción del tiempo.

Regresé a casa. Cuando vi la cara de Hassan, supe que no estaba de vuelta.

—¡¿No la has encontrado?! —me gritó con dureza.

—No, he ido a casa de Rawan, pero no está.

—Has criado a una fulana que solo sabe protestar y desobedecer a su padre. Es capaz de estar escondida para no ir a casa de Karim mañana. Pero me va a oír. Con la paliza que le voy a dar se le van a quitar las ganas de llevarme la contraria.

Los pequeños se despertaron al escuchar los gritos. Los calmé y los acosté de nuevo.

Temía por mi hija, sabía que su padre cumpliría su palabra. Y Tamo no se iba a quedar quieta, se defendería.

Puede que su padre tuviera razón y estuviera en la casa del muchacho, escondida para no ir a casa de Karim. Aunque no entendía por qué no me lo había dicho. Ella me lo contaba todo. Hasta lo más mínimo. Me contó que estaba conociendo a un chico, que tenía mucho dinero y que la invitaba a sitios caros. Me dijo que la trataba bien y que hablaban durante horas por la noche. Ella no querría preocuparme. Me habría avisado.

Por más que pensaba, no podía encontrar las respuestas.

Pasé toda la noche de pie, en la ventana, mirando a la calle por si la veía llegar. Por mi cabeza pasaban una y otra vez todas las tragedias imaginables. Hassan se levantó y no me preguntó. Se marchó a trabajar sabiendo que su hija no había vuelto a casa.

La angustia no me dejaba pensar. Tenía la certeza de que le había pasado algo malo. Llamé a Farah. Era en la única persona en la que podía confiar.

—No ha venido a dormir —le dije llorando.

—¿Y dónde ha dormido? —me preguntó mi hermana.

—No lo sé, no la veo desde ayer.

—Tienes que ir a comisaría. Es menor de edad, se escuchan muchas cosas. Dile a Hassan o alguna amiga que te acompañe.

—Hassan no va a querer. Hidaya está trabajando.

—Pues ve sola. Pide que te pongan un intérprete, pero ve ahora.

Tenía que encontrar a alguien que me acompañara. Lo intenté con Hassan.

—¡Estás loca! Si se ha ido, que asuma las consecuencias. ¿Qué vas a contar en la comisaría? ¿Que tu marido no es capaz de mantener tu casa y que la niña se ha ido con vete tú a saber quién? No te van a hacer ni caso. Ya volverá.

No tenía muchos recursos para localizar a mi hija. Lo único que se me ocurrió fue pasar por el instituto, por si la encontraba allí. Alá quiso que me tropezara con su profesora.

—Fátima, qué alegría verte. Hoy no ha venido a clase Tamo, ¿se ha quedado echando una mano a su padre?

Tenía que contárselo todo. Estaba segura de que ella me ayudaría. Sabía que era muy buena persona. Recordé los últimos regalos a sus hermanos, hacía un par de semanas. Tamo llegó con bolsas llenas de cosas bonitas, todas compradas por ella.

—No sé dónde está, estoy muy preocupada —solté a bocajarro.

—¿Cómo que no sabes dónde está? ¿No ha ido a dormir a casa?

—No, y no ha dormido en casa de Rawan.

Nos sentamos en un banco cercano. Inés era muy amable. Sentí un poco de paz en mi interior.

—Voy a llamarla. —Sacó su móvil del bolso.

—Su teléfono está en mi casa, no se lo ha llevado.

—¿Y se ha llevado algo más? ¿Ropa? ¿Dinero?

Me sentí una estúpida. En ese momento, me di cuenta de que era la peor madre del mundo. Ni siquiera había revisado su cuarto.

—Soy una tonta —confesé entre sollozos—. No he mirado. No lo sé.

—Mírame —me ordenó con amabilidad—. Vamos a ir a tu casa, comprobaremos si falta algo de ropa o encontramos alguna nota. Y luego iremos a la comisaría a poner una denuncia. Pero cálmate. Puede que esté con su novio. Antes de ayer hablé con ella y no estaba bien, la vi muy rara, muy pensativa. Le pregunté y me contó que ya teníais la orden de desahucio. Es normal que esté confundida o que se haya quedado dormida en casa de su novio. Llevaba noches sin pegar ojo, preocupada.

Sus palabras me calmaron. Quise agarrarme con fuerza a esa posibilidad.

—Inés —hablé—. Ella no me haría sufrir. Ella me habría contado...

—Puede que tenga una nota oculta en alguna parte —aventuró animada—. Vamos a mirar.

Buscamos por toda la casa. No faltaba nada. Estaban su ropa, sus libros, su DNI, su pasaporte, la medicina para la alergia, todo. Tampoco encontramos ninguna nota.

—Vuelve a mirar. Fíjate si falta algo.

—Falta su portátil. —Caí en la cuenta al ver el hueco frente a la cama—. La ropa de verano la tiene en las cajas del salón.

—¿Estás segura? —preguntó Inés.

—Sí.

—Dame su móvil, vamos a ver si encontramos el número de su novio.

No localizó ni el número ni el registro de llamadas anteriores. Inés estaba desconcertada.

—Vamos a buscar en las redes sociales, seguro que la sigue en Instagram o en TikTok. Me enseñó una foto, lo reconoceré fácilmente.

Inés cogió su teléfono y estuvo un rato buscando en distintas aplicaciones.

—Qué raro, no lo veo entre sus seguidores y sus fotos no están en la galería. Coge tu DNI. Fátima, vámonos. Esto no me gusta nada.

Llegué a comisaría muy nerviosa. Cuando un policía nos preguntó en qué podía ayudarnos, sentí que todo mi cuerpo temblaba.

29

Graciela

Desde que Mateo había llegado a casa, me sentía otra persona. Todo dentro de mí volvía a estar vivo. Había regresado la conciencia de mi propio cuerpo, la necesidad de que se viera bonito y armonioso. Estefanía se había dado cuenta y me cambió el turno. Era ella la que entraba a las cinco, hacía el pan, el hojaldre y ponía a levar toda la bollería. Incluso tenía preparadas todas las cremas. Supuse que, como se estaba quedando a dormir allí, se aburría y se ponía a trabajar.

La mañana anterior había elaborado dos tipos de pan distintos. Los dos se habían agotado a primera hora. Por eso me extrañó que, cuando llegué a las ocho, no la encontrase allí. Sí que estaba todo preparado, pero faltaba el orden que acostumbraba a guardar.

No me preocupé, pensé que tendría un examen y habría ido antes al parque cercano al instituto a repasar. O que se había acercado a casa para ducharse y nos habíamos cruzado por el camino. Tampoco me inquieté cuando a media mañana recibí un mensaje por iPASEN, la aplicación del instituto, en el que su tutora me informaba de que no había asistido a clase. Imaginé que estaría en casa descansando.

Pero cuando no vino a comer se me encendieron todas las alarmas. La llamé al móvil y me sorprendió escuchar en su habitación la canción que tenía puesta de tono. No se había llevado el teléfono. En ese momento, me di cuenta de que había algo distinto a lo que no podía poner nombre.

Me senté en su cama y miré el cuarto con atención. Todo estaba en su lugar, no había nada diferente. Abrí su cajón y encontré su cartera con el DNI. Tenía veinte euros en dos billetes y una fotografía de su hermana. No había nada más.

—¿Ocurre algo? —preguntó Mateo desde la puerta.

—Estefanía, no sé dónde está.

—¿Cómo que no sabes dónde está? —preguntó preocupado.

—Pensé que había dormido en el obrador. Y que luego había ido al instituto, pero su móvil está aquí.

—Esta mañana estaba rara. Se dejó algo en la casa y la vi perder los nervios. No me gusta nada. Por favor, llamá a sus amigas, a ver si está con ellas —me invitó.

—Estefanía no tiene amigas. Solo una compañera del colegio, con la que me dijo que se iba a quedar a dormir. Guardo el número en mi móvil.

Corrimos a llamar a la amiga. No se había quedado en su casa, ni la había visto desde ayer. Llamamos a todas las amigas de su hermana. Nadie sabía nada de ella.

—Vamos a buscarla, sé a los sitios que va siempre. A la heladería, a la plaza y a la playa.

Cogimos el coche y recorrimos Fuengirola de arriba abajo. Miramos en el centro comercial. Regresamos a casa con la esperanza de encontrarla allí.

Pero no había llegado.

Me senté en el sofá, desconsolada. Tenía la certeza de que a mi hija le había ocurrido algo grave. Era muy responsable y nunca me haría sufrir. No podía controlar mis estereotipias y me golpeaba la cabeza con las manos.

—Tiene un novio. Su novio le ha hecho algo.

—Llamá a su novio —rogó Mateo.

Cogimos el móvil, pero estaba bloqueado. Encontrar la clave no fue difícil. Metí su fecha de nacimiento, pero acerté con la de su hermana. En la pantalla principal había varios mensajes de su compañera, primero preguntando por qué no había ido a clase y después preocupada por mi llamada. No había más wasaps, solo algunos antiguos de Almudena. Tampoco aparecía ningún mensaje privado en las redes sociales.

—No puede ser, estoy segura de que salía con ese chico.

—¿Qué chico? —preguntó Mateo.

—El que compraba todas las magdalenas. Me fijé en cómo se miraban y alguna vez lo vi esperando en la puerta a que saliera. Estaba feliz, se maquillaba, estoy segura de que estaba enamorada.

—¿Y no hay nada que nos ayude a encontrarlo? ¿No te dijo dónde trabajaba?

—No, pero puede que Sergio sepa algo. Vamos.

Estefanía se había quedado con los hijos de Sergio muchas veces, mientras ellos salían a cenar o a algún evento. Sabía que había mucha complicidad entre ellos. Tal vez mi hija le hubiera contado a él algo que nosotros ignorábamos, o le hubiese informado sobre su paradero, o tuviera alguna idea de por qué se había marchado de casa.

Sergio estaba en la academia, trabajando, justo enfrente de la panadería.

—Graciela, ¿qué ocurre? No tenés buen aspecto.

—¿Se ha quedado esta noche contigo Estefanía? —pregunté sin dar ninguna otra explicación.

—No, yo no la he llamado. ¿Qué ocurre? Me estás asustando.

—No sé dónde está.

—¿Cómo que no sabés dónde está? ¿No te coge el teléfono?

—El teléfono está en casa —habló Mateo—. Lo desbloqueamos y no encontramos nada. Es todo muy extraño.

—¿Y se enfadó con algo? ¿Se molestaron por alguna cosa? —preguntó Sergio, preocupado.

—No, ni siquiera discutimos. Algo le ha pasado. Vamos a volver a casa para registrar su habitación, a ver si hallamos alguna cosa que nos dé un poco de luz. Gracias. Avísanos si se pone en contacto contigo.

—Claro, termino en dos horas. En cuanto salga, me uno a ustedes y salimos a buscarla.

Agradecí su ayuda y nos fuimos a casa. Miramos en el suelo y debajo de la cama, por si había alguna nota justificando su ausencia y se había volado. Pero no encontramos nada. Revisé su ropa. Estaba todo menos sus vaqueros y su jersey de punto rosa. Lo que llevaba puesto la última vez que la vio Mateo. Salimos a buscarla por la orilla del mar, por si se había quedado dormida en la playa. Aparcamos el coche en Carvajal y tardamos una hora y media en recorrer todo el paseo. Volvimos por el mismo camino, mirando atentamente a la orilla, por si descansaba sobre alguna toalla.

—¿Dónde estás, Estefanía? —pregunté en voz baja.

—Tenemos que ir a la policía —afirmó Mateo.

—¿Y qué les vamos a decir? ¿Que su padre, al que no ha visto en catorce años, acaba de aparecer? ¿Que no sé dónde ha dormido mi hija estos últimos días, aunque sospecho que lo ha hecho en mi panadería? En cuanto aparezca, me quitarán la custodia y la meterán en un centro de menores.

—Tampoco tenemos que decir toda la verdad…

—No sé mentir. Se darán cuenta enseguida. Pensarán que le hemos hecho algo y nos detendrán.

—¡Me jodés, Graciela! No seas tan dramática.

—No puedo evitarlo, analizo la realidad con unos parámetros concretos.

—Pues tenemos que hacer algo. No podemos quedarnos de brazos cruzados. Las veinticuatro primeras horas de una desaparición son fundamentales.

—Mateo, esto no es una serie de televisión, esto es la vida real.

De repente, caí en la cuenta de que lo mismo me había dejado una nota en la panadería, dentro del obrador. En menos de diez minutos estaba dentro, inspeccionando con atención el suelo y el baño.

—Se ha quedado a dormir aquí. Tiene el neceser con sus cremas y el cepillo de dientes.

—Entonces ¿dónde está ahora? ¿Habrá dormido acá con su novio?

—Puede ser —deduje—. Por eso le daba tiempo a hacer tantas cosas.

Escuchamos un golpe en la puerta que nos sobresaltó.

—¡Abrí, Graciela! Soy Sergio, vengo a ayudar.

Dejé entrar a Sergio y le contamos en qué punto nos encontrábamos.

—Entonces está claro que se encuentra con su novio. O que su novio la retiene en contra de su voluntad.

—Pero no sé nada de él. No sé cómo se llama, dónde vive, en qué trabaja. Solo sé que le encantan las magdalenas, los xuxos y las galletas de mantequilla —afirmé derrotada.

—Graciela, tenemos que ir a la policía. —Sergio se acercó a mí despacio—. No podés dejar pasar el tiempo. Si aparece, se desactiva la búsqueda y listo.

Los dos nos quedamos en silencio, mirándonos. No sabíamos qué decir.

—¿Queréis decirme qué ocurre? Carajo, estoy aquí para ayudar, necesito que me digáis la verdad de lo que está pasando. Aprecio a Estefanía.

—Graciela tiene miedo de que la juzguen como una mala madre. Es autista y yo acabo de llegar. Y... no sabemos dónde ha estado durmiendo desde que yo llegué.

—¿Cómo? ¿No durmió con ustedes? —preguntó Sergio, obviando la otra parte de la información.

—No, no quería dormir en la casa, me dijo que estaba quedándose con una amiga. Pero era mentira. Yo creo que pasó la noche aquí.

—¡Taaa! Vamos a comisaría ahora. Esta historia cada vez me gusta menos. Y no me importa en absoluto lo que puedan pensar de ustedes dos y sus problemas. Lo importante es Estefanía y que puede estar retenida en contra de su voluntad, o pueden sacarla del país o algo peor. Muévanse. No puedo creer que sigáis ahí parados. Graciela, tal vez seas la madre más estricta y antipática de este mundo, pero nadie va a poner en duda que querés y cuidás a tu hija. Yo manejo, que no estáis en condiciones de agarrar el coche.

Me di cuenta de que Sergio había cogido las riendas de la situación. Mateo y yo estábamos tan asustados, tan abrumados por la acumulación de circunstancias que no éramos capaces de pensar con claridad.

—¿Te vas a quedar con nosotros? —pregunté a Sergio cuando llegamos.

—Voy a estar con ustedes hasta que encontremos a Estefanía.

Por primera vez en mi vida, sentí que tenía un amigo.

30
Lucía

No podía retrasar más la charla con mi hermano. Ángel parecía muy bruto y podía romper una puerta de un portazo, pero su parte sensible era lo más destacable de su persona. Estaba segura de que iría a buscarlo. Pero también sabía que Ángel nunca llegaría a las manos con Carlos por respeto a sus sobrinos. Cuando me abrió la puerta y me miró con atención a la cara, no hizo falta hablar. Me pidió que pasara al patio y trajo dos latas de refresco.

—Suéltalo ya —exigió mirándome a los ojos.

—Tiene otra familia, me ha engañado toda la vida.

Le conté a mi hermano lo que había descubierto, incluido el dinero que tenía escondido. Ángel se levantó y pegó un puñetazo en el aire con rabia. Se escuchó un silbido penetrante.

—Te dije que no lo perdonaras, que te lo volvería a hacer.

—Lo sé, debí haberte hecho caso.

—Ya no es tiempo de lamentarse. Ahora hay que tirar del carro y listo. Y tú tienes una familia que te quiere y que no te va a dejar desamparada.

Mi hermano me abrazó con fuerza, como cuando mis padres me pegaban por saltarme las normas o me peleaba con algún niño en el colegio.

—Me voy a dormir a tu casa. Me doy una ducha y voy para allá. —Se quedó pensando unos segundos—. Tengo que decírselo a Yanira.

—No tienes que venirte, no va a volver hoy. Arabia lo ha

puesto en su sitio. Deja el móvil en la mesita de noche; vives a veinte metros, si viene te llamo.

—No estaré tranquilo, prefiero quedarme contigo.

—Ángel, no me ha puesto la mano encima nunca. No va a pasar nada. Lo que quiero es que hables con tus niñas.

—¿Para qué? —preguntó extrañado.

—Arabia no lo está pasando nada bien. No quiero que se lo guarde todo dentro. Tienen que apoyarla.

—Claro, hablaré con ellas ahora mismo. Y mañana voy a buscarlo y hablo con él.

—No, que te va a buscar la boca y sabes lo *ruinero* que es.

—Hermana, ese me va a escuchar. Y, créeme, que después de que yo hable con él, no se acerca más en la vida a vosotras. A sus hijos ha demostrado no quererlos, así que no van a perder nada. Me comen los demonios cada vez que me acuerdo de la de veces que le he dado dinero para comprar comida. Y él con el suyo en una caja, es que no se puede ser más animal.

—Júrame que no vas a caer en su provocación, porque va a hacer lo posible para liarla.

—Que no, niña, que no te preocupes. Que no voy a ir solo. Voy a ir a buscarlo con el Moi, el Luis y el Canijo. Y con todo el que le tenga ganas, que seguro que son muchos. Es un cobarde que no va a decir ni mu.

Me fui a casa preocupada. Reconocí en mi hermano la rabia que impulsaba a cometer errores, y eso me daba miedo. Pasamos la noche sin apenas hablar. Arabia no estaba en casa y me preocupé por todo lo que podía estar afectándola. Por la mañana, se había marchado cuando levanté a sus hermanos para ir al colegio.

No supe nada de ella en todo el día. Me extrañó que no viniera a comer y le mandé un mensaje, pero no me contestó. Pensé que estaría con el chico con el que salía y me alegré de que tuviera un apoyo.

Preparé la cena, sumida en una pena que me cortaba la respiración y me obligaba a coger aire con frecuencia. Había anochecido. Llamé a mi hija para ver dónde estaba. Comenzaba a preocuparme.

No me contestó. Era algo normal en ella. Me desesperaba

que se pasara todo el día pegada al móvil, pero en el segundo exacto en el que yo la llamaba no lo cogía. A veces bromeaba con que iba a tener que llamarla para que lo soltara.

Un presentimiento se me anudó en el pecho. Me pareció oír el sonido de su móvil y por unos instantes pensé que estaba llegando y que se escuchaba en la calle. Pero al no abrirse la puerta, volví a llamarla. El tono de llamada venía de su cuarto. Arabia se había dejado el móvil en casa.

Pensé que su padre habría vuelto y se la habría llevado para hablar con ella. O que se habían peleado y Arabia había perdido los nervios, le había hecho algo y la había llevado a un hospital. Con cada nuevo pensamiento, iba creciendo mi angustia.

Llamé a mis sobrinas, pero no sabían nada de ella desde la tarde anterior. Lo intenté con mi cuñada, por si había ido a visitar a su abuela. No estaba con ellas.

—¿Qué ha pasado? —preguntó mi hermano, preocupado, cuando entré en su casa—. ¿Te ha hecho algo?

—No —contesté angustiada—. Es Arabia. No ha vuelto a casa. No sé dónde está.

—¿No te coge el móvil? —preguntó mi cuñada mientras se abrochaba la bata de estar en casa.

—Lo tiene en su cuarto. Ella no sale de la casa sin el móvil.

Mis sobrinas se unieron a la conversación.

—Llama a Laura —propuse—. Lo mismo está con ella.

Laura tampoco había visto a mi hija. Mi preocupación crecía a medida que descartaba las personas con las que podía estar. En menos de veinte minutos, toda la aldea buscaba a Arabia. Tenía la certeza de que a mi hija le había pasado algo. Nunca en su vida había llegado tarde a casa.

—Tenemos que encontrar a su novio —dije en voz alta—. ¿Tenéis su número?

—No, pero ya no estaban juntos. Él la había dejado plantada. Y había desaparecido. Se borró del mapa —contó apenada Yanira.

—¿Cómo se va a borrar del mapa? —pregunté extrañada.

—De buenas a primeras, desapareció. Y nunca supo más de él. Arabia lo estaba pasando muy mal. No entendía nada —contó Cecilia.

—Esto no me gusta. Vamos a buscarlo. ¿Sabéis dónde vive?

—En la Zagaleta —contestó Yanira.

—Ángel, vamos, tenemos que ir a buscarlo.

—Niña, en la Zagaleta no podemos entrar.

—¿Cómo que no podemos entrar? Tira, vamos para allá.

—Que es una urbanización de lujo donde los ricos pagan una pasta de comunidad. Hay más seguridad que en el banco nacional.

—Le preguntamos al portero, vamos.

Nadie iba a disuadirme de que cesara en mi empeño de encontrar al novio de Arabia, así que nos subimos los cinco en el coche y nos fuimos. Al llegar, una barrera impresionante nos impidió el paso. Apretamos un botón, pero nadie nos contestó. En cuanto nos bajamos del coche, salieron cuatro señores de la caseta de seguridad.

—Buenas noches —dije intentando ser amable—. Estoy buscando a un chico que se llama Abel, que es el novio de mi hija y vive aquí.

Los cuatro vigilantes nos miraron con atención, sin salir de la propiedad.

—Buenas noches —contestó el más alto—. Señora, creo que se ha equivocado de sitio. No hay ningún Abel aquí.

—Vive aquí —replicó mi sobrina—. Nos contó que tenían una pista para el helicóptero y dos clubs y muchos campos del golf.

—No le vamos a poder ayudar —medió otro de los vigilantes—. Es que a esta propiedad solo pueden acceder las personas que residen aquí. Deben irse.

—Escúcheme. Mi hija no aparece. Ella tiene un novio que vive aquí. Yo doy una vuelta, busco al novio y nos marchamos. Le prometo que no vamos a formar jaleo.

—Escúcheme usted, señora, le estoy diciendo que no pueden pasar, ni a dar una vuelta ni a buscar a nadie. Tienen que marcharse por donde han venido. Si su hija no aparece, lo que debe hacer es llamar a la policía.

Comenzaba a perder los nervios. Estaba a punto de replicar cuando el primero que nos había hablado salió.

—Señora, me temo que la han engañado. —Se acercó a mí para que los otros no escucharan—. Aquí los españoles están contados con los dedos de las dos manos y no hay ningún Abel. Hágame caso, tiene que buscar en otro lado.

No entendía nada. No sabía qué estaba pasando. Sentí que las piernas me fallaban y que perdía el equilibrio. Mi hermano me cogió por la cintura justo cuando iba a caer al suelo. Los vigilantes me trajeron un poco de agua y me senté en la parte trasera del coche. Todo me daba vueltas. No era capaz de pensar con claridad.

Ángel arrancó el coche y se hizo en su interior el silencio más absoluto. Llegamos a casa deseando que Arabia hubiese regresado. Una veintena de personas hablaban en mi porche.

—Prima, ya nos hemos organizado —dijo mi Sara—. Hemos hecho tres grupos. El primero marcha para el Arroyo de la Miel y la va a buscar por allí. El segundo va a buscarla por el pueblo y el tercero va a ir por la playa hasta Fuengirola.

Me emocionó que mis primos y vecinos se hubiesen organizado para encontrar a mi hija. Deseé que en ese momento Arabia apareciera y se riera de todo lo que habían montado.

No me llegaba el aire a los pulmones. Me asfixiaba. Mi cabeza no paraba de pensar en las cosas terribles que le podían haber pasado a mi hija. Tenía que llamar a su padre. Quizá estaba discutiendo con él y había perdido la noción del tiempo.

—¿Está Arabia contigo? —pregunté sin saludar.

—No, conmigo no.

—No aparece. Coge tu coche y ve a buscarla. —Colgué sin esperar una respuesta.

Cogí las llaves de mi coche y me fui sin decir nada a nadie. Tenía que ir a comisaria. Sabía que todos me aconsejarían que esperara. Pero yo no iba a esperar. No tenía tiempo que perder. Debía encontrarla.

Cuando estuve en la puerta de la comisaría, me di cuenta de que no podía entrar. No podía decirles la verdad. Nadie la buscaría. Pensarían que se había fugado por todo lo que pasaba en casa. Y mi historia sería la chanza de los agentes durante semanas.

Me volví a casa llorando.

31

Fátima

Siempre había conocido mis limitaciones. Conviví con ellas toda la vida y las disimulé con bastante dignidad. Desconocía por completo que, en los momentos críticos, mi falta de capacidad para verbalizar lo que tenía dentro iba a ser tan decisiva. Menos mal que Inés me acompañó a comisaría. Si hubiese ido sola, me hubiese bloqueado y derrumbado ante el primer agente que nos tomó declaración.

Suerte que la profesora de mi hija me llevó de la mano y me hizo de intérprete cuando mis nervios no me permitían recordar mi español.

—¿En qué puedo ayudarlas? —preguntó una joven uniformada, que no se levantó de su puesto detrás de un mostrador.

—Queremos denunciar una desaparición —soltó Inés en un tono elevado.

Sonó un teléfono y la joven lo cogió, ignorándonos por completo. Inés se impacientó al ver que la llamada era larga y que la chica reía.

—Disculpe, es una menor de edad —interrumpió con decisión.

La chica tapó el auricular y nos señaló unos asientos para que esperáramos. Veinte minutos después, estábamos hablando con un policía que nos tomó los datos sin mucho interés.

—¿Cuándo la vio por última vez? —preguntó sin levantar la vista del teclado.

—Ayer por la mañana, salió temprano.

—¿Discutieron? ¿Hay algún motivo por el que se hubiese querido ir de casa?

—No, no discutieron —mintió Inés, sabiendo que, si decía la verdad, no la buscarían con premura—. Es una niña muy buena. Es alumna mía y se desvive por su madre y sus hermanos, nunca los dejaría solos. Su madre vino al instituto a pedir ayuda y me ofrecí a acompañarla.

—¿Y su padre? ¿Tiene buena relación con su padre?

—Sí —mintió con descaro—. Le ayuda mucho en su taller, es la que le hace las facturas. Su padre no sabe escribir en español.

El policía me miró por encima de las gafas, que tenía sujetas por la punta de la nariz. Estaba segura de que me miraba porque sabía que mentíamos.

—¿Qué llevaba puesto el día de la desaparición?

—Una camiseta negra y unos vaqueros. No se ha llevado nada. Ni siquiera su teléfono móvil.

Miré a Inés. No era difícil de adivinar. Mi hija no tenía demasiada ropa, solo un par de vaqueros y tres camisetas, y las tres eran negras.

Nos hicieron muchas preguntas. A todas contestó Inés con rapidez y seguridad. Me sentí avergonzada. Qué clase de madre era yo que no podía ayudar a encontrar a su hija. Que no sabía nada de ella. Ni quién era su novio, ni qué lugares frecuentaba, ni qué amigos tenía. No sabía nada.

—Vamos a activar la alerta. Pueden volver a casa, una unidad irá en breve.

No sentía que ir a comisaría nos hubiese ayudado en nada.

Mi marido y Karim nos esperaban en el salón. Hassan parecía preocupado.

—¿Dónde estabas? —preguntó subiendo la voz, sin importarle que estuviera acompañada de Inés.

—Hemos ido a comisaría, a poner una denuncia —dije con miedo.

—¡¿Que has hecho qué?! —gritó Hassan.

Inés se levantó en un acto reflejo, interponiéndose entre los dos.

—¡Estás loca! —exclamó mi marido, moviendo las manos de forma exagerada—. Ahora van a venir aquí, van a darse cuenta de que no tenemos casa y nos van a quitar a los tres hijos. No puedo entender cómo puedes ser tan estúpida. No sirves para nada.

—¡Cálmese! —ordenó Inés—. ¿Qué es lo que quiere que haga? ¿Que se quede de brazos cruzados? Tamo no se ha ido por su propia voluntad. Nunca dejaría a su madre y sus hermanos. Puede que esté retenida y hay que encontrarla. Y para eso necesitamos a la policía.

—¿Quién es esta? —preguntó Karim como si Inés no le pudiera oír.

—Soy Inés, la profesora de Tamo. Y créame que, si no colaboran, voy a ser su peor pesadilla.

Karim suspiró. Miró a su amigo sin entender cómo una mujer lo había doblegado.

—Quiero que me devuelvan a mi hija —murmuré poniéndome las manos en la cabeza.

—Tu hija estará zorreando con algún niñato —afirmó con seguridad Karim—. Solo había que ver cómo miraba a los hombres para saber que se largaría con el primero que se lo pidiera. No es una buena musulmana.

Inés se levantó de golpe.

—No creo que usted sea el más indicado para hablar de miradas y de buenos musulmanes. Que todos sabemos cómo mira a Tamo. Y usted —dijo dirigiéndose a mi marido—, mejor que no hable, que también conocemos la forma que tiene de cumplir lo que marca su religión respecto al alcohol y al cuidado de la familia.

Pensé que iba a seguir increpando a los dos hombres y que complicaría la situación, pero la interrumpió el sonido del timbre.

—Soy la inspectora Santiago y él es mi compañero, el inspector Padilla. Vamos a hacerles unas preguntas. También vamos a tener que llevarnos el ordenador y el móvil de su hija.

—El ordenador no está. Pero su móvil sí. —Lo cogí y se lo di.

—¿Tiene pareja su hija? —preguntó la inspectora.

Miré a mi marido. No podía decir la verdad delante de él.

—¿Mi hija? No, no tiene novio —contestó Hassan con rotundidad.

—Está conociendo a un chico —aportó Inés—. Se llama Adrián y es moreno, con los ojos claros, de unos veinte años.

—¿Quién es usted? —preguntó el inspector.

—Soy Inés Redondo, su profesora de informática. Estamos muy unidas.

—¿Sabe cómo lo conoció, Inés? ¿Sus apellidos o dónde vive?

—No, nunca me dijo sus apellidos. Se conocieron en el taller de su padre. Vive en Estepona, se le rompió la moto y la arregló en su taller. Luego se volvieron a encontrar en un supermercado y se hicieron amigos.

—Si le arregló la moto —dijo la inspectora mientras miraba a Hassan—, debe de tener el nombre en la factura. O el pago con la tarjeta de crédito.

—No le cobré nada —mintió Hassan—. Recuerdo a un chico joven. La moto no arrancaba, la miré y era un cable suelto. En cinco minutos se había ido.

La inspectora murmuró algo que no llegué a entender.

—¿Tiene buena relación con ustedes? ¿Estaba enfadada por algo? Necesitamos un listado de todos sus amigos, sus números de teléfono y los lugares que frecuenta. También necesito que recuerden si se enfadó con algún amigo o les había comentado que alguien la molestara en alguna ocasión.

En ese momento, debí decir que mi hija temía a Karim. Era la persona que más le desagradaba en este mundo.

—Tamo se lleva muy bien con sus compañeros —añadió Inés—. El año pasado tuvo una discusión con una compañera que la insultó, pero no llegó a más. La chica volvió a Dinamarca.

—Si no les importa, vamos a echar un vistazo a su habitación. ¿Por qué hay tantas cajas? ¿Se mudan?

La estancia se quedó en silencio. Solo Inés se atrevió a contar la verdad.

—Tienen que marcharse, hay una orden de desahucio que les obliga.

—Qué raro, no nos consta. Sí que hay una denuncia del casero, pero está en tramitación. ¿Tiene algún documento que lo acredite?

Lo busqué por toda la casa. Pero no lo encontré.

—Es extraño, lo había guardado en este cajón, pero no está. Espere un momento, hice una foto y se la mandé a Tamo.

Cogí mi teléfono y le enseñé la foto.

—Con su permiso, voy a reenviarla.

La inspectora salió al balcón e hizo un par de llamadas. Nadie habló en el salón.

—Pueden estar tranquilos. No hay ninguna orden de desahucio inminente. Ese papel es falso.

—¿Cómo que es falso? —preguntó Hassan.

—¿Recuerda quién se la entregó? —interrogó la inspectora.

—Un policía —aclaré—. Fue un policía.

No entendía nada de lo que estaba pasando.

—Si no hay orden de desahucio, ¿por qué la policía nos trajo una?

—No sé quién la trajo, pero no ha podido ser la policía.

Hassan me miró extrañado.

—Vino un hombre con un uniforme de policía. Y me dio la carta. Me asusté al verlo.

—¿Estás segura de que era un policía? ¿No sería un cartero? —cuestionó Hassan.

—No, era policía —me defendí.

La inspectora nos miraba con interés.

—¿Y usted es...? —preguntó a Karim.

—Soy un amigo de la familia. Les había ofrecido mi casa para que se quedaran mientras solucionaban las cosas.

No fui capaz de gritar que solo había querido acoger a mi hija mayor para que le ayudara en casa, pero que mi marido le pidió que alojara también a los pequeños.

—¿Se ha llevado algún dinero o alguna prenda de ropa?

—No, no tenía dinero. No falta nada, está toda su ropa.

—¿Le importa que eche un vistazo a su armario?

La inspectora entró a su cuarto y cogió una etiqueta que estaba tirada en el suelo. Pertenecía a un bikini de la talla 38.

—¿Es de su hija? —preguntó la inspectora.

—Ella no va a la playa, no sabe nadar.

—¿Puede ser de alguien más?

—No —contesté.

Se pasaron un rato mirando la habitación. En los cajones no había nada, todo estaba ya empaquetado.

—¿Dónde están sus cosas? —quiso saber Santiago.

—Están en el taller de su padre. Lo llevamos todo allí.

—Inés, ¿puede acompañarnos a comisaría? Usted es la única que ha visto al novio de Tamo y nos sería de gran ayuda que echara un vistazo a algunas fotografías.

Estaba segura de que la inspectora quería preguntarle a Inés si le habíamos hecho nosotros algo a mi hija, si éramos una buena familia. Le mandé un mensaje a Hidaya para pedirle si se podía quedar con los niños esa noche. No estaba preparada para afrontar la realidad y cuidar de ellos. Me alivió que aceptara. A la media hora, vino Rawan para llevárselos.

No sabía qué hacer para encontrar a mi hija. Y cada minuto que pasaba estaba más convencida de que le había sucedido algo malo.

—Rawan, ¿se había comprado Tamo un bikini? —pregunté.

—No lo sé. Yo no fui con ella. Pero últimamente no nos veíamos mucho.

Rawan estaba ocultando algo. Pude darme cuenta.

—Cuando la vi antes de ayer, había llorado. Tenía los ojos enrojecidos. No me quiso contar lo que le había pasado, pero me dijo algo que me dejó muy preocupada. Pensé que se refería a lo del desahucio, pero ahora ya no lo tengo tan claro.

—¿Qué te dijo?

—Que siempre había pensado que su vida era un infierno, pero que estaba equivocada, que era ahora cuando iba a descender a lo más profundo de él.

32

Graciela

Al llegar a la puerta de la comisaría me quedé paralizada. No fui capaz de andar. Me entró un miedo horrible a que no me consideraran apta para cuidar de mi hija. No lo había hecho nada bien con Almudena, mi hija mayor. La había perdido por mi forma de ser, por mi falta de aptitudes como madre.

Saldría todo a la luz. Se sabría que mi hija de dieciocho años estaba en la cárcel y que yo había sido la culpable por no mantenerla en casa. Su adolescencia había sido la peor época de mi vida. No respetaba los horarios ni aceptaba las tareas que se le asignaban en la panadería. Todo eran gritos y faltas de respeto que me agotaban y me dejaban sin fuerzas para seguir en la lucha.

La frustración de no saber acercarme a mi hija me llevó a la más profunda de las depresiones. Volví a sentir lo mismo que cuando me separé. No podía olvidar aquella época en la que no tenía ganas de trabajar, de salir o de hacer cualquier cosa que estuviera fuera de mis rutinas de supervivencia diarias. No disponía de recursos para buscar una solución. Ni ganas de ir a trabajar por las mañanas. Solo quería estar sola, meciéndome en mi vieja butaca, jugando con mis dedos. Enganchaba el índice y el pulgar y los hacía girar de forma rápida. Eso era lo único que me daba paz. Me salvó la presencia de Estefanía, que estiraba los bracitos para que la cargara. Cuando pegaba la cabeza a mi regazo, algo dentro de mí tendía a separarla, pero ella se creía dentro de un juego y volvía a pegarse con besos que me llenaban de babas. Ella era feliz. Aprendí a aceptar esas muestras de cariño. Almudena era más independiente y menos afectuosa. Cuidarlas me mantuvo con vida ese tiempo incierto, cuando Mateo se marchó y me quedé sola.

El día en que Almudena metió en una maleta todas sus cosas y me dijo que se marchaba, no actué bien. «Muy bien, márchate —le dije—, pero la maleta es mía. Y todo lo que contiene también lo he pagado yo, así que lo dejas aquí».

La dejé marchar con las manos vacías. No la retuve. Y me arrepentiré toda mi vida. Ese mismo día todo cambió. No volví a dormir tranquila. La preocupación por no saber dónde estaba me comía por dentro.

Intenté hablar con ella, pero siempre acabábamos discutiendo. La sensación de fracaso como madre era más grande que yo misma. Solo me consolaban las conversaciones de los domingos con Mateo.

Almudena abandonó el instituto y, en cuanto sus amigas dejaron de darle cobijo, se fue a vivir a la playa. Los rumores me llegaban a la panadería. Aterrizaban inflados por el veneno de las malas personas, las que disfrutaban con las desgracias ajenas.

A los seis meses, cuando el frío la obligó a buscarse otro lugar en el que dormir, cometió el error más grande de su vida. Su novio, un chico conflictivo que había tenido problemas con las drogas, la persuadió para entrar en un negocio que le cambiaría la vida. Se aprovecharon de ella y la convencieron para llevar un alijo de un sitio a otro. Dieron el chivatazo mientras en la otra punta del pueblo se realizaba un intercambio mucho más grande. La pillaron con una gran cantidad de cocaína. Le busqué un buen abogado. Me endeudé para que tuviera la mejor defensa, pero no conseguimos que la condena bajara de tres años de cárcel.

Recuerdo la primera vez que fui a verla. Había cambiado tanto que casi no la reconocí. Cogí con asco el teléfono por el que teníamos que comunicarnos, sin dejar de mirarla a través del cristal que nos separaba.

—No le digas a mi hermana que estoy aquí, por favor —me rogó llorando.

—¿Y qué le explicó? ¿No vas a contestarle el teléfono?

—Cuéntale que me he ido a Australia a trabajar en una tienda, le mandaré mensajes mediante mis amigas. No puede saber que estoy aquí, querrá venir a verme. Este no es sitio para ella. No quiero que pase por esto.

—Así lo haré —dije sin saber qué más añadir.

—Mamá, lo siento, he sido una tonta.

—La más tonta de todas. Pero ya no tiene arreglo. No te voy a dejar sola. Vendré a verte cada semana y traeré todo lo que necesites.

—No, no quiero que vengas. Si vienes, Estefanía se enterará. Te voy a llamar todas las semanas. No necesito nada.

—Almudena, voy a decirle a tu hermana que voy a la gestoría. Cada quince días vendré a verte. Pide los vis a vis, por favor te lo pido. No me hagas eso, no me hagas sufrir más —rogué.

—Está bien, si puedes poner esa excusa, ven a verme. Mi hermana sufriría mucho si supiera que estoy en la cárcel.

Salí desolada. No paré de llorar en todo el camino. Había sido mi culpa. Era tan mala madre que no había evitado que mi hija acabara en la cárcel. Desde ese día, no había faltado ni una sola vez. Le llevaba ropa y dinero. Eso le facilitaba las cosas.

Y justo en ese momento, en la puerta de la comisaría, reaparecían todos esos recuerdos. Y estaba segura de que volvería a tener problemas. Sería juzgada de nuevo por no ser una buena madre.

Sergio se adelantó al ver mi indecisión. Mateo me cedió el paso, empujándome levemente con el brazo.

—Queremos poner una denuncia, mi hija ha desaparecido.

—Siéntese en esa sala —me dijo una chica uniformada—. Enseguida la atienden.

Media hora después, una pareja de agentes nos tomaba declaración. Nos hicieron las preguntas de rigor, las que esperábamos.

—¿Es hija única? —preguntó el policía.

—Tiene una hermana, pero no vive con nosotros —dije demasiado seca.

—¿Están peleadas? ¿Tienen buena relación?

—Mi hija mayor está en la cárcel. Cometió un error y lo está pagando muy caro. Pero Estefanía es distinta, es una niña buena, que me ayuda mucho en la panadería.

—¿Ha ocurrido algo que la haya hecho huir?

—No, su padre acababa de llegar de Uruguay y estaban conectando —dije sin medir mis palabras.

—¿No se conocían? —preguntó la policía más joven.

—Me fui cuando ella era muy pequeña. He vuelto hace unos días.

—No puede marcharse del país sin antes comunicárnoslo —anunció el policía—. Tenemos que encontrar a su hija y vamos a necesitar de su ayuda.

—Claro, no pensaba irme. —Mateo me miró a los ojos.

—¿Lo había hecho antes? ¿Se había marchado alguna vez?

—No —afirmé de forma rotunda—. Es una niña muy buena y obediente. Trabajamos juntas en la panadería de mi padre. Sabe que sola no puedo sacarla adelante, que la necesito. No se iría sin avisarme.

—¿Tiene pareja? ¿Había discutido con alguien últimamente? ¿Había alguna persona que quisiera hacerle daño?

—No —contesté—. No tenía novio ni problemas con nadie.

—Salía con un chico —interrumpió Sergio—. Era un poco mayor que ella, los vi juntos varias veces. Se estaban conociendo, no tenían una relación todavía.

—¿Sabe dónde podemos encontrarle?

—No —respondí.

—Entonces necesito que me anote aquí los contactos de sus amigos, el nombre del instituto y sus redes sociales.

—Estefanía no tiene amigas. Tan solo sale de vez en cuando con algunas compañeras de su clase. No es una niña muy sociable. Es muy tímida. En el colegio sí hizo muchas amigas, pero todas eran extranjeras y se han marchado de Torremolinos. Yo también la vi con ese chico, me parece que estaba ilusionada.

—¿Cree que la desaparición puede tener algo que ver con la detención de su hermana?

No lo había pensado. Sentí un ardor que me recorría el estómago de arriba abajo.

—No lo sé… No lo creo. Almudena fue solo un señuelo, una cabeza de turco para introducir otro alijo más grande por la zona norte de la ciudad. Su novio fue quien la metió en ese lío y ella cortó la relación cuando entró en la cárcel.

—Necesitaríamos también el nombre de ese chico.

Apunté en el papel todo lo que se me ocurrió.

—Unos compañeros pasarán por su casa a lo largo del día. Pueden ir haciendo un listado de las cosas que se ha llevado.

—No se ha llevado nada.

—¿Dinero?

—No, está todo lo que tenía ahorrado, no se ha llevado ni su DNI. Nada.

Salimos de la comisaría con una sensación de derrota, de no poder hacer nada para localizar a mi hija.

—No puedo ir a casa, necesito ir a buscarla —dije a Mateo y a Sergio.

—Yo te acompaño —dijo Sergio—. Será mejor que uno de los dos esté en la casa cuando venga la policía.

—Gracias —murmuró mi marido.

—Nos avisas si vienen y regresamos —añadí cabizbaja.

—Vamos a pasar por la academia. He pedido la tarde libre, pero necesito ir a recoger unos carteles que he mandado hacer. Los iremos pegando en la calle.

No habíamos colgado el primer cartel cuando recibí una llamada desde un número desconocido.

—Soy la inspectora Santiago, necesito hablar con usted. En unos minutos estaremos en su casa.

Cogimos los carteles y regresamos. Cuando llegamos, Mateo estaba pálido.

—Ha desaparecido otra chica en Torremolinos. Está en todos los medios de comunicación.

Abrimos las redes sociales y vimos la imagen de mi hija preparando magdalenas. Sonreía.

—¿Quién le hizo esa foto? ¿Cómo pueden saber que mi hija ha desaparecido? —susurré mirando la pantalla.

—La han colgado sus compañeras de clase. Seguramente la amiga a la que llamamos ha dado la voz de alarma.

Cada vez estaba más convencida de que el chico que compraba las magdalenas tenía algo que ver en la desaparición de mi hija.

33

Lucía

A las veinticuatro horas de la desaparición, tuve claro que mi hija estaba retenida por alguien. Mis gritos de dolor entraron en todas las casas de la aldea y mis vecinos me acompañaron con comida y bebida, además de con los voluntarios que se habían organizado para buscarla por la montaña.

Cuando apareció la inspectora, en un coche de policía, las piernas me temblaron y sentí que el corazón se me iba a salir del pecho. Me temí lo peor. Pensé que venían a decirme que habían encontrado a mi hija muerta. Me levanté agarrándome a mi hermano y salí corriendo en dirección al coche.

—¿La han encontrado? —pregunté llorando.

—No, tranquila, solo hemos venido a ayudar. No han interpuesto una denuncia y nos consta que hay una menor desaparecida. Solo queremos dar respuesta a la ayuda que han solicitado en las redes sociales. Soy la inspectora Santiago —se presentó una policía vestida de paisano.

—¿Para qué vamos a poner la denuncia? ¿Acaso nos va a apoyar la policía? —recriminó mi hermano Ángel.

—Si no ponen la denuncia, no podemos poner en marcha el dispositivo de búsqueda. Y tenemos que activarlo ya. Acompáñenos a comisaría —pidió la inspectora.

—No tengo fuerzas —confesé—. Se la han llevado. A mi hija se la han llevado. Y no puedo con la angustia que tengo. Sé que está viva, lo siento dentro, pero lo está pasando mal.

—Hagamos algo. Pídale a alguno de sus primos que la lleve

y nos vemos allí, para que así no se tenga que venir en el coche patrulla conmigo. Rellenaremos los formularios y nos pondremos a buscarla. Vamos a remover cielo y tierra hasta encontrarla.

—Nadie va a ayudar a encontrar a una niña mestiza. Dirán que se ha escapado con un gitano, que son nuestras costumbres, y nos harán el camino más difícil —añadí.

—Le garantizo que eso no va a pasar. —La inspectora me cogió la mano y pude ver que las dos teníamos el mismo color de piel. Confirmé que era gitana, como había sospechado al nombrar a mis primos.

—Ayúdeme a encontrarla. Mi Arabia es la niña más buena de este mundo. Es muy inocente y le queda toda la vida por delante.

La inspectora me hizo un montón de preguntas y, cuando le di las respuestas, sentí un miedo profundo. No tenía ni idea de dónde estaba Arabia.

—¿Cree que el chico con el que salía tiene algo que ver en su desaparición?

—Estoy pasando un momento muy complicado, me estoy separando de su padre. Sabe que estoy mal, no me dejaría sola. He pillado a su padre poniéndome los cuernos.

—Lucía, le voy a hacer una pregunta muy dura, y es libre de contestármela o no: ¿cree que su padre sería capaz de hacerle daño?

—Su padre es un sinvergüenza, pero adora a su hija. Es demasiado cobarde para hacerle nada a nadie. A mí me puso los cuernos, sí, pero nunca me ha puesto la mano encima.

—Vamos a necesitar su número de teléfono, y el de la mujer con la que está también.

—El padre se encuentra fuera. Lo reconocerá en cuanto lo vea, es el que más nervioso está.

—Perfecto, ahora hablo con él. ¿Qué sabe del novio de Arabia?

—No mucho, no lo he llegado a conocer. Puede hablar con mis mellizas, ellas si lo llegaron a ver; tomaron café una mañana con él. Solo sé que se llama Abel y que es un muchacho con posibles, que la llevaba a sitios caros, a sitios de gente con dinero.

Tiene veinte años y vive en la Zagaleta. Es lo único que sé de él. Creo que es arquitecto y que trabaja con su padre. Fuimos a la Zagaleta y nos dijeron que allí no había ningún Abel de la edad de mi hija, así que creo que la ha estado engañando. Estoy que no vivo imaginando que me la ha matado y la ha tirado en alguna cuneta.

—¿Puedo llevarme el ordenador de Arabia? Es para que los de delitos informáticos busquen pistas.

—Lo tiene mi sobrina. Arabia se lo prestó hace mucho, no lo usaba. Tiene un iPhone y se apaña mejor con el teléfono que con el portátil.

—¿Sabe si en su habitación guarda algún regalo que le haya hecho su novio?

—Sí, puede que sí. Era muy detallista.

Entramos en la habitación de mi hija. Miré en sus cajones y no vi nada nuevo que me llamara la atención. Pero, cuando abrí el cajón de la ropa interior, encontré en el fondo un par de conjuntos que me dejaron con la boca abierta.

—Madre mía, ¿esto qué es? Pero si este tanga es un hilo dental. Y este sujetador enseña más que tapa. No sé cómo Arabia ha aceptado ese regalo, lo que está claro es que mi hija nunca se compraría algo así. No es su estilo ni tiene dinero para hacerlo.

Sacamos los cajones y encontramos dos conjuntos más.

—Esto no me gusta nada, inspectora. Mi hija no usa este tipo de ropa.

—Nos la vamos a llevar —dijo mientras la metía en una bolsa.

—Esto tampoco es de ella —dije sacando de una bolsa de papel una minifalda con un top a juego.

—Es una prenda de marca. Puede valer más de mil euros.

—No puede ser de mi hija. Con ese dinero nos vestimos todos los de la casa tres temporadas seguidas. Arabia solo usa ropa que se compra en el mercadillo.

Me senté en la cama, consternada.

—Necesitamos encontrar a su novio, voy a hablar con sus primas. Una última pregunta: ¿conoce a alguna de estas dos chicas?

La inspectora me enseñó la foto de dos muchachas completamente distintas, ambas preciosas.

—La pelirroja me suena. Pero ahora no caigo…

—Es de Fuengirola.

—Ah, sí, ya sé dónde la he visto. Limpiamos varios chalets por esa zona. Trabaja en una panadería que tiene un pan muy bueno. Cuando he hecho aquella zona, le he comprado pan.

—¿Puede conocerla Arabia?

—No lo sé, quizá haya venido conmigo alguna vez, pero no estoy segura. ¿Qué pasa con esas chicas, inspectora? —pregunté preocupada.

—También han desaparecido. Ya se han hecho eco los medios de comunicación.

Sentí que las piernas no podían sujetar mi peso y me caí al suelo. Tres chicas desaparecidas de la misma edad.

—Lucía, la televisión está fuera, quieren que salgas en directo —anunció mi hermano.

Miré a la inspectora. No sabía qué hacer.

—Los ciudadanos pueden ayudarnos a encontrarla. Pero es su decisión.

Salí de la habitación. Respiré hondo y me encontré a mi marido de frente.

—Voy a hablar, voy a hacer todo lo posible para que nuestra hija aparezca.

Me pusieron un micro y un auricular y me engancharon en la parte de atrás una petaca pequeña. No podía ver a la presentadora, pero podía escucharla.

—Buenas tardes, Lucía. Desde el plató queremos expresarle que sentimos mucho el momento por el que está pasando. Cuéntenos: ¿cuándo le pierde la pista a su hija?

—Mi hija ha desaparecido a primera hora de la mañana. Yo pensaba que había ido al instituto, pero no llegó.

—¿Es cierto que tiene un novio y que ha podido escaparse con él porque ustedes no lo aprueban?

Me puse muy nerviosa. Toda mi inseguridad se hizo un nudo en mi garganta.

—Mi hija no tiene novio. Yo sabía que había conocido a un

chico, que se estaban viendo, pero no se habían comprometido, ni nos había presentado. Ella me lo cuenta todo. Mi hija no se ha ido por su propia voluntad. ¡Si se ha dejado hasta el teléfono móvil y nunca se separaba de él...!

—Han desaparecido dos chicas más en dos pueblos cercanos, en Fuengirola y en Torremolinos. ¿Cree usted que eso tiene algo que ver? ¿Las conocía su hija?

—No son de su círculo cercano, pero desconozco si se han visto en algún lugar.

La presentadora me despidió sin mucha ceremonia y yo me quedé con la sensación de que no había ayudado en nada.

—Lucía, ahora todo el mundo la está buscando. Es una chica muy guapa, estoy segura de que, si alguien la ve, nos avisará. La encontraremos —me animó el chico de sonido.

—¿Qué cree que ha pasado, inspectora? Usted tiene mucha experiencia, seguro que tiene alguna teoría. Necesito que me ayude a encontrar a mi hija —rogué tapándome la cara con las manos.

—No podemos descartar nada, pero vamos a estudiar todas las hipótesis. Estoy segura de que la vamos a localizar. Y mi instinto no me ha fallado nunca.

—Dios la escuche. Mi niña es tan bonita y generosa. Por favor, que vigilen, que no la metan en un barco y se la lleven a otro país para...

—Escuche, Lucía, no piense eso. Hemos hablado con su instituto y Arabia es la mejor estudiante de su clase. La más inteligente. Eso la ayudará. Estoy segura de que, si la tienen retenida, buscará la forma de escapar. Y tal vez sea una chiquillada y regrese pronto, se sorprendería si viera las estadísticas.

—Mi hija nunca me haría pasar por esto. Sabe que estoy en el peor momento de mi vida. La necesito.

—Debo irme. La espero mañana a primera hora en comisaría para formular la denuncia. Intente descansar, tiene que estar fuerte.

Cuando la inspectora se marchó, me ofrecieron una tila en una taza que no fui capaz de sostener por mí misma. Me temblaba todo el cuerpo. No podía quitarme de la cabeza a las otras dos madres. Necesitaba dar con ellas. Estábamos pasando por lo mismo. Quizá entre las tres encontráramos las claves. Me quedé pensando en qué tenían en común. Una de las chicas parecía marroquí y estaba convencida de que la de la panadería era española. Lo que más miedo me daba es que las tres tenían una belleza excepcional. Compartían un atractivo diferente. Y eso no era buena señal.

TERCERA PARTE

La profesora

34

Inés

No sabía a dónde ir. Me había llevado conmigo el dolor de Fátima, su impotencia para encontrar a su hija. Se sentía muy sola sin Tamo. Podía leer en sus ojos lo perdida que estaba. Caminé por la calle despacio, intentando que el aire fresco calmara mis inquietudes. Volví a casa con un malestar que no me iba a abandonar hasta que volviera a ver a Tamo.

Cosme estaba sentando en el salón, tecleando enérgicamente en el ordenador.

—Menuda cara traes —me dijo a modo de saludo.

—No ha sido un día fácil —contesté dejándome caer en el sofá.

—Date una ducha y vamos a cenar al restaurante que han abierto nuevo en el paseo. Me han dicho unos compañeros que tienen una carta estupenda.

—No estoy de humor para salir. Tamo ha desaparecido. No sabemos dónde está.

—¿Cómo que ha desaparecido?

—Sus padres no saben dónde está. Y tampoco ha venido a clase.

—¿Tamo no es la alumna a la que ayudas? ¿La que tiene problemas con sus padres?

—No tiene problemas con sus padres. Pero sí, intento ayudarla en todo lo que puedo.

—Inés, no puedes traerte a casa los problemas de todos tus alumnos. Tienes que aprender a desconectar. Seguro que es una chiquillada y está en casa de alguna amiga. No es la primera vez que oímos algo así. Anda, date una ducha rápida, que me muero de hambre.

—No me apetece salir a cenar, de verdad, prefiero quedarme en casa. Quiero estar disponible por si la policía me necesita.

—¿La policía? —preguntó extrañado.

—Sí, la madre de Tamo es muy tímida y no sabe hablar un español fluido, así que me he ofrecido como intérprete.

—Con más razón tienes que comer. No puedes estar con el estómago vacío. Pueden llamarte en cualquier momento y retenerte allí durante horas.

—Hay pizza y lasaña congelada, mejor dejemos la cena para otro momento —argumenté, cansada—. Podemos ir al restaurante la semana que viene.

—Está bien. Voy a seguir trabajando un rato más. Prepara tú la pizza, te vendrá bien tener la mente ocupada.

Cosme siguió trabajando. Me quité la ropa y me di una ducha. Al salir, me senté unos segundos en mi cama. Podía oír la risa de mi marido mientras hablaba por teléfono.

—¿Con quién hablabas, que reías tanto? —pregunté con curiosidad al llegar al salón.

—Con tu hijo, que se ha caído en el partido de pádel y se ha roto los pantalones por la mitad. Ha tenido que salir del campo en calzoncillos.

Preparé la pizza sin quitarme a Fátima y a Tamo de la cabeza.

—No sé si llamar a Fátima, no lo estará pasando nada bien.

—Inés, tienes que desconectar. No puedes llevar el sufrimiento de todos tus alumnos a tu casa.

—No es el sufrimiento de todos los alumnos. Estoy preocupada por ella, es normal.

—Claro que sí, pero siempre estás preocupada. Es tu estado natural. Échale más queso a la pizza, creo que hay azul y mozzarella en la nevera.

—Si me pasara a mí, si Iñaki o Inma desaparecieran y no pudiera dar con ellos, me moriría de la angustia.

—¿Preparas una ensalada de pasta? Me apetece mucho.

—¿A quién podríamos llamar, por si saben algo?

Cosme no contestó, estaba absorto en la pantalla de su ordenador.

—Cosme, te estoy hablando.

—Dime, perdona.

—Te preguntaba a quién podemos llamar para preguntar si saben algo de Tamo.

—No vamos a molestar a nadie. Vamos a cenar tranquilamente y mañana será otro día. Puede que, cuando te levantes, tengas un mensaje de Tamo en tu móvil.

Me cogió por la cintura y me acercó a él. Sus abrazos siempre me reconfortaban. Me hacían sentir segura. Pero esa noche no me encontraba bien ni en mi mayor refugio.

35

Tamo

Pasé veinticuatro horas pegada al móvil, esperando algún movimiento, alguna respuesta. Estaba segura de que las imágenes habían sido solo el principio. Me convencí de que me escogieron por ser marroquí. Y que los vídeos eran una forma de extorsionarme. Analicé todas las opciones, y que me exigieran que traficara con droga, que la sacara de Marruecos, era la que más me encajaba. Podía ir y venir con facilidad, mi familia me proporcionaba la coartada perfecta. En mi pasaporte había entradas y salidas frecuentes, al menos una vez al mes, cuando acompañaba a mi padre para vender las cosas que arreglaba. Estaba segura de que me convertirían en una mula o algo parecido. Y no levantaría sospechas, yendo con mi padre en el coche cargado de objetos de gran volumen. Todos en la aduana nos conocían. Sentí un miedo intenso que se apoderó de mi cuerpo. Solo el imaginarme algo así me producía un terror que no podía digerir. Había oído historias de chicas que habían muerto por eso. Que se metían en sus orificios bolas de hachís para pasarlas a España. Al ser menor de edad, era más fácil; estábamos más protegidas y las autoridades lo tenían más complicado para pillarnos.

Pasé horas investigando sobre el tráfico de drogas, sobre los menores que iban al reformatorio a pagar las condenas. Visualicé documentales, aprendí la manera de no hacerle daño a mi cuerpo si tenía que introducirme algún tipo de droga. Quería estar preparada para todo. Y, si tenía que hacerlo, necesitaba saber todo lo posible para no correr riesgos. Agradecí que Inés me hubiese cargado la tarjeta del teléfono de una forma tan generosa. Tenía datos para hacer las búsquedas necesarias. Estaba tan asustada que no podía pensar en nada más.

No podía dormir. Así estuve dos días. Me convertí en una autómata, sin apetito, sin ganas de vivir. Buscando respuestas que no llegaban, porque no planteaba las preguntas adecuadas.

Mi madre achacaba mi estado de ánimo a la pérdida de la casa. Se acercaba la fecha y, aunque había convencido a mi padre para apurar hasta el último día, la partida cada vez estaba más cerca. Y tener todo empaquetado y preparado para salir corriendo era muy duro.

Mi padre seguía insistiendo en que iría a casa de Karim.

Fue ese pensamiento el que me llevó a una teoría. Estaba segura de que Karim tenía algo que ver en lo que me estaba pasando. Siendo niño, estuvo liado en el tráfico de drogas, era algo que manejaba. Y me conocía a la perfección.

No sé cómo no lo había pensado antes. Nada había sido fruto de la casualidad. Lo había orquestado él. Seguro que utilizó a Adrián como cebo y yo caí en la trampa. La idea de que Karim tuviera el vídeo en su poder me revolvía el estómago.

Todo cuadraba en mi cabeza. Era amigo del dueño de la tienda, el que me regaló el ordenador; se conocían desde niños. Seguro que se lo dio él para luego manipularme. Y Adrián apareció por primera vez en el taller de mi padre. Por eso Karim insistió tanto en que me fuera con él a su casa. Desde allí podíamos prepararlo todo sin que mi padre sospechara. Me imaginaba en su casa, obligándome a llevar droga, y me moría del miedo.

Tenía ganas de matarlo. Despertó una ira que no había sentido nunca. Un odio que me desbordaba, que convertía mi cabeza en un hervidero de malos propósitos. Que se hubiese reído de mí me hería en lo más profundo.

Pensé en pedir ayuda a Inés y esa mañana, a la hora del recreo, fui a buscarla. Intenté ser fuerte y no derrumbarme. Quería encontrar el momento apropiado para contarle lo de los vídeos sin llorar. Me compró mi bocadillo favorito y fuimos a comérnoslo al paseo marítimo.

—No me pienso mover de aquí hasta que no te lo comas. Estás tan delgada que se te cae la ropa, Tamo. Vamos a buscar una solución a esto. Ya lo tengo todo pensado. Te vas a venir a mi casa.

El ofrecimiento me produjo tanta ternura, tanto amor, que no fui capaz de decirle la verdad, de contarle lo que me estaba ocurriendo.

—No puedo dejar a mis hermanos pequeños, Inés. Gracias de corazón, eres la mejor persona que he conocido nunca.

—Mis hijos no viven en casa. Mi marido viaja mucho, promocionando sus libros, y siempre estoy sola. Pueden venirse tus hermanos contigo, será temporal. Así no tendrás que irte a vivir con el amigo de tu padre. Háblalo con tu madre. Yo iré a tu casa y conversaré con ellos. Saben que te aprecio mucho y estoy convencida de que aceptaran. Además, tengo otra buena noticia: contrataremos a tu madre para que trabaje con nosotros en la casa. Nuestra asistenta se va de viaje unos meses y nos vendrá genial contar con alguien de confianza.

El cariño que me ofrecía Inés era lo más valioso que tenía. Rompí a llorar de forma desconsolada. Estuve tentada de contarle lo que me ocurría, pero me daba mucha vergüenza. Inés interpretó ese llanto como una muestra de emoción que partía del agradecimiento.

Estuvimos conversando unos minutos más y volví a clase. Prometí llamarla en cuanto hablara con mis padres.

Era un intento vano, mi padre nunca iba a aceptar que viviéramos de la caridad de unos desconocidos. Y la opinión de mi madre, que podía ser favorable, no iba a servir para nada. Jamás la expresaría delante de mi padre.

Yo había pasado de estar en un sueño a sumergirme en una pesadilla. Cada vez que pensaba que Karim podía verme desnuda, me descomponía. Lo imaginaba visualizando el vídeo con sus amigos y algo dentro de mí se quebraba. Se partía en pequeños trozos que me herían con profundidad.

Me planteé lo sola que estaba. Tenía a Rawan, pero nunca había sido capaz de relacionarme con facilidad con los demás. Creo que las dos nos hicimos amigas por necesidad, porque estábamos muy solas. Nunca había podido conectar con mis iguales. Sus conversaciones me aburrían y no sabía qué decir para caer simpática o ser agradable.

Mi teléfono me sobresaltó.

—Han dejado un paquete para ti —me dijo mi madre—. Te lo voy a poner en tu armario, no vaya a llegar tu padre.

—Gracias —dije—. Seguramente es un libro que me compró Inés. Ya voy para casa, ahora lo veo.

Tenía que intentar serenarme.

En cuanto llegué a casa, me metí en mi cuarto. Cogí el paquete. Era muy pequeño. Estaba envuelto en papel de embalar, con mi nombre y mi dirección, pero no había remitente. Tampoco tenía el sello de ninguna mensajería. Lo abrí con miedo, como si dentro hubiese una bomba que fuera a explotar al entrar en contacto con el aire.

Desenvolví un bikini blanco con un estampado de flores pequeñas en vivos colores. La parte de arriba tenía forma de triángulo y la de abajo estaba atada con unas cuerdas en los extremos. Tenía una tela muy fina, y estaba segura de que, en cuanto se mojara, se trasparentaría entero.

No había ninguna nota ni ninguna etiqueta. Tan solo el bikini. Estaba desconcertada. No sabía lo que podía significar.

Intenté recordar algo de lo vivido con Adrián, algo que me diera pistas para saber lo que significaba. No recordaba ninguna conversación en la que habláramos de un bikini, de la playa o de una visita a una piscina. Lo único que comenté fue que no sabía nadar, pero no encontraba nada en mi memoria para construir un razonamiento.

Pensé en nuestros encuentros, los reviví buscando alguna pista. Me di cuenta de un detalle: siempre había pagado en efectivo, nunca había utilizado una tarjeta. Y no habíamos ido a su domicilio. Tampoco me había llevado a su trabajo. Cuantas más vueltas le daba a la cabeza, más tonta me sentía.

Un bikini era una prenda de ropa muy pequeña, no podía significar nada bueno. No sabía si me lo mandaba Adrián o lo hacía el propio Karim para reírse de mí. No tenía ni idea. Se me ocurrió hacer una búsqueda en Google con su foto, posiblemente encontrara algo, pero, cuando fui a mi galería, no localicé ninguno de los selfis que nos habíamos hecho juntos. Tampoco estaban nuestros chats. Intenté buscar las imágenes en la carpeta de los elementos eliminados, pero no quedaba ni rastro.

Sus redes sociales tampoco existían.

Recordé que, la última vez que nos vimos, me pidió el móvil para ver las historias de varios de sus compañeros del trabajo. Tuvo que borrarlas en ese momento.

No quedaba nada de él. Era como si no hubiese existido, como si lo hubiese soñado. Tampoco estaban en la papelera. No había dejado rastro.

Esa misma noche recibí otro correo que me recordó que todo había sido muy real. Y que volvió a desatar el pánico más espantoso.

36

Estefanía

Cuando salí del instituto, fui a casa. Había decidido que esa noche iba a dormir allí. Sabía que mi padre no estaba utilizando mi habitación y ya no me importaba que estuviera durmiendo en el sofá.

Tenía que abrir el correo.

Me senté en la cama y quité el sonido del teléfono. Lo abrí y me di cuenta de que no había nada adjunto. Lo único que tenía era una dirección: «Calle Palmeral del Higuerón, número 1».

No había nada más. Si lo que querían era volverme loca, lo estaban consiguiendo.

No sabía qué tenía que hacer con esa dirección. La miré en Google Maps y me di cuenta de que era una zona residencial cerca de casa. Todo el mundo conocía en Málaga la urbanización del Higuerón. Había salido en los programas del corazón, al esconderse en ella más de un personaje de la prensa rosa.

La dirección era de un club social. Un sitio público. Eso me alivió y me confundió a partes iguales. Seguía sin entender nada.

Iban a dar las diez cuando pegaron a la puerta. Era un mensajero con un paquete a mi nombre, sin remitente. Solo tenía una etiqueta sacada por una impresora doméstica.

Sentí miedo al cogerlo. Estaba segura de que ese paquete solo venía a complicarme la existencia. Lo abrí despacio, con cuidado. En el interior había un bikini de algodón de color rosa con unas florecitas muy pequeñas de distintos colores. Era el típico bikini que podrías adquirir en cualquier gran superficie.

Necesitaba salir de casa, que me diera el aire, y entender qué macabro juego era ese, qué estaban haciendo con mi vida y, sobre todo, quién estaba detrás de todo eso.

Recibí otro correo: «Mañana a las nueve de la mañana». No podía ser verdad. Todas mis sospechas cobraron cuerpo. Iban a extorsionarme. Utilizarían los vídeos para hacerme chantaje. Por mi cabeza pasaron mil cosas y ninguna era buena. Estaba muy asustada. Me sentía indefensa y con muchísimo miedo. Volví a pensar en la posibilidad de acabar con todo. Calibré cual sería la forma más rápida, la que me haría sufrir menos. La solución se me presentaba como algo tan liberador que me llamaba con fuerza. Descansaría, dejaría de sufrir aquel miedo tan desgarrador que no me permitía pensar con claridad.

Las manos me temblaban cuando mi madre me pidió que me fuera corriendo para el obrador. En cinco minutos iba a llamarme mi hermana. Bajé las escaleras de dos en dos. Mis sensaciones eran contradictorias, en mi miedo no había hueco para que entrara la alegría que me producía poder hablar con mi hermana. Salí corriendo calle abajo y llegué en tres minutos.

Mi madre me miró asombrada, sin entender cómo había acudido tan rápido. El teléfono sonó justo cuando había recuperado mi respiración normal.

—¡Almudena! —grité con alegría—. ¿Eres tú?

Escuché a mi hermana llorar al otro lado del teléfono. La emoción no la dejaba articular palabra.

—Te quiero mucho, ¿me oyes? Te quiero muchísimo y voy a ir a verte. Necesito verte, no sabes la falta que me hace abrazarte —le dije entre lágrimas.

—Lo siento —murmuró—. No quería dejarte sola. Lo siento muchísimo.

—No llores, por favor, no llores más. Necesito oír tu voz. Te he echado tanto de menos...

Mi hermana se rompió al escucharme y no fue capaz de hablar. En vez de calmarla, la ponía aún más nerviosa.

—¿Quieres que te lleve algo? —pregunté para intentar que retomara la conversación—. ¿Necesitas ropa o alguna cosa de la que tengas ganas? ¿Te puedo llevar una trenza de hojaldre?

A mi hermana le encantaban mis trenzas de hojaldre.

—No necesito nada —dijo con un hilo de voz—. Aquí trabajo y gano algo de dinero. Redacto cartas y enseño a leer y escribir, al final lo de ser maestra no ha estado tan alejado. Cuéntame cómo estas tú. ¿Cómo está mamá contigo? Espero que te trate bien.

—No te lo imaginas. Mamá está desconocida, hasta sonríe —anuncié sin mentir—. No quiero ser cotilla, pero creo que se ha vuelto a liar con papá.

—No puede ser. ¿Cuánto tiempo piensa quedarse?

—No tengo ni idea y no he querido preguntar. Pero está superamable y se pone guapísima todos los días.

—No quiero pedirle que venga aquí, pero me encantaría poder darle un abrazo.

—¿Y podemos ir los dos? —pregunté.

—Necesitaría vuestros DNI para hacer una petición formal. Puedes llamar y dejarlos en la recepción, yo los rescato de allí.

—Así lo haré, y te prometo que te llevaré a papá. Almudena, hay algo que debo decirte. La historia no es como mamá nos la ha contado. Fue mucho más compleja.

—Lo sé —confesó mi hermana—. Él me escribió una carta contándomelo todo. ¿Le crees?

—Sí. Creo que fue todo como nos lo ha contado.

—Hay una psicóloga aquí. Me está ayudando mucho y me ha dicho que posiblemente nuestra madre tenga una enfermedad mental. Le he hablado mucho de ti. Dice que eres mi mejor terapia.

Sonreí. Escuchar a mi hermana fue un bálsamo para mi alma.

—Te he echado tanto de menos… —le reconocí—. Sin ti estoy sola. En cuanto salgas de ahí, vuelves a casa y nos peleamos otra vez por el cuarto.

—No, no voy a pelearme nunca más. Ahora comparto habitación con tres chicas que no son ni la mitad de agradables que tú. —Se quedó unos segundos callada, evaluando si eso podía preocuparme—. Aunque la verdad es que son mayores y me ayudan mucho. Me cuidan.

—Almudena, no te metas en líos, por favor. No te pelees con nadie y así saldrás lo antes posible.

—No te preocupes, estoy todo el día estudiando y trabajando, no tengo ni un minuto libre. Pero que esto no es como en las series de televisión, aquí hay mucho control. Se va a cortar... Te quiero. Cuídate mucho.

—Yo también te quiero —alcancé a decir antes de que se cortara.

Le devolví el teléfono a mi madre y me metí en el obrador a llorar. No me di cuenta de que mi padre entraba detrás de mí. Me cogió por los hombros y, sin que yo pudiera evitarlo, me abrazó. Fue un abrazo suave, tierno, reconfortante. Me envolvió con sus brazos y yo hice lo mismo con los míos. Nunca nadie me había dado un abrazo tan largo, tan tierno, tan necesario.

No sé cuánto tiempo estuvimos allí, el rato que me quedé en sus brazos, sintiéndome segura por primera vez en mi vida. Mi madre nos miraba desde una esquina, sin decir nada.

—Quiere verte —le dije mientras me separaba—. Quiere que vayamos a verla.

—Lo haremos —me dijo sonriendo.

Me solté e hice algo que no había hecho nunca. Me acerqué a mi madre y la abracé. La cogí por sorpresa y se quedó muy quieta, pero no me rechazó. Tardó unos instantes en corresponderme, en estirar sus brazos y envolver mi espalda. Su abrazo era torpe, inesperado y débil, como las cosas que se hacen por primera vez. Pero a mí me encantó. Le cogí la cara y la miré a los ojos.

—Te quiero —le dije—. Y sé que, aunque no me lo digas, tú también me quieres. Me encanta ser parte de esta familia.

Mi madre estaba tan sorprendida por mi reacción, por mis palabras, que no supo resolver lo que estaba viviendo. Disfrutar de sus propias emociones no era algo en lo que tuviera entrenamiento. Pero en su cara había muecas distintas que no le había visto nunca.

Me metí en el obrador y comencé a elaborar un pastel de fresas y nata. La llamada de mi hermana me había hecho olvidar la cita que tendría al día siguiente. Me preguntaba si Alberto estaría o si debería ir con gente desconocida.

Lamenté no tener alguna amiga íntima a la que contarle lo que estaba viviendo. Pensé en decírselo a mi padre. Estaba segura de que vendría conmigo y daría la cara por mí, y que llamaría a la policía si fuera necesario. Pero debería enseñarle los vídeos y no podía pasar por eso. Me moriría de la vergüenza no solo por las imágenes, sino por lo tonta que había sido. No quería que mi padre descubriera que tenía la hija más estúpida de este mundo. A la que había sido tan fácil engañar.

No pude dormir, dando vueltas en mi cama, pensando para qué querían que fuera a esa dirección. Sentía pánico. Aunque era un sitio público y no podían hacerme daño, estaba convencida de que mi vida cambiaría a partir de ese momento.

Y no me equivocaba.

37

Arabia

No soy una persona violenta, nunca me he peleado con nadie. De pequeña me metí en algún conflicto por defender a los más débiles, pero con la edad el sentido de la justicia emigró hacia el de la negociación. Era capaz de evitar peleas con una sola conversación. Aquel día fue la primera vez en mi vida que sentía algo distinto, una ira incontrolable que no reconocía como mía.

Cuando finalicé el vídeo, mi mundo se había deshecho en mil pedazos.

Sabía que se haría viral en horas. Comencé a darle vueltas, a pensar quién estaría detrás del engaño. Alguien que me odiara con todas sus fuerzas. O alguien que quisiera vengarse de algún miembro de mi familia. Era algo demasiado elaborado. Se habían tomado muchas molestias. La inversión había sido grande. No me cuadraba que fuera solo para un vídeo; en la red solo tenías que meter la palabra «adolescente» en un buscador y tenías miles de entradas con páginas con cientos de opciones. No podía ser uno más.

La incertidumbre me estaba matando. No sabía qué hacer. Tampoco podía hablarlo con mis primas. Si se lo contaba, ellas se lo dirían a sus padres y todo el mundo lo vería. Me maldecía por haber sido tan tonta, tan fácil de atrapar.

No pegué ojo en toda la noche. No sabía cómo actuar. Por dónde tirar, dónde buscar a Abel. Solo le pedía a Dios que me lo pusiera delante para arrancarle los ojos con mis propias manos.

Volví a ver las imágenes. Me di cuenta de que eso no era el trabajo de un aficionado. El vídeo parecía profesional. El montaje era cuidado y las imágenes tenían una nitidez impresionante. No parecían robadas. El equipo de grabación debía de haber costado una pasta.

Me preguntaba una y otra vez por qué yo. Era una chica normal, tampoco destacaba por tener una belleza excepcional. Cuando me maquillaba podía resultar mona, pero era realista y sabía que había muchas chicas más guapas y con mejor tipo que yo.

Me quedé adormilada justo cuando amanecía. Mi madre ya trasteaba en la cocina. Ella tampoco había pasado buena noche.

—Buenos días —me dijo mientras observaba mis ojeras—. Veo que tú tampoco has pegado ojo. Ayer llegó un paquete para ti, lo olvidé por completo. Es una de esas muestras que pides gratis, porque no tiene remite.

Mi corazón dio un vuelco. Hacía mucho tiempo que no solicitaba ninguna muestra gratis. Mi madre me dio el paquete y se quedó esperando a que lo abriera.

—No es para mí —improvisé—. Es un regalo para la novia de Laura. Me dijo que me lo mandaría aquí para que no coincidiera con ella en la casa y lo viera.

Mi madre se lo creyó, no era la primera vez que Laura me pedía ese favor.

—Ponme un café —le pedí mientras guardaba el paquete en mi habitación.

Nos tomamos el café en el porche. Sus ojos me chivatearon que había pasado buena parte de la noche llorando.

—¿Cómo estás, mamá? —pregunté mientras le pasaba el brazo por el hombro.

—¿Cómo quieres que esté? Me siento muy estúpida. Había oído muchas historias de hombres que tenían doble familia, incluso alguna de una amiga cercana. Pero no puedes imaginar que algo así te pase a ti. Cogí por banda al Marcelino y le canté las cuarenta. Me dijo que él no tenía ni idea. Que a él le decía que se iba a cuidar a su madre, pero que no quería que yo me enterara. El Marcelino sí que se iba a pescar de verdad;

si ellos viven de eso, de lo que pescan y venden en el chiringuito. Me estuvo contando que se van en una barca y se sacan sus buenos cuartos. Eso lo sabía yo, todo el mundo lo comenta, por eso nunca sospeché. Tu padre le compraba algún pescado para dármelo. Yo creo que me dice la verdad. Marcelino es buena gente.

—Y también es muy listo, *mama*, de tonto no tiene un pelo.

La historia tan rocambolesca de la madre del *papa* no creo que se la tragara, pero le dio igual, cada uno que amarre su vela.

—Bueno, al menos no he estado en boca de todos este tiempo. Me alivia un poco saberlo, aunque ahora soy la cornuda de la aldea.

—*Mama*, lo que piensen cuatro *reventaos* nos tiene que dar igual. Tú debes ir con la cabeza muy alta.

—¿Alta? Si no puedo pasar ya por la puerta, de los cuernos que llevo —bromeó.

Las dos nos echamos a reír.

—Vamos a estar bien sin él, ya verás. Yo no te voy a dejar sola.

No tenía ni idea de lo poco que iba a tardar en incumplir esa promesa.

Me retiré con la excusa de hacer la cama. Cogí el paquete y me metí en el baño. Abrí el grifo de la ducha para que mi madre pensara que me estaba bañando.

El paquete era pequeño, liviano, no llamaba la atención. Estaba metido en un sobre marrón, de los de toda la vida. Me quedé con la boca abierta cuando lo abrí y saqué un bikini verde manzana con unas florecitas de colores. Lo miré y calculé que no era mi talla, que me quedaría muy pequeño.

No me dio buena espina. Ese bikini no podía significar nada bueno. Me sobresalté con el sonido que me indicaba la llegada de un nuevo correo electrónico. Tenía una dirección, una dirección de mi pueblo, en una zona que limitaba con la playa. Era un club social donde iban los ricachones. Me citaban allí en una hora. No sabía qué hacer. Si iba, estaba segura de que me metería en un lío. Pero si no iba, puede que nunca obtuviera las respuestas. Era un sitio público, no podía pasarme nada. Tenía que ir.

Me duché lo más rápido que pude. Decidí acudir lo más discreta posible. Una camiseta azul marino con una falda vaquera a media pierna. Escogí las prendas de mi armario que menos me marcaban la figura. No me maquillé, tan solo me puse un poco de cacao en los labios. Cogí la mochila, para que mi madre no sospechara nada, y me fui. Desde la aldea hasta el club del Higuerón había media hora andando. Sentía que el corazón se me iba a salir del pecho. Tuve que pararme varias veces en el camino y respirar hondo. No tenía ni idea de lo que me iba a encontrar, y eso me ponía más nerviosa todavía. Antes de entrar, me detuve en la puerta y respiré hondo. Había una chica de pie en la entrada, morena, con los ojos muy rasgados. Llamaba la atención por lo guapa que era. Parecía marroquí. Reconocí su angustia. Le temblaban las manos y se había girado hacia el exterior, pensando en si salir huyendo. No sabía qué hacer, si acercarme o no. Pude ver que lloraba.

—Perdona, ¿te encuentras bien? —le pregunté.

La chica me miró. En nuestros ojos hallamos las respuestas. Las dos estábamos pasando por lo mismo.

—Sí, gracias —me contestó sin poder evitar que su voz temblara.

—¿Te han citado aquí a ti también?

La chica no supo qué decir.

—¿Te han hecho un vídeo? —pregunté con recelo.

—Me llamo Tamo —me contestó.

—Yo soy Arabia y estoy pasando el peor día de mi vida.

—Yo también. No tengo ni idea de quién me está haciendo esto.

—Yo tampoco lo sé. Lo que te voy a decir no tiene mucho sentido, pero no sabes lo que me alivia saber que no estoy sola.

—Te entiendo —confesó Tamo—. Estoy tan asustada que no sé ni qué decir.

—Tenemos que entrar. Averigüemos quién hay detrás de todo esto.

Vimos a una chica pelirroja más o menos de nuestra edad. También lucía la cara desencajada. Nos miró y entró en el club.

—Vamos —dije—. Me temo que somos tres, no podemos dejarla sola. ¡Corre!

Entramos y seguimos a la chica pelirroja, que estaba en el centro de la sala buscando a alguien. Nos volvió a mirar y pudimos ver el terror en sus ojos. Nos acercamos a ella.

—Hola —la saludé una vez dentro—. Perdona, ¿te han citado aquí por un vídeo?

La chica me miró a mí y después a Tamo. Estaba sorprendida, no sabía qué decir. Vimos que otra chica rubia se levantaba de una de las mesas y se acercaba a la barra. No parecía tener miedo, incluso le sonrió a la camarera mientras le preguntaba algo.

Observamos a una mujer muy elegante entrar en la sala. Llevaba un traje de chaqueta ceñido. Nos sonrió como si nos conociera. Le preguntó a la camarera cuál era su reservado y nos hizo señas para que nos acercáramos.

—Buenos días, chicas. Seguidme, por favor, aquí estaremos más cómodas y podremos hablar con privacidad.

Le hizo una señal a la chica rubia que estaba sentada sola, que se unió a nosotras. Cuando se acercó, pude ver en su rostro la misma incertidumbre. Éramos cuatro.

—Tomad asiento, por favor —rogó.

La sala era preciosa. Una mesa redonda blanca con un paño inmaculado tomaba todo el protagonismo. Había bebidas sobre la mesa y varias bandejas con fruta y frutos secos. Olía a ambientador caro. Frente a nosotras, una gran cristalera abierta nos unía a una piscina de aguas cristalinas en la que no se bañaba nadie. Reflejaba la luz del sol en nuestros cristales.

—Me llamo Malena y en primer lugar quiero tranquilizaros. No os vamos a hacer daño. Os lo voy a explicar todo con calma y vais a poder hacerme todas las preguntas que queráis.

Las cuatro nos miramos. Ninguna se había tranquilizado lo más mínimo.

—Tranquilas, habéis sido seleccionadas para un trabajo. Un trabajo que va a cambiaros la vida, que os dará lo que nunca os habéis atrevido a soñar. Sois libres de aceptarlo o no. Pero, si lo aceptáis, tendréis, cada una de vosotras, un futuro de ensueño.

Malena se mojó los labios y sonrió. Lo tenía todo controlado. Incluso nuestra propia vida.

38

Inés

Antes de la desaparición de Tamo, mi vida era sencilla. Me levantaba por la mañana con una sonrisa en los labios y la sensación de que disfrutaría de otro día maravilloso. Mis hijos eran dos jóvenes responsables, con trabajo estable y un alto nivel de vida. Cosme, mi marido, presumía de tener la familia perfecta. Convertido en un prestigioso psiquiatra, había dirigido la educación de nuestros hijos con mano férrea, psicología positiva y una buena dosis de reflexión sobre los errores cometidos.

Tengo que reconocer que yo no estaba muy de acuerdo con su forma de educar, y que había sufrido con ello. Era más blanda que la mantequilla y sus castigos me parecían excesivos. Mi marido me lo razonaba todo con detalle y me mostraba una alternativa que me aterraba; sin correctivos, tendríamos unos hijos que no respetaban a los adultos y que siempre estarían metidos en problemas.

Tuve que asumir que funcionaba. Mis niños eran los más educados en las reuniones, los más aplicados en el colegio y los que más amigos tenían. Estaba orgullosa de ellos. Y de Cosme. En cuarenta años de matrimonio, no había tenido ni una sola duda de su amor, y podía presumir de su fidelidad, de la entrega a nuestra familia. Ahora, en la madurez, había dejado de ser el amante perfecto para convertirse en el compañero ideal. Sus libros y las conferencias que impartía por todo el mundo lo alejaban del hogar, pero en la distancia cuidaba de todos con la misma paciencia.

Por eso, cuando Tamo desapareció, me volqué tanto en ayudar a Fátima. Mi familia no necesitaba de mi atención, funcionaba sola, sin la necesidad de dedicarle tiempo. Mi marido me escuchaba y aconsejaba, al igual que mis hijos, que se interesaron por el caso desde el primer momento. Había hablado de Tamo en las paellas del domingo y me habían comentado con pesar lo injusta que era esta vida. Les apenaba su historia y sus comentarios siempre fueron empáticos. Me escucharon cuando les conté mis sospechas sobre el novio de Tamo y sobre Karim, el amigo de su padre. Estaba convencida de que tenían algo que ver en la desaparición.

No se lo dije a Fátima, pero, en cuanto terminé la única clase que tenía ese día, fui a comisaría. Estaba impaciente por contarle a la inspectora todo lo que pensaba.

La inspectora me gustó desde el primer momento. Era una mujer atractiva, de unos cincuenta años, quizá menos. Vestía ropa masculina que no conseguía robarle ni una capa de feminidad. Su forma de comunicarse resultaba cercana, correcta y muy agradable. Mi marido la hubiese definido como «alguien con una inteligencia emocional alta».

Cuando llegué a la comisaría, despedía a una pareja joven que parecía tener un problema serio. «En un minuto estoy con usted», pude leer en sus labios. Me fijé en la pareja. Debían de ser los padres de la otra niña desaparecida. Reconocí el cabello rizado y pelirrojo de su madre, idéntico al de la chica que había visto en televisión.

Todos los canales se habían hecho eco de la noticia. Entre las tres chicas, desaparecidas el mismo día, no se había establecido ninguna conexión. El caso había despertado el interés de toda la ciudadanía y las buscaban incansablemente. La fotografía de Tamo que se había difundido era una en la que estaba sentada en el paseo, con una camiseta negra y una amplia sonrisa. Acababa de sacar un diez en un examen y habíamos ido a celebrarlo. Se la hice sin sospechar que un día serviría para buscarla.

La inspectora me llamó y pasé a una sala austera, que olía a desinfectante y perfume de mujer.

—Me alegra que me llamara, tenía interés en hablar con usted —expresó la inspectora.

Parecía sincera. Me miraba fijamente a los ojos sin intimidarme, proyectando la calidez suficiente para establecer un canal de confianza.

—Yo también esperaba conversar a solas, quiero contarle todo lo que sé de Tamo. Estamos muy unidas.

—Adelante —me animó.

—Tamo no pasa por un buen momento. Iban a desahuciarla. —Me paré y rectifiqué—: O al menos ella creía que la iban a desahuciar. Lo había preparado todo para irse al taller de su padre. Le aterra la idea de vivir con Karim.

—¿Por qué le daba tanto miedo? Se supone que es amigo de la familia.

—A Tamo no le gusta cómo la mira. La incomoda con miradas lascivas y se acerca mucho, de forma muy grosera. Una vez, ella incluso le dio un empujón cuando se arrimó demasiado.

—¿Sabe si hubo algo más, algo previo que le hiciera estar en alerta?

—No, ella me lo hubiese contado. Tiene mucha confianza conmigo. No le cuesta compartir su intimidad, siempre habla con naturalidad.

—Perdone si le parece inoportuna esta pregunta —se disculpó antes de formularla—: ¿Tiene este tipo de relación con todas sus alumnas?

—Intento ayudar a mis alumnos todo lo que puedo. Lo he hecho siempre, con la diferencia de que ahora estoy prejubilada. Solo tengo unas cuantas horas de clase a la semana y dispongo de más tiempo. Tamo pedía ayuda a gritos. Es una niña muy inteligente, madura y cariñosa, pero ha sufrido mucho.

—¿Qué le ha hecho sufrir?

—Económicamente nunca han estado bien. Pero últimamente la cosa ha ido empeorando. Su padre es adicto al juego y se lo gasta todo. No les alcanza ni para comer.

—¿Nadie les ayuda?

—Tamo tiene una tía en Dubái que les manda dinero de vez en cuando. Y yo intento ayudarla como puedo. Sufre mucho por sus hermanos. Le compro el desayuno y no se lo come. Se lo guarda para ellos y para su madre. No me lo dice, pero yo lo he sospechado siempre.

—¿Sabe de alguien que quisiera hacerle daño? ¿Alguien del entorno de su padre?

—No, me lo hubiese contado. Creo que, si hay alguien cercano detrás de todo esto, es Karim o es su novio.

—¿Coincidió con su novio alguna vez?

—No. Solo lo he visto en fotos. Es un chico joven de unos veinte años. Aunque le dijo a ella que tenía dieciocho, yo creo que es algo mayor. Castaño claro, con los ojos de un azul llamativo. Es alto y se nota que visita el gimnasio a diario. No se sorprenda —dijo ante los ojos estupefactos de la inspectora—, trabajo con adolescentes, sé apreciar esas cosas.

—¿Podría estar Tamo metida en algún lío de drogas?

—No, qué va. Ella odia las drogas.

—¿Y alguien de su entorno?

—Seguro que no. ¿Por qué me pregunta eso?

—No puedo compartir datos de la investigación. Si le cuento esto es porque voy a hablarlo con sus padres y tendrá que traducirlo. Se lo digo en calidad de intérprete, ¿lo ha entendido?

—Perfectamente.

—Hemos encontrado en el móvil de Tamo cientos de búsquedas. Y todas tienen que ver con la adquisición de dinero rápido. Estuvo investigando sobre vídeos pornográficos de chicas marroquís y sobre tráfico de drogas. Miró cómo no dañarse si se introducía droga en el cuerpo para pasarla por la frontera.

—No puede ser. Ella nunca haría nada así. Estaba desesperada por conseguir dinero, eso es cierto, no quería que los asistentes sociales se llevaran a sus hermanos a un centro. Le aterraba que los descubrieran viviendo en el taller y les quitaran la custodia a sus padres. Pero yo le había ofrecido que se vinieran conmigo hasta que encontraran otro lugar donde vivir.

—¿Y aceptó su propuesta?

—Se lo ofrecí la última vez que nos vimos. Quedamos en que lo hablaría con sus padres.

—Tamo va a menudo a Tánger, ¿sabe a qué?

—Sé lo que está pensando, inspectora, pero estoy segura de que Tamo sería incapaz de traficar con drogas. Su padre coge todo lo que encuentra en la basura, lo arregla y lo lleva una vez al mes a una tienda de Tánger. Lo hacen cuando la situación es muy precaria y necesitan para comer. Tamo lo acompaña para asegurarse de que no se gasta el dinero. También me dijo en alguna ocasión que ella negociaba mejor que su padre.

—¿Tiene allí amigos o familiares?

—Sí, tiene a sus tías, pero no mantienen una buena relación. Ellas no acaban de entender que no se cubra la cabeza y que disponga de tanta libertad en España.

—¿Le habló alguna vez Tamo de sus amigas? ¿Cree que pueda conocer a estas dos chicas? —Me mostró las fotografías de las otras dos niñas desaparecidas.

—No, ella solo tiene una amiga, Rawan. Tamo tiene un diagnóstico de altas capacidades. Se aburre con las chicas de su edad. No es fácil para ella socializar con sus iguales.

—¿Qué sabe de la relación con su novio?

—Que estaba enamorada y que se avergonzaba mucho de su familia. Tamo no quería tener novio, no entraba dentro de sus planes, pero este chico fue a por ella. Lo conoció en el taller de su padre y desde entonces no se habían separado.

—¿Le comentó que fuera agresivo o que tuviera alguna conducta inadecuada con ella?

—Todo lo contrario. El chico es muy detallista y siempre le ha hecho regalos. Incluso le preparó una cena romántica en un barco.

—¿Sabe dónde fue? ¿Le contó en qué puerto?

—No, solo me dijo que había sido la noche más bonita de su vida.

—Muchas gracias, no la molesto más. La llamaré en breve para hablar con sus padres.

Salí con una sensación agridulce. No había aportado mucho y estaba preocupada por las búsquedas de Tamo. Pasé toda la tarde cabizbaja, sintiendo que no podía ayudarla. Dudé si ir a visitar a Fátima, pero preferí mandarle un mensaje. Estaba redactándolo cuando recibí una llamada de mi hija.

—¡Hola, mamá! —me dijo muy animosa.

—¿Qué necesitas? —pregunté sonriendo.

—¿Cómo puedes saber que voy a pedirte un favor? Tú no eres una madre como las demás, eres una adivina.

—Es el tono, hija, y que te he parido. Suéltalo ya.

—Estoy muy liada con la organización de la fiesta y no puedo comprarle nada a mi hermano, ¿puedes encargarte tú? —Su voz cambió a un tono meloso que conocía a la perfección.

—Pero si no sé ni qué regalarle yo... —protesté.

—Compra algo un poco más caro y lo compartimos.

—Está bien, le compraré una camisa y una corbata nuevas, que eso siempre le viene bien.

—Y un perfume y algún tratamiento facial, que le encantó el que me regalaste a mí. Que sea caro, que, si no, nos llamará rácanas.

Colgué el teléfono sonriendo. No era capaz de recordar cada una de las camisas que tenía mi hijo. Por suerte colgaba fotos de todos los eventos a los que asistía; en el muro de su Instagram encontraría su armario al completo.

No sabía desde cuándo me había convertido en una madre que fisgaba en las redes sociales de sus hijos. Era fácil hallar allí las respuestas. Deslicé el dedo por el panel principal. Mi hijo estaba sonriente en todas las fotos. Siempre salía guapísimo. Miré una a una las camisas y pensé que un color claro, beis quizá, sería una buena elección.

Y entonces vi esa imagen. Era del verano pasado. En la foto, mi hijo y su padre salían acompañados de dos chicos más. Y uno me era muy familiar. Amplié la foto para observarlo de cerca. No podía creerlo.

Era el novio de Tamo.

39

Tamo

Miré a las demás chicas. No quería ser muy descarada, pero necesitaba saber si ellas sentían el mismo miedo que yo. Si sus vídeos eran tan comprometedores como el mío.

Si la señora pretendía tranquilizarnos, no lo consiguió. Ninguna de las cuatro estaba allí por voluntad propia. Nos atrapaba el material que tenían de nosotras.

La chica pelirroja parecía la más asustada. Intuí que era española, pero no había pronunciado ni una palabra para que pudiera confirmarlo con su acento. La otra parecía gitana y era la más segura de sí misma; miraba a la señora y yo temía que en algún momento la agrediera. La rubia había cambiado de actitud desde que se había sentado con nosotras. Ahora sí que se mostraba igual de atenta y asustada.

—Disculpadme un momento. —La señora se levantó para atender el teléfono que sonaba en su bolso.

Aprovechamos para hablar entre nosotras.

—Me llamo Arabia —dijo la chica gitana.

—Yo soy Estefanía —habló la pelirroja.

—Y yo Rebeca —anunció la del pelo más claro.

—Yo soy Tamo y esto no me gusta, en mi vida había sentido tanto miedo —dije bajando el tono.

—Imagino que tienen vídeos de todas nosotras, de voluntario esto no tiene nada —susurró Arabia.

Todas asentimos.

Estaba claro que las cuatro habíamos caído en la misma

trampa. Sospechamos que, a partir de ese momento, formábamos parte del mismo destino.

La señora volvió a sentarse a la mesa.

—Disculpadme, chicas, era una llamada importante. No voy a divagar más, porque estoy segura de que queréis saber por qué estamos aquí. Voy a explicároslo con detalles. Habéis sido seleccionadas. Las cuatro sois unas jóvenes de una belleza extraordinaria y una inteligencia fuera de lo normal, y pasáis por dificultades económicas. Y de las cuatro hay un material que no queréis que se dé a conocer. —Sonrió de una manera cruel—. Ese material será eliminado en cuanto entréis a formar parte de nuestra empresa.

Nos miramos. La cosa no pintaba nada bien. La empresa no debía tener un objetivo muy limpio si estábamos siendo extorsionadas. La señora pareció leernos las mentes.

—No tenéis que preocuparos, no vais a hacer nada que no queráis. No es una empresa de prostitución ni de trata de blancas. Os vamos a cambiar la vida, vais a ganar mucho dinero. Sois unas privilegiadas. Sabemos que los métodos no han sido los más ortodoxos, pero estoy convencida de que os habrá servido de aprendizaje. No cometeréis los mismos errores de nuevo. Os ponemos delante la oportunidad de cambiar vuestros destinos. De escoger el futuro tal como queráis que sea. Un futuro que no tiene nada que ver con la vida que habéis tenido hasta ahora. Podréis viajar, pagaros unos estudios y dar a vuestras familias lo que se merecen. Y todo eso será muy sencillo. Tan solo tenéis que formar parte de un proyecto muy interesante. Vais a ser enormemente ricas de la forma más simple que podáis imaginar. Sin grandes esfuerzos ni sacrificios.

La señora sacó unos papeles.

—Este es vuestro contrato de confidencialidad.

—¿En qué consiste el contrato? —preguntó Arabia.

—Es solo burocracia para que no salgan a la luz los detalles confidenciales. Contamos con tres patrocinadores. Tres hombres millonarios que os cambiarán la vida a tres de vosotras. Repito, no tendréis que hacer nada que no queráis. Los acuerdos a los que lleguéis después con ellos es cosa vuestra. Esta empresa solo se encarga de la selección. Las relaciones con vuestro *sugar daddy* las establecéis vosotras. Son hombres con mucho dinero que pueden cambiaros la vida. Tenéis que aprovechar la ocasión que os brindan. Podéis ser inmensamente ricas con muy poco esfuerzo.

—No entiendo —dije—, ¿qué selección?

—Sois cuatro y solo pueden quedar tres. Serán ellos quienes os escojan. Y vosotras las que hagáis méritos para que eso ocurra. Pensad que la que consiga ser elegida tendrá el futuro resuelto para siempre. Por el simple hecho de haber sido seleccionada.

—No estoy entendiendo nada. ¿Qué méritos tenemos que hacer? —preguntó Estefanía.

—Es muy sencillo. Pasaréis una semana en una casa, las cuatro. Ellos os observarán por unas cámaras instaladas en las diferentes estancias. Cuando finalice la semana, escogerán a tres de vosotras. Sois mujeres inteligentes, estoy segura de que sabréis qué hacer para gustar a un hombre, para seducirlo y que sienta que vosotras sois las más especiales.

—¿Estás loca? ¿Pretendes que tres viejos verdes nos graben cambiándonos, duchándonos y haciendo nuestras necesidades? —cuestionó Arabia.

—Querida, te recuerdo que tenemos grabaciones tuyas en las que se te ve haciendo cosas peores. Que te miren mientras te cambias es la mejor de tus opciones. En los baños no hay cámaras, podéis comprobarlo.

Arabia palideció.

—¿Quién nos garantiza que cuando nos encontremos allí no vendrán esos hombres y nos harán daño? Estaremos en una casa donde nos podéis drogar, donde nos podéis echar un gas y dejarnos dormidas y hacer con nosotras lo que queráis.

—Si ese fuera nuestro fin, esto no tendría sentido. Os hubiésemos citado en la casa directamente. Somos una empresa que pone en contacto a chicas jóvenes con señores mayores adinerados. Podéis comprobar los contratos; la empresa existe, es una compañía de eventos inscrita en el registro mercantil. No estaréis encerradas. Habrá un juego de llaves siempre a vuestra disposición.

—¿Y si no aceptamos? —preguntó Rebeca.

—Si no aceptáis, perderéis la oportunidad de vuestra vida. Desperdiciaréis un futuro mejor para vuestros hermanos. Vuestros padres no podrán dormir tranquilos el resto de su vida. Nosotros habremos perdido un dinero considerable y no nos sentará nada bien. Las cuatro tenéis los móviles hackeados. Todos vuestros contactos recibirán el vídeo en que se os ve siendo muy traviesas. Luego los subiremos a las plataformas y los haremos virales. Recuperaremos el dinero invertido con la venta de esos vídeos. En cambio, si aceptáis, al finalizar la semana todo vuestro material será eliminado.

—¡Eres una mal nacida! Ojalá te dé un infarto y te mueras de manera fulminante —maldijo Arabia.

La agarré del brazo con la intención de que no le partiera la cara a la señora.

—Uy, tienes que cuidar ese carácter o te quedarás fuera, querida. Y mira que la nueva vida de las escogidas comenzará con una cifra con muchos ceros en su cuenta. Eres una desagradecida. Te estoy dando la oportunidad de cambiar la ropa de mercadillo que llevas por ropa de marca. De acceder a un mundo de lujo y de glamour. Sin trabajar, solo con la suerte de que nos hayamos fijado en vosotras. Tenéis las cuatro una vida de mierda. A veces no os llega ni para comer y os estamos dando la oportunidad de que todo eso cambie para siempre.

»Ahora os dejo a solas para que lo meditéis. Mañana recibiréis un e-mail con las instrucciones. Y, por favor, no olvidéis firmar los contratos. También podéis ir a la policía —bajó la voz para continuar—: aunque no os podéis ni imaginar cómo se lo pasarán las fuerzas de seguridad viendo estos vídeos. Y todas las grabaciones que se hicieron, que serán incautadas, claro está. Hemos añadido contenido nuevo con inteligencia artificial. Lamento mucho que la virginidad sea un bien tan preciado en vuestras respectivas culturas, porque, con la ayuda de esos programas inteligentes, la habéis perdido frente a una cámara. No quiero ni pensar en el disgusto que se llevarán vuestros padres cuando lo vean. Y son tan reales... Están basados en fotos y vídeos vuestros en los que salís desnudas, que la duda siempre estará presente. Creo que todas tenéis unas cuantas horas de grabación. Es un material magnífico. Al que sacaremos un buen partido, claro está.

Arabia hizo el ademán de cogerla por los pelos, pero por suerte Estefanía y yo fuimos más rápidas y, agarrándola de los brazos, se lo impedimos.

—Que paséis una buena noche, queridas —dijo con cinismo. La vimos alejarse, contoneando la cintura. Se volvió y nos tiró un beso que sopló en el aire.

—Mala *puñalá* le den y se quede *desangrá* en medio de la carretera. Esta tipa nos ha arruinado la vida.

—O no, lo mismo dice la verdad y nos la soluciona —cuestionó Rebeca.

—No seas ingenua —añadió Estefanía—. Nos han vendido a tres millonarios que van a hacer con nosotras lo que quieran. Han pagado una suma de dinero importante para crear esta patraña, para que caigamos en sus redes. No puedes ser tan tonta de pensar que no se lo van a cobrar. Y encima nos grabarán en la casa y conseguirán material para chantajearnos el resto de nuestra vida. Estamos en un callejón sin salida.

—Podemos ir a la policía —añadí—. Todas somos menores, nos protegerán.

—Parece que no soy la única ingenua. ¿No has visto que en todos los casos de violación se han filtrado los vídeos? Siempre lo hacen. Y no solo lo verán los policías, también los abogados y en la sala del juicio. Mi padre me mata, para mí no es una opción. Yo voy a ir —anunció Rebeca—. Al menos voy ganando tiempo.

—Pero ¿cómo pensáis ir? Yo le digo a mi madre que me voy una semana y de la hostia que me pega en la cara doy una vuelta a toda Fuengirola —dijo Estefanía.

—Yo no puedo irme, si desaparezco ahora me cargo a mi madre. No pasa por su mejor momento —confesó Arabia.

—Es que no nos van a dejar ir —afirmó Rebeca—. Tenemos que escaparnos. Contamos con una semana para pensar en lo que les diremos a la vuelta. Ya inventaremos algo, como que estábamos en un mal momento, que ha sido una locura de juventud, que nos ofrecieron un trabajo, yo qué sé.

—Es que yo mato a mi madre si hago eso. No puedo hacerla sufrir de esta manera —se lamentó Arabia—. Ni por todo el dinero del mundo.

—Todas las familias van a sufrir. Eso no se lo podemos evitar. Pero estoy segura de que podremos ponernos en contacto con ellos. No nos van a dejar incomunicadas —aportó con seguridad Rebeca—. Y tendremos las llaves para salir. Es que, si no me dan las llaves, yo no me quedo. Nos escapamos en un momento de la noche y les decimos que estamos bien.

—Vamos a ver, Rebeca, tú no eres consciente del peligro que corremos. Que, si entramos en esa casa, perdemos el control sobre nosotras mismas. Que nos pueden hasta matar —aclaré.

—Claro que soy consciente. Es que no sé vosotras, pero yo prefiero morir antes que España entera vea mi vídeo.

—Yo no acabo de entenderlo, no encuentro sentido a todo esto —planteó Arabia—. ¿Qué es lo que pretenden?

—Imagino que es gente con dinero que quiere divertirse y cree que puede comprarlo todo. Nos han comprado, Arabia, han comprado nuestra vida y ahora se van a divertir contemplando cómo nos morimos de miedo —solté de golpe.

No quería asustarlas más de lo que estaban. Pero todas sabían que había dicho la verdad.

40

Inés

Me quedé absorta mirando la fotografía. No podía creer que el chico que estaba entre mi marido y mi hijo fuera el mismo que Tamo me había enseñado. Lo que más me llamó la atención fue que, cuando ella me mostró su imagen, tenía los ojos claros, y en esa los tenía oscuros. Había usado lentillas de color.

Debía ir a la policía y contar que lo había visto en esa fotografía. Eso hubiese sido lo correcto. Pero algo dentro de mí me lo impedía. Un presentimiento me alertaba de que algo turbio enredaba a mi familia.

Me preparé una taza de té para calmarme. Y abrí el ordenador para hacer una búsqueda exhaustiva. Tenía que averiguar la relación entre ese chico y mi familia, saber quién era e ir a hablar con él. Pero antes debía aclarar todas mis dudas. Si le preguntaba a mi hijo directamente, estaba segura de que no encontraría la verdad.

Empecé a revisar las redes de Iñaki con atención. Buscaba a aquel muchacho, pero en el fondo temía hallar algo que lo relacionara con Tamo o con las otras chicas desaparecidas.

Me impresionó la cantidad de contenido que colgaba mi hijo. Había días en los que tenía más de veinte publicaciones, la mayoría relacionadas con su trabajo. Selfis con deportistas de élite, fotografías en recintos repletos de personas que lo escuchaban atentamente, equipos con los que preparaba competiciones en lugares paradisiacos. Me di cuenta de la cantidad de información que proporcionan las redes sociales. Solo había que mirar el muro de mi hijo para saber que era un trabajador incansable y que el poco tiempo libre que le quedaba lo dedicaba a hacer deporte y salir de marcha con los amigos.

Me tapé la boca con la mano al ver otra fotografía del supuesto novio de Tamo. Me sorprendí al descubrir que yo había estado en esa celebración, que había compartido espacio con él. En la foto, el marido de mi hija, mi hijo y mi marido brindaban. Y, tumbado en el suelo, apoyado sobre un codo, se sujetaba la cabeza aquel chico. La diferencia entre una imagen y otra era exactamente de un año. Estaba hecha el día del cumpleaños de mi hijo. Asistieron más de doscientos invitados. Fue más un acto profesional que una celebración. Reunió a equipos con los que ya trabajaba e invitó a deportistas a los que quería ofrecer sus servicios. Recuerdo que semanas después me comentó las consecuencias positivas de haber congregado allí a tantas personas del ámbito deportivo.

Si el chico aparecía en su celebración y también en la foto anterior, estaba claro que era alguien que pertenecía al entorno cercano, no era un simple invitado casual a una fiesta.

Cogí el teléfono para mandar un mensaje a Iñaki. Quería aclararlo todo. Me fijé en la foto que tenía puesta en su perfil. Me quedé helada. En la imagen, mi hijo y ese mismo muchacho agarraban con fuerza una copa dorada. Ahí estaba la respuesta. Era su compañero de pádel y habían ganado la competición el fin de semana anterior.

Intenté recordar. Me resultaba familiar, pero no acababa de ubicarlo.

Busqué en Instagram más fotos. Me llevó un buen rato encontrarlas. Era él, no me cabía duda. Estaban con dos chicas más. Reconocí a una de ellas, una amiga de su infancia. Había fotos esquiando, pero las gafas y los gorros no me dejaban diferenciar los rostros. Solo había una donde sí pude identificarlo con claridad. Al situarme sobre la imagen, comprobé que estaban etiquetados todos los miembros del grupo. Pinché en el perfil del chico. Empecé a mirar una por una todas sus publicaciones. En ese momento, sonó el timbre de la puerta. Cuando abrí y vi a la inspectora Santiago, casi que me caigo de espaldas.

Tenía la sensación de que estaba haciendo algo ilegal, algo que necesitaba ocultar.

—Perdone que la moleste, pero pasaba por aquí y me pareció más cómodo visitarla que hacerla venir a comisaría —me dijo.

—Claro, pase —la hice entrar sabiendo que sobre la mesa estaba la foto del novio de Tamo abierta en mi pantalla.

Cogí el teléfono lo antes que pude y la invité a sentarse. La inspectora se dio cuenta de que había intentado ocultar algo.

—Estaba cotilleando los perfiles de mis hijos, es la única manera de ponerme al día sobre su vida. Y acabo de descubrir que mi hijo tiene novia... —dije intentando disimular mi nerviosismo.

—Las redes son todo un mundo de información —anunció mirándome a los ojos—. No se puede imaginar la cantidad de datos personales que ponen en relieve.

—Dígame en qué puedo ayudarla.

—Ayer le comenté que las búsquedas de Tamo en los últimos días nos indicaban la necesidad de conseguir dinero rápido. Pero hizo otra búsqueda que no le mencioné y necesitamos que vea algunas fotos, por si reconoce a alguien en ellas.

—¿Qué otra búsqueda? —pregunté preocupada.

—Esta tarde necesito que venga a comisaría para informar a sus padres, así que va a saberlo de todas maneras. Tamo buscó información para encontrar un *sugar daddy*.

—No puede ser, Tamo nunca haría eso.

—Estaba desesperada. Necesitaba dinero para no perder su casa. Es normal que buscara alternativas. Y desafortunadamente es una práctica muy normalizada hoy en día. Hay muchos vídeos virales contando cómo ejercer la prostitución de forma temprana para mejorar las condiciones de vida. Las aplicaciones de este tipo se han multiplicado y las menores acceden a ellas con facilidad.

—Créame, conozco a Tamo y ella nunca pensaría en esa posibilidad. Tamo reza cinco veces al día, su religión es para ella importante. Nunca haría algo así.

—Ha consultado más de cien páginas al respecto.

Me levanté del asiento, nerviosa.

—Esto debe de tener una explicación. Enséñeme las fotografías que quiere que vea.

No hacía falta que me explicara qué iba a ver. Sabía que me iba a enseñar retratos de pederastas o violadores de la zona.

La inspectora accedió a un enlace y comenzó a pasar fotografías. Hombres mayores que podrían ser el señor de la tienda o uno de mis compañeros. No reconocí a nadie.

—Gracias por su colaboración. ¿Sería posible que viniera esta tarde a las seis con la familia de Tamo para que la pongamos al día?

—Claro, allí estaré.

Tenía unas cuantas horas para seguir indagando en el perfil del chico, que ya había descubierto que se llamaba Pablo. Me sentía muy culpable, sabía que estaba haciendo algo ilegal. Debí compartir con la inspectora lo que había averiguado. Pero no podía. Algo me decía que, si seguía indagando, me iba a encontrar con cosas que tendría que ocultar.

Tropecé con una foto que me hizo parar. Amplié la imagen y vi que estaba tomada en un sitio que me era muy familiar. Pablo se encontraba en la cubierta de una embarcación, con una cerveza en la mano, sin camiseta. Recordé que Tamo me había contado que su novio la había llevado a cenar a un barco.

Era el barco que mi marido había comprado con su hermano. Intuitivamente, fui a buscar las llaves al cajón donde siempre se guardaban. Era un juego de llaves que abrían los distintos compartimentos dentro de la embarcación.

No estaban.

41

Estefanía

Salimos del club social con más angustia de la que entramos. Nuestras dudas e inseguridades no nos dejaban tomar decisiones de forma coherente, no podíamos organizar la información que teníamos. El terror se pegaba a cada argumento, distorsionándolo, volviéndolo inseguro y frágil. No teníamos muy claro qué era real y qué no, pero sí albergábamos la certeza de que no saldríamos bien paradas de esta historia.

Me habían gustado las chicas, en especial Arabia y Tamo. Me daba la sensación de que lo estaban pasando tan mal como yo.

Nada había sido fruto del azar. Hablando entre nosotras, nos dimos cuenta de que todas pasábamos por momentos muy complicados. Por circunstancias decisivas en nuestra vida. Eso me preocupó. Detrás había gente inteligente con una organización muy cuidada. La unión de la maldad y la posición adinerada resultaba una mezcla explosiva.

Había oído hablar de los *sugar daddies,* no era ninguna ingenua. Sabía que últimamente proliferaban las aplicaciones que te permitían tener ese tipo de relaciones. Hombres mayores, con dinero, que compraban la juventud de una mujer para disfrutarla a su antojo. En las redes sociales había mucho material al respecto. Chicas con experiencia te explicaban cómo «sacarle provecho» a este tipo de relaciones. Los hombres pagaban regalos caros, viajes al extranjero y restaurantes de lujo. Las iban engatusando hasta que se acostaban con ellas. Pagaban por su virginidad, por su frescura, por su inocencia. Me preguntaba si la vida de esas chicas volvía a ser la misma. Un viejo verde al que se le caía la baba mirando cómo te bajabas las bragas. Esa era la realidad. Y asumirla me costaba.

No lograba entender cómo había sido posible que alguien como yo, que nunca se metía en líos, que siempre había hecho lo correcto, hubiese acabado en manos de unos depravados. Si ni siquiera me había emborrachado una vez en mi vida.

Tumbada en mi cama, intentaba decidir cómo actuar. Qué decisión era la mejor. La menos dolorosa. No pude dormir. Ni un solo minuto en toda la noche. Amanecía, había llegado la hora de tomar la decisión y aún no sabía qué hacer.

Al menos, si me iba, mi madre no estaría sola, mi padre la acompañaría. Pensé en dejarle una nota, en decirle que volvería pronto. Que no se preocupara, que me marchaba unos días a casa de una amiga. La tenía encima de la mesita de noche cuando entró un correo.

Había recibido un nuevo vídeo.

De nuevo tuve que pinchar en un enlace. En las imágenes, se me veía en una cama teniendo sexo con un hombre que por lo menos debía de rondar los sesenta años. Sabía que no era yo. Pero ahí estaban mi cara y mi cuerpo. Mis pecas, mis lunares. La mancha de nacimiento que tengo en la nalga derecha. Una arcada me hizo salir corriendo al baño. El vídeo duraba quince minutos. Quince minutos eternos que me dolieron más que cualquier paliza física. Cambiaba de pareja varias veces, incluso en la última escena estaba con dos chicos a la vez. Acercaban el plano y se veía mi cara sonriendo. Mi voz hablando. No podía creerlo. Por un momento dudé si era yo, si me habían drogado y no me había dado cuenta.

No, lo miré detenidamente. Debía de estar hecho con inteligencia artificial, como nos había dicho Malena. Había oído casos de chicas que habían pasado por lo mismo.

No tenía opción. Tenía que irme. No podía permitir que eso se viralizara. Nadie creería que no era yo. Todo el mundo pensaría que me prostituía, que hacía porno. Sabía cómo funcionaba el mundo. Sería culpable y, cuando se descubriera la verdad, no dejaría nunca de ser la chica que todo el mundo había visto teniendo sexo con varios chicos a la vez. Además, estaba el vídeo anterior, que lo empeoraría todo.

Me sequé las lágrimas. Tenía que preparar las cosas para irme. Lo haría.

Cogí algo de ropa y la metí en mi mochila. Guardaba mi cepillo de dientes cuando recibí otro mensaje. Me di cuenta de que el anterior había desaparecido. Nuestros móviles estaban hackeados, no era ninguna broma. Decía: «Coged solo el bikini que os enviamos. No os traigáis nada más. Ni teléfono, ni ropa, ni objetos personales. Un coche os recogerá a las ocho y media en la esquina de vuestra casa. No os dejéis la nota que habéis escrito a vuestra familia. Traedla. No olvidéis el contrato firmado».

Mi cuerpo entero temblaba, no era capaz de controlarme. ¿Me observaban en mi propia casa? Quizá era casualidad, porque parecía normal que todas hubiésemos dejado una nota; ninguna quería que sus padres sufrieran. Miré el reloj, faltaban cinco minutos para que llegara la hora. No tenía tiempo de reacción. Cogí la nota, firmé el contrato y busqué el bikini. No estaba. Lo había dejado en el armario y no estaba. Llamé a mi madre, no me lo cogió. Tenía la certeza de que lo había dejado allí. Era la hora, no podía llegar tarde o pensarían que no iría. Me llamó mi madre. No había cogido el bikini, ni siquiera lo había visto. Intentaba recordar dónde lo había puesto. Pasaba un minuto de la hora acordada. Decidí irme sin el bikini. La mochila, recordé que lo había metido en la mochila del instituto. Corrí a buscarla, lo encontré dentro. Saqué el bikini y salí corriendo. Cuando cerré la puerta, me di cuenta de que no había cogido ni el contrato, ni los trozos de la nota, ni las llaves. Y no podía entrar en casa.

«Maldita sea», pensé, y golpeé la puerta con rabia. Me senté en el suelo a llorar, pegada a la puerta. Esta se abrió de repente. Mi padre estaba durmiendo en la cama de mi madre y se había despertado con los golpes.

—Había olvidado el papel para la excursión —improvisé secándome las lágrimas.

Entré corriendo y le di un beso a mi padre en la mejilla.

—Que tengas un buen día, hija —me dijo.

La primera vez que mi padre me llamaba hija e iba a tener el peor día de mi vida.

El coche estaba esperándome. Era un automóvil oscuro, de un particular. Sentí pánico. No sabía a dónde me llevaría y si volvería a ver a mi familia. O si iba a morir. Cuando entré en el coche, supe que ya no había vuelta atrás.

El conductor no me miró. Me arranqué un pelo y lo metí disimuladamente debajo de la alfombrilla. Si me mataban, me buscarían y al menos habría restos de mi ADN. Me sentí estúpida haciendo eso, pero no podía pensar con claridad.

Salimos del pueblo. Nos incorporamos a la autovía. Nos desviamos en el Arroyo de la Miel. Bordeamos la costa para llegar de nuevo al Higuerón. Recorrimos toda la urbanización hasta entrar en una mansión enorme. El conductor paró el motor y me bajé. El coche se marchó enseguida.

Arabia había llegado. Había estado llorando. Tenía los ojos enrojecidos. Se abrazó a mí en cuanto me vio.

—Me han hecho otro vídeo horrible —me dijo sin mover la cabeza de mi hombro.

—A mí también. No sé cómo vamos a salir de esta.

—Escúchame, la rubia no me gusta un pelo. No te fíes de ella. Lo primero que tenemos que hacer es buscar un sitio donde no haya ni cámaras ni micros. Esto es enorme y tiene una zona de jardín gigantesca. Hallaremos la forma de reunirnos sin ella. De Tamo sí que me fío, pero de la rusa no. Es que no me da buena espina y yo no me equivoco nunca.

—Ojalá llegue Tamo antes y podamos hablar con ella —deseé sintiendo que mi nueva amiga estaba en lo cierto.

—No te fíes de los baños, estoy segura de que han puesto cámaras en todas partes. No tienen escrúpulos. Si vemos algo raro, nos vamos y llamamos a la policía. No comas ni bebas nada. Lo haremos una a una, así podemos saber si nos drogan; veremos la reacción en la que coma o beba. Esto hay que hacerlo siempre, ¿me entiendes? Siempre, no sabemos cuándo nos van a drogar. Estableceremos turnos, cada vez será una la que coma. Estefanía, tenemos que utilizar nuestra inteligencia para salir de esto. Es lo único con lo que podemos contar.

—Tienes razón, y estoy convencida de que la convivencia no va a ser fácil. Y que quieren que nos matemos vivas. Me preocupa que no nos hayan dejado traer ropa. ¿Crees que nos harán estar desnudas todo el rato?

—No lo creo, saben que no soportaríamos ese trato. Hay gente muy organizada detrás y algo nos están preparando, eso está claro. Pero supongo que la cosa va más de que rivalicemos entre nosotras. Prométeme que, pase lo que pase, no me dejarás sola. Eres lo único que tengo.

—Te lo prometo. Y te pido lo mismo. Estoy muy asustada.

En ese momento llegaron las otras dos chicas. Rebeca se bajó del coche animada, miró a su alrededor. Tamo llevaba un portátil en la mano.

—Menudo casoplón, al final esto no va a estar tan mal —anunció Rebeca mirando la piscina.

La cogí del brazo y me la llevé al jardín para darle la oportunidad a Arabia de hablar con Tamo. Desde la cristalera del salón se veía el mar. Se hallaba tan cerca de la orilla que me pregunté si sería legal.

Yo tampoco me fiaba de Rebeca. No me gustaban los análisis que hacía, pero seguro que, si la conocía un poco más, cambiaría de idea. Posiblemente, lo estaba pasando tan mal como nosotras.

Cuando nos sentamos en el sofá del salón, hablando de cómo nos sentíamos, compartiendo nuestros miedos, llegó Malena, contoneándose como el día anterior. Yo era la que parecía más asustada. Nunca había salido de mi casa, de mi entorno, de mi seguridad. Todo resultaba demasiado complicado.

—Me alegro mucho de veros a las cuatro. Pasadme los contratos, por favor.

Se los entregamos junto con la nota que habíamos escrito. Tamo le dio el ordenador. Todas teníamos el bikini en la otra mano.

—Os voy a enseñar la casa. Hay ocho habitaciones. Podéis dormir en la que queráis. Esa es la cocina y este es el salón principal. La puerta de atrás da a un gimnasio que esperamos que utilicéis. Y en el lado derecho está la piscina, que es maravillosa.

Podéis regular la temperatura desde el panel de control que hay en el frontal derecho.

»Por favor, cambiaos en el baño y tirad vuestra ropa a la basura. Recordad que esto es una competición y que tenéis todas vuestras armas de mujer para ser la más encantadora. La que se quede fuera deberá pagar los gastos ocasionados. Igual pasará con la que salga por la puerta. Pero no os preocupéis, con que colguemos vuestros vídeos en un par de páginas será suficiente.

»Podéis imaginaros cómo tenéis que comportaros para ganar: debéis ser seductoras y sexis, sacar lo mejor de vosotras y mostrarlo con talento. Disponéis de una semana para divertir a nuestros patrocinadores y hacérselo pasar muy bien. Son muy generosos, tendréis pruebas de ello. Chicas, vuestra vida está a punto de cambiar. Vais a cumplir todos los sueños, incluso aquellos que nunca os habéis atrevido a pronunciar en voz alta. Estoy convencida de que viviréis una semana espectacular, llena de sorpresas. No podéis dejar pasar esta oportunidad. No vais a tener ninguna así en vuestra vida.

Cuando Malena se marchó, sentí que todo me daba vueltas y caí al suelo.

42

Inés

La posibilidad de que Tamo hubiese estado en nuestro barco me llenó de miedo, de incertidumbre, de dudas que no sabía cómo aclarar. Nunca se prestaba a personas ajenas a la familia. Esa era la única condición que los dos hermanos, los dueños de la embarcación, tenían que respetar. Esa medida se estableció tras la compra para ahorrarse conflictos innecesarios.

Que el cajón estuviera vacío me había dejado helada. Intenté serenarme. No podía ser verdad. Mi hijo no podía estar detrás de la desaparición de Tamo.

Debía hablar con ellos e indagar si sabían algo. Lo único que se me ocurrió fue organizar una cena familiar. Llamé primero a Iñaki, que se resistió por tener planes, pero sucumbió ante la idea de comer croquetas, su plato favorito. Con mi hija fue más sencillo; estaba preocupada por mí y por cómo me estaba afectando la desaparición de Tamo. Accedió en cuanto se lo propuse. El más complicado fue mi marido. Tenía la última cita a las nueve y no llegaría hasta bien entradas las diez.

Bajé a comprar las cuatro cosas que me faltaban y elaboré un flan con la vieja receta de mi abuela. Si había postre, la sobremesa se alargaría más. Saqué las croquetas del congelador y las metí en la nevera. Prepararía una empanada y una buena ensalada.

Me di una ducha rápida y fui a recoger a Fátima para acompañarla a la comisaría. Con lo que había averiguado, no iba a ser nada fácil el encuentro con la inspectora Santiago.

Cuando vi a Fátima, me impresionó. Encontré a una mujer destrozada, a una madre hundida.

—Hassan no quiere venir, dice que la policía no ayuda a los marroquíes.

—No pasa nada. Sube, iremos nosotras. ¿Cómo estás?

Guardó silencio un momento. Parecía buscar las palabras que pudieran abarcar la situación que vivía.

—Tengo miedo, Tamo no se ha ido.

—Los adolescentes son imprevisibles, puede que quisiera darle una lección a su padre, decirle que no se iba a ir con Karim.

—Tamo no haría eso. Sabe que la necesito.

Tenía razón. Era imposible convencerla de lo contrario. Inventar argumentos no iba a servir para nada.

—La encontraremos —le dije con calidez.

La inspectora nos estaba esperando. Nos hizo pasar a una sala amplia donde había colocadas tres sillas. Nos sentamos frente a ella.

—Muchas gracias por venir. Voy a ponerla al corriente de cómo va la investigación —dijo la inspectora con tranquilidad.

Acerqué la silla a la mesa y cogí la mano de Fátima, que apretó la mía con fuerza.

—Hemos averiguado que Tamo hizo una serie de búsquedas en su móvil. Quería obtener información de cómo conseguir dinero rápido. No hemos encontrado chats ni correos que intercambiara con ninguna persona. Pero sí hemos podido seguir la pista del último día. Un coche negro la recogió en su casa. La grabó la cámara de seguridad del banco que hay un poco más abajo de su calle. Tamo iba sentada atrás. Luego se la vuelve a ver cinco calles más abajo, en una cámara de tráfico. La siguiente imagen del coche la tenemos al salir de la autopista en Estepona y Tamo no estaba en su interior. Por lo que creemos que se encuentra en algún lugar entre Torremolinos y Estepona.

Le pregunté a Fátima si necesitaba traducción, pero negó con la cabeza; lo había entendido todo. Aunque comprendía perfectamente el español, temí que los nervios le jugaran una mala pasada. Hizo una pregunta sin darse cuenta de que la estaba formulando en árabe.

—Pregunta si creen que estará bien —traduje con rapidez.

—Eso no lo sabemos. Lo que sí sabemos es que no está sola. Al menos otras dos chicas están con ella. También las recogieron en un coche oscuro cerca de su domicilio, y se les pierde la pista en la misma salida.

—¿Y la matrícula? ¿Saben ya de quién son los coches?

—Todos tienen matrícula falsa, las han cogido del mismo desguace. También queremos informarle de las últimas búsquedas de su hija en internet.

Tuve que traducirle esa parte, Fátima pensó que no lo entendía bien. Era de la misma opinión que yo. No eran búsquedas que ella hubiese hecho.

—¿Podría tener el móvil manipulado? ¿Que alguien lo hiciera por ella?

—Sí, tenía un control remoto instalado, pero muy básico, de los que pueden eliminar archivos y poco más. Las búsquedas las hizo ella. De eso estamos seguros.

—Pues no me cuadra. Es una niña, por Dios, nunca se buscaría un hombre mayor ni traficaría con drogas.

—Hay otras posibilidades. Puede que alguien se lo estuviera ofreciendo y ella lo estuviera valorando. No estamos descartando ninguna hipótesis.

—¿Han encontrado la conexión entre las tres niñas? —pregunté con un doble interés.

—No tienen ningún nexo en común, pero creemos que andan juntas.

Sentí que el estómago me daba un vuelco. Si el amigo de mi hijo estaba detrás de la desaparición de Tamo, también lo estaría de las otras dos. Temí que mi hijo estuviera implicado. Si Iñaki tenía algo que ver era porque lo habían engañado. Conocía a mi hijo. No era capaz de hacerle daño a nadie. Quizá fuera un poco frívolo, incluso egoísta a veces, pero no un secuestrador de niñas.

—Las mantendré informadas. Espero darles buenas noticias pronto.

La inspectora nos acompañó a la puerta. Fátima comenzó a llorar en silencio. Estuvo todo el camino sin decir una sola palabra. Solo habló cuando iba a salir del coche.

—¿Y si está muerta? La televisión dice que está muerta y que es por culpa de tener una familia tan mala como la mía.

—No veas la tele. Todo eso son patrañas, no van a contar la verdad nunca. Solo te va a hacer daño. Y sobre todo, evita que los pequeños la vean.

—No van a la escuela. Ellos vienen llorando. Los otros niños les dicen que no tienen casa, que son pobres y que han matado a su hermana. No quiero que vayan al colegio.

—¡Santo Dios! ¿Cómo pueden ser tan crueles los críos? Mejor que se queden en casa. Bueno, al menos tenéis luz de nuevo.

—Sí, la luz volvió antes de que se fuera Tamo. Menos mal, así pueden jugar con mi teléfono.

—Fátima, voy a darte algo, es solo un préstamo. Son tiempos difíciles y los niños no van a ir al comedor del colegio. —Saqué doscientos euros de mi bolso y se los ofrecí.

—No, no…, no puedo aceptarlo. Tú ya nos estás ayudando mucho.

—Necesitas que tu familia coma. Y ahora no va a ir nadie al taller de tu marido. No vais a tener ingresos. No es para ti, es para los niños. Tamo lo cogería. Pero guárdalo bien, que no lo vea Hassan.

Fátima me miró agradecida, tomó el dinero y me abrazó.

—Gracias, eres una mujer muy buena. Gracias por tu ayuda.

—Llámame a cualquier hora. En cuanto sepas algo.

Me marché con un nudo en la garganta. Si yo estuviera en su lugar, no me mantendría en pie. Si fuera mi hija la que hubiese desaparecido, no lo habría llevado con esa entereza.

Cuando llegué a casa, tropecé con Inma en el portal.

—¿Qué haces aquí tan pronto?

—Mamá, si quieres me voy y vuelvo a mesa puesta.

—Estoy encantada de que estés aquí. —Le pasé el brazo por los hombros, acercando nuestras caderas.

Sonreí para intentar disimular las dudas que me agobiaban.

—¿Cómo estás? ¿Hay noticias de Tamo? —preguntó.

—Vengo de comisaría. Lo único que saben es que las tres niñas están juntas.

—¿Cómo que están juntas? ¿Se han fugado?

—Eso se desconoce, pero tienen pruebas de que se hallan en el mismo lugar.

—Pues es buena señal. Si saben eso es que se están acercando a ellas y las encontrarán pronto. Tenemos una policía muy buena. Y estarán bien —me consoló mi hija.

—Son muy jóvenes y guapas, Inma, la cosa no pinta bien. Hay mucho depravado por ahí que paga grandes cantidades de dinero por abusar de niñas jóvenes. No sería la primera vez.

—No pienses eso, mamá, que te va a hacer daño. No lo sabes. Nos has contado muchas veces que no llevaba una vida fácil y todo el mundo tiene un límite. Quizá alguien en su entorno le hizo daño o simplemente tenía miedo de que le hicieran algo y ha salido huyendo. Por lo que he oído, las tres chicas comparten historias parecidas, no estaban en su mejor momento. Quizá se conocieron por internet y están escondidas para hacerse virales y ganar dinero. La mente de las adolescentes es difícil de comprender.

—Tienes razón. Ojalá sea algo de eso.

Mi hijo llegó en ese momento y se tiró en el sofá sin saludar a nadie.

—Buenas noches a ti también, hermanito.

—Estoy muerto —añadió Iñaki.

—Qué pena —apunté—. Los muertos no pueden comer croquetas de atún.

—Eres la mejor madre del mundo —dijo levantándose y dándome un abrazo—. Me temía que solo me lo hubieses dicho como cebo y no me las hubieses hecho.

—Las hice el domingo y las congelé. Tienes tres fiambreras en el congelador.

—Me acabas de hacer el hombre más feliz del mundo.

Iñaki nos acompañó mientras Inma y yo preparábamos la ensalada y la empanada.

—Pon la mesa al menos —protesté.

—A sus órdenes, majestad —se burló.

Mi marido nos sorprendió llegando a las nueve y media.

—¡Qué sorpresa! Entendí que vendrías más tarde.

—He anulado la última hora, no todos los días puedo cenar con mi familia al completo.

No pude disfrutar de la velada como me hubiese gustado. Estaba analizando cada cosa que mi hijo decía, buscando entre sus palabras alguna pista de lo ocurrido. No sacamos el tema hasta los postres.

—Esta noche se te ve muy ausente. Imagino que estás preocupada por tu alumna. He oído que hay batidas organizadas en el pueblo, ¿quieres que vayamos de voluntarios el fin de semana? —preguntó mi marido.

—Yo también puedo ir. Este sábado por la mañana tengo un partido de pádel, pero puedo anularlo.

—Iremos todos, mamá, tenemos que ayudar a encontrar a Tamo. Es lo menos que podemos hacer —añadió Inma.

—El sábado tengo que ir a comisaría, no creo que pueda ir.

—¿Para qué tienes que ir a comisaría? —quiso saber mi marido—. ¿Vas a prestar declaración?

—No, Fátima ha pedido que sea su intérprete. Ella entiende bien, pero no sabe hablar. Voy casi todos los días.

—Las van a encontrar —afirmó mi hijo.

—Sí que me gustaría despejarme un rato el domingo, podríamos salir con el barco. ¿Quién tiene las llaves? No las vi en su sitio —dije sin perder de vista la cara de Iñaki.

Mis hijos se miraron entre sí.

—Deberían estar aquí, yo fui el último que las cogí y las puse en su sitio. —Iñaki se levantó y fue a comprobar el cajón donde se guardaban—. No sé cómo has mirado, están aquí. Se habían ido al fondo del cajón.

Alguien las había colocado en su sitio. Estaba segura de que cuando miré no estaban.

43

Arabia

No es que me creyera la más lista de todas. O quizá sí. No lo sé. Lo único que tenía claro es que necesitaba salir de allí viva. Es curioso cómo se aguzan los sentidos cuando de ellos depende tu supervivencia. No podía dejar a mi *mama* sola. Tenía dos opciones: o me rendía y que fuera lo que Dios quisiera, o luchaba por salvarme. Y lo único con lo que contaba era mi inteligencia.

En cuanto se fue la víbora, la señora que nos había enredado, visualicé toda la casa. En cada habitación había cuatro cámaras que nos seguían con nuestro movimiento. Encontré en los dormitorios, en el porche, en la piscina, en la cocina y un número superior en el salón, la estancia más grande de la casa.

Estefanía se había recuperado y permanecía de pie junto a la piscina, mirando el agua. Temía que estuviera en shock y que no reaccionara. Tamo se hallaba a cierta distancia de ella, atenta por si la necesitaba. A las dos nos preocupaba la pelirroja. Su mirada perdida y su falta de respuesta no nos gustaba.

Rebeca estaba abriendo todos los armarios y examinaba la comida que nos habían dejado.

—Mirad esto, chicas, tenemos alcohol de todos los sabores. Hay ron, ginebra, licores... Podemos estar una semana borrachas, así seguro que corre el tiempo más deprisa.

Las tres la miramos pensando lo mismo. Nos querían borrachas.

A mí el alcohol me sentaba fatal. Solo había tomado una vez, la Nochevieja anterior, con mis primas. Y mi madre consiguió que fuera inolvidable. Me sirvió copas hasta asegurarse de que la resaca del día siguiente no se me olvidara en la vida. Nunca más volví a probarlo. No me pareció divertido, ni me dio por reír, tan solo sentí un sueño que me apagó la alegría y un mareo que me imposibilitó bailar en toda la noche.

Esa muchacha estaba *chalá* si pensaba que yo me iba a emborrachar allí, donde necesitaba estar más lúcida que nunca.

Rebeca se sirvió una copa y puso unos frutos secos en un plato.

—Me voy a cambiar —anunció en medio del salón.

—¿Qué haces, insensata? ¿No recuerdas que hay cámaras? Entra al baño —ordené cogiéndola por un brazo.

—¿De verdad crees que no hay cámaras en el baño? —preguntó Estefanía con preocupación.

—No lo sé —contesté acariciándole la cabeza, en un intento de calmarla—. Pero yo tengo la solución. Tamo, ven un momento.

Miré en las camas y no había mantas, ni sábanas ni edredones. Cogí una toalla del baño.

—Mirad cómo me cambio. Siempre me tapo así en la playa para quitarme el bikini y no traer todo el camino la humedad en el cuerpo.

Me envolví con la toalla y me quité la falda, la camiseta y la ropa interior. Luego me puse el bikini y me amarré la parte de arriba con un lazo.

Tamo siguió mi ejemplo e hizo lo mismo, pero tardó un buen rato. Estefanía seguía paralizada.

—Tienes que ponerte el bikini. Vamos, te ayudaremos —le susurró Tamo.

Rebeca puso música y se tiró a la piscina.

Ayudamos a Estefanía, que no conseguía salir de su estado catatónico.

—Tengo mucho miedo —susurró.

—No te preocupes. No nos harán nada. Saben que somos unas chicas muy listas y hemos dejado pruebas de dónde estamos y con quién. Si nos hacen algo, no saldrán impunes.

Lo dije en voz alta. Me estaba marcando el farol más grande de mi vida. No debí ir. No debí aceptar el chantaje, pero estaba tan nerviosa, tan atacada, que solo cumplí órdenes. Es muy fácil manipular a alguien cuando está más asustado que un perrillo chico en una carretera.

Intentamos ayudar a Estefanía, que seguía pasmada. Nos sentamos en las hamacas que había en el borde de la piscina.

—Me han comprado un bikini de tres tallas menos —protesté—. Se me salen las mollas por todos lados.

—Es la primera vez en mi vida que me pongo un bikini —dijo Tamo.

—¿Te bañas con ropa? —pregunté.

—Tengo un bañador. Pero no sé nadar —confesó avergonzada.

—Perdona, he sido una tonta —me disculpé por mi torpeza—. No te preocupes, haces pie en toda la piscina.

Rebeca se pegó a Estefanía y le acarició la cabeza.

—Anímate, mujer, que no es tan malo. Estamos solas y el sitio es precioso. La piscina está climatizada, el agua es una pasada. Estoy segura de que no va a pasar nada. Vamos a dar un paseo, que el jardín es muy bonito. Ven.

La levantó tirando de una mano y se la llevó.

—Tamo, a mí esta niña me da *mu* mal rollo. Estoy convencida de que la va a liar. No me hace mucha gracia que Estefanía esté con ella.

—Cada una canaliza los nervios como puede. Ella no para de moverse y Estefanía está inerte —dijo Tamo.

—Vamos a crear un código. Un parpadeo significa sí. Dos parpadeos significarán no. Y si me toco la oreja, paras lo que estés haciendo.

—¿Tú qué coeficiente intelectual tienes? —preguntó Tamo riendo.

—No lo sé, nunca me lo han dicho. Solo me dijeron en el colegio que era una niña de altas capacidades, pero siempre suspendía, así que me sirvió de poco. Aquí es lo único que tenemos, niña, lo demás no sirve de nada.

Rebeca y Estefanía habían vuelto. Estefanía estaba sentada, mientras Rebeca le echaba crema en la espalda.

—Yo a está la *majo* —dije—. No sé por qué la está tocando

así. Puede echarle la crema de otra manera. Tampoco tiene que hacer del momento un show erótico.

Estefanía se dejaba hacer, con la mirada absorta en el infinito. Me contuve para no enfrentarme con Rebeca.

—Voy a ver si encuentro algo para desayunar. ¿Tenéis hambre? —preguntó Tamo.

—Ayúdala, Rebeca, que tú sabes dónde está todo —ordené intentando que pareciera una sugerencia.

Aproveché que Rebeca se alejaba para hablar al oído a Estefanía.

—Nena, espabila, que te vas a poner mala. Llora, saca lo que tienes dentro. Pero no te quedes así. ¿Quieres que te pegue una hostia con la mano abierta? Verás como te entran ganas de llorar —bromeé.

Las dos comenzamos a reír. Estefanía rompió a llorar y a reír de forma alternativa, sin saber muy bien lo que estaba haciendo. A mí me hizo tanta gracia que me dio un ataque de risa. No podía parar de reír. Tamo se contagió y se sentó con nosotras.

Rebeca se unió más tarde, cuando nos hubimos calmado. Trajo una caja de galletas y unos batidos de chocolate. Tamo elevó la caja para leer los ingredientes y tiró casi todas las galletas al suelo. Nos volvimos a reír.

—Lo siento, no puedo comerlas si contienen manteca de cerdo —se disculpó Tamo.

—Creo que esto se lleva mejor con risas —concluí—. Contadme el día de vuestra vida que más os habéis reído. ¿Empiezo yo?

Todas asintieron mientras mordisqueaban las pocas galletas que no habían caído al suelo.

—Mi padre estaba tendido en la cama con mi hermano, que por entonces era un bebé. Lo sujetaba mientras mi madre iba por un pañal a la cocina. Se acercó la barriga a la cabeza y le hizo una pedorreta, levantándolo después en el aire. Mi hermano le vomitó encima. —Me atraganté con mi propia risa—. Fue genial, porque se pringó entero.

Tamo se dio cuenta de que me había entristecido y corrió a contar algo para que se me pasara.

—No hace mucho, me subí a una moto por primera vez. Como no estoy acostumbrada, me quedé muy atrás. Me pidió que me acercara y me agarrara, y yo, en vez de cogerme a la cintura, no calculé bien. Como estaba muy nerviosa, me agarré más abajo, ya sabéis dónde. Le hice mucho daño de lo fuerte que apreté. Ahora me alegro. Más daño le tenía que haber hecho.

Todas nos miramos. No habíamos hablado de eso. Pero en nuestra cabeza rondaba la misma idea.

—Se llamaba Alberto y estaba buenísimo. Me engañó como a una boba —contó Estefanía.

—Adrián, y es el chico más guapo que he visto en mi vida. Me tragué todas las mentiras, me creí especial —contó Tamo.

—Abel. Dieciocho años y forrado de billetes. Como un armario empotrado. Y con una tableta de chocolate donde se podía lavar la ropa.

Las chicas se rieron de mis gestos.

—Andrés, motorista, guapo a reventar. Me dijo que no había otra mujer como yo. Y tenía tres más —dijo Rebeca señalándonos.

—¿Creéis que nos ha engañado el mismo? —pregunté.

—Puede ser, a veces no me cogía el móvil. Estaría con alguna de vosotras.

—El mío era castaño con ojos verdes —señalé yo.

—El mío, castaño con ojos grises —dijo Estefanía.

—Castaño con ojos azules —aportó Tamo.

—Castaño con ojos marrones —concluyó Rebeca.

—Tenía un lunar justo encima del labio —agregó Estefanía.

—Joder, se ha gastado otra pasta en lentillas de color. No se le caigan los ojos a cachos y se los coman dos gaviotas que vengan de la basura con el pico lleno de mierda —maldije.

Todas rieron por mi ocurrencia.

—Bueno, la que dice de la basura dice del cementerio.

Contamos cómo nos habían extorsionado, cómo habían hecho un vídeo para que estuviéramos allí.

—¿Qué te hicieron a ti, Rebeca? —pregunté.

—Igual que a vosotras, me grabaron desnuda y… prefiero no acordarme.

Se zambulló en la piscina.

Nos quedamos pensando. Lo mismo la habíamos juzgado mal y era la que más tocada estaba.

Estuvimos toda la mañana contándonos nuestra vida, encajando las piezas que nos habían llevado allí. Rebeca era la única que no habló de forma espontánea.

—Llegué de Ucrania el año pasado. Mi madre murió en un bombardeo. Vivimos en un piso con una familia nigeriana que nos alquila una habitación. Mi padre no puede dormir por las noches, no ha superado lo de mi madre. Tiene pesadillas terribles, se despierta creyendo que lo están bombardeando y ya no duerme más. Comemos de la Cruz Roja o de lo que nos da la familia nigeriana. He aprendido español, pero no tengo papeles, estoy en tramitación. Mi padre ha solicitado asilo político.

Cuando estábamos compartiendo nuestras experiencias, nos olvidamos de que nos estaban grabando, que una cámara se movía y buscaba nuestra mejor perspectiva. Que éramos el entretenimiento de alguien.

Y todas teníamos en el pensamiento algo de lo que no queríamos hablar. Del dolor de nuestras familias cuando descubrieran que habíamos desaparecido.

44

Inés

No podía dormir.

Daba vueltas en la cama sin parar. No tenía ni idea de cómo averiguar si mi hijo tenía algo que ver con la desaparición de Tamo. Pero, por otro lado, sabía que, si le contaba a la policía mis sospechas, Iñaki y toda mi familia nos veríamos envueltos en un escándalo. Sobre todo, si habían utilizado nuestro barco. Podría perder todo lo que tenía.

Fui sincera conmigo misma. Mi hijo siempre había sido un niño difícil. Cuando era pequeño, tuvimos que dejar de salir con amigos que tenían niños de su misma edad. Siempre se metía en líos e involucraba en sus travesuras a los demás. No pasaba lo mismo cuando íbamos con adultos. Era el más educado y correcto, todos nos felicitaban.

Cuando tenía siete años, cogió el extintor del garaje y roció de espuma todos los coches. Su padre le hizo limpiar el garaje entero, incluidos los coches de todos los vecinos. Tardó un mes en terminar. Yo protesté, pero nunca he sido buena evaluando si los castigos tenían la suficiente contingencia. A mí todo me parecía demasiado para un niño pequeño. Pero mi marido era el experto y me recordaba continuamente su formación. Al fin y al cabo, él se ganaba la vida ayudando a las familias a resolver los problemas de sus hijos.

No es que fuera un niño malo, con mal fondo, es que no podía parar quieto. Siempre tuvo muchos amigos, fue el líder en todos los cursos por los que pasó. En primero de primaria, cuando la maestra nos llamó para decirnos que nuestro hijo manipulaba a los más débiles, y que abusaba de ellos, mi marido quiso que fuéramos los dos. Estaba convencido de que mi flexibilidad a la hora de gestionar los castigos y mi falta de autoridad estaban produciendo en Iñaki un daño irreparable.

Recuerdo el vestido que llevaba la maestra, un vestido negro de gasa con pinceladas de colores. Pensé que se lo habían podido pintar sus propios alumnos.

—Muchas gracias por venir —nos dijo, educada—. Es un placer tratar con padres que se preocupan por la educación de sus hijos.

—Gracias por el refuerzo —cortó Cosme—. ¿Puede aclararnos cuál es el problema? Lo que le dijo a mi mujer en el patio fue muy alarmante.

La maestra se movió incómoda. Cosme podía ser muy invasor si no se le conocía. En el momento en que se establecía una confianza era cuando se apreciaba su nobleza y generosidad.

—Por supuesto —anunció la maestra—, se lo aclaro con mucho gusto. Hay varios niños en clase con necesidades educativas especiales. Uno de ellos tiene un problema de movilidad. Su madre le trae un desayuno muy llamativo, muy cuidado, con un snack y alguna golosina. Iñaki le exige esas golosinas a cambio de que los demás jueguen con él en el patio. Si no accede a dárselas, aísla al pequeño de manera cruel, interponiéndose para que nadie pueda compartir espacio con él.

—¿Eso ha ocurrido en su grupo? ¿Usted ha permitido que unos niños marginen a otros? Por lo que me cuenta, ha pasado más de una vez.

—Bueno, yo he detectado el problema, lo hemos hablado en asamblea, el niño ha manifestado el chantaje al que lo somete y ha contado que era habitual.

—¿Y el grupo clase ha consentido eso? ¿Qué tipo de maestra es usted que permite que se repita la misma circunstancia? Es que no doy crédito. Esas conductas hay que cortarlas de raíz, y si hay que expulsar al autor, se lo expulsa. Sea mi hijo o el hijo del rey. Eso no se puede consentir. Ha conseguido que lo que era un acto puntual se convierta en una conducta mantenida en el tiempo.

—Bueno, yo, yo... —balbuceó la maestra, nerviosa—, yo he intentado atajar el problema desde que me he enterado.

—Pero me acaba de decir que no era la primera vez que pasaba.

—Los niños me han contado...

—¿Le han contado? ¿No ha sido capaz de verlo usted? Por el amor de Dios...

Intenté mediar, pero no fue posible. Cosme se levantó sin que la maestra hubiese terminado.

—Le aseguro que no volverá a pasar. Le recomiendo que busque bibliografía sobre gestión en el aula. Puedo recomendarle a varios compañeros.

Cosme se marchó con brusquedad. Lo seguí al tiempo que dedicaba a la maestra una mirada como única disculpa. No me había gustado la actitud de mi marido, pero me ofreció una lista de argumentos hasta que me quedé sin defensa. Aquella noche nos sentamos los dos a hablar con Iñaki en la hora del cuento.

—¿Quieres que mamá te ponga en la mochila otro desayuno distinto? —pregunté.

—No —negó moviendo la cabeza con fuerza.

—Es que me ha dicho la maestra que te gusta más el de tu compañero y que se lo pides.

—Yo no le pido nada, él no se lo quiere comer. Siempre trae muchas cosas y yo le ayudo. Dice que, si lo lleva de vuelta, su madre le regaña.

—Si me vuelves a avergonzar como hoy, cuando me ha dicho que chantajeas a un niño, te meto en un colegio interno hasta que cumplas los dieciocho —amenazó Cosme—. Y sabes que lo haré. Estás castigado una semana sin tele ni calle. Y ese niño va a tener un amigo con el que jugar siempre, porque en el recreo lo vas a acompañar todos los días. Vas a ser su mejor amigo.

—Pero, papá, él no puede jugar al fútbol —protestó mi hijo.

—Pues así aprenderás cómo se sienten los niños que no pueden jugar al fútbol.

No soportaba que mis hijos lloraran. Iba inmediatamente a consolarlos.

—Inés, lo que ha hecho no está bien, tiene que aprender. Anda, vamos a la cama.

Todos los cursos revivíamos la misma historia. La tutora nos llamaba para transmitirnos una queja, mi marido lo solucionaba y el comportamiento de Iñaki se volvía ejemplar. No podía más que alabar lo bien que lo hacía.

Gracias a su educación férrea, mi hijo se había convertido en un joven formado, con un círculo de amistades muy extenso que lo adoraba. No había fiesta a la que no fuera invitado. Todo el mundo lo quería y yo estaba muy orgullosa de él.

Me di cuenta de que había divagado en mis pensamientos y que no avanzaba en mi investigación. No sabía cómo averiguar, cómo indagar en la vida de Pablo. Cómo llegar hasta la verdad. Estaba claro que, si lo abordaba, me lo negaría todo. Y sentía miedo. Miedo de que mis preguntas nos metieran en un lío. La policía andaría buscando al novio de Tamo, estarían examinando todas sus llamadas para encontrarlo. No sabía qué hacer.

Volví a revisar las redes sociales de Pablo. Empecé por los últimos posts y fui subiendo. Me di cuenta de que en todas las imágenes estaba él solo. Me llamó la atención que únicamente había fotos en competiciones o haciendo deporte. Después de un buen rato mirando sin encontrar nada, entendí que debía analizar lo que no tenía. No tenía novia, no tenía fotos familiares y no tenía un trabajo estable.

Se me ocurrió hacer algo que mis hijos repetían a menudo. Me descargué una de las fotografías y la metí en un buscador. Me asombró la gran cantidad de entradas que salieron. Algunas eran de sus redes sociales. Otras, de alguna página de deporte que hablaba sobre él. Y hubo una que me llamó la atención: una red social de empleo. En unos segundos pude ver su currículo. La cantidad de información que se volcaba en la red y a la que cualquiera podía tener acceso era algo que me abrumaba.

Ahí pude averiguar que tenía veinticinco años, una carrera universitaria y un cargo en una empresa de eventos. La empresa se llamaba Terral y se dedicaba sobre todo a la organización de actos deportivos y fiestas, como cumpleaños, bodas y celebraciones de todo tipo.

En la galería de la web, había fotos de sus eventos. Me asombró la cantidad de gente famosa que aparecía. Estaba claro que eran un reclamo. Había cantantes, concursantes de programas de televisión, presentadores y un montón de influencers que sonreían sin parar.

Me llamó la atención que en su Instagram no hubiera nada de ese trabajo. Tenía una separación estricta entre su vida personal y su vida profesional, algo que mi hijo no distinguía.

Miré las imágenes con atención. Lo primero que me tranquilizó fue que había varias fotografías tomadas en eventos que se habían desarrollado en barcos. El chico podría haber utilizado una de esas embarcaciones para llevar a Tamo; si trabajaba con ellos, no sería difícil que tuviera acceso.

Eso me hizo respirar aliviada.

Pero no me duró mucho.

Me dio un vuelco el corazón al ver una galería de imágenes. Era de una fiesta de cumpleaños y yo aparecía en la primera foto, con una peluca pelirroja y unas gafas moradas de atrezo. Reconocí inmediatamente el evento. Era la fiesta del sesenta cumpleaños de mi marido.

Me quedé pensando. El festejo fue en una finca privada. Todos nuestros amigos hacían referencia a esa celebración como «la fiesta con mayúsculas». Lo pasamos genial, estuvimos bailando hasta que amaneció y comimos buñuelos, crepes y churros con chocolate.

Recordaba el catering, el fotomatón y los juegos de salón, que fueron muy divertidos. Debí imaginar que detrás había un organizador de eventos. Seguí mirando y volvíamos a salir en diferentes momentos de la noche. Las fotos eran muy buenas. Me acordé de la fotógrafa, una chica muy atractiva con la que mi marido estuvo hablando mucho rato. Las burlas de sus amigos levantaron mis celos. Nunca he sido una persona especialmente posesiva, pero recuerdo esa noche como una de las más complicadas de mi relación. Pude comprobar que mi marido no dejaba de mirarla y siempre me encontraba con la sonrisa complaciente de ella.

Hubo un momento en que ya no pude más y le recriminé su actuación. Me estaba faltando al respeto. «Solo estaba siendo amable», me dijo mientras me agarraba por la cintura. La chica se marchó bien entrada la madrugada y yo pude disfrutar del resto de la velada, aunque tuve que soportar las bromas repetitivas de nuestros amigos.

Cosme me sobresaltó. Había olvidado que tenía que coger un avión temprano y madrugó más que de costumbre. Preparó café para los dos y nos sentamos en la mesa de la cocina.

—¿Vuelves esta noche? —pregunté.

—Sí, llego a media tarde. Estás muy pensativa, ¿te ocurre algo?

—No, solo trataba de recordar. Una compañera quiere celebrar su aniversario con una fiesta y me ha preguntado por una empresa de eventos —comencé—. ¿Cómo se llamaba la que hizo el tuyo?

—No contraté ninguna empresa, ¿estás perdiendo la memoria?

—Ah, pensé que del catering, el fotomatón y la mesa dulce se había encargado una empresa.

—No, nosotros solo decidimos el sitio. Pero Iñaki puede ayudarte en eso.

—¿Iñaki? —pregunté extrañada.

—Claro, fue Iñaki quien buscó la finca. Precisamente la escogió porque conocía a los dueños y tenía la comodidad de que ellos se encargaban de coordinarlo todo. Nosotros pagamos el precio cerrado, con todo incluido.

Volvía a estar en el principio.

45

Tamo

La primera noche fue la peor.

La angustia que producía ver que las cámaras te seguían se acentuaba con la penumbra, llena de sombras y claroscuros.

Éramos cuatro niñas asustadas que sabíamos que había personas disfrutando de nuestro miedo. No era fácil de digerir. Nuestros pensamientos se colapsaban y sentíamos físicamente ese cambio en nuestras vidas. Los cuerpos no reaccionaban, tardábamos en procesar cualquier información.

Rebeca se bebió dos copas y comenzó a bailar en el salón. Intentó que alguna de nosotras la siguiéramos, pero no teníamos ánimo. Todas sabíamos que en nuestra casa estarían sufriendo mucho.

Echaba mucho de menos a mis hermanos y a mi madre. Me la imaginaba llorando, sin saber qué hacer. Habían sido muy inteligentes al escogernos. Nuestra familia no iba a recurrir a la policía con la facilidad que lo harían otras personas con otras circunstancias. Las cuatro familias serían juzgadas; no podían permitírselo y con un poco de suerte ni nos buscarían. Todas vivíamos momentos muy complicados.

Me preguntaba cómo nos habían seleccionado. Por qué a nosotras y no a otras. No creía que hubiese sido fruto de la casualidad, algún punto en común debíamos de tener.

Nos metimos las tres en la cama. Rebeca se quedó en el salón, bebiendo.

—Me estoy volviendo loca —habló Estefanía—. Si esos vídeos salen a la luz, mi madre perderá toda la clientela de la panadería. No entiendo qué he hecho yo para estar aquí. Nunca me he metido en líos.

—Es posible que les haya llamado la atención algo de las redes sociales. Colgamos de todo, tienen más información que nosotras mismas. Corremos un riesgo que no calculamos —argumentó Arabia.

—Pero yo solo publico cosas de la panadería —interrumpió Estefanía—. No soy una chica que esté de marcha o que se haga fotos sensuales con ropa provocativa.

—Eso es lo que tenemos en común —dedujo Arabia—. Somos chicas normales que destacamos por nuestra sencillez. Nunca he visto mujeres más guapas que vosotras dos.

—Estaba pensando lo mismo —apuntó Estefanía—. Que sois dos bellezones, que a mí me podían haber dejado tranquila, si soy la más fea.

—Me preocupa mucho lo de la selección. Una de nosotras lo va a pasar muy mal —confesé.

—Cualquiera sabe, Tamo, lo mismo es la que se libra de todo. Los tres viejos verdes no se van a conformar con llevarte a cenar. Yo soy gitana, tú eres musulmana y ella no ha salido en la vida de marcha. Se han asegurado tres vírgenes en el paraíso.

La forma de expresarse de Arabia nos hacía mucha gracia. Nada habría sido igual sin ella. Era la que nos hacía reír, la que organizaba y disponía.

Nos quedamos dormidas de madrugada, abrazadas. No teníamos mantas, ni sábanas ni nada con lo que cubrirnos. Rebeca se quedó dormida en el sofá, borracha como una cuba.

A las ocho en punto, sonó una música horrible a todo volumen que nos despertó, asustándonos muchísimo. Nuestros gritos se escucharon en toda la casa. Corrimos a buscar cómo apagarla, pero era imposible. Solo cuando estuvimos las cuatro en pie la música cesó.

—Nuestros amigos son madrugadores. Será la edad —susurró Arabia.

En la cocina había unas bolsas que no estaban la noche anterior. Habían traído harina, leche, azúcar, huevos y levadura.

También chocolate y esencia de vainilla. A Estefanía se le iluminó la cara.

—Voy a hacer tortitas —anunció—. Y magdalenas. Y pizza para almorzar. Os voy a preparar la mejor pizza de este mundo.

—No grites —murmuró Rebeca desde el sofá.

Estefanía se puso a batir los huevos. Me di cuenta de que, con el movimiento del brazo, la parte superior del bikini se le había desplazado. Me acerqué y con cuidado se la coloqué bien. Me dio un beso y me abrazó.

Arabia nos reprobó con la mirada. Parpadeó dos veces. Tenía razón. Nuestra conducta inocente se viviría desde el otro lado con un erotismo que no nos agradaba.

—¡No puedo más con estas cuerdas! —gritó Rebeca.

Se dio un tirón y se quitó la parte de arriba del bikini. Tenía un pecho perfecto. Pequeño y redondeado.

Arabia fue a taparla, pero ella corrió a zambullirse en la piscina.

—Esta no acaba bien. ¿A qué viene quitarse la parte de arriba? A esta niña le falta un hervor. Voy a llevársela antes de que salga del agua —dijo Estefanía.

Arabia salió con ella y le tiró el bikini.

—Póntelo, no seas tonta —le dijo.

—No. Estoy bien así —salió del agua contoneándose.

—No seas estúpida —añadió Arabia—. Es lo que quieren.

—¡Eh!, a mí no me faltes el respeto. Y yo hago lo que me da la gana.

Arabia se mordió la lengua. Sabía perfectamente que la otra la estaba provocando y no quiso entrar al trapo.

—Déjala —rogué—. Que haga lo que quiera.

—Es que Arabia se cree la jefa del clan, la que toma todas las decisiones. Y es una tiesa como todas.

—Te estás pasando —advirtió Arabia.

—¿Y tú? —recriminó Rebeca—. Llevas desde que llegamos diciéndonos cómo actuar. Yo quiero ser escogida y voy a hacer todo lo posible para que sea así. Y si tengo que enseñar más, pues lo enseño. Lo que no haría nunca es tener a mi madre fregando suelos para que yo estudie.

Arabia estaba a punto de perder el control. La miró y la señaló con el dedo.

—Ni una más, no te dejo pasar ni una más.

—Pero ¿tú quién te crees que eres, niñata? Yo digo lo que me da la gana.

—Rebeca, para ya. Te estás pasando mucho —medié.

—La culpa es de esta gitana de mierda, me cago en todos sus muertos.

Arabia se volvió hacia ella y la enganchó por los pelos. Estefanía y yo intentamos que la soltara, pero era imposible. Le había agarrado la cabeza con las dos manos y no paraba de zarandearla.

—¡Arabia, suéltala! —gritó Estefanía.

Pero Arabia seguía jalando el pelo de Rebeca con fuerza. Al darse cuenta de que los pechos se le habían salido del bikini, la soltó. Arabia se los acomodó y se lanzó de nuevo a por ella. Estefanía y yo la sujetamos justo antes de que llegara a alcanzarla.

—Eres una bestia —dijo Rebeca mientras cogía con las manos los mechones de pelo que le había arrancado en la pelea.

Rebeca se fue al jardín y comenzó a llorar.

—¿Estás loca? —reproché—. No puedes caer en sus provocaciones. Es lo que ellos quieren, que perdamos los nervios.

—Ellos y ella, que se ha cagado en mis muertos. Y estoy muy nerviosa, no me he podido controlar. Yo no le he dicho nada. Vosotras lo habéis visto. —Arabia comenzó a sollozar—. He perdido los nervios, lo siento. Lo siento mucho.

—Mírame, Arabia, mírame —ordené—. Tienes que controlarte. Ya no te va a dejar en paz. Y os vais a hacer daño. Ignórala. La han metido aquí porque saben que es problemática, que no está estable. No puedes caer es sus provocaciones. Cuando te pase, te encierras en un cuarto. Inmediatamente.

—Y me va a decir que soy una cobarde.

—Que te diga lo que quiera. Lo que no puedes hacer es darnos estos malos ratos. Que coge una botella y te parte la cabeza. Y aquí no tenemos ni una tirita.

—¿Piensas curarme la cabeza abierta con una tirita? Vaya mierda de enfermera que me he buscado.

—Prométenos que no vas a pelearte más —rogó Estefanía.

—Que no me busque la *roneanta* esa.

—Aunque te busque —interrumpí yo—. Prométenoslo.

—Voy a meter las magdalenas en el horno, a ver si con el estómago lleno vemos las cosas de otra manera.

Miré a la terraza y vi a Rebeca llorar de forma desconsolada. También estaba muy nerviosa.

—Rebeca, entra, por favor —pedí.

No se inmutó. Siguió en la hamaca llorando.

—Rebeca, te lo ruego —insistí—. Esto ya es demasiado complicado para que nosotras lo hagamos más difícil. No queremos peleas. Si te vuelves a pelear con alguna de nosotras, no te volveremos a hablar y los días que quedan serán un infierno para ti. Te sentirás muy sola. Vamos, entra a tomar un batido de chocolate.

Me acerqué a ella y la cogí de la mano. La sentí frágil, quizá la más frágil de las cuatro. Se sentó en la mesa y Arabia la miró.

—Si te vuelves a cagar en mis muertos, te ahogo en la piscina.

—Si me vuelves a decir lo que tengo que hacer, te ahogo yo a ti.

Nos dimos cuenta de que la cosa no tenía mucho arreglo. Estefanía intentó sacar un tema de conversación para que Rebeca se calmara.

—Ya que estamos aquí, podríamos hacer algo productivo con nuestro tiempo. Cada una podría enseñar a las otras algo de lo que comemos en casa. Yo, por ejemplo, sé hacer magdalenas y pizzas, puedo enseñaros. Y estoy segura de que vosotras tenéis superpoderes ocultos.

—Yo os puedo enseñar algún dulce marroquí —dije.

Un ruido nos sobresaltó.

Fuimos hacia la puerta y vimos un paquete en el suelo.

—¿Qué es eso? —preguntó Rebeca.

—Vamos a meterlo dentro y lo abrimos —sugerí.

—Parece que haya un muerto aquí dentro, cómo pesa.

—Arabia, algunas veces no tienes ninguna gracia —apuntó Rebeca—. Creo que vamos a tener que abrirlo aquí mismo. Pesa demasiado.

Al entrar a coger un cuchillo, me di cuenta de que olía a quemado.

—¡Estefanía! ¡Corre, que se están quemando las magdalenas!

Mientras Estefanía se ocupaba del horno, nosotras abrimos la caja. En el interior había cuatro paquetes, cada uno con un nombre.

—Vamos al salón a abrirlos —sugerí.

Abrí primero el mío. Su contenido me sorprendió. Había dos cajas. La que estaba marcada con el número uno albergaba un montón de objetos rotos: un secador de pelo, unas planchas, una videoconsola destrozada y algunos fragmentos difíciles de identificar. En la otra, había la versión moderna y cara de algunos de los objetos destrozados.

Arabia abrió la suya. La primera caja contenía ropa de segunda mano, vieja y con rotos. La otra, ropa de diseño de conocidas marcas internacionales.

La de Estefanía fue la que más nos llamó la atención. Estaba llena de cachivaches de cocina comprados en un bazar. En la otra caja había moldes de repostería con aspecto de ser muy caros.

Rebeca fue la última en abrir su caja. Del primer paquete extrajo maquillaje barato del que se compra por poco más de un euro. Saltó de júbilo cuando comprobó que la otra caja venía repleta de maquillaje de primeras marcas.

Nos quedamos calladas, analizando el mensaje que esas cajas nos daban.

—Me sobra toda la ropa del mundo si no estoy con los míos —dijo Arabia.

Nosotras no queríamos cosas caras. No queríamos lujo.

Las personas que nos habían seleccionado se habían equivocado. No eran tan inteligentes como imaginábamos.

46

Inés

Mis clases se volvieron eternas. No podía concentrarme. Cada hora que transcurría, la posibilidad de encontrar a las chicas con vida disminuía. Y mi angustia aumentaba. No podía imaginar por lo que estaban pasando sus familias. Tenía mucho miedo. Intentaba racionalizarlo, aferrarme a argumentos para mantenerme callada, pero lo único que me dominaba era una intuición que se apoderaba con fuerza de mis actos. Siempre había sido muy intuitiva, y la experiencia de acertar con mis conjeturas, en la mayoría de las ocasiones, me paralizaba.

Después de clase, decidí ir a ver a Fátima, por si necesitaban algo. También quería comentar con ella la posibilidad de que yo hablara en algún medio de comunicación. Los programas con contenido sensacionalista se estaban poniendo las botas con las tres familias. Tres historias que se habían distorsionado tanto que no tenían parecido con la realidad. Podía hacer algo para que eso cambiara, si me dejaban participar. Pero no quería hacerlo sin su permiso.

Una llamada de mi hijo me hizo alterar los planes.

—Buenos días a la madre más guapa del universo.

—¿Qué quieres? —pregunté conociendo que la llamada escondía una petición.

—Me tengo que quedar un día más en Madrid. Necesito el traje para el sábado y no puedo llevarlo al tinte. Mi asistenta está de vacaciones.

—Tienes muchos trajes, ponte otro.

—Mamá, es mi cumpleaños. He preparado una fiesta en el hotel más lujoso de Puerto Banús, no puedo ir con cualquier traje.

—Está bien, voy a tu casa y te lo llevo a la tintorería.

—Y ganas puntos para ser la madre del año. Lo he dejado en el perchero de la entrada. Te quiero. —Me colgó.

El encargo implicaba cambiar de ruta, ir a mi casa por las llaves y después dirigirme a la suya. Tendría que acercarme en coche, porque mi hijo vivía en una urbanización a las afueras y el acceso caminando estaba cortado por la autovía.

Su apartamento era muy luminoso. Tenía unas fantásticas vistas a la montaña y al campo de golf que rodeaba toda la urbanización. Me sentí incómoda con lo que iba hacer, pero no podía evitarlo. Me puse a registrar cajones y armarios, sin tener muy claro lo que andaba buscando. Mi hijo era igual de organizado que su padre. Todas sus pertenencias se hallaban en perfecto orden. Colgaba o doblaba su ropa de forma impecable. Sabía que venía una chica a limpiar una vez a la semana, pero estaba segura de que no la necesitaba.

Se había llevado su portátil, pero tenía el ordenador de sobremesa. Me pedía un código de acceso. Justo cuando estaba a punto de desistir, me di cuenta de que Iñaki había apuntado todas las contraseñas en un papel y las había pegado en una esquina de la pantalla, para no olvidarlas. Podía revisar todas las redes sociales, así como sus cuentas bancarias. Me pareció una imprudencia hasta que recordé que Nadia, la chica que venía a limpiar, era siria y no sabía leer en español.

Comencé con el correo. Me asombró la cantidad de correspondencia que recibía al día. Casi todo eran asuntos laborales. Me llamó la atención uno. Era de la empresa de eventos. Una respuesta a una factura. Le daban el OK. Se me hizo un nudo en el estómago. Algo dentro de mí me decía que esa empresa de eventos no era del todo limpia, a pesar de su web trasparente y sus reseñas positivas.

Barajé la posibilidad de hablarlo con mi marido, de contarle mis sospechas, pero me hubiera obligado a confesarlo ante la policía. Y no quería ir todavía. Necesitaba borrar de mi mente esa intuición que me decía que algo no iba bien. En cuanto supiera que Iñaki no tenía nada que ver, hablaría con la inspectora. No perdería ni un segundo.

Entré en la cuenta bancaria de mi hijo. Me sorprendió el dineral que tenía ahorrado. Con ese dinero, bien administrado, no necesitaría trabajar más hasta la edad de jubilación. Examiné todos los movimientos. Había dos ingresos cada mes de la empresa de eventos. Pero las cantidades variaban. Tenía facturas de quinientos y de veinte mil euros. Me quedé pensando. Qué tipo de trabajos ofrecía Iñaki a esa empresa para semejante gasto. Mi hijo era psicólogo deportivo y yo estaba al corriente de que a veces había organizado eventos, como competiciones de tenis o de golf. Y me había contado que las sumas que ganaba en esos casos eran muy elevadas. Posiblemente lo hiciera asociado a esa compañía. Una pregunta no paraba de dar vueltas en mi cabeza: «¿Podía ser una casualidad que el novio de Tamo trabajara allí? ¿Que fuera el compañero de pádel de mi hijo?».

Me sentía culpable. Muy culpable por no contar lo que sabía a la policía. Posiblemente, hubiesen encontrado a Tamo ya. No sabía qué hacer con la información que manejaba. Me desesperaba la falta de respuestas y mi escasa habilidad para encontrarlas.

Debía acercarme a él, tantearlo, ver si tenía algo que ver. Me daba miedo que saliera corriendo al enfrentarlo y no volviéramos a saber de Tamo nunca más. Podía hablarlo con la inspectora, contarle todo lo que había descubierto. Pero que mi hijo estuviera implicado me aterraba.

Cogí el teléfono y llamé a la agencia.

—Hola, buenos días. Me llamo Inés y me gustaría que me ayudaran a preparar una fiesta sorpresa de cumpleaños a mi hijo.

—Buenos días, Inés, ¿qué había pensado?

—Celebramos la de mi marido con ustedes en una finca y nos encantó, pero esta vez me gustaría que hubiese música en directo, no sé qué pueden ofrecerme. Si me dicen una dirección, me acerco y lo hablamos en persona.

La chica me citó a media tarde en una oficina a la salida del pueblo.

Antes de irme, revisé todas las redes sociales de mi hijo, pero no encontré nada especial. Me marché sintiendo que lo que había hecho no era correcto. Tan sumida estaba en mis pensamientos que olvidé el traje que tenía que llevar al tinte.

Al volver a por él, me di cuenta de que me había dejado el ordenador encendido. Antes de apagarlo, le mandé un mensaje a mi hijo para decirle que estaba en su piso y que me llevaba el traje. Cuando me respondió, un pitido en el ordenador me hizo percatarme de algo. Tenía la aplicación de mensajes abierta en la web. Podía acceder a todos los chats. Me volví a sentar, nerviosa, pensando que iba a hacer algo grave que me podía aportar luz en todo ese asunto.

Abrí la web y busqué a Pablo, el supuesto novio de Tamo. No estaba entre los primeros de la lista y eso me tranquilizó.

Lo encontré y leí las conversaciones. El corazón me latía tan fuerte que podía oírlo. Hablaban en mensajes cortos, llenos de abreviaturas que me costaba entender. Pero no había nada. Algún encuentro para jugar al pádel y alguna pregunta sin importancia. Absolutamente nada sospechoso. Suspiré aliviada. Antes de cerrar el ordenador, recordé que podía tener la empresa en la agenda. La encontré en los mensajes archivados. Comencé a leer las conversaciones sin entender nada. La mayoría de los mensajes eran del tipo «Cinco chicas para el sábado, Marbella», o «Diez chicas para el domingo, Puerto Banús». Las piernas me temblaron. Mi hijo respondía con un simple «OK» y algún añadido de algunas consultas sobre nombres. En algunos mensajes, pedían a las chicas con unas características determinadas: «Mándame las guapas o las más experimentadas». Otras veces, mi hijo enviaba fotos, unas imágenes que me pusieron la piel de gallina. Chicas guapísimas que se exponían como en un escaparate. Los comentarios jocosos entre los dos me angustiaron. Hablaban de ellas como si fueran ganado. No podía creer que mi hijo hablara así de una mujer.

Salí de la casa sin saber a dónde ir, qué hacer o qué pensar. Que mi hijo tuviera esa parte desconocida para mí me desconcertó. Nunca lo hubiese imaginado.

Iñaki proporcionaba chicas a la agencia. Era lo único que

tenía claro. No sabía para qué. Preguntármelo me llenaba de miedos e inseguridades. Había llegado el momento de hacer algo. De pasar a la acción. Hablaría con él y lo enfrentaría con la realidad. Era la única forma de aclararlo todo.

Tuve que volverme por segunda vez a por el traje, de nuevo lo había olvidado. Lo llevé a la tintorería y fui a ver a Fátima. Me abrió la puerta uno de sus hijos pequeños. La encontré llorando, cargando con su pena en soledad. Se había quitado el pañuelo y, al verme, hizo el ademán de ponérselo, pero yo le pedí que no lo hiciera. Estábamos solas.

—Fátima —susurré acariciándole la cabeza—, no sé ni qué decirte para consolarte.

La abracé y lloró en silencio. No sé cuánto tiempo estuvimos allí, ella desahogando una pena que la acongojaba y yo tragándome la mía, que posiblemente fuera la causante de la suya. No podía ser casualidad. Estaba segura de que había sido yo la que había conectado a Tamo con su novio, por medio de mi hijo. Esa certeza me acompañaba pegada a la conciencia, al vacío que tenía en mi interior, a la angustia que me paralizaba para no ir a la policía. Estaba siendo injusta. Tenía que ayudar a Tamo, decir la verdad, todo lo que sabía.

Con Fátima en mis brazos, me prometí que, en cuanto saliera de la agencia de eventos, iría a ver a la inspectora Santiago. Argumentaría que esa misma tarde había descubierto la foto del novio de Tamo junto a la de mi hijo. Tan solo diría eso. Estaba convencida de que con eso la encontrarían. Que la pena de Fátima acabaría.

Una llamada de la inspectora Santiago nos interrumpió.

—Buenas tardes, Inés, necesito que venga a comisaría en cuanto pueda.

—¿Ha ocurrido algo? —pregunté nerviosa.

—Queremos hacerle algunas preguntas sobre Tamo. Estamos intentando conectar a las tres chicas y usted es la persona que mejor la conoce. También nos gustaría que viniera Fátima, estarán aquí las otras dos familias.

—Claro, dígame la hora e iremos juntas.

Nos citó en tres horas.

La cocina estaba hecha un desastre y no había comida para los pequeños. Bajé al supermercado, hice una compra básica y preparé un poco de pasta. Recogí la cocina, fregué los cacharros que se amontonaban en el fregadero. Me despedí de Fátima, prometiéndole que vendría a buscarla un poco más tarde.

Fui a la agencia antes de la hora acordada. Vi a una mujer abrir la puerta. La ubiqué enseguida. Era la fotógrafa que había coqueteado con mi marido en su fiesta de cumpleaños. Sabía que me iba a reconocer, al menos eso daría credibilidad a mi entrevista. Decidí cambiar mi subterfugio. Si me reconocía, si Iñaki trabajaba con ellos, sería mejor que mi consulta fuera sobre la fiesta del hijo de una amiga.

Esperé unos minutos para no llegar demasiado pronto. Llamé al timbre y la puerta se abrió de forma automática. La mujer estaba sentada en una silla y se levantó para saludarme. Nos miramos a los ojos. Me identificó enseguida. Me pidió unos segundos para hacer una llamada. Salió de la habitación y pude observar lo que me rodeaba. Era una oficina moderna, minimalista, pero con una decoración exquisita. En la pared frontal había un mural con fotos de sus eventos. La señora volvió. La noté nerviosa, un poco desconcentrada.

—Dígame en qué puedo ayudarla. —Se acomodó en la silla, mirándome fijamente a los ojos.

—El hijo de mi mejor amiga cumple cuarenta años y queremos hacerle una fiesta sorpresa. Nos gustaría que se ocupasen de todo. Del sitio y del catering, y queremos música en directo.

—Muy bien —añadió—. ¿En qué tipo de local habían pensado? ¿En un local de moda? ¿En un recinto privado?

—Habíamos pensado en una finca, algo parecido a lo que le hicimos a mi marido en el Alamillo.

—¿Sabe la fecha?

—A finales del próximo mes.

—Le voy a enseñar los emplazamientos disponibles.

La señora giró el ordenador y me mostró unos sitios preciosos.

—Estos son los más cercanos, pero tenemos otros en la provincia.

—Necesitaría un presupuesto para enseñárselo a mi amiga —pedí con un tono dulce.

—Claro, si me proporciona un correo, le hago un diseño completo con varias posibilidades.

—También queremos animación, como la que hubo en la fiesta de mi marido. Los invitados se lo pasaron de maravilla.

—Lo incluiré todo en el presupuesto.

Tomó nota de mi correo y me despidió con prisas. Al abrir la puerta para salir, me topé de frente con alguien que no esperaba.

Mi marido estaba entrando en la agencia.

47

Estefanía

Yo estaba muerta de miedo. No me consolaban ni los regalos ni los ingredientes de pastelería que deberían de haberme entretenido. Tenía el miedo dentro del cuerpo y lo sentía de una forma tan intensa que no me daba tregua. Me asfixiaba provocándome unas ganas de llorar insoportables. No estaba bien en ninguna estancia. No sabía qué hacer, qué pensar o qué proyectar hacia el futuro. Todo me hacía daño. Menos mal que pude contar con ellas. Me ayudaron a sobrevivir.

Tamo era la más sensible y siempre estaba atenta a mis estados de ánimo. Cuando percibía que decaía, me azuzaba a Arabia para que con su gracia me hiciera reír. En solo unas horas, sentía a esas dos muchachas más cercanas que a otras compañeras que llevaban conmigo desde la primaria.

Continuamente repasaba mis errores. Creo que esa fue la causa de que mi madre me llevara al psicólogo cuando era pequeña: mi nivel de exigencia, siempre en busca de la perfección. La frustración que desencadenaba el reconocimiento de mis errores me amargaba la existencia.

Me encontraba en un continuo «no debería haber hecho esto o lo otro», analizando cada conversación, cada situación vivida con él. No entendía cómo había sido tan confiada. Lo único que tenía allí era mi inteligencia, que, sumada a la de Arabia y la de Tamo, podía sacarnos con dignidad del lío en el que estábamos. Con Rebeca no podíamos contar, ella era distinta y no sentía el miedo con la intensidad que lo hacíamos nosotras.

El juego de llaves que tenía escondido Arabia me tranquilizaba. Comprobamos que abrían todas las puertas y eso nos dio un poco de paz. Las metió dentro de la funda de la almohada. Si algo pasaba, queríamos tenerlas a mano para salir corriendo.

Aproveché que Rebeca dormía la siesta para indicar con la mirada a las otras dos que nos fuéramos a la piscina. Me había dado cuenta de que era el sitio más alejado de los micrófonos. Cogí una pelota y me metí en el agua.

Me impresionaba cómo en tan poco tiempo habíamos aprendido a comunicarnos con miradas. La más expresiva era Arabia. Y además era la única que tenía la picardía de comunicarse fuera del alcance de las cámaras frontales. Resultaba divertido verla mover la cabeza de forma brusca, mirando al suelo y haciendo un ruido a la vez para decirnos algo.

—Vamos a jugar a la pelota —ordené a mis nuevas amigas.

Nos colocamos en el centro, en forma de triángulo y comenzamos a pasarla.

—Hoy me he dado cuenta de una cosa —les dije—. Estamos aquí por tres razones. Porque somos pobres como ratas y porque tenemos unas familias complicadas, que no van a ir a denunciar nuestra desaparición. Pero las tres tenemos algo más: somos chicas maduras para nuestra edad; quizá sean las altas capacidades lo que nos conecte. No puede ser casualidad. Creo que estamos unidas por eso.

—Pero a mí me diagnosticaron en el colegio e imagino que a vosotras también. Y vivimos en tres pueblos distintos. No hay ningún profesional que nos haya visto a las tres —aportó Tamo.

—Aquí nada es casualidad. Lo que no acabo de entender es dónde nos encontraron —cuestionó Arabia.

—Yo lo cuelgo todo. Amanece, hago una foto y la subo; hago unas rosquillas y me parece que el mundo necesita saber que existen. Si miras mi perfil, verás mi vida. Y se ve lo sola que estoy —concluí.

—A mí me pasa igual. Además, soy de las que expresan su opinión en temas complicados. Y en mis opiniones voy dejando mucha información. Pero vaya, no he subido nunca ninguna publicación que insinuara que quería en mi vida un *sugar daddy*.

—He visto muchos vídeos de chicas que se sacan la universidad así, acompañando a señores mayores. Estuve mirando antes de entrar y descubrí que había aplicaciones, páginas web y todo un mundo detrás. Incluso hay *sugar daddies* que ofrecen un millón de euros por la virginidad.

—Con ese dinero ya puedes vivir toda la vida. Pero ¿quién es capaz de hacer eso? —preguntó Tamo.

—Tamo, tú no sabes lo que eres capaz de hacer si los tuyos pasan hambre, te tiras debajo de un camión a recoger fruta si hace falta. La desesperación es muy mala. Y cuando los tuyos sufren y la tentación es grande, no sabes en un momento dado lo que harías.

Rebeca nos interrumpió.

—¡Chicas, venid! Tenéis que ver esto.

Por su cara de preocupación intuimos que algo grave ocurría.

En la sala de cine comenzaron a proyectarse imágenes. Lo primero que vimos fue a la madre de Tamo paseando con sus hermanos pequeños. Estaban felices, comían una piruleta. Inmediatamente después, salió una secuencia de mi madre, atendiendo a alguien en la pastelería. La vi bien, sin tristeza en los ojos. La echaba de menos. La emoción que sentí en ese momento me desbordó. No pude controlarme y lloré desconsoladamente. Después se vio a la madre de Arabia, que estaba en el parque con sus tres hijos jugando; los tres reían en los columpios. Por último, apareció el padre de Rebeca echando una partida a las cartas en un bar.

Todos estaban bien.

La pantalla se fundió a negro y comenzaron a emitir otras imágenes. No pudimos disimular el estupor. Habían creado una película con fragmentos de los vídeos de las cuatro. Sentí una vergüenza indescriptible cuando proyectaron mis imágenes. Podía ver sus caras y percibí en las demás el mismo sentimiento de humillación. No nos movimos. Nos quedamos allí hasta que la emisión finalizó. No hacía falta hablar. Todas teníamos en nuestro interior algo nuevo.

Algo había cambiado en nosotras. La sensación de ser expuestas había resultado atroz. Si eso habíamos sentido con la exposición a personas que lo entendían, no quería pensar lo que sería si se visualizara fuera de esas cuatro paredes. Lo verían nuestros compañeros del instituto, nuestros vecinos, nuestros familiares.

Me sentí vulnerable, débil, como una marioneta que no podía luchar contra quien movía sus hilos.

Salimos de la sala y tardamos un rato en poder decir algo.

—¿Qué han hecho? ¿Están jugando con nosotras? ¿Qué le han dicho a mi padre para que no se preocupe? —preguntó Rebeca, muy alterada.

—No lo sé, pero se veían bien. Cualquier cosa. Posiblemente les han demostrado que estábamos bien, para que no fueran a la policía —contesté.

—Yo me alegro mucho, no quiero que los míos sufran —confesó Tamo.

—A mí me ha entrado una pena al verlos y unas ganas de salir corriendo que no sé cómo me he aguantado —comentó Arabia.

—Te has aguantado por el vídeo de después. Cuando salga a la luz, me voy a morir. He sentido una angustia muy grande y erais vosotras —anuncié—. No voy a poder vivir con eso.

Tamo y Arabia se acercaron a mí y me abrazaron. Rebeca se unió y la aceptamos. El día estaba nublado y el aire que anunciaba lluvia padecía la misma tormenta que nosotras.

—Cada día me resulta más raro todo. No nos dicen nada, no nos obligan a hacer nada. Solo nos observan —dije.

—No es un programa de televisión, Estefanía. Son unos pervertidos y disfrutan con nuestro miedo —corrigió Arabia.

—Yo tengo la sensación de que están observando el bocado que se quieren comer. Están vigilando a su presa y luego van a cazarnos sabiendo mucho más de nosotras. No soy tan ingenua para pensar que aquí no hay más. Esto va a ser una pesadilla en cualquier momento. No tengo ni idea de cómo lo van a hacer y no quiero decir lo que opino para no dar ideas —reflexionó Tamo.

Nos bañamos un rato en el agua tibia de la piscina y, al salir, sentimos que hacía frío. Cogimos unas toallas y nos secamos. Pero el aire acondicionado estaba a tope y el bikini húmedo nos enfriaba. Nos metimos en la cama y nos tapamos con toallas.

Nos quitamos los bikinis para que se secaran fuera de nuestro cuerpo.

Estábamos las tres contándonos cómo había sido nuestra relación con el que creímos el amor de nuestra vida cuando Rebeca se metió en la cama con nosotras. Protestamos porque seguía mojada y nos iba a humedecer de nuevo.

Se hizo la indignada y, al levantarse, tiró de las toallas que nos cubrían y nos dejó desnudas en la cama. Intentamos recuperar las toallas, pero fue imposible, salió corriendo con ellas. Fue un momento de pánico, de gritos y de no saber cómo cubrirnos. No nos quedó otra que intentar taparnos con las almohadas. En cuanto nos pusimos los bikinis, fuimos a buscar a Rebeca, que se había encerrado en uno de los cuartos.

—Voy a matarla y no quiero que me lo impidáis —declaró Arabia.

—Arabia, por favor, que de un mal golpe la matas de verdad y aquí queda todo grabado —rogué—. Nos está provocando, quiere asegurarse de que ella no es la que se va fuera. No caigas en su trampa.

—No puedo, tengo que cogerla de los pelos. Lo siento, pero me ha expuesto desnuda, me han grabado por su culpa. Quiero matarla con mis propias manos.

—Creo que es lo que pretenden —sentencié.

—Pues van a tenerlo, porque tarde o temprano saldrá para comer y te juro que se va a acordar de toda mi familia.

—Arabia, por favor, no nos lo hagas pasar peor todavía. Vamos a preparar algo para almorzar —propuse.

—No tengo hambre. Quiero que salga del cuarto y partirle la cabeza.

Tenía la misma necesidad. Deseaba golpearla y desahogar toda la rabia que se concentraba y sentía brotar en mi interior. Escuchaba mi pensamiento y no reconocía como propias las emociones que afloraban. Nunca había experimentado nada igual. Esa versión de mí misma que descubría era tan desconocida y espeluznante que lo único que deseaba es que todo acabara.

—Voy a volverme loca —afirmó Tamo—. Rebeca es un ser despreciable que despierta lo peor de mí.

—Están jugando con nosotras. Primero nos ponen a nuestras familias, luego nuestros vídeos y al final esta niñata nos jode vivas. Esta manipulación me está matando. No puedo más, me voy. Necesito irme a mi casa, ver a mi madre y que me abrace, que me diga que esta pesadilla ha terminado. No quiero permanecer aquí ni un minuto más —confesó Arabia.

Nos interpusimos en su camino y la agarramos.

—No puedes irte —le rogué—. Colgarán todos tus vídeos. Tienes que tranquilizarte. Espera, pasa el día con nosotras y, si mañana piensas lo mismo, nos marchamos contigo. Las tres. Vamos a meditarlo bien. Hablemos de todo esto y busquemos cómo gestionarlo. Pero no puedes irte, Arabia, eres la fuerte, la que nos cuidas a todas, la más graciosa. Sin ti, Tamo y yo no lo soportaremos.

Arabia se volvió y se sentó en el inmenso sofá blanco.

—He limpiado casas como esta muchas veces y he soñado estar viviendo en una. Hay que tener cuidado con lo que se desea, el universo es un malaje con muy mala leche y te lo cumple de manera muy extraña.

Arabia nos miró con intención. Se había dado cuenta de algo.

—Está bien, pero tenéis que ayudarme en una cosa. Por mi madre que esta se muere de hambre. Hay que buscar un palo, el de una escoba servirá.

Miramos en la cocina y dimos con un mueble alargado que tenía los utensilios de limpieza.

Arabia cogió el escobón y con mucha práctica le quitó el cepillo.

—Necesito un trozo de cuerda.

—Una bolsa de basura valdrá —afirmé.

Arabia cortó la bolsa por los extremos y unió con ella la manilla con el palo, bloqueando la puerta. Rebeca no podría salir aunque lo intentara. La puerta estaba atrancada.

—Va a pasar más hambre que un pollito chico. Esa no sale de ahí en todo el día, ya te lo digo yo.

No me alegré de encerrarla, pero me sentía mucho más tranquila si no estaba delante. Abrí la nevera buscando algo de comer, pero las opciones no eran demasiadas. Solo había verduras, huevos y fruta. En el congelador quedaba algo de pollo y pescado.

—Voy a preparar pollo con verduras —anuncié—. No tengo muchas opciones, pero hay especias para darle algo de sabor. No quieren que engordemos ni un gramo. Y no saben que voy a hacer rosquillas de postre.

—Menos mal que nos tocó una pastelera que sabe cocinar —elogió Tamo—. Si no, nos morimos de hambre.

Arabia nos pidió con la mirada que nos fuéramos a la cocina, no quería que escucharan lo que quería decir.

—No voy a casarme nunca. Todos los hombres son iguales —afirmó—. Mira mi madre, toda la vida dedicada a un hombre y estaba con otra. Se tocó con la mano derecha el dedo anular, donde debería de estar el anillo.

En el vídeo habíamos visto las manos de su madre empujando el columpio, tenía el anillo puesto. Arabia nos acababa de decir que las imágenes no eran actuales. Estaban grabadas desde hacía tiempo.

Nos habían engañado de nuevo.

48

Inés

Cosme me miró extrañado. Llevaba un paquete en la mano.

—¿Qué haces aquí? —me preguntó con una sonrisa.

—¿Y tú? ¿Qué haces tú? —interrogué con tono agresivo.

—Yo solo cumplo órdenes. A mí no me metáis en vuestros líos, que al final entre uno y otra lo enredamos todo y se entera.

Me desconcertó su tono natural, como si no ocultara nada.

—Pero tú ¿a qué has venido? —cuestioné más tranquila.

—Pues a lo mismo que tú, a ultimar los detalles de la sorpresa de la fiesta de cumpleaños de tu hijo. Me ha mandado Inma, pero imagino que no se fía mucho de mí si te pide que me controles. Y mira que me avisó de que no te dijera nada, que era una sorpresa para ti también.

—Es que yo he venido por otra cosa. Te lo comenté, ¿no te acuerdas? Una compañera del instituto quiere preparar una fiesta para su hijo y he venido a preguntar. Ella tiene a su madre enferma y no puede venir —improvisé.

—Pues ya he metido la pata. No le digas a Inma que te lo he contado o me liará una buena. Anda, vamos, ya que estamos los dos, entremos juntos.

—No puedo, tengo que ir a comisaría. Ya voy tarde para recoger a Fátima.

—Perdona, que no te he preguntado. ¿Se sabe algo más?

—No, la inspectora va a reunir a las tres familias para intentar establecer una conexión, pero no sé más.

—Bueno, vete, que no quiero que llegues tarde. Luego me cuentas. —Se acercó y me dio un beso suave en los labios.

Me subí en el coche inquieta. Creí a mi marido, su rostro estaba relajado y la invitación a que entrara con él me había convencido de que decía la verdad. Y luego estaba la mención a mi hija. La llamé.

—Hola, mamá, estoy a punto de entrar a trabajar, solo me quedan cinco minutos.

—Acabo de salir de la empresa de eventos, se ha estropeado la sorpresa —anuncié.

—¿Cómo? ¿Se ha enterado Iñaki?

—Él no, pero, si no me implicáis en ella, puedo fastidiarla.

—Es que... —Inma dudó en qué decir—. También te encanta ese grupo, queríamos darte la sorpresa a ti también. Papá se comprometió a adelantar la señal y llevar las camisetas para la fiesta, pero no sabe guardar un secreto.

—Ha sido casualidad, nos hemos encontrado allí.

—¿Y qué hacías tú en ese lugar?

—Hacerle un favor a una amiga, pero ya te lo cuento en otro momento. Te dejo que entres a trabajar. Ten cuidado, hija, que estás en un sitio muy complicado.

—Te quiero —se despidió Inma colgándome el teléfono.

Recogí a Fátima. Se había aseado, pero aun así la encontré muy desmejorada. Había adelgazado mucho. Estaba segura de que no estaba comiendo absolutamente nada.

—¿Cómo estás? —pregunté por cortesía.

—¿Dónde está Tamo? —cuestionó con pesar—. Necesito encontrarla ya. Tengo mucho miedo.

—La vamos a encontrar —aseguré con firmeza.

Fátima bajó la cabeza y lloró sin lágrimas. No le quedaban fuerzas.

Fuimos las últimas en llegar. Reconocí a las otras madres, sus caras se habían hecho famosas en poco tiempo. La inspectora nos hizo pasar a la sala de *briefing* y tomamos asiento.

—Gracias a todos por venir. Los he citado aquí para intentar encontrar una conexión entre las tres chicas. Les vamos a hacer unas preguntas y les ruego la mayor sinceridad posible.

Aunque el rastro de las últimas búsquedas de sus hijas fue borrado de los móviles mediante un control remoto activado, la unidad de delitos informáticos las ha recuperado. El historial de búsquedas de las tres coincide, por lo que sabemos que hay alguien detrás de esto y estamos siguiendo varias líneas de investigación. Creemos que estamos cerca de localizarlas —anunció la inspectora.

Sentí un nudo en el estómago. Una parte de mí no deseaba otra cosa, pero algo en mi interior tenía un temor que no se evaporaba.

—¿Qué buscaron? —preguntó Graciela, la madre de Estefanía.

La inspectora me miró.

—Son datos que no podemos revelar aún, pero lo haremos en breve. Ahora nos gustaría que pasáramos al cuestionario.

Dos horas y media después, habían recopilado información sobre el círculo de amistades más cercano, sobre sus actividades cotidianas y extraordinarias de los últimos meses, las excursiones del colegio y todos los encuentros sociales del último año. Hicieron lo mismo con sus padres y hermanos. Las familias acabaron agotadas.

Cuando nos despedimos, la mirada de la inspectora Santiago no se separaba de mí. Parecía intuir algo que me ponía muy nerviosa. Estaba segura de que notaba mi inquietud. Se acercó antes de que me marchara.

—¿Puede esperar un momento? Voy a despedir a las familias y estoy con usted en un minuto.

Podía notar que el sudor me caía por la frente y que un calor intenso me abrasaba la cara. Estaba segura de que la inspectora había descubierto algo y me lo iba a contar.

Me pidió que pasara a un despacho y me rogó que me sentara.

—Inés, he compartido con usted información que el resto de las familias desconoce, y me gustaría que no saliera a la luz hasta dentro de unos días.

Intenté disimular mi alivio.

—No voy a compartir esa información, puede estar tranquila. Usted puede hacerlo cuando lo crea oportuno.

—Se lo agradezco. A veces, las investigaciones dan un giro y lo que no era relevante se vuelve vital. Estamos muy cerca de encontrarlas.

—Me alegra saber eso. Ojalá sea pronto. Fátima no va a soportar mucho más.

—Ninguna de las tres familias puede más. Estoy convencida de que las encontraremos. Por favor, cualquier cosa que considere que sea relevante, cuéntenoslo.

Su mirada se quedó fija en mí unos segundos más de lo necesario. Asentí y me levanté para marcharme.

—Inés. —La inspectora Santiago me llamó cuando salía por la puerta—. Sé que también está muy afectada. No sabe lo que le agradezco su ayuda. Tamo tiene suerte de tenerla.

Me encontré con Fátima en la calle, había salido a que le diera el aire. La llevé a su casa. Sentía todo lo que estaba pasando, pero sobre todo me dolía su soledad, la falta de apoyo en su entorno. Las otras madres, incluso la de Arabia, que se acababa de separar, contaban con el apoyo del padre, de familiares o de amigos. Fátima estaba sola.

Llegué a casa con una pena profunda. Cosme estaba preparando la cena.

—¡Qué bien huele! —exclamé en cuanto entré en la cocina.

—Espero que vengas hambrienta, hay cuatro berenjenas rellenas para cada uno.

—Me alegra mucho saber que mañana no tendré que cocinar. Mariana comienza sus vacaciones y no he encontrado a nadie que la sustituya —bromeé—. Sigues cocinando para cuatro.

—No me acostumbro. —Me dio un beso suave en los labios mientras me cogía por la cintura.

—Has tenido suerte, no he comido nada en todo el día.

No sabía cómo abordar el tema del cumpleaños para que volcara la información que necesitaba saber.

Me di una ducha rápida mientras Cosme ponía la mesa.

—¿Qué te parece si vemos una película? Es temprano. —Miró el reloj.

—Vale, pero la elijo yo. —Sonreí con sorna.

Nuestros gustos en el cine nunca coincidían.

—¿Qué tal te fue con la sorpresa? —pregunté mientras me servía una berenjena.

—Creo que le va a encantar. No hay solo una sorpresa, hay más, pero si te las cuento tu hija me matará.

—Inma no me cuenta las cosas porque piensa que se me van a escapar, pero no es así, nunca me ha pasado.

—Hemos contratado, y lo paga tu hija, el grupo de rock en el que estaba el compañero de colegio de Iñaki, el que seguía por todas partes. Ese que se hizo muy famoso y que canta por todo el mundo. El que pones cuando te duchas.

—El cumpleaños va a salir por un ojo de la cara.

—Pueden permitírselo, Inés, no todo en esta vida es trabajar. Nuestro hijo tiene un nivel económico bueno. Es el mejor en lo suyo y la gente lo paga. Es el más listo, el que menos trabaja y más gana. Y si su hermana quiere hacerle un regalo especial, y también puede permitírselo, déjalos que disfruten de la vida.

—Bueno, eso de que es el que menos trabaja es muy relativo, porque siempre anda trabajando, que el otro día estaba aquí comiendo y resolviendo mil cosas, entre ellas alguna con esa agencia.

—Estaría ultimando los detalles de la fiesta —afirmó Cosme.

—No, creo que era algo de unas chicas, pero no le pregunté.

—Ah, cierto, me comentó algo sobre una idea que había tenido y que estaba funcionando muy bien.

—¿Qué idea? —pregunté animosa.

—Estaba conectando a chicas del deporte, de las que lleva en competiciones, con eventos. Azafatas para congresos, para promociones de bebidas y cosas así. Ya sabes cómo es este país y lo poco que fomenta el deporte. Las chicas quieren dedicarse a entrenar, pero de algo tienen que vivir. Creo recordar que me dijo que la mayoría era para eventos deportivos, competiciones de golf de la costa del Sol, de vela o motociclismo. Le iba muy bien, se estaba ganando un extra muy importante.

—No sé si te he entendido bien. La agencia necesita chicas con buena presencia e Iñaki las avisa, ¿cierto?

—Sí, pero habían llegado a algunos acuerdos y es tu hijo quien las da de alta y las asegura con su empresa. No me mires así, es todo muy trasparente. Mira el Instagram de tu hijo, que pareces nueva. Ahí puedes ver todos los sitios a donde las lleva. Siempre cuelga una foto.

—He visto esas fotos, pero pensé que eran de sus eventos deportivos.

—Es que son las mismas chicas. Creo que todas las nadadoras del club del pueblo son las primeras que quieren ir. Van un par de horas, les pagan su dinero y luego siguen entrenando o estudiando. También las de vóley-playa, que están becadas con muy poco dinero; con eso pueden cubrir el alquiler y vivir con decencia. A mí me parece una buena idea. Además, me estuvo diciendo que les pagaba muy bien, que por cada evento podían darle cien o ciento cincuenta euros para cada una.

—Depende de las horas que echen.

—Pues a veces no eran más de un par. Inés, no sé por qué tienes esa cara de preocupación. Que tu hijo no está haciendo nada ilegal.

—No, sé que no, pero tampoco quiero que explote a las pobres chicas. Ya sabes que eso es fácil hoy en día, en esta zona no hay muchas oportunidades.

—No lo hará. Tu hijo tiene unos valores íntegros, he luchado con eso toda la vida. Anda que no hemos tenido broncas tú y yo por ese tema...,

Me hubiese encantado tener la misma confianza que mi marido.

49

Arabia

Rebeca me ponía de los nervios, sacaba lo peor de mí. En el fondo era una víctima como nosotras, quizá mucho más. En cuanto empezó a gritar, llorando desesperadamente, la sacamos de la habitación.

—Escúchame, niña. A la próxima te cogemos entre las tres y te llevamos fuera de la casa —le advertí.

—Solo era una broma —se disculpó—. Tampoco es para que os pongáis así.

—No, criatura, no era una broma. Nuestro cuerpo es sagrado y no tienes derecho a mostrarlo. Gana puntos con el tuyo, no con el nuestro. Estamos pasándolo muy mal, aterradas, pensando que en cualquier momento nos pueden drogar o algo peor. Y tú vives en los mundos de Disney, como si esto fuera una atracción de un parque. Muchacha, que si para ti esto es un juego, nosotras no queremos jugar —me justifiqué con ira.

—Arabia tiene razón. Nos has hecho mucho daño. Se lo han debido pasar en grande con la escena. Creo que la han debido de ver cientos de veces y eso me pone de mala leche —comentó Estefanía, sorprendiéndonos por su tono—. No me miréis así, todo el mundo tiene un límite.

Sonó el timbre de la puerta y las cuatro nos sobresaltamos. Cuando abrimos, encontramos un paquete pequeño. Contenía unos bikinis idénticos a los nuestros.

—Al menos vamos a poder cambiarnos —afirmé—. Los lavo y los pongo a tender.

Rebeca llevaba un rato muy pensativa. Algo estaba tramando. Miré a las otras dos para avisarlas de que permanecieran atentas.

—Tamo —llamó Rebeca—. Me duele mucho la espalda, creo que tengo una contractura de intentar abrir la puerta. ¿Puedes darme un poco de crema? Casi no me puedo mover. Por favor...

Tamo asintió y fue al baño a coger la crema. Observé a Rebeca sin que ella se diera cuenta. Se había situado delante de la cámara, cogiendo el mejor plano. Estaba preparando una escena.

—Déjame a mí —pedí a Tamo, quitándole la crema de la mano—. Yo la arreglo. Se lo hago a mi madre continuamente, siempre tiene contracturas por el uso de la fregona. Vente aquí, listilla, que estaremos más cómodas.

—No, gracias, no quiero que me toques. Acabaría peor de lo que estoy.

—No te dolerá mucho, entonces. Eres muy avispada, pero no olvides que aquí no hay ninguna tonta.

Nuestro nerviosismo iba en aumento. El mío se acrecentó con la actitud de Rebeca, que no paraba de inventar. Estar encerradas nos estaba afectando cada vez más. Yo sentía unas ganas locas de coger la puerta e irme. Pero no quería dejar solas a Tamo y Estefanía. Las sentía cercanas, como si siempre hubiesen formado parte de mi familia. La calidez de su trato me aliviaba el dolor punzante que me impedía respirar. Y no quería que mi familia viera mi vídeo. Eso me aterraba más. Cuando pensaba en lo mal que lo estaría pasando mi madre sin saber de mí, no podía contener las lágrimas. Todas teníamos los mismos pensamientos en la cabeza. Intentábamos no verbalizar el dolor que sentíamos por nuestra familia, para no hundirnos.

Nos sentamos en el sofá a hablar de sueños, de lo que queríamos en un futuro. Fuimos conscientes de nuestras diferencias, de que nuestras aspiraciones eran distintas, pero que teníamos un punto en común: nuestra felicidad era completa cuando impregnaba a los que queríamos. Esa tarde, Estefanía nos contó con detalles que su hermana estaba en la cárcel y que se había enterado hacía muy poco. Hablarlo la alivió. Nos dimos cuenta de que era la primera vez que lo decía en voz alta. Tamo nos contó que su padre era ludópata y que les había arruinado la vida. Nos conmovió su historia, su forma de sobrevivir. Rebeca narró con frialdad un episodio de su niñez, cuando tuvo que robar para comer. Su tono se volvió tan áspero que perdió credibilidad.

El aburrimiento nos mataba. Estefanía intentaba crear algo en la cocina, pero no contaba con ingredientes. Entrábamos y salíamos de la piscina continuamente, en un intento de hacer algo de ejercicio y que nuestros músculos se liberaran de la presión del sofá. Enseñamos a nadar a Tamo, que aprendió muy rápido.

—Si entrenas, te convertirás en profesional —bromeé con mi amiga.

Sin televisión, sin teléfono y sin comunicación con nuestras familias, el día se hacía eterno. Las noches no eran mejores. Dormíamos las tres juntas en un dormitorio. Rebeca lo hacía en el salón o en alguna hamaca, dependía de hasta dónde su borrachera le permitiera llegar.

Siempre he tenido un sueño muy ligero, el cuidado de mis hermanos pequeños me entrenó durante años. Sentí que la temperatura de la habitación había cambiado, que hacía demasiado calor, pero no podíamos hacer nada, no teníamos acceso al termostato.

Me di cuenta de que había alguien en la habitación y abrí un ojo despacio. Pude ver una sombra en el otro extremo de la cama. Era Rebeca. Intentaba tirar de la cuerda del bikini de Tamo. En ese momento fui consciente de que estábamos destapadas y que mi cuerda estaba desatada por la parte de arriba. Estefanía tampoco tenía la suya. No me moví. Quería matarla, pero se encontraba lejos de mí. Me hice la dormida. Esperando cautelosa su próximo movimiento. Dio la vuelta y se puso a mi lado. Tiró de la cuerda de la parte de abajo de mi bikini. Primero lo hizo de un lado y después, muy despacio, lo hizo del otro. Nos estaba dejando de nuevo desnudas. No sé cómo pude controlarme, cómo me quedé quieta.

Si la agarraba del cuello, acabaría creando un vídeo que se haría viral. Era curioso el modo en que mi forma de actuar había cambiado. Calculaba en cada momento, antes de pasar a la acción, la consecuencia que tendría en el contexto en el que me encontraba.

Me guardé las ganas de estrangularla. Las coloqué con templanza en un sitio cercano, las utilizaría más tarde.

Nos quitó el bikini a las tres y se marchó silenciosa. Como pude, intentando no moverme de forma brusca, agarré mi almohada y me la puse tapándome el cuerpo. Me abroché el bikini. Luego coloqué mi almohada encima del cuerpo de Estefanía, que dormía a mi lado.

—Estefanía, despierta. Rebeca nos ha quitado el bikini. Te he tapado con la almohada, póntelo —le dije susurrándola al oído.

Hicimos lo mismo con Tamo. Nos pusimos las tres el bikini a oscuras, sin casi movernos.

—No digáis nada —susurré—. Ya sé qué está pasando, mañana os lo cuento. Ahora dormid, es muy temprano. Y será mejor que no hablemos.

—No puedo dormir —dijo Estefanía—. Creo que yo también sé lo que está pasando, pero no sé lo que podemos hacer.

—Yo también sé lo que ocurre —dijo Tamo disimulando—. Quiere quedarse a toda costa y está jugando sucio. Y nos está jodiendo la vida. No es malo que lo digamos, si los que nos ven también lo saben.

Tamo mentía. Acababa de confirmarme que habíamos llegado a la misma conclusión. No creíamos que estuviera preparándolo todo ella sola. Rebeca pertenecía a la organización y estaba allí para complicarnos la existencia. Lo difícil era que no podíamos expresar en voz alta ni lo que pensábamos ni las posibles soluciones para evaluarlas. Teníamos que usar nuestra creatividad, inteligencia e ingenio.

Nos levantamos tarde. Rebeca ya estaba en la cocina preparando el desayuno.

—Me he movido mucho esta noche, me he despertado sin bikini —nos dijo con un tono empalagoso.

—Yo también, es que hacía un calor horroroso. —Fingí tragándome la mala leche que me provocaba.

—¿Lo habrán hecho a conciencia? —cuestionó Tamo.

—¿El qué? —pregunté.

—La calefacción tan alta. Nos hemos asado como pollos y hemos dado mil vueltas en la cama.

—No lo había pensado —fingió Rebeca—, pero puede ser.

Estefanía nos miraba con atención. Quería decir algo, pero no se atrevía.

—He tenido una pesadilla horrible —conté—. He soñado con la mujer de mi padre, con la que le puso los cuernos a mi madre.

—Yo también querría matarla —confesó Rebeca—. Sobre todo, si ella sabía que estaba casado. Ese tipo de mujeres son lo peor.

Estefanía asintió. Tamo hizo un gesto con la mano, pidiéndome calma. Quería tenerlo todo bien atado.

—Voy a preparar el desayuno y nos vamos un rato a nadar a la piscina. Tenemos que acostumbrarnos a hacer ejercicio después de desayunar y que nuestros músculos no se atrofien. No podemos estar tumbadas todo el día —dijo Tamo.

—Podemos ir al gimnasio —propuso Rebeca.

—¿En bikini? —pregunté.

—Bueno, muy cómodo no es, pero para hacer un poco de cinta o de pesas no te estorba.

—Yo voy contigo después de la piscina —cortó Estefanía.

Desayunamos con tensión, mirándonos a los ojos. Las tostadas se nos quedaron frías en los platos por nuestra lentitud.

—Qué raras estáis hoy, se nota que no habéis dormido bien —comentó Rebeca.

—Nos despertamos con el calor y nos pusimos a charlar. Ya no dormimos mucho más —expliqué.

Terminamos de desayunar y metimos las tazas y los platos en el lavavajillas. Las tres teníamos claro lo que íbamos a hacer. No nos hizo falta hablar. Estábamos nerviosas. Sabía que yo debía llevar la iniciativa, pero no había decidido aún cómo actuar.

Nos metimos en el agua las cuatro al mismo tiempo. Nos situamos las tres en el centro de la piscina.

—¿Qué hay en el suelo? Pon el pie aquí, Tamo —ordené.

Tamo me obedeció. Estefanía se acercó a mirar.

—Lo noto —dijo Estefanía.

Rebeca se aproximó con curiosidad. En el momento en que la tuvimos en el centro de la piscina, las tres a la vez la empujamos al fondo con todas nuestras fuerzas. Rebeca intentó zafarse, pero no lo consiguió.

La dejamos respirar unos segundos.

—¡Estáis locas! ¡Vais a ahogarme! —gritó enfadada.

—Es solo un juego —dije alzando la voz—. Qué exagerada eres.

La volvimos a sumergir, esta vez con más dificultad por su resistencia.

—A ver si la ahogamos, déjala subir —pidió Estefanía cuando llevaba dentro del agua unos segundos.

—¿No te parece divertido? —pregunté.

—Quizá te parezca más divertido quitarnos los bikinis en la noche —le susurró Tamo al oído.

—Dime quién eres y qué haces aquí o te ahogamos. Total, ellos correrán con los daños, harán desaparecer tu cadáver —dije con tanta vehemencia que asusté a mis amigas.

La volví a sumergir agarrándola fuertemente del pelo.

—¿Queréis ayudarme? ¡Joder!, no puedo sola, me ha arañado entera.

Cuando la dejamos salir a coger aire, Rebeca estaba muy pálida.

—Dejadme, no puedo más, me vais a matar.

—Créeme que lo haré si no me dices qué haces aquí y quién eres. Y quiénes hay detrás de todo esto.

—Ya os lo he dicho, me pasó lo mismo que a voso…

No la dejé terminar la frase. La volví a sumergir, y esta vez tardé un poco más en sacarla.

—Está bien, está bien… ¡Para! Te lo contaré todo, pero para. Vamos fuera del agua y te lo cuento.

—Del agua sales muerta o habiendo soltado toda la verdad. Tú escoges. —Volví a agarrarla del pelo.

—Me ofrecieron mucho dinero por entrar aquí. Solo tenía que provocar conflictos y desnudaros. Me encuentro en una situación muy difícil; estoy sola en España y no tengo donde vivir.

—¿Quién te pagó? —pregunté.

—Malena. Ella me invitó a una copa en un bar, se dio cuenta de que estaba robando lo que podía y me ofreció el trabajo. Tenéis que entenderme, no podía hacer otra cosa. Estaba desesperada.

Quise sumergirla en el agua de nuevo, pero mis amigas me lo impidieron.

—¿Qué más se supone que debes hacer? —preguntó Estefanía.

—Enrollarme con alguna de vosotras. Pero no me lo habéis puesto nada fácil.

—Te vas a ir ahora mismo. Y me da igual cómo lo hagas. Pero te juro que, si no te vas, te prendo fuego en cuanto te quedes dormida.

—¡No puedo irme! ¡Si lo hago no me pagarán!

—Si estás muerta, tampoco te pagarán —repliqué imitando su tono de voz.

—Estás muy loca. —Intentó zafarse para salirse del agua.

—¡Y no vas a querer descubrir cuánto!

—Es mejor que te vayas, Rebeca. Nosotras vamos a apoyar a Arabia. Si tenemos que sujetarte, lo haremos.

—No me entendéis. Dejadme aquí, no os haré nada, os lo prometo. Pero no puedo irme.

—Sí que puedes. Y es lo que vas a hacer.

Rebeca salió corriendo del agua y se encerró en la habitación.

—Ella ha escogido. Ahí se va a quedar para los restos. Cuando se muera de hambre, saldrá y se irá.

En ese momento no sabíamos que todo se acabaría antes de tiempo.

50

Inés

Había tenido una pesadilla horrible. Me levanté consternada, con imágenes en mi cabeza de chicas muertas colgadas de postes de la luz. Mi conciencia me estaba avisando. Debía contar a la inspectora todo lo que sabía. Y había llegado la hora de hacerlo. Lo decidí esa misma mañana, mientras ultimaba mi *outfit* para la fiesta de Iñaki.

Sabía que ese día lo vería, que estaría allí. Ninguno de sus amigos se perdería esa fiesta. El novio de Tamo se divertiría como un invitado más. Estaba nerviosa. Algo me decía que él sabía dónde estaban las niñas. Podría observarlo de cerca, incluso hablar con él.

Y al día siguiente llamaría a la inspectora. Le contaría que había recordado algo, que alguien en la fiesta de mi hijo me había parecido familiar. Que estaba casi segura de que era el novio de Tamo. Me quitaría un peso de encima. Y lo más importante: Fátima dejaría de sufrir.

Empezaba a convencerme de la inocencia de mi hijo. Él no haría daño a nadie, aquella vez aprendió. El susto fue tremendo y su padre lo corrigió. No volvió a dar muestras de algo así, nunca repitió nada como lo de aquel día.

Acababa de cumplir los dieciocho cuando me avisaron. Mi hijo se encontraba en comisaría. Dos chicas los habían denunciado, a él y a sus cuatro amigos. Estaban muy borrachas, en la orilla del mar. En la versión de las chicas, las desnudaron sin su permiso. Mi hijo y sus amigos siempre negaron los hechos. Habían bebido mucho y fueron ellas las que se quitaron la ropa. Los cuatro defendían la misma versión. Las chicas no tenían daños, solo las habían desnudado y grabado con el móvil. Mi marido consiguió que retiraran la denuncia. Mi hijo lo pagó muy caro.

—No puedes ser blanda. Tiene que aprender a respetar a los demás. Después de esto, no volverá a tocar a una mujer sin su permiso.

Pasó hambre y frío. Estuvo privado de libertad, de comida y de abrigo. Mi marido le retiró todo lo que consideraba un privilegio. Incomunicado, comiendo minúsculas porciones de comida y bebiendo agua, mi hijo reflexionó y aprendió. Reproché la dureza de su castigo, pero desde aquel día no había vuelto a ocurrir. Tenía que reconocerle el mérito a Iñaki.

—Hola, mamá —escuché al otro lado del teléfono—. Necesito que me prestes tus esmeraldas, ¿te las vas a poner?

—No, llevo un vestido rojo. Te las llevo.

—¿Quieres que te preste mis pendientes rojos?

—Me iba a poner unos dorados que me regaló tu hermano por mi cumpleaños.

—Vale, esos te quedan muy bien. Hoy va a ser un gran día, va a estar lleno de sorpresas.

—Miedo me da, hija. Espero que todo salga bien.

—Seguro que sí. Será una velada que no vamos a olvidar. Mi hermano ha tirado la casa por la ventana y ha preparado un montón de actividades. Durante toda la noche habrá talleres en los que se podrán hacer cosas muy divertidas. Hasta un tatuador.

—¿En serio? —pregunté incrédula.

—También hay un taller de trenzas del pelo, otro de henna y un fotomatón divertidísimo. Además de un quiosco de golosinas y otro de dulces, donde se harán al momento churros rellenos de diferentes cremas.

—No quiero pensar lo que le habrá costado eso a tu hermano.

—Mamá, si lo hace es porque puede permitírselo. Todo es una inversión. Que se hable de su cumpleaños es que se hable de él. Y que esté en boca de todos es dinero que vuelve a su cuenta bancaria.

—Sé que me puedo morir tranquila. Tú tampoco te quedas atrás. No paras de trabajar. Pero tenéis que disfrutar también.

—Claro que sí y vamos a empezar por esta noche. Debemos estar allí a las ocho. La gente comenzará a llegar a las nueve y quiero ultimar todos los detalles. Y necesito que me ayudes. Recuérdame que hay que poner un rincón para los celiacos.

—Lo haré, voy a ducharme o no llegaré a tiempo. Apenas quedan dos horas.

No me había comprado nada nuevo para la ocasión, pero tenía un vestido sin estrenar que me regaló Cosme en uno de nuestros viajes. Me lo compré con una talla menos, con la esperanza de perder un par de kilos, pero la cremallera nunca llegó a cerrar.

Aquella tarde lo sentí holgado. No había comido mucho los últimos días. Las preocupaciones me habían hecho olvidar la mayoría de las comidas.

Me miré en el espejo. Solo era capaz de ver arrugas y piel flácida. Por mucho que me arreglara, nunca me veía bonita. Había aceptado la vejez, pero no me sentía cómplice de ella.

—¿Estás lista? —quiso saber Cosme.

—Sí, cojo el bolso y nos vamos.

—¿No te vas a maquillar? —preguntó con tranquilidad.

Había tardado treinta y cinco minutos en maquillarme. Lo había hecho despacio, intentando no olvidar los pasos que en los tutoriales prometían una piel más joven y luminosa.

—Me queda solo un poco —mentí mientras evaluaba cómo podía mejorar.

Aumenté el colorete y me di una segunda capa de máscara de pestañas. Me volví a perfumar, en un intento de asegurarme de que trasmitiría algo agradable al menos. Cogí el bolso y salimos por la puerta.

—A ver si esta noche tenemos la fiesta en paz —anunció Cosme.

—¿Qué quieres decir?

—Que últimamente das la nota en todas las celebraciones con tus escenitas de celos.

—Lo mismo tendrías que cortarte un poco cuando babeas delante de las amigas de tu hijo —solté sin pensar.

Paró el coche en seco.

—Tienes suerte de que sea el cumpleaños de Iñaki. Si no, me

volvería. No te voy a permitir que pagues conmigo tus frustraciones y tu escasa autoestima.

—Perdona, no quería decir eso —me disculpé—. Lo de Tamo me tiene muy nerviosa. No saben nada y cada día que pasa hay menos posibilidades de...

—No pienses en eso ahora —ordenó Cosme con autoridad—. Esta noche vamos a desconectar y vamos a disfrutar de que tenemos unos hijos maravillosos que han conseguido el éxito en la vida.

Pasamos el resto del camino en silencio. Inma ya se encontraba en la puerta, ordenando los carteles.

—Hola mamá, estás preciosa.

—Tú sí que estás espléndida. Qué bien te sientan el par de kilos que has cogido, hija, te habías quedado en los huesos.

Inma saludó a su padre sin acercarse a él y le indicó dónde podía ayudar.

—¿No hay mesas? —pregunté extrañada.

—No, va a ser todo tipo cóctel. El catering irá pasando entre las mesas altas. El jardín de este hotel es una maravilla. La iluminación ha quedado fantástica. Hay sillones y banquetas en el salón interior para el que quiera sentarse, pero la mayoría son personas jóvenes, no necesitarán las sillas. Y la temperatura es estupenda. —Miró el reloj nerviosa—. No ha llegado aún el cortador de jamón y mira que le dijimos a las ocho para que fuera empezando.

—Pero esto es muy grande. ¿A cuántas personas ha invitado tu hermano?

—Confirmadas hay trescientas. Pero puede llegar hasta las quinientas.

No pude evitar abrir la boca de puro asombro. Me preguntaba cómo podía conocer a tanta gente.

Comenzaron a llegar los primeros invitados y mi hijo todavía no había aparecido. Inma y yo los recibíamos. Les indicábamos dónde estaba el guardarropa y les proporcionábamos unas instrucciones básicas que mi hija me había ayudado a memorizar, como la situación del baño y la presentación de los distintos espacios de ocio y las actividades que tendrían disponibles durante toda la noche.

Podía ver la fascinación en la cara de los invitados. Mi hija tenía razón, con esta fiesta Iñaki proyectaba una imagen de éxito que se recordaría durante mucho tiempo.

El servicio de catering ofrecía la comida en grandes bandejas. La servían chicas jóvenes con una impresionante condición física. Supe de inmediato que eran las muchachas que contrataban a través de Iñaki. Las camareras repartían platos con crujiente de gambas, pequeños bocaditos de pulpo y sésamo caramelizado, rollos de marisco con salsa de ostras. Inma también había dejado su sello en la selección del menú.

La siguiente hora la pasé sola, observando a la gente que no paraba de llegar. Desde donde estaba, podía analizar los vestidos de las chicas, los trajes a medida de los chicos, el lujo que lucían en sus complementos. Todos parecían felices, sin preocupaciones. Pensé en el contraste que había con la vida de las tres niñas desaparecidas. Lo que te marcaba nacer en una casa u otra.

Tenía una tartaleta de tempura en la mano cuando lo vi. Llevaba el pelo engominado, peinado hacia atrás. Acompañaba a mi hijo, que no era capaz de avanzar por la cantidad de gente que lo paraba para felicitarlo. Era él, no me cabía duda. Cuando Tamo me lo enseñó la primera vez, me había resultado familiar, pero no había sido capaz de ubicarlo. Ahora tenía la certeza de que eran la misma persona.

Lo observé desde lejos. Saludaba con una sonrisa a la mayoría de las chicas.

Estaba segura de que él conocía el paradero de Tamo. Me costó contenerme, no ir hacia él y reclamárselo. Era la pista más fiable y yo la había ocultado. Si le pasaba algo a Tamo, nunca me lo perdonaría.

La música subió de volumen. Mi hijo miró al escenario. No los reconoció enseguida. Con los primeros acordes, se acercó para ver quién tocaba. Comenzó a dar saltos de alegría cuando se dio cuenta de quiénes eran. Desde donde estaba, podía vislumbrar la felicidad de mi hijo, que se subió al escenario cuando reconoció a sus cantantes favoritos. Pero también podía percibir la de Inma, al ver a su hermano disfrutar.

Mi marido estaba charlando con una de las amigas de Iñaki y no apreciaba la escena, aunque los miraba de soslayo.

Yo estaba emocionada. Sintiendo que no era justo que yo tuviera la viva imagen de la felicidad ante mí y que Tamo estuviera en el otro lado de la balanza. Cuando podía haberla equilibrado.

La banda interpretó varios temas. Los invitados jalearon mientras comían y bebían. Yo estaba sola, mirando a mi alrededor, sin perder de vista al amigo de mi hijo. Se paró la música. El cantante llamó a Iñaki. Todos los componentes del grupo se pusieron de espaldas y se quitaron las camisetas.

—Ahora, vamos a darle al cumpleañero la primera sorpresa de la noche.

Se giraron todos a la vez. Llevaban otra camiseta en la que se podía leer: «Enhorabuena, vas a ser tío».

No lo entendí hasta que mi hijo salió corriendo hacia su hermana. Inma estaba embarazada.

Me quedé quieta, disfrutando del momento que tanta emoción me producía. Miré a mi hijo, que saltaba con su amigo. Tardé unos segundos en darme cuenta de que Pablo no estaba compartiendo la alegría de Iñaki. Era algo más. Disfrutaba de una alegría propia que me costó entender.

Inma se acercó a mí.

—Mamá, espero que sepas perdonarme, pero quería que fuera una sorpresa para todos a la vez. Mi hermano y mi cuñado están como locos.

Inma levantó la mano y los llamó.

—Enhorabuena, abuela —me dijo mi hijo, abrazándome.

Pablo me miró a los ojos. En ese instante entendí que ese chico era el cuñado de Inma. El hermano de su marido. Cómo podía tener tan mala memoria. Nos habíamos visto dos veces, quizá tres. Recordé que no vino a la boda de Inma porque lo operaron la noche anterior de apendicitis. Por eso no logré reconocerlo, asociarlo con mi hija.

Se acercó a mí y me saludó con dos besos, pero yo no fui capaz de moverme. Dos lágrimas cayeron por mis mejillas. Mi familia pensó que eran de pura emoción.

Se confundían.

Acababa de descubrir la conexión de las tres chicas.

Y sabía quién las tenía.

51

Tamo

Nos estábamos pasando mucho con Rebeca. Lo sabíamos, pero no encontrábamos otra opción.

Estuvo toda la noche gritando porque quería salir de la habitación. Arabia perdió varias veces los nervios y estuvo a punto de abrirle la puerta, pero no se lo permitimos. Temíamos que le hiciera daño.

—No la podemos tener encerrada —argumentó Estefanía—. Algo debemos hacer con ella.

—Negociemos —planteé—. Negociemos que se vaya. Le decimos que le abrimos la puerta si se va a la calle.

—¿Y si nos dice que sí, pero no se marcha? No tiene móvil, no tiene ropa, no tiene de nada —argumentó Arabia—. No se va a largar y la va a liar muy gorda.

—No la podemos tener sin comer —dije—. No os dais cuenta, pero estamos dejando que nos conviertan en malas personas. No somos como ellos.

—Ella es una mala víbora —objetó Arabia—. Solo busca jodernos la vida.

—Estoy de acuerdo, pero no quiero ser como ella. Prepararemos algo de comer y se lo meteremos dentro.

—En cuanto escuche el ruido de la puerta, se armará hasta los dientes y no habrá solución, se escapará.

No nos dimos cuenta de que Malena había entrado en la casa hasta que la tuvimos junto a nosotras. Enmudecimos por la sorpresa.

—Os voy a resolver el conflicto —dijo con naturalidad.

Quitó lo que atrancaba la puerta y Rebeca salió gritando reproches.

—Rebeca. —Malena la miró fijamente a los ojos—. Súbete al coche que hay fuera. Y vosotras sentaos, que tenemos que hablar.

Ninguna de las tres dijo una sola palabra. Malena nos aterrorizaba. Era siempre portadora de malas intenciones, de emboscadas oscuras, con su presencia nos temblaba hasta el alma.

—Estamos muy decepcionados con las tres. Tenéis delante de vosotras la oportunidad de vuestra vida y no habéis sido capaces de aprovecharla. Pero, en fin, ha llegado el momento de pasar a la acción.

Puso una caja encima de la mesa.

—Vais a tener dos citas cada una. No me pongáis esa cara de pánico, será aquí, en la casa de invitados. No tenéis nada que temer, solo será una cena. Lo único que os pedimos es que os arregléis para la ocasión. Podéis salir de la casa de invitados en el momento que queráis.

»La primera será esta noche, a las nueve. Una de vosotras, la que decidáis, deberá estar en la casa de invitados a esa hora. En la caja disponéis de todo lo necesario para arreglaros. Y os aviso, la primera que haga una tontería se hará famosa en veinticuatro horas. No vamos a tener más paciencia con vosotras. Decidid quién va a ir a la cita y decidlo alto y claro a la cámara.

Malena salió de la casa y se subió en el coche que la había traído. Rebeca nos hizo un gesto grosero como despedida.

Nos miramos. Ninguna sabía qué decir. Estábamos sorprendidas.

—Me tiembla todo —dije.

—Iré yo —afirmó Arabia—. Seré la primera en ir.

Evalué rápidamente la situación.

—Creo que debo ir yo. Estefanía no se encuentra con fuerzas y tú puedes liarla y que salgamos perjudicadas las tres. Creo que soy el punto medio.

—Estoy de acuerdo con ella —dijo Estefanía.

—OK, si así lo queréis, así será. Pero soy la más fuerte de las tres y, si hay que meter hostias como panes, yo tengo la mano más grande.

Las tres reímos. Me acerqué a una de las cámaras y dije en voz alta que sería yo la que asistiría a la cita.

Abrimos la caja. En el interior había unas sandalias de tacón alto, un vestido de satén negro y una pequeña bolsa con complementos y maquillaje.

—¿También quieren que nos pintemos como una puerta? De eso nada.

—Arabia, no los vayamos a cabrear... Me maquillaré como hago siempre. El vestido es muy bonito, pero no podré llevar ropa interior. No han traído.

—Te dejas el bikini. Al menos la parte de abajo —propuso.

—No me gusta nada esto. Nos están obligando a que tengamos citas con hombres mayores, no es justo. Nos han engañado, chantajeado y encerrado... ¿para que vayamos a cenar? No podemos ser tan ilusas —afirmé.

Enseguida me arrepentí de mis palabras. Estefanía no estaba bien. Se salió a la terraza a tomar el aire. Arabia y yo nos miramos. No podíamos dejarla sola. La seguimos y nos colocamos a su lado. La vimos mecerse, con un movimiento estereotipado que me recordó al de una marioneta rota. Nos aproximamos más, en un intento de que se sintiera acompañada.

—Oye, todo va a salir bien —intenté consolarla—. Ya verás que un día nos vamos a reír de esto.

—Estefanía, cuando te toque a ti será más fácil. Ya habremos ido las dos y te podremos contar. Además, esperad un momento.

Arabia salió corriendo y cogió las llaves. Comprobó que había una que abría y cerraba la puerta de la casa de invitados. Se aseguró de que no había pestillos por dentro.

—Nos vamos a quedar en la puerta —contó Arabia—. Con la oreja pegada, si hace falta. Si dejamos de escuchar a Tamo o la oímos gritar, entramos a por ella. Tienes que mantener un tono alto para que te escuchemos.

Éramos unas ingenuas que diseñábamos las estrategias de defensa convencidas de que funcionarían. Sin tener en cuenta que jugábamos en desventaja.

No probamos bocado en todo el día. Estábamos muy nervio-sas. Cuando faltaban dos horas para la cita, Estefanía empeoró. Rompió a llorar desconsoladamente.

—No puedo, no puedo. No soy capaz de hacerlo —gritaba.

—Déjala que llore —me pidió Arabia—. Es lo mejor.

—No puedo respirar —comenzó a decir, muy agitada.

Cogí la caja y corté un trozo de cartón para abanicarla.

—Escúchame, Estefanía. Te está dando un ataque de ansie-dad —dijo Arabia—. Vas a creer que te estás muriendo y que te va a dar un infarto, pero te aseguro que no. Lo he visto muchas veces; a mi madre le dan a menudo, sé lo que tengo que hacer. Respira por la nariz y echa el aire por la boca. Concéntrate en eso. En unos minutos se te habrá pasado.

Estefanía lo intentaba, pero la falta de aire la agobiaba. Yo observaba a Arabia, cómo estaba resolviendo la situación, y no podía admirarla más. Sus palabras amables crearon un clima de confianza. Su sonrisa y su seguridad la tranquilizaron.

—Ves, tu pulso está bajando. Vamos muy bien. Ahora te voy a dar un masaje en la cabeza, pero no te acostumbres. Concéntrate en las cosquillas que sientes. Olvídate de todo lo demás.

Arabia fue poco a poco consiguiendo que se relajara, hasta que su respiración recuperó el ritmo normal. Estaba empapada en sudor. La acompañamos al baño para que se diera una ducha.

—Menos mal que supiste cómo actuar —le dije.

—Tamo, no he visto a mi madre con un ataque de ansiedad nunca. Me dio uno a mí cuando vi mi vídeo.

La miré sorprendida.

—Tiene que ser nuestro secreto —me pidió—. Si le vuelve a ocurrir, debe tener confianza. Anda, vamos a arreglarte, déjame que te haga un peinado bonito.

Arabia me peinó como si fuera su hermana pequeña. Había-mos tenido a nuestra disposición un peine y no tenía el cabello demasiado enredado. Me hizo una cola alta y soltó unos cuantos rizos en la cara.

—Eres la mujer más guapa que he visto en mi vida —me confesó con admiración.

—Eso es porque no te sueles mirar al espejo. No hay nadie más bonita que tú —le respondí.

Estefanía llegó cuando comenzaba a maquillarme. Yo estaba muy morena y solo me puso un poco de colorete, me pintó los ojos y me perfiló los labios con rojo, la única alternativa que había en la bolsa de aseo.

—Estás preciosa —dijo Estefanía mientras sujetaba el vestido.

Me lo echó por encima y, muy a su pesar, Arabia deshizo el nudo de la parte de arriba del bikini.

La parte de abajo se trasparentaba y quedaba muy señalada.

—Voy a quitarme la parte de abajo también. No quiero que se cabreen y me la hagan quitar allí, sería más humillante.

Faltaban diez minutos para la hora. Me frotaba las manos de puro nervio. No habíamos oído el ruido de ningún coche, así que sospechamos que llegarían cuando estuviera dentro.

—Escúchame. —Arabia me cogió la cara con sus dos manos—. Si ves lo más mínimo, sal corriendo. Vamos a estar pegadas al suelo, en el lado de la piscina. Si la cosa se pone muy chunga, pega tres taconazos y vamos a por ti. Percibiremos la vibración del suelo.

Sonreí cuando me di cuenta de que lo decía en serio. Arabia era única para encontrar soluciones.

—No sé cómo será. Si es un viejo verde que me mira babeando, no voy a poder aguantar —confesé muerta de miedo.

—Tiene dinero, al menos aparentará tener clase —argumentó Arabia—. Es la hora. Debes irte.

Me abrazaron las dos a la vez y se nos saltaron las lágrimas. Me sequé las mías bajo la supervisión de Estefanía, que me confirmó que mi maquillaje estaba intacto. Ella seguía muy pálida, noté su esfuerzo por no derrumbarse, por no ponérmelo más difícil.

Salí de la casa intentando controlar el temblor que me recorría el cuerpo. No tenía mucha destreza andando con tacones tan altos y perdí el equilibrio varias veces. Abrí la puerta y entré. Una voz detrás de mí me asustó y pegué un grito.

—No te asustes, por favor. Me llamo Brent. —Estiró la mano para saludarme—. Voy a ser tu acompañante hoy.

Lo observé con descaro. Debía de tener al menos sesenta años. Pero se notaba que se había cuidado toda la vida. Llevaba un traje de lino azul marino, nada formal, y olía a perfume muy caro. Su cara me era familiar, estaba segura de que lo había visto antes en algún lugar, quizá en la televisión.

Me retiró la silla y me senté. Su mirada no me inquietó.

—Tamo, espero que pasemos una velada tan encantadora como tú —me dijo cuando se acomodó frente a mí—. ¿Qué quieres beber? —me preguntó.

—Un refresco.

Cogió una lata y me la acercó. Él se sirvió una bebida con alcohol que no supe identificar.

—Van a traer la comida en unos minutos. Puedes estar tranquila, no estaremos solos.

No sabía qué pensar. Ni qué decir. Seguro que Arabia tendría muchas preguntas. Abrí la lata asegurándome de que no estaba manipulada, que no habían echado droga en su interior.

—No tengo muy claro qué es lo que espera de mí —me atreví a preguntar.

—En un principio, me conformo con que me tutees. Y no te preocupes, que, al acabar la velada, habremos conversado sobre eso.

Cuando pegaron a la puerta, reconocí inmediatamente a la chica que nos traía la cena.

52

Inés

Nadie fue capaz de sacarme del estado de estupor en el que me encontraba. En cuanto me metí en el coche, mi marido me reprochó mi comportamiento.

—No sé qué te pasa, pero, si no te ilusiona que tu hija esté embarazada, podrías haberlo disimulado.

—No me encuentro bien, me he mareado. Creo que me está dando un ataque de vértigo.

—Podrías haber cogido un taxi de regreso. El cuñado de tu hija me ha comentado que no has dejado de mirarlo en toda la noche. No sé a qué viene ese comportamiento.

No quería discutir con él. Miré mi móvil. Tenía cinco llamadas perdidas de la inspectora Santiago. También había recibido un mensaje de voz en el que me pedía que me pasara al día siguiente por comisaría. Me asusté. Busqué en las noticias si se sabía algo de las chicas. Pero no había nada relevante.

—Qué mal te está sentando envejecer... Tal vez deberías pedir ayuda —sugirió mi marido.

—¿Ayuda para qué? —cuestioné—. Tengo vértigo desde los veinte años, no es nada nuevo en mi vida.

—Me refiero a ayuda para gestionar las emociones. No te das cuenta, pero no te soportas ni tú misma. Cambias de humor en la misma situación varias veces y...

—¿Y qué? —interrumpí—. Tampoco creo que esté nerviosa, ni que mi forma de «gestionar las emociones» te afecte. No estás nunca en casa.

—¿Ves? Inés, tus quejas son continuas, no estás contenta con nada. Es una etapa nueva, emocionante. Ser abuelos va a ser maravilloso y lo estás dramatizando, como haces siempre con todo lo importante de la vida.

Estaba cansada. Hastiada y frustrada. No tenía energía para buscar los argumentos y continuar con la dialéctica. Y me sabía perdedora. No recordaba una sola discusión en la que yo hubiera tenido la razón. Ni un solo argumento brillante que le hiciera dudar. No había sido la ganadora nunca.

Le mandé un mensaje a mi hija. Tenía que hablar con ella. Contarle todo lo que había descubierto. La cité por la mañana, con la excusa de que no estaba bien y que necesitaba que me acompañara al médico. Inma me contestó a los pocos segundos. Me recogería a las nueve en mi casa.

No tenía ni idea de cómo lo iba a hacer. Pero tenía claro que al día siguiente encontraría a Tamo, aunque fuera lo último que hiciera en mi vida.

Puse el despertador y me tomé dos pastillas para dormir. Tardaron un par de minutos en hacerme efecto. Me desperté segundos antes de que sonara la alarma, me duché y salí a la calle a esperar a Inma.

Mi hija llegó puntual, como siempre, otra virtud que había heredado de su padre. Me subí al coche y le pedí que se dirigiera al recinto ferial, que necesitaba hablar algo con ella y que allí estaríamos tranquilas. Era una zona aislada con poco tránsito.

—Mamá, me estás asustando. ¿Tienes algo malo?

—No, solo quiero hablar contigo.

Aparcó en la entrada, en uno de los laterales de la calle que en agosto se convertía en el centro de la fiesta. La miré a los ojos con rabia, sin poder articular palabra.

—Me estás asustando. ¿Es papá? ¿Le pasa algo? —preguntó angustiada.

—No, estamos perfectamente. Los que no están bien son los padres de Tamo, de Estefanía y de Arabia. Están pasando un infierno.

—Lo entiendo, llevo poco tiempo de embarazo y ya siento que lo quiero con todas mis fuerzas. Tiene que ser horrible.

—Sí, que te desaparezca una hija, que no sepas donde está tiene que ser horrible. Igual de horrible que criar un hijo en la cárcel.

—¿Por qué dices eso, mamá?

—Porque sé que estás detrás de la desaparición de las niñas. Tú las tienes. Y espero que estén vivas y en perfecto estado, porque, si no, te juro que te voy a matar yo con mis propias manos.

—Mamá, ¿qué estás diciendo? ¿Te has vuelto loca?

—No, no me he vuelto loca. Siempre he intuido que alguien cercano se hallaba detrás de todo esto, por eso no denuncié a tu cuñado, por eso no puse a la inspectora Santiago tras sus pasos. Maldita seas, Inma, vi la foto, Tamo me la enseñó. Era él. Tu cuñado es el novio de Tamo.

—¿Mi cuñado era el novio de Tamo?

—¿Quieres dejar de tratarme como una tonta? Lo he tenido siempre delante de mí y no he sabido verlo. La conexión entre las tres eres tú. ¿Cómo has podido? ¿Qué intención tienes? Tú cuñado las ha enamorado y las ha engañado. Y sé que tú estás detrás de todo. Eres la única persona que conocía la situación de Tamo, lo de su orden de desahucio. Tamo no se lo había dicho a nadie fuera de su entorno, solo a mí. Y yo solo lo había compartido contigo. Tú cogiste las llaves del barco. Son tres niñas con toda la vida por delante, por el amor de Dios.

Inma cambió la mirada. Sabía que la había descubierto, no tenía escapatoria.

—No es lo que piensas. No he hecho más que ayudarlas. Les he cambiado la vida.

—¿Qué has hecho, Inma? Dime dónde están.

—No es tan fácil. No puedo decírtelo, hay gente poderosa detrás. Si lo hago, me matarán.

Evalué la situación. Inma no me lo iba a decir si no buscaba una forma de amenazarla, de hacerle ver que confesar era la única salida.

—Inma, debes llevarme con ellas. La inspectora Santiago os ha descubierto. Tengo que ir a comisaría esta mañana.

Reproduje su mensaje de voz.

—Me lo dijo el otro día. Me aseguró que las iba a encontrar. ¡Maldita sea!, os ha descubierto. Tienes que devolverlas a sus familias.

—No están cautivas, pueden irse cuando deseen.

—Quiero ir a verlas.

—¡No puedo! ¿No te enteras? ¡No estoy sola!

—¡No me importa lo poderosa que sea esa gente! O me llevas, o me voy para comisaría y te denuncio. No hay más opciones. Tú decides.

—No vas a ir a comisaría, nunca me denunciarías.

—Inmaculada, hay tres familias sufriendo un calvario. Llorando porque no saben si sus hijas están vivas o están descuartizadas en el fondo del mar. No voy a permitir que pasen por eso ni un minuto más. ¿Qué clase de monstruo eres, hija? ¿No te conmueve el infierno de esas niñas?

—Escúchame, no las hemos secuestrado, pueden irse cuando quieran. Estás muy equivocada, lo único que yo hice es escogerlas, atraerlas para que tuvieran una vida mejor, para que salieran de la miseria en la que viven. Solo las he ayudado a que tengan un futuro lleno de posibilidades y de lujo. Me van a estar agradecidas el resto de su vida.

—Te has vuelto loca, hija. No estás en tus cabales. Llévame a verlas, si es como dices. Luego seguirán donde están. Pero al menos informaré a sus familias. Dime que se encuentran bien, que no les habéis hecho daño.

—Están en perfecto estado. En un chalet con piscina, con jardín y con todo lo necesario para sentirse cómodas.

—Llévame a verlas ahora mismo —le dije en tono autoritario.

—No puedo hacer eso.

—De acuerdo, entonces llamaré a la inspectora Santiago. Y le diré que andas detrás de todo. Acabarás en la cárcel. Inma, por el amor de Dios, no soy tonta. Has utilizado a tu cuñado para engañarlas, seguro que están pasando por un calvario y que las estáis manipulando. Tú trabajas en prisión, sabes cómo viven las mujeres allí, sabes lo que hay dentro. Aún tenemos tiempo de pararlo, déjame que hable con ellas. Si hablo con ellas no declararán en tu contra y no tendrás a tu hijo en la cárcel. Tienes que reaccionar. Ahora debes pensar en tu bebé, es lo más importante. No puedes marcar su futuro de esta manera. Hay que soltarlas y evitar ir a la cárcel. Ahora eres madre, sabes lo que es sentir un hijo en tu interior.

—No puedo llevarte. Hay cámaras por toda la casa. Nos verían entrar.

Las manos me temblaban. No sabía cómo sacar a mi hija del lío en el que se había metido.

—¿Tu hermano también está involucrado en esto? —pregunté temerosa.

—No, solo mi marido y mi cuñado. Y su hermana pequeña, pero solo nos ha ayudado un par de veces para hacer de camarera.

—¿Las estáis extorsionando? ¿Tenéis material pornográfico?

Inma agachó la cabeza.

—Arranca. Vamos a por ellas.

Mi hija no reaccionaba.

—¡¡He dicho que arranques!! —le grité mientras le pegaba una sonora bofetada.

Inma puso en marcha el coche y comenzó a conducir. Nunca le había pegado y pude ver como lloraba.

—Esto es lo que vamos a hacer. Vamos a ir donde estén. Voy a llamar a la inspectora y le daré una excusa. Hablaré con ellas y te sacaré de este lío.

—No podemos entrar en la casa, nos verán a través de las cámaras. Lo mejor es que todo siga su curso. Si las descubren, nunca encontrarán nada en mi contra. Y nunca tendrán pruebas de que yo participé en esto. Esta todo muy estudiado, no hemos dejado ningún cabo suelto. Hemos trabajado mucho.

—¿De verdad crees que no van a dar contigo? En cuanto hablen con las chicas, establecerán la conexión igual que la he establecido yo. No te creía tan estúpida. Si esa gente es tan poderosa como dices, tú serás la cabeza de turco. Ellos se quitarán de en medio y te dejarán a ti todo el marrón. Te creía una mujer inteligente.

—Pero si me ven entrando en la casa, me matarán. No lo entiendes, han invertido mucho dinero en esto y no están dispuestos a perderlo.

—Tenemos que apagar las cámaras. Entraré como si fuera la mujer de la limpieza o qué sé yo.

—Hay que entregar un paquete, un vestido para Estefanía. No me mires así, solo va a tener una cita con su *sugar daddy*. Pero no puedes entrar, se darían cuenta.

La piel de todo mi cuerpo se erizó.

—¿Qué has hecho, Inma? ¿Las has arrojado a la prostitución más deleznable de este mundo?

—Yo solo quería ayudarlas, conseguir que salieran de su miserable vida.

—¡Su vida al menos era honrada! Tú... ¡Tú las quieres prostituir! Estoy horrorizada, Inma... ¡No puedo creer lo que estoy oyendo! ¡No te conozco!

—Mira, por una vez te voy a dar la razón: no me conoces. Y nunca te has preocupado por conocerme. Tú única misión como madre ha sido colocar un plato en la mesa, normalmente precocinado, y una lavadora cuando no venía la asistenta. Nunca nos has atendido, nunca luchaste por nosotros cuando papá nos maltrataba una y otra vez. Escuchabas lloriqueando en tu habitación cómo nos pegaba con la correa, cómo nos daba palizas que silenciábamos con la almohada. Pero nunca nos salvaste. Nunca viniste a decir un «basta», a dejarnos un «lo siento mucho» que curara nuestras heridas, un abrazo, un gesto de cariño. Porque los golpes del cuerpo sanaban, pero los del alma no. Esos provocaron heridas que llevamos abiertas y en carne viva. Así que no me vengas ahora en el papel de la mejor madre del mundo. Porque te queda demasiado grande.

Me di cuenta de que estaba llorando cuando Inma paró el coche. Las lágrimas no encontraban resistencia en la languidez de mis pómulos. Caían en mis labios, amargándome la boca.

Iba a salvar a las chicas, aunque fuera lo último que hiciera en este mundo. Ya era tarde para mi hija y para mí, pero sí que podía salvarlas a ellas.

53

Estefanía

En cuanto Tamo entró en la casa de invitados, sentí que me desmayaba. Mi capacidad de empatizar se agudizaba cuando alguien a quien quería estaba en una situación de peligro, haciendo que sufriera de forma incontrolada. No quería dejarla sola ante una amenaza desconocida que nos angustiaba a las tres por igual.

Arabia me abrazó. Su instinto de protección era lo mejor que me había pasado en aquella casa. Tanto ella como Tamo reconocieron enseguida mi debilidad, mis pocas estrategias para luchar contra la impotencia o para resolver los conflictos, y me cubrieron con su amparo. Estaban tan pendientes de mí que por primera vez en mi vida me sentí querida. Era algo tan nuevo, tan maravilloso; tenía la sensación de que me acariciaban el alma con ternura. Empequeñecía ante las dos mujeres más inteligentes y bonitas que había conocido nunca. Era inferior a ellas en todo. En valentía, en decisión y sobre todo en capacidad de dar.

La casa tenía una piscina infinita que se enmarcaba con el mar. Estaba tan cerca que oías las olas cuando rompían contra las rocas. Desde donde estábamos, podíamos oler el salitre y a la vez tocar la pared en la que se encontraba Tamo.

Allí aprendí que la vida era tener a escasos metros la libertad más absoluta, pero sentirte en cautiverio por los errores cometidos.

Arabia se tiró al suelo, pegando la oreja a las losas blancas que bordeaban la piscina.

—Vente aquí —me susurró.

La obedecí sin dudar. Estábamos juntas, nuestras caras se rozaban. Arabia me pasó su mano por la mejilla, acariciándome como si yo fuera una niña pequeña.

—Todo va a salir bien. Nuestra amiga es muy lista y sabrá manejar estupendamente al viejo verde asqueroso.

Asentí y cerré los ojos. Comencé a llorar en silencio. Estaba asustada. No podía dejar de imaginar que pasaban cosas horribles dentro de la casa de invitados. Que forzaban a Tamo y le hacían daño. Permanecía atenta a cualquier ruido, por pequeño que fuera.

Una puerta se abrió y escuchamos algo arrastrarse. Arabia se levantó de golpe y se asomó a mirar. Regresó unos segundos después con el rostro sonriente.

—Es una camarera con un carrito de comida. No está sola con el viejo verde, qué alegría.

Suspiramos aliviadas. Nos sentamos en el borde de la piscina, con los pies metidos en el agua.

—Cuando salga de aquí, no me voy a poner un bikini en mi vida. Lo tengo tan pegado a la piel que me han salido ronchas —me contó mi amiga.

—A mí también me pasa, no dejo de rascarme. Nuestra piel no transpira y esta tela es más mala que un dolor.

—¿De qué crees que estarán hablando?

—No lo sé, imagino que le está contando sus intenciones, para algo estamos aquí.

—Yo creo que son tres hombres mayores que disfrutan con el miedo de unas niñas y que quieren comprar nuestra virginidad. Todo ha sido un despliegue de dinero, de demostrarnos lo que la pasta puede hacer por nosotras.

—Yo también pienso lo mismo. Quieren convertirnos en prostitutas de lujo, en sirvientas entrenadas para cumplir sus deseos. Comprar nuestra voluntad. Ninguna de las tres tiene un euro, pasamos por momentos complicados y nos viene muy bien el dinero. Nos solucionaría la vida. Y a las tres nos tienen bien cogidas. Saben que vamos a hacer cualquier cosa para que los nuestros no sufran. Somos un programa de televisión privado. Nos han estado observando día y noche. Y yo no quiero pensar lo que está sufriendo mi madre. No se lo merece, no hay dinero en el mundo que pueda compensar eso.

—Y la mía. Y mi hermana. Es por la que más sufro. Si sabe de mi desaparición, lo estará pasando fatal en la cárcel. Mi hermana es muy buena chica, no sé cómo pudo hacer algo así —comenté.

—Una hace muchas tonterías cuando está desesperada. Pero estoy segura de que tu hermana está arrepentida y que, en cuanto salga, volverá a tu casa contigo. Yo también echo mucho de menos a mis enanos. Estoy todo el día matándome con ellos, pero los quiero con locura. Me muero de ganas de abrazarlos.

—No creo que nos retengan más aquí. Que Rebeca haya salido de escena ha precipitado los planes finales. Nos van a decir lo que quieren ahora. Tengo mucho miedo. No soy capaz de verme siendo la acompañante de nadie, por lo que estoy condenada a que cuelguen mis vídeos. Mi madre se va a morir de pena. No sé cómo pude ser tan tonta.

—No fuiste tonta. Estabas enamorada y viviendo un momento complicado. Te aferraste a una ilusión. Mi madre siempre me dice que hay que llenarse de cosas buenas, que eso nos mantiene a flote y felices. En el momento en que te quedas vacía, cualquier cosa que se te acerca te llena, no tienes filtro y pierdes el norte. Es justo lo que nos ha pasado. Llenamos nuestro vacío con lo primero que se acercó.

—En mi caso vino a la panadería y en el de Tamo fue al taller de su padre. Pero tu caso fue distinto. Tú lo conociste por una red social. No acabo de entender cómo nos seleccionaron.

—Yo tampoco tengo ni idea. Pero sé seguro qué es lo que tenemos en común. La edad, y que las tres somos niñas de altas capacidades y pobres como ratas.

—Hay algo más. Las tres estábamos en momentos muy complicados. Esa casualidad me mata.

—Y a mí también, le he dado muchas vueltas. Sucedió justo cuando mi padre regresó, en el momento en que tu madre descubrió a tu padre y también cuando iban a desahuciar a Tamo.

—Lo mismo, si hubiesen identificado a otras niñas en peores circunstancias, ahora no estaríamos aquí.

Continuamos charlando hasta que oímos que el servicio de

catering se iba. Nos pusimos de nuevo tumbadas en el suelo, atentas por si nuestra amiga nos necesitaba.

Escuchamos risas. Nos miramos extrañadas. Tamo estaba riendo. Nos colocamos de rodillas las dos a la vez.

—Me ha parecido escucharla reír.

—Sí, a mí también. Creo que podemos estar tranquilas —añadí.

Tamo salió una hora después. Teníamos mucho frío y estábamos envueltas en las colchonetas de la piscina.

—Estáis heladas, vamos dentro.

Nos sentamos en el sofá, ansiosas por que Tamo hablara.

—Suéltalo ya, cuéntalo todo —la apremió Arabia.

—Ha sido una cena muy agradable. La comida estaba deliciosa y el señor era muy amable.

—¿Cómo que era muy amable, Tamo? Si es uno de los que nos ha jodido la vida.

—No, dice que no. Que él solo contrató los servicios de una agencia que pone en contacto a *sugar daddies* con *sugar babies* que tienen unas características especiales. Mujeres jóvenes, guapas e inteligentes, con una educación exquisita. No me ha dicho cuánto ha pagado, pero creo que ha sido una cantidad desorbitada. Él no ha conocido hasta hoy cómo nos han captado y cómo nos han chantajeado.

—¿Y no nos han estado viendo por las cámaras? No me lo creo —añadí.

—Me ha jurado que no. Que le presentaron un catálogo de chicas, de posibles candidatas, y que me escogió a mí. Le indicaron dónde tendría lugar la primera cita y se ha presentado aquí. Me ha hablado de lo que quiere de mí. De lo que espera y de lo que me dará a cambio.

—¿Y qué es lo que espera de ti? —preguntó Arabia.

—No puedo decirlo. Pero sí que os puedo contar que es un señor muy educado, que no da miedo y que me lo he pasado genial. Cada una de nosotras va a establecer lo que quiere hacer, llegaremos hasta donde queramos llegar.

—Tamo, ¿cómo te lo vas a pasar genial con un tipo que te está chantajeando?

—No creo que Brent tenga nada que ver en esto.

—¿Brent? Madre mía, te han comido la cabeza —anunció Arabia.

—No, no te preocupes. Sé lo que quiere y he llegado a mis propias conclusiones. Pero no me ha parecido mala persona.

—Tamo, son gente malvada, saben disimular lo que son para poder vivir como personas normales —aporté en un intento de que mi amiga no fuera tan confiada.

—No os preocupéis, de verdad. He entrado esperando tener la peor noche de mi vida. Pero he pasado una velada encantadora, en la que me he reído, me he emocionado y he conocido a un hombre interesante. No soy tonta, sé lo que quiere de mí y sé que nos movemos en un terreno pantanoso. Pero no creo que ese señor, con el que he cenado esta noche, tenga nada que ver con el lío en el que estamos metidas. Cuando se lo he contado, se ha sorprendido y me ha prometido que hará desaparecer los vídeos —anunció nuestra amiga.

Arabia y yo no creíamos nada de lo que ese tipo había dicho a Tamo. Estábamos convencidas de que estaba jugando sus cartas.

—Mañana por la noche será igual —confirmó Tamo—. Brent me ha confirmado que será con un hombre muy amable y educado. No te puedes imaginar todo lo que he comido. La mejor comida marroquí que he probado nunca. Y para el postre había unas bandejas llenas de manjares y podía coger lo que quisiera.

—Bueno, por lo menos me voy a poner morada a comer, algo es algo —asumió Arabia.

—Quiero ser yo la próxima —pedí—. No soporto otra noche más de sufrimiento como la de hoy. Será mejor que vaya y pase por eso de una vez.

Arabia y Tamo me miraron.

—Si es lo que quieres, así será.

Nos fuimos a dormir las tres juntas, como hacíamos cada noche desde que llegamos.

Tamo estaba feliz, tranquila. Arabia la analizaba en la distancia, sin entender muy bien que la cita con ese hombre la hubiera cambiado tanto. Su rostro estaba relajado, sonreía y se la veía con una calma que ninguna había disfrutado desde que estábamos en la casa.

No conseguí pegar ojo.

Di vueltas en la cama hasta que amaneció. Me levanté sin hacer ruido y me senté en el jardín, en un rincón donde los jazmines azules se enredaban con las buganvillas, cubriendo toda la pared de flores.

«Algún día viviré en una casa así», pensé mientras disfrutaba del olor a mar que el viento acercaba a la piscina. No recuerdo cuánto tiempo pasé allí, pero me sobresaltó un ruido.

Alguien había entrado en la casa. Se oyeron gritos. Tamo parecía contenta.

Pero el destino quiso que esa libertad se convirtiera en el peor de los cautiverios.

54

Inés

Descubrir que tu hija es un ser malvado, sin sentimientos ni empatía es una de las peores cosas que le puede pasar a una madre.

Estaba escuchando a Inma narrar cómo las había captado, cómo les había robado su libertad, y también lo que pretendían hacer con ellas a cambio de dinero, y me dolía más que cualquier herida física que pudiera sufrir.

Me parecía irreal. Sus argumentos estaban engranados por unas ideas maquiavélicas insoportables. No conseguía asimilar la realidad.

No pude evitar preguntarme, allí en ese coche, mientras la escuchaba, en qué me había equivocado. Sus reproches me parecían tan duros que no era capaz de integrarlos. No fui una madre ausente. Siempre estuve ahí, limpiando las heridas que les producían los castigos de su padre. Llevándoles el bocadillo a escondidas cuando los dejaba sin cenar. Escabulléndonos al parque cuando la condena los encerraba durante meses. Y mi hija no había percibido en su vida nada de eso. Me culpaba de su falta de empatía. De carecer de la capacidad de ponerse en el lugar de los demás, de la falta de habilidad para calcular el sufrimiento que era capaz de provocar. De lo único que yo podía ser culpable era de no conocer a mi propia hija. De no ser consciente de lo que la había dañado su infancia.

Estaba deshecha. No podía con tanto dolor. Mi hija iba a ir a la cárcel y yo sabía mejor que nadie cuánto lo merecía.

Quería salvarla. No albergaba muchas esperanzas de poder hacerlo, pero tenía claro que lo intentaría con todas mis fuerzas. Una llamada de la inspectora Santiago nos interrumpió.

—Buenos días, Inés, siento molestarla tan temprano, pero necesito que venga a reconocer unas fotografías. Una de las cámaras de seguridad grabó a Tamo en el puerto y queremos que nos ayude a identificar a su acompañante.

—Buenos días, inspectora. —Intenté parecer relajada—. Estoy con mi hija, que no se encuentra bien. En cuanto deje de vomitar y pueda mantenerse en pie sin marearse, voy para allá.

—Muchas gracias, espero que no sea nada grave.

—No, todo lo contrario, es una noticia maravillosa, está embarazada. Iré lo antes posible.

Colgué y miré a Inma a los ojos.

—Os están pisando los talones. Ahora me veré obligada a revelar que es tu cuñado. Maldita sea, Inma, tienes que llevarme donde están las niñas.

—No te preocupes, no encontrarán nada. Tenemos todas las cámaras de seguridad controladas. Hemos crecido en ese puerto, lo conocemos muy bien. Estudiamos el itinerario durante semanas para que ninguna cámara los grabara. Nuestros móviles nunca estuvieron expuestos, no pueden triangularlos.

—¿No has escuchado a la inspectora? —Cargué las palabras de ira—. Disponen de una imagen de tu cuñado. ¿Cuánto crees que tardará en confesarlo todo para librarse de la cárcel?

—Pablo nunca le haría eso a su hermano. Además, siempre llevaba gafas y gorra. No podrán identificarlo.

—Qué ingenua eres, hija. Los dos hermanos tardarán muy poco en culparte a ti. Tú eres el cerebro de la operación, te pudrirás en la cárcel. No podrás disfrutar de tu hijo. Se lo quedará tu marido, que tardará muy poco en buscarse otra mujer que lo mantenga.

—No digas tonterías, él nunca me haría eso.

—Inma, te has casado con alguien sin escrúpulos, capaz de entregar tres niñas a un pedófilo. No creo que puedas esperar nada bueno de él.

—Ya te he dicho que no les va a pasar nada malo, que solo queremos mejorar su vida.

—Ese argumento no te lo crees ni tú. No se puede justificar lo que has hecho. La sociedad te va a crucificar. Vas a tener el peor juicio mediático de la historia. No podrás salir a la calle jamás sin que te escupan a la cara o te agredan. No sé si tenemos alguna oportunidad de que eso no pase, pero llévame donde están las niñas y lo intentaremos.

Inma comenzó a dudar. Podía ver que torcía el rostro, que las ideas que se amontonaban en su cabeza la tensaban.

—Me matará, ese hombre es muy poderoso —confesó.

—Buscaremos la forma de que no lo haga. Inma, tienes que llevarme con Tamo.

—Lo siento, mamá, no puedo. No puedo tirar mis sueños por la borda, no puedo dejar atrás todo por lo que hemos luchado. Han sido muchas horas de trabajo. Demasiado tiempo invertido.

Tuve que reaccionar. No estaba consiguiendo nada, debía cambiar de táctica.

—Si no me llevas a mí, tendrás que llevar a tu padre. Y créeme que te matará con sus propias manos antes de verse involucrado en algo de estas dimensiones.

—No, mamá, no serás capaz de hacer eso. Papá debe quedarse fuera de esto.

Cogí el teléfono y marqué el número de mi marido.

—Cosme, estoy con Inma, necesitamos que vengas inmediatamente. Inma se ha metido...

Mi hija me colgó el teléfono. Pegó un grito de rabia. Se sabía perdedora.

—Está bien, te llevaré.

Inma cogió el teléfono y llamó a su padre.

—Hola, papá, no te preocupes, me he metido con el coche en un barrizal, pero ya viene la grúa. Es que ya sabes cómo es mamá, todo lo magnifica y no puede vivir sin ti.

Escuché como mi marido me dedicaba algunos argumentos en los que resaltaba mi falta de capacidad. Añadió algunos insultos hacia mi persona e Inma colgó el teléfono.

—Vamos a hablar con él. Llévame con el organizador.

—¿Estás loca? No puedo hacer eso. ¿Qué quieres que le diga?

—Está bien, ve tú sola. Dile que la policía os ha descubierto y que hay que abortar los planes. Dile lo que te dé la gana. Pero déjale claro que tenéis que devolver las chicas a las familias.

—Déjame que piense —espetó Inma, muy alterada—. Esto no es bueno para el bebé. Me pones muy nerviosa.

—Nerviosas están las madres de esas tres muchachas. Ellas sí que están nerviosas. Que no saben si recibirán una llamada para reconocer los cadáveres. Eso sí que es pasarlo mal.

—Está bien, iré a hablar con él. Le diré que tengo a alguien dentro y que nos ha avisado que nos están pisando los talones y debemos parar por un tiempo.

—¡Para siempre! Esto tiene que acabar y sin vuelta atrás. Quiero todas las copias de los vídeos de esas niñas.

—Él no guarda ninguna copia de ningún vídeo. Ese material solo lo tengo yo, soy la única que lo custodia.

—A veces me sorprende lo estúpida que puedes llegar a ser. Tu marido y su familia lo han hecho muy bien. Cuando te descubran, el único ordenador implicado será el tuyo. La única que tendrá pruebas en su contra serás tú. Cómo puedes ser tan tonta...

—Yo lo pedí, no quería que hubiera material de las niñas rodando por todos lados. Lo hice por protegerlas.

—¿Protegerlas de tu propia maldad? ¿De la persona que les ha arruinado la vida? Son tres niñas, solo tienen dieciséis años.

—Si lo que quieres es ayudarme, no lo estás haciendo nada bien.

—Vamos a hablar con ese hombre, me quedaré en el coche.

—No sé cómo hacerlo para no despertar su ira. Las tres niñas son el proyecto de su vida, estaba muy ilusionado. Ha disfrutado mucho viéndolas en la casa. Y tenía grandes planes para ellas. Va a ser terrible cuando se dé cuenta de que todo el dinero y el tiempo invertidos se van a la basura.

—Dile la verdad. Que la policía os está pisando los talones y que es mejor abortar ahora.

Arrancó el coche después de hacer la llamada que le abriría la puerta de esa casa.

—Quédate aquí —me ordenó señalando una cafetería—. En cuanto termine, volveré a buscarte.

Me pedí una tila y comencé a pensar en cómo iba a afrontar la liberación de las chicas. Cerré los ojos con dolor. No sabía cómo hacerlo. No sabía cómo las sacaría de allí teniendo que denunciar a mi propia hija. Intentaba buscar una solución, algo que dejara a Inma fuera de la cárcel. Pero todos los pensamientos me llevaban al mismo punto; no podía abandonar a las niñas en manos de ese hombre, tenía que sacarlas de allí. Inma tardó una hora. Cuando regresó, no traía buen aspecto.

—Quiere que le devolvamos todo el dinero —dijo con lágrimas en los ojos.

—¿Y qué problema hay? Devolvédselo.

—No seas tonta, no lo tenemos. Nos hemos gastado una buena suma en la logística para captar a las chicas y en... nosotros. No nos queda nada de lo que nos adelantó.

—Tenías que montar el cumpleaños de tu hermano por todo lo alto.

—¡Sí! Quería demostrarle que yo también soy una triunfadora y que puedo gastar en lo que me dé la gana. Por una vez en mi vida, he disfrutado de lo que había conseguido por mí misma. He sido feliz haciéndole ver a mi hermano que puedo derrochar, que no soy ninguna muerta de hambre.

—¿Por ti misma? Has chantajeado a tres menores de edad. ¿Eso es lo que eres capaz de hacer por ti misma? —contesté con indignación.

—No he tenido tanta suerte como tú, que te casaste con un millonario.

—Yo no me casé con un millonario. Me casé con un médico modesto que fue levantando sus ingresos con el sudor de su frente. Siempre honestamente. Pero habéis aprendido muy poco de él.

—Dispongo de una semana para conseguir el dinero —dijo derrotada—. Y no sé de dónde lo voy a sacar.

—¿De qué cantidad estamos hablando?

—De doscientos mil euros. Necesito conseguir ese dinero o la que desaparecerá seré yo. Y estoy convencida de que cumplirá sus amenazas.

—Se lo pediremos a tu padre. O a tu hermano.

—¿Con qué excusa, mamá? ¿Qué les vamos a decir? ¿Que es para pagar la deuda que tengo con uno de los mafiosos italianos más importantes del mundo? No me lo darán.

—Pediré un crédito. Ya lo solucionaremos. Ahora tenemos que ir a por las niñas antes de que las encuentre la policía.

Inma me miró con odio y arrancó el coche.

Por primera vez en mi vida veía a mi hija tal como era.

55

Inma

Todos los días me levantaba sumida en la misma sensación de fracaso. En cuanto cogía el móvil, mi hermano me recordaba que era una perdedora. En alguna de sus redes había alguna foto del maravilloso evento del día anterior o poseían una imagen con la estupenda compra en una tienda de diseño.

Yo sobrevivía. Me había equivocado al casarme. Escogí con el corazón sin tener en cuenta el bolsillo y, cuando quise darme cuenta, estaba condenada a una vida mediocre.

Sebas era un chico guapo, hijo de una familia de empresarios que hicieron un esfuerzo enorme en mostrarme todo lo que poseían. Una cortina de humo que envolvió un futuro prometedor que se quedó en nada. Lo único que la familia de Sebas tenía, además del apellido más común en España, eran deudas.

Mi padre me lo advirtió. Iba a casarme con alguien que solo aspiraba a vivir de mi dinero. Y me dejó muy claro que él no estaba dispuesto a mantenerlo.

A mí no me importaron las cuatro carreras que mi marido había comenzado y abandonado en los primeros exámenes. Ni que su currículo estuviera basado en proyectos que emprendía con poco dinero y mucha palabrería y que fracasaban a los pocos meses. Estaba convencida de que lucharía por tener una casa bonita, con jardín y piscina. Una casa como nos merecíamos. Pero, en cuanto nos casamos, la desidia de Sebas se me adhirió a la cuenta bancaria. No era capaz de aportar ni un solo euro y a los tres meses tuve que cambiar mi chalet en Puerto Banús por un estudio en La Colina, una zona turística y masificada de Torremolinos.

Yo no tenía problemas para conseguir distintos trabajos, sobre todo talleres que iba desarrollando con diferentes entidades. Pero para pagar el alquiler, mantener el BMW y cenar en los restaurantes a los que no queríamos renunciar, no me llegaba.

Por eso acepté con agrado un caso que me pasó una compañera. Era un paciente complicado que ella no podía coger. Un señor que había tenido historias con abusos sexuales a menores y no quería ir a consulta, porque era un conocido empresario marbellí, asiduo de las revistas del corazón. Su familia le había dado un ultimátum: o solucionaba su problema asistiendo a terapia, o perdería a los suyos.

Tenía que desplazarme a su domicilio, pero la cifra que ofrecía compensaba con creces la molestia y el tiempo de viaje. Era compatible con los talleres de habilidades sociales que estaba realizando con mujeres en la cárcel y la campaña de prevención que hacía en las escuelas de secundaria de la costa del Sol. Me pasaba el día trasteando en las miserias humanas y no era capaz de tener un sueldo digno que me permitiera mantener el estatus del que siempre había disfrutado con mis padres. Cualquier suma de dinero que aliviara mis números rojos siempre era bienvenida.

Estaba acostumbrada a los viajes de un mes en hoteles de lujo, a comprar ropa de marca y zapatos de tacón que solo me pondría una vez en mi vida. Y no quería renunciar a eso.

Me presenté en Nueva Andalucía, en una de las zonas más exclusivas, a la hora acordada, esperando que la terapia se alargara en el tiempo y me proporcionara efectivo para poder pagar los recibos que se atrasaban.

La cita fue en una villa preciosa cerca de la plaza de toros. Cuando estuve en la puerta, me alegré de haberme puesto mi traje más caro. Una chica con acento sudamericano, uniformada de pies a cabeza, me hizo pasar a una sala.

—El señor estará con usted en unos minutos. Por favor, siéntese —dijo con una cortesía que me resultó empalagosa.

Quince minutos después, me acompañó a un despacho. Me impresionó la decoración, barroca, demasiado ostentosa en el intento de resultar elegante. El señor se levantó y me tendió la mano.

—Imagino que es usted Inmaculada Franquelo. Encantado de conocerla, soy Piero Casori.

—Así es, igualmente. —Le ofrecí mi mano con decisión.

—Esto no es fácil para mí, así que, a partir de este momento, voy a dejar que sea usted la que me guie —dijo con fingida humildad.

La sesión se me hizo corta. Intentamos definir cuál era el problema y divagamos por los designios de la moralidad. Yo me limité a hacer preguntas que me permitieron conocerle, identificar su trastorno y adaptarlo a la terapia más adecuada.

Fue en la tercera sesión cuando me di cuenta de que Piero no quería someterse a ninguna terapia. Se había dejado evaluar, pero no estaba dispuesto a cambiar nada. Que yo estuviera allí era un mero trámite para tener contenta a su familia. Cuando me sinceré, se rio a carcajadas.

—Es usted una chica muy inteligente. Hubiese sido más fácil si me hubiese tocado otra menos lista. Pero mire el lado bueno, ahora va a poder analizar la mente de un pervertido.

—De un pervertido que no quiere dejar de serlo —añadí.

—Claro que no —defendió—. No pienso renunciar al placer que me produce disfrutar de la inocencia. No hay nada para mí más seductor que la ingenuidad de una mujer. La belleza se vuelve mágica dentro de una joven virgen. Voy a seguir disfrutando de las mujeres y no voy a renunciar a las que me gustan. La edad es solo un indicador que establecen otros. Para mí no existe. En mi caso, solo cuenta la ternura que evocan la juventud, la piel tersa y la turgencia más provocadora. Y ahora tendré que buscar otra manera de disfrutar de ella. Y usted me va a ayudar.

—¿Yo? —pregunté con extrañeza.

—Sí. Usted está en continuo trato con las adolescentes. Trabaja en institutos y son sus pacientes en la consulta. Solo tiene que ponerlas en mi camino. Y es lo suficientemente inteligente para buscar una manera.

—No puedo hacer eso —dije—. No es ético ni legal.

—Lo sé, pero este nuevo trabajo le va a proporcionar algo

que no podrá rechazar. Le ofrezco un contrato millonario como gabinete psicológico de mis empresas. En exclusividad. A cambio, quiero tres chicas guapas, menores de edad, inteligentes y educadas que sean manejables. Quiero establecer con ellas una relación estable, en la que ambas partes nos beneficiemos. Necesito que sean extremadamente listas, que no sean niñas pequeñas que tenga que sacar del cascarón. Ellas disfrutarán de mi dinero y yo, de su cuerpo. Quiero niñas que no me den problemas; como ya imaginará, no puedo permitírmelo. A cambio, les ofrezco una oportunidad única, un cambio de vida completo. Tendrán todo lo que siempre han soñado. Su futuro se verá resuelto para siempre. Igual que el de usted.

Me ofreció una pequeña tarjeta con una cifra escrita. Lo miré sorprendida. La cantidad que me ofrecía me podía cambiar la vida para siempre.

Me marché sin dar una respuesta.

Estuve absorta en mis pensamientos todo el día. No me podía quitar la cifra de la cabeza. Esa misma noche habíamos quedado para cenar en casa con mi cuñado. Bebimos, nos emborrachamos y hablé más de la cuenta. Cuando les conté la oferta que había recibido, bromearon con que la teníamos que aprovechar. Había que encontrar a esas chicas y ponerlas en el camino del señor.

—Es la oportunidad de nuestra vida —dijo mi marido—. Y tampoco es que las vayamos a meter en una secta, es tan solo encontrar tres *sugar babies* para nuestro *sugar daddy*. Hoy es de lo más normal del mundo. Malena puede ayudarnos, su empresa de eventos será la tapadera perfecta.

—Pero no es tan fácil, no podemos poner un anuncio —comenté.

—No me parece que sea imposible —aportó mi cuñado.

—Es cuestión de darles la oportunidad de que sus caminos se crucen, de empujarlas un poco y ponérselas en bandeja al señor —resumió mi marido.

Estuvimos toda la noche buscando alternativas. Tres mentes inteligentes lucubrando para atrapar a tres chicas inocentes. Creando una tela de araña que las envolviera hasta ponerlas delante del depredador. El alcohol nos hacía estar desinhibidos, hablar sin filtros, buscar la forma de que las muchachas no pudieran escapar de la red que se tejiera a su alrededor.

—Creo que ya tengo una —dije en voz alta—. O quizá dos. O puede que tenga a las tres. Son las niñas más guapas que he visto nunca.

—Ya tenemos lo más difícil —dijo mi marido—. Ahora solo hay que buscar su punto débil y conseguir que hagan lo que nosotros queramos.

—Al fin y al cabo, vamos a darles la oportunidad de su vida —aseguró mi cuñado.

Yo no lo tenía claro. Una parte de mí solo era capaz de visualizar el dinero. La solución a todos mis problemas. Pero otra parte veía a las chicas y el daño que les íbamos a causar.

Cuando nos metimos en la cama, no podíamos dormir. Los dos seguíamos dándole vueltas a la propuesta.

—Pídele el doble. Llévale unas fotos de las chicas. Dile que puedes conseguirlas por el doble de dinero. Y pídele cien mil euros para gastos. Nos quedaremos con la mitad del dinero nosotros y repartiremos la primera cantidad con mi hermano.

—Ni loca. Si me meto en esto, el cincuenta por ciento del total es para mí. Del resto, la mitad para ti y la otra mitad para tu hermano y para Malena. Yo soy la que sabe de informática, la que se va a comer todos los marrones.

—Es la oportunidad de nuestra vida. Crearás un gabinete de psicología con un gestor de confianza para su empresa, que se ocupe de todo, y no tendremos que trabajar nunca. Viajaremos por todo el mundo.

Pasamos el resto de la noche disfrutando del dinero que ganaríamos. De la nueva vida que nos esperaba. Imaginando todo lo que podríamos divertirnos.

No lo veía nada claro.

Quedaba mucho trabajo por hacer. No sería nada fácil buscar la manera de engañarlas, de hacerlas caer en manos de Piero.

—Es muy sencillo —anunció mi marido—. Primero provocaremos el caos en la vida de las tres. Después estaremos ahí para consolarlas, las enamoraremos y las grabaremos. Al final no tendrán más remedio que aceptar lo que les propongamos.

No sé cómo pude hacer aquello. Cómo acepté jugar de aquella manera con esas vidas sin ningún tipo de remordimiento.

En la primera en que pensé fue en Tamo, la alumna de mi madre. Era una chica preciosa con una realidad muy complicada. Y, por lo que me había contado mi madre, estaba punto de complicársele mucho más.

Mi madre la adoraba. Se podía pasar horas hablando de ella. Yo estaba segura de que era la hija que siempre había deseado tener. Para ella era perfecta, exaltaba sus cualidades con fervor mientras yo tenía que tragarme esas palabras.

Era una presa fácil. Si su inteligencia había llamado la atención de su profesora, seguro que era destacable. Recordaba las fotos que me había enseñado mi madre y tenía una belleza distinta, estaba convencida de que le gustaría. Fue muy fácil ir con una moto al taller de su padre y captar su atención. Mi cuñado era muy guapo y haría de cebo. La enamoraría y conseguiría material para extorsionarla. No teníamos previsto piratear su ordenador; fue ella la que nos dio la idea cuando pidió ayuda para arreglarlo. Solo tuvimos que darle una suma considerable al casero para que no les cortara la luz. Nos aseguramos de que en su móvil siempre hubiese megas suficientes para compartir internet con el portátil. El troyano que instalamos en la reparación hizo el resto. Nos lo puso muy fácil. Examinamos con lupa sus redes. Vimos su soledad, su falta de amigos y la precariedad de su entorno en las fotografías que colgaba. Pablo, mi cuñado, estaba encantado. Para él era un juego.

Era una candidata perfecta. Tan solo tuvimos que empujarla a una situación límite, que le produjera estrés. Mi madre, comiendo un domingo, nos dio la clave. Inventaríamos una orden de desahucio falsa. Fue fácil encontrar un modelo en internet. Mi marido se hizo pasar por un policía y se la entregó.

A la segunda muchacha solo la había visto en una foto, pero me había llamado la atención lo bonita que era. Y creía que resultaba perfecta por la realidad que vivía. Almudena, una de las chicas que hacían terapia en la cárcel conmigo, me la había enseñado una mañana. En la fotografía, su hermana pequeña estaba en camiseta y pantalones cortos. Me impactó su figura, una cintura pequeña que hacía destacar más la redondez de su busto. Era preciosa, pelirroja con unos ojos azules grandes y expresivos. Almudena no paraba de hablar de ella, de lo guapa e inteligente que era. También había podido deducir en la terapia que la madre era muy complicada, posiblemente tuviera alguna enfermedad mental, lo que la convertía en una víctima perfecta. Le pregunté el nombre de la panadería en una de las sesiones y mi cuñado se hizo pasar por un chico de origen francés. El destino nos sonrió al enviarnos en el momento preciso al padre que ella no conocía.

Y a la última me la había encontrado días atrás, en una charla que impartí en un instituto de Benalmádena. Fue la chica que más participó. Me di cuenta enseguida de que era gitana. Era más alta que las otras dos, de curvas sinuosas y con una melena morena por debajo de la cintura. Sus ojos negros tenían forma almendrada y sus labios parecían dibujados. Había observado la admiración que despertaba en los chicos cuando hablaba. Ninguno conseguía parpadear. Al terminar la charla, la chica se había acercado y me había preguntado si tenía redes sociales. Se notaba que el tema que habíamos tratado en el taller, la identificación del maltrato psicológico, le interesaba. Yo estaba convencida de que lo veía muy de cerca. La localizamos en las redes. Fue fácil encontrar su instituto y su barrio, había fotos de ellos en su muro. La seguimos un par de veces. Que su padre saliera de noche con tanta asiduidad nos llamó la atención. Nos percatamos enseguida de que el señor no era trigo limpio. Nos puso en bandeja crear un conflicto en casa cuando descubrimos que tenía una doble familia.

Las tres exponían su vida en las redes. Las tres estaban solas, no eran muy populares y sufrían carencias afectivas. En definitiva, eran niñas vulnerables.

De las fotos que colgaban en internet, deduje toda la información que necesitaba; de ahí obtuve todo lo necesario para actuar, para crear al novio perfecto.

Fue tan fácil que creí que había conseguido mi objetivo.

56

Arabia

No vi a la mujer hasta que la tuvimos encima.

Tamo pegó un grito y me asustó. Que la llamara por su nombre me desconcertó aún más.

—¡Inés! —chilló mientras corría a abrazarla.

—¡Tamo, cuánto me alegro de ver que estás bien! —exclamó la mujer mientras le sujetaba la cabeza con las manos—. Ha sido un infierno.

—¿Cómo me has encontrado? —le preguntó mi amiga.

—Será mejor que os sentéis. Debo contaros algo.

No tenía ni idea de quién era. Ni de qué conocía a Tamo. Estefanía se había acercado y nos sentamos todas en el sofá, alrededor de esa señora a la que nuestra amiga parecía tener cariño.

—Es Inés, mi profesora —aclaró Tamo al observar nuestro desconcierto.

La profesora no sabía por dónde empezar. Agachaba la cabeza, sin poder mirarnos a los ojos. Se frotaba los dedos con nerviosismo. Era una señora de unos sesenta años, muy guapa. Tenía la planta de las mujeres elegantes a las que cualquier prenda de ropa les sentaba bien. Su rostro estaba pálido y sus ojeras pronunciadas decían, sin palabras, que llevaba varios días sin dormir.

—En primer lugar, necesito tranquilizaros, deciros que vuestros vídeos están en un lugar seguro y que he venido a poner fin a todo esto. Esta pesadilla ya se ha acabado y vais a volver a vuestra casa, con vuestra familia y sin nada que temer.

Las tres nos miramos sin creérnoslo del todo. Tamo fue la primera en reaccionar.

—¿Cómo es posible, Inés?

—Déjame que te cuente. Por favor, tenéis que escucharme hasta el final. Sé que todo esto ha sido muy doloroso para vosotras y que os merecéis mucho más que la explicación que os voy a dar.

La señora tragó saliva. Yo cogí un vaso de agua y se lo puse delante. Me lo agradeció y, después de beber un sorbo, comenzó a hablar.

—Habéis sido captadas por un mafioso italiano con antecedentes de abusos a menores. Quería a tres chicas jóvenes a su alcance, tres chicas vírgenes, guapas y muy inteligentes. Y me temo que yo he sido el punto de unión con él.

—¿Tú? ¿Lo conoces? —preguntó Tamo, asombrada.

—No. Yo no lo conozco. Lo que os voy a contar ahora es lo más doloroso que me ha pasado en la vida. Y creedme que lo siento con toda mi alma. Espero que valoréis que estoy siendo totalmente sincera.

—Por favor, hable ya —rogué poniendo de manifiesto mi impaciencia.

—Mi hija Inma es psicóloga y cogió un caso particular, un empresario importante afincado en la costa del Sol. Es el señor que está detrás de todo esto.

—No entiendo nada —reflexionó Tamo—. ¿Tu hija nos ha conducido hasta aquí? ¿Tu hija nos ha hecho esto?

—Este señor le propuso un trato por una cantidad de dinero desorbitada. Ella solo tenía que captar a tres chicas y colocarlas en su camino para que hicieran todo lo que él quisiera.

—Sigo sin entender. Porque conocía a Tamo, pero ¿a nosotras?

—Inma no tuvo que buscar mucho. Yo le había hablado de Tamo, de su desahucio inminente, de su situación familiar. En las redes sociales encontró el resto. Sus gustos, su pasión por la comida marroquí, su amor por la naturaleza. Mandaron una carta de desahucio falsa. Y eso la desequilibró. La convirtió en alguien débil, que no era capaz de tomar decisiones.

—No puedo creerlo. —Tamo se levantó muy enfadada—. ¡Cómo ha podido hacerme algo así! Y no entiendo cómo no lo has impedido, Inés. ¡Es tu hija! ¡Debiste darte cuenta de lo que estaba tramando!

—¿Y nosotras? —pregunté incrédula.

—Contigo fue muy fácil. Inma dio una charla en tu instituto. Eras lo que necesitaba, una chica con una belleza fuera de lo normal y una inteligencia llamativa. También analizaron tus redes. Indagaron en tu vida, buscaron un punto débil. Siguieron a tu padre y descubrieron que llevaba una doble vida. Sabían que hacía la compra con la otra mujer todos los miércoles en el mismo centro comercial. Le mandaron a tu madre un mensaje por Facebook con una oferta, falsificando una cuenta. Era demasiado tentadora para que una madre con apuros económicos no la aceptara. Provocaron el encuentro. Y te convertiste en la víctima perfecta. Sabía que la seguías en redes, solo tuvo que colgar una publicación que te hiciera hablar y… Pablo se encargó de engancharte.

—¿Quién es Pablo? —pregunté sabiendo la respuesta.

—Pablo es Alberto, Adrián y Abel. Es la misma persona. Es el cuñado de mi hija.

—¡Cómo se puede ser tan mala persona! —exclamó Estefanía, que se movía nerviosa por el salón.

—El resto ya lo conoces —dijo Inés, refiriéndose a Arabia.

—¿Y a mí? ¿Cómo me encontraron a mí? —preguntó Estefanía.

—Inma trabaja en la cárcel. Hace terapia a un grupo de chicas jóvenes. Tu hermana Almudena es una de ellas. Siempre llevaba una foto tuya. Le contó que eras muy inteligente y que nunca conocisteis a vuestro padre. Enamorarte, al igual que a las demás, entraba dentro del plan para poder extorsionarte.

—¿Quién tiene nuestros vídeos? —pregunté, intentando encontrar una salida.

—Solo los tiene Inma. No hay más copias y el señor no los ha visto nunca. Sí que os ha estado observando durante estos días. Las veinticuatro horas. Veros en bikini, siempre que quería y sabiendo que luego ibais a estar a su merced, ha sido un juego muy macabro.

—¡Tu hija es una cabrona! ¡¡La mayor cabrona de este mundo!! ¡Y espero que se pudra en la cárcel! —expresé a gritos.

—Es lo que merece —contestó Inés, completamente rota—. Voy a sacaros de aquí. Lo siento tanto... Todo es muy duro para mí. Yo no sé cómo pediros perdón. Lamento no haberme dado cuenta de nada. Siento mucho lo que habéis pasado por mi culpa.

La señora rompió a llorar, desconsolada. Parecía sincera, pero nada de lo que dijera cambiaba el destrozo que teníamos en nuestro interior. Tamo la miraba intentando mantenerse distante, pero yo sabía que estaba sufriendo al verla así. Mi amiga se acercó a la ventana, miró unos segundos al horizonte y se frotó las manos nerviosa. Se armó de valor para expresar lo que estaba pensando.

—Si Inma acaba en la cárcel, todas quedaremos señaladas para el resto de nuestros días. La policía encontrará nuestros vídeos, se filtrarán, serán visualizados por todos los policías de Fuengirola, Benalmádena y Torremolinos. Alguno hará una copia que correrá por las redes. Nos haremos virales y todo el mundo nos señalará. No dejaremos nunca de ser las chicas del vídeo. Además, luego habrá un juicio y posiblemente Inma sea declarada culpable, pero nosotras seremos cuestionadas, difamadas por los racistas que hay en las redes, sin contar con lo que pasarán nuestros padres cuando nos vean, porque a ellos se lo mostrarán todo.

—¿Y qué podemos hacer? —pregunté nerviosa—. No podemos dejar que se vaya sin pagar por lo que ha hecho, Tamo.

—Inma está embarazada —susurró Inés, sin dejar de llorar—. Me muero de pena al pensar que ese niño va a pagar las consecuencias de los actos de su madre. Ese bebé no tiene la culpa de nada.

—¡Me importan muy poco su hija y sus circunstancias, señora! —exclamé gritando.

—Vamos a calmarnos —pidió Tamo con tono conciliador—. De nada nos sirve que Inma vaya a la cárcel si nuestra vida se convierte en un infierno.

—Tamo tiene razón. Si denunciamos a su hija, todo saldrá a la luz y nuestros vídeos se harán públicos, hay que buscar otra forma de salir de esta —añadió Estefanía, angustiada.

Inés pareció calmarse. Miró a Tamo buscando una mirada cómplice que no encontró. Respiró hondo, intentando encontrar las fuerzas para hablar.

—Podemos hacerlo de otra manera. Yo destruiré los vídeos. Nadie conocerá nunca de su existencia. Inma os quitará de encima al organizador, que no os molestará nunca más. Y vosotras podréis seguir con vuestra vida sin que nadie sepa lo que ha pasado.

—Un plan perfecto —añadí—. Pero se le olvida que llevamos días aquí y que nuestros padres estarán sufriendo. ¿Qué les decimos?

—Cierto. Todo el país os está buscando, en este momento sois las caras más conocidas de las redes —aclaró.

—¿Qué explicación vamos a dar? —preguntó Tamo.

—No lo sé —contestó Inés, volviendo a llorar—. Me he enterado de todo esta mañana. No he tenido tiempo de pensar.

—A la malaje de su hija sí que le ha dado tiempo de pensar —aporté con indignación.

—Entiendo que todo esto no es fácil para vosotras y tampoco lo es para mí. No soy una mala persona. Intento hacer las cosas lo mejor posible. Os juro que Inma no olvidará ni un solo día de su vida lo que ha hecho. Me encargaré de que lo pague. Está embarazada. No quiero que mi nieto nazca en la cárcel. No ha sabido ver las cosas con claridad. Ese hombre le ha comido la cabeza, la ha convencido de que os daría una vida mejor.

—¡Míreme, señora! —le grité—. Tengo dieciséis años. He sufrido más en unos días que en toda mi vida junta. Su hija es una mala persona que no tiene derecho a nada. Sabía que era un pedófilo y nos ha entregado como una mercancía a cambio de mucho dinero. No me venga con que le ha comido la cabeza. Porque ella no es ninguna niña y sabe lo que hace perfectamente. Es más, yo diría que es muy inteligente. Ha escogido a tres niñas, a las más vulnerables que ha encontrado en su camino. Y por si no lo éramos lo suficiente, se encargó de que las circunstancias nos volvieran más vulnerables todavía. No sé lo que vamos a hacer, pero le puedo asegurar que me voy a poner delante de su hija y me va a importar muy poco que esté embarazada, porque la pienso arrastrar de los pelos todos los kilómetros que me aguante mi aliento. Y si usted se pone en medio, pues me las llevo a las dos, una con cada mano.

—Te entiendo —habló Inés—. Comprendo tu ira y lo que sientes. Pero ahora tenemos que buscar una solución. La policía os va a localizar dentro de muy poco. Y debemos decidir qué hacer. Ahora tengo que marcharme. Volveré a la noche. Podéis hablar entre vosotras. Aceptaré lo que acordéis. Os apoyaré en la decisión que toméis.

Inés intentó acercarse a Tamo, despedirse de ella de forma cariñosa, pero nuestra amiga la rechazó.

En cuanto salió, comencé a pegarle patadas a los muebles, a romper los jarrones, vasos y platos. Destrocé todas las cámaras golpeándolas con rabia. Cuando terminé, miré a Tamo y a Estefanía. Nos sentíamos libres, con un alivio que solo nosotras tres podríamos entender.

—¿Qué vamos a decir? ¿Cómo vamos a salir de este lío? —preguntó Tamo al borde de las lágrimas.

—No lo sé —contesté—. Pero lo que sí que tengo claro es que tiene que ser algo que haga que nuestras familias no nos maten a palos. Imagínate que decimos que nos hemos fugado. No puedo volver a mi casa sin tener una explicación. Mi madre me va a estar dando con la zapatilla hasta los dieciocho. Y con toda la razón del mundo.

—Pero tampoco podemos decir que nos ha cogido alguien. Porque investigarán y darán con los vídeos —aportó Estefanía.

—Yo es que creo que siempre va a quedar rastro de ese material. Va a ser imposible que nos aseguremos de que ha desaparecido —anunció Tamo.

—Pediremos el ordenador. Y nosotras mismas veremos dónde está grabado y si está subido en la nube. Luego le quitaremos el disco duro y lo haremos trizas. Enterraremos el disco duro por partes para que nunca lo encuentren. No creo que estén en más de un ordenador; no pueden ir dejando pruebas por ahí, habrán sido cuidadosos. Lo que me duele en el alma es que esa mala pécora se salga con la suya y se libre de todo. Nos lo ha hecho pasar muy mal.

—Pues no sé cómo vamos a hacerlo y tenemos poco tiempo para pensarlo. Será mejor que pongamos encima de la mesa todas las opciones que se nos ocurran y decidamos antes de que venga Inés —propuso Tamo.

Éramos tres mujeres dolidas, humilladas, separadas de nuestras familias, con la sensación de que nos habían robado nuestra inocencia. Teníamos que guardarnos nuestros sentimientos en alguna parte, esconderlos dentro de nosotras mismas y seguir viviendo, fingiendo, como si nada hubiese pasado. No era fácil encontrar un final para un episodio tan doloroso.

Necesitábamos inventar una forma de cerrar un capítulo que había cambiado la vida de todas las mujeres implicadas.

57

Inés

Mi hija me esperaba en el coche.

—¿Cómo ha ido? —preguntó en cuanto me vio.

—Quieren matarte. Y estoy convencida de que sus familias querrán lo mismo. No podemos esperar otra cosa. Van a permanecer en la casa hasta que piensen qué decir a sus familias.

—Ibas a solucionarlo...

—He hecho lo que he podido. Ahora solo queda aguardar. Lo hablarán entre ellas y esta noche volveré para saber qué han decidido.

—Pero ¿cómo le has dado opción? —exclamó indignada—. Llevas treinta años trabajando con adolescentes y no sabes manipularlos. No sé de qué me extraño, si esa niñata te tiene absorbida, la tratas mejor que a tus propios hijos. Y te recuerdo que ahora el que se juega nacer en la cárcel es tu nieto. Somos nosotros los que necesitamos tu apoyo.

Sentí ganas de abofetearla. No reconocía a la persona que estaba a mi lado. Era una extraña que no entraba dentro del concepto que tenía de mi hija.

—Creo que tú ya las has manipulado bastante. No necesitan más. Y precisamente por llevar tanto tiempo trabajando con adolescentes, sé que lo mejor es que ellas mismas lleguen a sus propias decisiones. Esa es la única manera de que las acepten.

—¿Qué les has contado? —me interrogó.

—La verdad, Inma, les he contado la verdad. Necesitaba que

sintieran que ahora somos nosotras las que estamos en sus manos. Es la única solución que tenemos.

—¡Estás loca! Podrías haberles dicho que era una compañera tuya, qué sé yo.

—No te voy a consentir ni un grito ni una falta de respeto más. Voy a sacarte de este lío. Soy la única esperanza que tienes, así que deja de quejarte y llévame a comisaría.

Estuvimos el resto del camino en silencio, ella manejando su indignación y yo haciendo lo propio con mi dolor.

La inspectora Santiago no estaba y me tocó esperarla un buen rato. Cuando llegó y me vio, me hizo pasar a un despacho.

—Espero que su hija se haya mejorado. Y, por supuesto, enhorabuena por ese embarazo.

—Gracias. No ha mejorado mucho. Me está esperando fuera.

—Entonces seré breve —añadió—. Tenemos varias fotografías captadas por las cámaras de seguridad de varias calles. Ya sabemos con certeza que el novio de Tamo, el de Estefanía y el de Arabia son la misma persona. La única imagen en la que se le ve es esta.

Me enseñó una fotografía en la que aparecía un chico con un casco de moto en la cabeza. Solo se podían distinguir los ojos azules, de un tono intenso, y algunos mechones castaños que salían del casco.

—No se ve muy bien con el casco puesto —añadí.

—¿Y de estatura y peso? ¿Cree que podría ser similar?

—No lo sé, está sentado en la moto y no se puede apreciar bien. Creo que era un poco más delgado y alto, pero tampoco puedo asegurarlo. El chico que me enseñó Tamo debía sacarle a ella unos cuarenta centímetros, más o menos.

—Muchas gracias. Ha sido de gran utilidad. No la entretengo más.

—¿Tienen alguna pista nueva? Fátima está desesperada.

—Lo sé. No le puedo decir más, solo que estamos muy cerca.

—Ojalá la encuentren pronto —añadí con voz temblorosa.

Me volvió a dar las gracias y me despedí de ella. Mi hija estaba muy nerviosa, esperándome en el coche.

—¿Qué te ha dicho? —preguntó impaciente.

—Me ha mostrado una foto de Pablo con un casco. Vuestro control de las cámaras no fue muy exhaustivo que digamos.

—Es imposible. Estudiamos el perímetro a la perfección.

—Sería la de algún negocio que no teníais controlado. Os creíais muy inteligentes, pero no sois más que una panda de malnacidos sin escrúpulos.

—Te vuelvo a decir que no teníamos mala intención, les íbamos a proporcionar una vida mejor. Ahora los *sugar daddies* están muy normalizados. Hay muchas agencias que los ponen en contacto.

—Eso es prostitución encubierta, Inma. Pagan por sexo; por lo tanto, es prostitución. Y encima, la mayoría de las veces son niñas sin experiencia que se dejan deslumbrar por regalos caros. Pero en tu caso aún me lo pones peor, porque tenías constancia de que el señor era un pedófilo.

—No estaba acusado de nada. Solo metió la pata con la hija de una de las sirvientas, pero lo solucionaron entre ellos.

—Querrás decir que abusó de ella y les dieron dinero para que no denunciaran. Serían pobres, sin recursos y sabían que se enfrentaban a alguien poderoso y con dinero. Que es lo mismo que sentirse perdedores.

—Él me contó que estaba borracho, no era que lo hiciera todos los días.

—Dime la verdad, ¿le creíste? Eres muy buena psicóloga.

—Pues claro que no, no pudo engañarme. Estoy convencida de que fue algo a largo plazo, pero que esa vez, al estar borracho, se le fue la mano.

—¿Qué le hizo? —pregunté.

—No lo sé.

—Sí que lo sabes. ¿Qué le hizo a la niña?

—Nada, no le pegó ni nada por el estilo, solo que no midió bien la fuerza. Fue más aparatoso que otra cosa.

No daba crédito. Me estaba contando un episodio espantoso como si hubiese jugado con la pobre criatura al parchís.

—¿Cuántos años tenía la niña?

—Doce. Ya sabía lo que hacía, no era ningún bebé.

Cerré los ojos para intentar contener las lágrimas. Me ahogaba la pena de reconocer la falta de empatía en mi hija. Era una sensación agotadora, una angustia que me estrujaba hasta desear desaparecer. No podía creer su insensibilidad. Me dolía en el alma reconocer que Inma no tenía sentimientos.

—No seas tan dramática, eso ha pasado toda la vida. Después de eso, tuvieron dinero suficiente para vivir en su país sin trabajar. Y siguen recibiendo una cantidad mensual. No les vino tan mal. Por una hora mala, la solución para una vida. Creo que les compensó con creces.

—Nunca te perdonaré que pusieras a ese monstruo frente a Tamo.

—Solo estuvieron cenando, puede contártelo ella. No se pasó en ningún momento. Él tenía un plan.

—¿Qué plan?

—Quería tener una relación seria con las tres. Mantenerlas, proporcionarles una vida con comodidades. Ya te lo he dicho, les iba mejorar su futuro.

—Hasta el día que se emborrachara y decidiera que sería divertido hacerles daño, ¿no? Es que no doy crédito con tu falta de sentimientos.

—¿Falta de sentimientos, mamá? ¿Qué sentimientos quieres que tenga? ¿Acaso crees que habéis sido unos padres perfectos? ¿Te parecía que era lo correcto cuando papá nos tenía cinco días apenas sin comer? ¿O pensabas que eras la madre perfecta cuando me escuchabas llorar en mi habitación y no venías a consolarme? No, no tuve oportunidad de engendrar muchos sentimientos. Os encargasteis de acabar con todos. Vivíamos aterrorizados. Si no saludábamos correctamente o nos equivocábamos al coger el cubierto adecuado, despertábamos la ira de papá. Teníamos que ser perfectos. Pues aquí tienes el resultado. Somos perfectos de cara a la galería, que es lo único que a padre le ha importado. Pero no puedes hacerme sentir culpable por no tener nada dentro de mí, cuando permitiste que mataran todas mis emociones.

—Déjame en casa —le pedí llorando en silencio.

—¿Te recojo luego para llevarte con las niñas? Tienes que ir por la respuesta.

—No hace falta. Sé llegar sola.

Me bajé del coche sin despedirme. Agradecí que no estuviera mi marido. Me quité la ropa y me metí en la ducha.

Intenté que el agua borrara mi sufrimiento. Que se llevara mis lágrimas y mi llanto. Me senté en la bañera gritando una pena honda, un dolor que me desgarraba el alma. El dolor que me producía darme cuenta de que yo también había sido anulada. Había consumido mis días engañándome. Disfrutando de una vida perfecta, de un marido ideal y de unos hijos maravillosos. Y lo único que tenía en ese momento era una sensación de culpa más grande que yo misma.

No sé cuánto tiempo estuve allí sentada, sintiéndome ajena a mi propio cuerpo.

—¡Inés! ¡Estoy en casa! —anunció mi marido gritando.

—Estoy en el dormitorio, me estoy vistiendo —contesté asomándome a las escaleras.

—Vaya mala cara que tienes —afirmó mirándome—. Voy a pedirte cita con tu médico, ese vértigo me está preocupando.

—No te preocupes, he estado con la madre de Tamo y eso me afecta mucho, pero estoy bien. Ahora voy a ir a comisaría, que la inspectora quiere que vea unas fotos.

—Te acompaño y cenamos fuera después.

—No tengo cuerpo, y tampoco sé lo que me va a entretener. Paro en el japonés y compro algo para cenar. Ver una serie que me quite de la cabeza la situación me apetece más.

—Tampoco es mala opción. —Me dio un beso en los labios—. Voy a trabajar un rato.

Me puse un vestido cómodo y salí para encontrarme con las chicas.

Paré antes de llegar y compré unas pizzas. Pedí cinco sabores diferentes con la intención de acertar en alguna. Añadí tres raciones de pasta y pan de ajo. Luego pasé por la heladería y compré dos litros de helado. Supuse que con los nuevos sabores a chocolatinas acertaría. Entré en el supermercado para comprar bebidas. Añadí algunos snacks y pagué la cuenta.

Cuando llegué a la puerta de la casa, me detuve antes de abrir el portón de la entrada con el mando que Inma me había dado. Necesitaba serenarme, pensar en la situación. Preparar los argumentos por si las chicas querían denunciar a mi hija. Debía llevarlo todo claro en mi mente, como si de una de mis clases se tratara. No quería que sintieran que las estaba presionando, pero tenía que convencerlas.

Hacía rato que había anochecido. La calefacción de la casa estaba muy alta. Imaginé que así era más fácil que se mantuvieran en bikini, sin taparse con las sábanas o las mantas. No sabía dónde estaba el termostato, por lo que no podía cambiar nada.

Las saludé sin acercarme. Puse las bolsas en la cocina y saqué la comida. Tamo fue la primera en levantarse. Noté que estaban hambrientas. Cogí las pizzas y el resto de la compra y lo coloqué todo en platos que repartí por la pequeña mesa frente al sofá.

—No teníamos comida —confesó Tamo—. Llevamos todo el día sin probar bocado.

Dejé que comieran tranquilas mientras las observaba. Estaban relajadas y bromeaban entre ellas. Eran tres niñas preciosas. Con una inocencia casi palpable. Me dolió asumir que ese había sido su mayor atractivo.

Cuando se comieron el helado, Arabia comenzó a hablar.

—Hemos tomado una decisión —dijo en nombre de las tres.

Me tensé y escuché atentamente, consciente de que su discurso podía cambiar el resto de mi vida.

58

Tamo

Inés nos miraba impaciente. Yo no podía entender cómo de una madre tan generosa y atenta había nacido un monstruo de tales dimensiones. Aunque mis amigas habían puesto en duda la valía de Inés, yo la defendí. Sabía que estábamos allí por ella. Pero me había ayudado siempre. Había permanecido atenta a mis necesidades. Y estaba segura de que había sido sincera. Esa situación también era muy dura para ella. No tenía que ser fácil asumir la clase de hija que tenía. Y no era capaz de ocultar el sentimiento de culpa que sufría por todo lo que habíamos pasado.

—No hemos tenido demasiado tiempo —anunció Arabia—. Y hay muchas dudas que queremos aclarar. Pero vamos a aceptar lo que nos propones, siempre que cumplas con las condiciones que te vamos a exponer.

—Os escucho. —Inés respiró aliviada.

—Queremos la garantía de que las grabaciones solo están en un ordenador, y la queremos antes de salir de aquí. También necesitamos saber quién hizo los montajes de los vídeos.

—Los montajes se hicieron en el mismo ordenador, los hizo mi hija. Soy informática y les he enseñado desde niños. Inma es muy hábil con todo lo que tiene que ver con las nuevas tecnologías. Además, durante la carrera trabajó en una productora de cine local. Os daré el ordenador de Inma con todos los vídeos, no hay ningún problema en eso.

—Contaremos toda la verdad en el momento en que algún material, por pequeño que sea, salga a la luz. Las tres estamos juntas en esto: si se difunde el vídeo de alguna, iremos las tres a denunciar.

—También queremos el nombre y los apellidos del señor que nos hizo esto —contó Arabia.

—Eso no es necesario —añadió Inés—. Cuanto menos sepáis, mejor.

—Inés. —Me acerqué a ella—. Es alguien que no queremos tener cerca. Tememos que vuelva, necesitamos saber quién es nuestro enemigo. Además, será nuestra garantía. Conocer su nombre nos ayudará a que no nos traicionéis.

—No hay negociación —aportó Arabia—. Lo que te pedimos no admite réplica. O aceptas, o lo contamos todo a la policía. Puede que nosotras pasemos una mala temporada, pero no hemos hecho nada malo. Tu hija y sus compinches irán a la cárcel. Y tu familia será señalada por varias generaciones. Creo que vosotros tenéis más que perder.

—¿Qué más? —preguntó Inés, visiblemente consternada.

—Queremos los nombres de los demás implicados. De todos. Incluido el de la señora que nos trajo aquí.

—Es Malena, la dueña de la empresa de eventos, amiga de Pablo y de Inma —dijo Inés.

—¿Y el de la chica que nos sirvió el catering? —interrogué.

—No lo sé.

—Y queremos hacer las cosas a nuestra manera. No podemos salir de aquí y llegar a casa como si nada. Pero tampoco podemos presentarnos en comisaría y decir que nos han tenido retenidas. Así que, al no poder hacer ni una cosa ni la otra, nos quedan muy pocas opciones —anunció Arabia.

—¿Cómo queréis hacerlo?

—Vamos a permanecer aquí hasta que la policía venga a rescatarnos. Un anónimo avisará de nuestra ubicación, podéis organizarlo como queráis. Cuando lleguen, no hablaremos.

—¿Qué quiere decir que no hablaréis?

—No responderemos a nada. Guardaremos un silencio absoluto: ante la policía, ante los medios de comunicación y ante nuestras familias —informé.

—Pero eso es muy complicado, la policía tiene expertos que

os harán hablar. Y todo el país os está buscando. Si no le damos una causa a la policía, no se cerrará la investigación —habló Inés con pesadumbre.

—Podremos. No tenemos otra salida —aportó Estefanía.

—Inventaremos alguna historia, una que despiste a la policía. Podemos decir que vinisteis a escondidas, engañadas por un novio, y que, una vez aquí, se presentaron unos hombres, pero que luego se marcharon... No sé, podemos inventar algo.

—Si mentimos, nos pillarán y saldremos mal paradas —confirmó Arabia.

—Confía en nosotras —dije—. No diremos nada. No queremos que nadie sepa lo que nos ha pasado, lo tontas que hemos sido. Cómo se han burlado de nosotras.

—¿Cómo sabemos que no hay otras grabaciones de la casa? —preguntó Estefanía.

—Inmaculada solo les dio acceso a las claves del sistema interno. Las imágenes no se grababan. El tipo estaba muy vigilado por su familia. Entraba por una página web del fabricante de las cámaras; solo Inma podía grabar, pero no lo hizo.

—Inés. —Retomé un tono cercano—. Esto es muy duro para nosotras. Tú quieres estar segura de que tu hija no vaya a la cárcel, pero nosotras tenemos que velar por que nadie nos chantajee en un futuro. Ha sido muy difícil vivir con esa angustia, con esa sensación de desamparo, de estar en manos de otra persona y no poder controlarlo. No podemos pasar por esto otra vez.

—Yo incluso estuve a punto de quitarme la vida, no podía soportar la idea de que me expusieran así —confesó Estefanía—. Ha sido lo más difícil que he vivido nunca.

—Entiendo que no ha sido fácil —reflexionó Inés—. Y quiero que todo tenga el mejor final posible.

—Tiene que estar muy bien atado. La policía no se va a dar por vencida. Aunque no hablemos, van a seguir investigando. ¿Sabes si han descubierto alguna cosa? —pregunté.

—Saben que las tres estáis juntas y conocen las búsquedas que hicisteis en internet. Han intentado triangular vuestros móviles, pero no han conseguido gran cosa.

—Claro, eso es normal, nos pidieron que lo dejáramos en casa cuando salíamos. E imagino que el número de él era el de una tarjeta de prepago que ha desaparecido.

—Está a nombre de un señor fallecido, así que tampoco han podido encontrar nada. Luego estudiaron las cámaras con determinación, no habéis sido grabadas en ningún sitio.

—¿Y la moto? —pregunté—. Las tres íbamos en moto y en ocasiones en coche.

—La moto tenía una matrícula falsa. Y el coche era de alquiler, también contratado con una identidad falsa. Además, fue recogido en un punto de encuentro, no en una oficina.

—Cuántas molestias —concluí—. Me encantaría saber cuánto han pagado por nosotras.

—No os puedo dar ese dato, no lo sé —mintió Inés—. Me sigue preocupando vuestra idea. No creo que sea posible que no habléis. Vuestras familias no se merecen eso.

—También lo hemos pensado. Les pediremos tiempo. Que no podemos hablar ahora. Que lo haremos cuando estemos preparadas. Lo entenderán.

Inés albergaba muchas dudas. Las tres nos miramos, teníamos que convencerla o no saldríamos de allí.

—Por mucho que preparemos la misma versión las tres, nos pillarán en algo. Nos interrogarán por separado. En cambio, estar asustadas y en estado de shock es una secuela muy creíble. Hoy en día, las noticias no se mantienen mucho en el tiempo. Se olvidan fácilmente. Todo es fugaz. Seguiremos con nuestras vidas —anuncié.

—Me preocupa que no resistáis los interrogatorios. Y los psicólogos que os van a tratar serán los mejores. No va a ser fácil.

—Estar aquí encerradas, sabiendo que alguien estaba disfrutando con nuestro miedo, tampoco lo ha sido —añadí.

—Está bien —aceptó Inés—. Os traeré el ordenador. Y el nombre de todos los implicados. Mandaremos el anónimo al amanecer.

Inés se marchó cabizbaja, portando la bolsa de basura en que había metido la caja de las pizzas. Preocupada por nuestra petición. Nos reunimos junto a la piscina y hablamos tapándonos la boca, temerosas de que nos siguieran grabando.

—No la he visto muy convencida —conté—. Espero que todo salga bien.

—Lo que me preocupa es que haya más vídeos en alguna parte, no creo que hayan usado un solo ordenador —compartí con pesar.

—Yo creo que sí —anunció Arabia—. Son gente inteligente. Han cuidado hasta el más mínimo detalle. Sabían que los vídeos son un delito grave. Son pornografía infantil, no podían guardarlos en varios ordenadores. Lo que no tengo tan claro es que no hayan podido recuperarlos de nuestros móviles.

—No venían en archivos adjuntos, venían en enlaces a servidores externos. Por eso no quedará ningún rastro en nuestros móviles. Además, hoy en día hay información en la red de cómo borrar rastros, y esa información está colgada por piratas informáticos que burlan a la policía continuamente —explicó Estefanía—. Estoy en varios foros flipantes, os explotaría la cabeza.

—No podemos usar internet para buscar cómo borrar los datos de forma permanente, así que vamos a tener que destrozar el ordenador y el disco duro nosotras mismas. Y no podemos dejar rastro —habló Arabia.

—Tenemos la llave de la casa. Saldremos a la playa. Lo romperemos con una roca, lo haremos pedazos. Todo esto será examinado al milímetro. Si cavamos un agujero, notarán la arena removida.

—No sé cómo hacerlo desaparecer, entonces. Tendremos que enterrarlo dentro del mar —añadí.

—Hay que memorizar todos los nombres. No podemos olvidar ninguno —reseñé con ira.

—No me fío de Inés. No es que sea mala persona, pero va a querer salvar a su hija, es lo lógico. Y una madre es capaz de hacer cualquier cosa. Debemos tener mucho cuidado después, nuestros teléfonos estarán intervenidos. Y nos seguirán. Tenemos que buscar una forma segura para comunicarnos y un lugar para vernos que no esté vigilado —advirtió Arabia.

—Estamos conectadas por el mismo tren de cercanías. Las tres tenemos acceso a él. Busquemos una parada en la que podamos encontrarnos en secreto —argumenté.

—Carvajal es la estación más solitaria. Justo a la misma altura, en la orilla, hay un bar de vivos colores al que van muchos extranjeros, en él pasaremos desapercibidas. Se llama La Cubana. Nos veremos allí cada vez que lo necesitemos. Ahora tenemos que buscar una clave que colocar en nuestras historias para convocarnos —dijo Estefanía.

—Creo que lo mejor es que cada una tenga su propia clave. Por ejemplo, Estefanía puede poner la palabra «riquísima» sobre la foto de alguna elaboración. Yo puedo escribir «os amo» sobre alguna foto de mi familia. Y Tamo puede usar la palabra «día».

—Cuando una de las tres ponga la palabra clave, nos reuniremos en la estación de tren a las seis de ese mismo día. Si no podéis llegar a tiempo, nos vemos en La Cubana más tarde. Llegad cuando podáis asegurándoos de que nadie os sigue —dije con seguridad.

—¿Y si necesitamos abortar el encuentro? —pregunté—. Imaginad que alguien nos sigue o descubrimos algo.

—Colgaremos una foto del mar. No olvidéis configurar vuestros estados del WhatsApp para que solo lo veamos nosotras tres —anuncié.

Inés llegó puntual.

Traía un ordenador portátil en la mano.

La cuenta atrás había comenzado.

59

Inés

No las tenía todas conmigo. No me gustó la alternativa que escogieron. La sentía efímera, demasiado débil. Puede que ocultaran algo. Se dedicaban miradas cómplices que no sabía interpretar. Pero acepté, no tenía otra alternativa.

Quedé con mi hija para que me diera el ordenador portátil.

—Quítale el wifi para que no se rastree —me ordenó.

—Inma, no sé si esto va a salir bien.

—Mamá, saldrá bien. Son unas niñas, puedes manipularlas con facilidad. Y saben que si denuncian saldrá a la luz todo lo que hicieron. Las tres tuvieron sexo, en menor o mayor medida, y eso no podrán borrarlo de sus lindas cabezas —anunció Inma riendo.

—No sé cómo puedes ser tan cínica.

—No soy cínica, soy realista. No sabes cuántas horas hemos dedicado a este proyecto para que se vaya todo a la mierda. Por cierto, mañana, ¿a qué hora quedamos?

—¿Mañana? —pregunté.

—Tienes que ir a pedir el préstamo. Si no devolvemos el dinero, no quiero imaginar lo que puede pasar. Aunque hemos pensado que lo mejor es poner en venta la casa de los abuelos. Ahora mismo es una zona muy cotizada y se venderá muy rápido. Así no necesitas pedir nada. Y con lo que te sobre te das un capricho. Papá no tiene por qué enterarse.

—¿Hemos pensado? ¿Quién se supone que lo ha pensado, Inma?

—Estás muy nerviosa, vamos a llevar el ordenador y los nombres. Que digo yo que nos los podemos inventar, no es necesario que les demos los verdaderos.

—De ninguna manera. Luego lo averiguarán, no son tontas, y verán que hemos mentido. Y vivirán intranquilas. Ya han pasado bastante, no quiero que sufran más. Ya les has jodido suficiente la vida.

—Eres demasiado sensible.

—Y tú eres muy perversa, no sé ni cómo eres capaz de apreciar la sensibilidad. Me avergüenza tener una hija como tú, que cree que destrozar la vida de tres niñas es «un proyecto» al que le ha dedicado horas.

—Me entrené durante años para reconocer las emociones y sentimientos de los demás. No ha sido nada fácil.

—Falta el nombre de la chica que os ayudó en el catering.

—Es la hermana pequeña de Pablo.

—¿Falta alguien más? ¿Alguien que haya participado y que no esté en la lista?

—Rebeca, una joven yonqui que acababa de salir de prisión, pero no nos molestará. Entró de nuevo en la cárcel hace nada, no sabe estar sin robar. Fue sacarla de la casa y al día siguiente ya estaba metiéndose en líos. Se llama Rebeca Smith. Es otra de las chicas que traté en prisión; no tenía donde ir, así que el trabajo que le ofrecí le vino de perlas.

—¿Metiste a otra chica en la casa?

—Solo tenía que dar juego, pero las demás no se lo pusieron fácil. Ahí nos equivocamos.

—Os equivocasteis en muchas cosas más. Pensasteis que no iban a denunciar su desaparición.

—Solo iban a estar una semana. Y las tres familias tenían motivos para no hacerlo. Una familia gitana cuyo padre llevaba una doble vida: ¿quién iba a creer que la niña no se había fugado? Con Tamo lo veíamos más claro, porque si denunciaban podían quitarles a los pequeños, pero, claro, llegaste tú, la salvadora. Y la madre de Estefanía sufrió depresión toda su vida, y con una hija en la cárcel tampoco es que fuera la madre del año. También era lógico que no denunciaran. Pero las tres lo hicieron.

—Inma, es el amor. Esas familias quieren a sus hijas y encontrarlas era una prioridad. Es normal que denunciaran su desaparición. Para una madre, una hija es lo primero.

Mi hija me miró como si hubiese dicho una tontería sin sentido.

—Tengo que irme ya. ¿Estás segura de que puedes mandar el anónimo? —pregunté sin entrar en más polémica.

—Que sí, no te preocupes. Lo haremos desde internet, con el servidor en la otra punta del mundo, no hay peligro. No te puedes olvidar de traer la basura de las pizzas. Te encontrarán por la dirección, no tuviste cuidado con las cámaras.

—Ya me llevé la basura. Y lo que he comprado ahora son pollos asados. Los recipientes no tienen ningún nombre, pero los dejaré en un plato y me traeré los envases. La casa, ¿quién la alquiló?

—Tampoco tienes que preocuparte por eso. No está alquilada, era de un extranjero que murió hace tiempo y nadie la ha reclamado.

Miré a mi hija con temor. Pensando en cómo había podido fingir lo que no era una vida entera a mi lado.

—Me voy, quiero estar de regreso en casa antes de que llegue tu padre.

—Mucha suerte, seguro que todo va a salir bien —se despidió Inma, sonriendo.

A mí me temblaban las manos y mi hija sonreía. Me pregunté qué broma macabra había manipulado la genética. Cómo podíamos resultar tan distintas siendo madre e hija.

Si todo salía bien, no iba a olvidar aquella noche en la vida. No quería pensar en la otra posibilidad. Me había convertido en cómplice de la trama y yo también iría a la cárcel. Esa idea se expandía en mi pensamiento y no dejaba entrar nada más. Me aterraba y me cortaba la respiración.

Eran adolescentes. No tendría que sentirme tan asustada. Manejaba cuarenta de ellos cada día en clase. Y conseguía que me escucharan, que me prestaran atención. Podría con tres, estaba segura.

Me paré en la puerta, intentando insuflarme fuerzas para

entrar. Respiré hondo. Necesitaba parecer tranquila, eso era lo más importante. Cogí el portátil de Inma, la comida y las herramientas que había llevado, algunos destornilladores y un martillo.

Cuando entré, las chicas estaban nerviosas, sentadas en el sofá, mordiéndose las uñas.

—Os he traído todo lo que me pedisteis. Los nombres, el ordenador, todo —dije sin saludar.

Las tres me rodearon. Arabia cogió el papel de los nombres y lo leyó en voz alta. Luego pidió a las chicas que lo memorizaran. Quemó el papel en un cenicero y echó las cenizas en una bolsa.

—Creo que es mejor que borremos la información antes de romper el ordenador.

Abrí el portátil. Me sobrecogió la foto que Inma había puesto en la pantalla principal: su primera ecografía.

Busqué entre sus carpetas y encontré una que se llamaba «Vulnerables». Supe que era la correcta. Había tres subcarpetas con la inicial de cada chica. Al pinchar sobre la de Tamo, se abrieron un centenar de pequeños clips de vídeo. Los seleccioné todos y los borré. Hice lo mismo con las otras carpetas. Luego vacíe la papelera, el historial y las cookies. Después formateé el disco duro.

—¿Quedará alguna huella? —preguntó Arabia.

—Siempre quedan huellas, es imposible borrarlas. Pero las más fáciles de seguir son las de la red. Esto no se ha subido a la nube, así que no podrán rastrearlas. Ahora voy a sacar el disco duro. Vamos a romper por separado el ordenador y el disco.

Salimos al jardín y extendimos un par de bolsas de basura, para que los trozos no quedaran sobre el césped. Arabia cogió el martillo. Era la más fuerte de las tres. Con cada martillazo que daba, se desahogaba. Desfogaba la rabia que tenía dentro desde que empezó todo aquello. En unos minutos, convirtió el portátil en un amasijo de cristales y hierros.

—Será mejor que nos quedemos con una parte y que tú entierres el resto. Pero no lo hagas en tu jardín, por si acaso —pidió Tamo.

—Voy a enterrarlo en la sierra, en la subida de Mijas. Allí nadie lo encontrará nunca. Lo dividiré en partes. Ahora tengo que irme. Mandaremos el mensaje a las seis de la mañana. Tardarán una hora en montar el dispositivo. Os deseo toda la suerte del mundo.

—Inés, que Inma no pague por todo lo que nos ha hecho es algo muy difícil para nosotras. Y si actuamos de esta manera, no es por compasión, es porque necesitamos recuperar nuestra vida. Solo espero que no le vuelva a hacer a nadie lo mismo que a nosotras.

—Te prometo que la vigilaré muy de cerca. Y que cada día de su vida le recordaré el daño que ha causado.

—Eso espero. No te puedes imaginar lo que hemos sufrido. Y me temo que vamos a seguir sufriendo. El miedo no nos va a salir tan fácilmente de la cabeza.

Me acerqué para abrazar a Tamo, pero se retiró. Me dolió su respuesta, aunque la entendí. Me llevé su rechazo junto con la basura, los restos del ordenador y mi vergüenza.

Lloré todo el camino. Si me dolía en el alma que mi hija fuera una persona sin sentimientos, también me hacía daño el rechazo de Tamo. Se había convertido en alguien muy especial, alguien de quien cuidaba más de lo que imaginaba. Mi cariño se hizo un nudo dentro de mí y me aprisionaba; noté que era incapaz de respirar con normalidad. Me desvié en la sierra y enterré los restos del ordenador. Sentí que estaba haciendo algo horrible, como si me estuviera deshaciendo de un cadáver. Deseaba que todo saliera bien, pero el miedo había llegado para quedarse. Tuve la certeza de ello cuando dejé a las tres chicas allí, con una angustia que no merecían. Nunca más volvería a dormir tranquila. Esa era mi condena.

Llegué a casa antes de que lo hiciera mi marido. Me di una ducha y comencé a preparar la cena. Estaba pelando patatas cuando Cosme abrió la puerta.

—¿Qué haces? ¿No recuerdas que íbamos a cenar fuera para celebrar que vamos a ser abuelos? Anda, ponte guapa, que nos vamos a Puerto Banús, que he reservado una mesa en el club de golf. Vístete.

Estuve tentada de no ir, de rechazar la invitación, pero salir me ayudaría a que las horas transcurrieran con más facilidad.

Escogí un vestido negro sencillo y me puse los accesorios en blanco, al igual que los zapatos.

—Tienes que dormir más —me dijo al verme—. Tu mala cara me empieza a preocupar.

—No dormiré bien hasta que no aparezca Tamo, ya lo sabes —me disculpé mientras cogía el bolso y las llaves—. Vamos, que llegamos tarde.

El club era un lugar que nunca me había gustado. No me sentía cómoda entre tanta gente perfecta, que siempre estaba feliz. Hasta llegar a nuestra mesa, nos paramos a saludar a varias personas. Justo al lado estaban sentados unos conocidos con los que habíamos coincidido un par de veces en fiestas benéficas. Recordé que ella se llamaba Violeta y que era una mujer agradable.

—Hola, qué alegría veros —expresó con sinceridad.

Su marido y el mío se saludaron e intercambiaron información sobre varios amigos en común. Violeta me invitó a un evento que se celebraría un par de semanas más tarde. Una cena benéfica que inauguraba la temporada social en Marbella.

—Intentaré ir, pero tengo instituto al día siguiente y una ya nota demasiado las trasnochadas.

Violeta sonrió.

—Inténtalo, lo organizan mi hermana y mi cuñado, y va a ser el evento del año. Nos lo pasaremos genial.

Nuestra mesa estaba pegada a la cristalera. Las vistas al campo de golf y a su lago central eran impresionantes. Cosme pidió por los dos y escogió el vino.

—Tenemos las entradas para ese evento. Iremos los cinco.

—¿Sí? No sabía nada.

—Tu hijo las ha comprado. No se puede faltar, es una oportunidad para hacer contactos. Piero es uno de los empresarios más influyentes de la costa del Sol.

El corazón me dio un vuelco al escuchar ese nombre.

—¿Piero? ¿Cuál es su apellido?

—Piero Casori, estuvo en la fiesta de cumpleaños de tu hijo.

Hablamos con ellos, me dijiste que su mujer parecía su hija, ¿no los recuerdas?

Los recordaba perfectamente. Era un hombre de unos setenta años. Su mujer no tenía mucho más de veinte. Me llamó la atención la forma en la que ella coqueteaba con mi hijo mientras su marido hablaba con el mío.

—Claro que lo recuerdo, pero no sabía que eran la misma persona. No lo creía tan rico.

—Es una de las grandes fortunas de Italia. Bromea continuamente con que no sabe el dinero que tiene. Es uno de los patrocinadores de la gira de formación que estoy realizando por Europa. E incluso ha aportado más que el banco que nos da el nombre.

Mi marido y ese hombre se conocían. Necesité unos segundos para unir todas las piezas.

Lo tuve claro.

No podía ser de otra manera.

—Tú le recomendaste a Inma como psicóloga. Lo hiciste mediante una compañera porque sabías que, si venía de tu parte, no lo cogería.

Mi marido me miró estupefacto. No se esperaba mi reacción.

—Tú eres el culpable. Sabías que tu hija era capaz de cualquier cosa por dinero. Eras su psiquiatra y le recomendaste a tu hija. Contaste con su ambición y su falta de escrúpulos. La conoces mejor que nadie.

—Siempre he estado atento para dar oportunidades a mis hijos.

Mi marido me miró. Una sonrisa despiadada irrumpió en su rostro. Se metió un trozo de carne en la boca y masticó.

Ese fue el momento en el que me di cuenta de que mi marido había formado parte de todo el juego.

Y que yo estaba sola.

Completamente sola.

60

Estefanía

El reloj digital que iluminaba el salón marcaba las siete y diez de la mañana. No pudimos dormir. Se suponía que, después de romper todas las pruebas y borrar los vídeos, estaríamos más tranquilas. Pero no fue así. Se acercaba el momento de encontrarnos con nuestra familia, de ver su dolor, lo que habían sufrido. Nos asustaba el hecho de que nos creyeran culpables, que se descubriera algo y todo saliera a la luz.

Arabia era la que más nerviosa estaba de todas. Yo, la más asustada. Las tres teníamos claro que nuestro silencio era lo único que nos haría libres. Que rompería con el pasado.

No habíamos pensado en la ropa, estaríamos en bikini cuando vinieran a rescatarnos. Inés desconocía que no teníamos nada que ponernos.

Las miraba, allí, con sus pieles bronceadas y cargando con dignidad el miedo a sufrir. Con la angustia cuajada en la garganta, sin que nos dejara articular palabra. Sabía que estaría unida a esas mujeres para el resto de mi vida. Que un vínculo invisible nos mantendría en el mismo camino. Y que siempre podría contar con ellas. Por primera vez en mi vida, sentí que tenía dos amigas. Dos mujeres que me entendían con una simple mirada.

Fantaseaba con un futuro con ellas. Con fiestas a las que íbamos las tres riendo sin parar, paseos compartidos cargando una mochila llena de bocadillos, o con una tarde de cine y palomitas. Cosas que no había tenido nunca y que ansiaba disfrutar a su lado.

Al mirarlas, podía adivinar en lo que estaban pensando. Arabia estaba muy preocupada por su madre. Tamo no podía quitarse de la cabeza a Inés.

—Va a llegar la hora y quería deciros que nunca he conocido a chicas tan valientes como vosotras. Gracias por vuestro apoyo, por tirar de mí en los momentos difíciles. Os prometo que voy a guardar silencio. No quiero que penséis que, como soy la más débil, voy a flaquear...

—Estefanía, para —ordenó Arabia—. Confiamos en ti. Lo vas a hacer muy bien. Lo vamos a intentar las tres. Pero si alguna flaquea, habla y no puede más, nadie le recriminará nada. Ya lo hemos pasado bastante mal.

—Sí que me gustaría pediros algo —habló Tamo—. Quisiera dejar a Inés fuera de esto. No quiero que, si alguna habla, cuente nada de ella. Nos ha ayudado y se ha jugado su futuro por nosotras. Inés no tiene la culpa de tener una hija tan detestable. Y a pesar de todo, estaba dispuesta a denunciarla por sacarnos de aquí. No puedo olvidar todo lo que ha hecho por mí. Siempre se ha preocupado por que tuviera internet, me ha dado de comer en los momentos difíciles. Si esto se descubre y su hija va a la cárcel, no quiero que la arrastre a ella también.

—Nadie va a decir nada de Inés ni de nadie. No podemos dar explicaciones. Ya no tenemos pruebas. No nos creerían. Escogimos. O denunciar, o callar. Era la mejor alternativa —la consoló Arabia.

—La única alternativa —ratifiqué.

Supimos cuándo nos estaban rodeando. Llevábamos días con los sentidos aguzados por el miedo. Nos sentimos acechadas.

Lo que iba a ser nuestra liberación resultó el episodio que más miedo me provocó. Me sentí pequeña, asustada, frágil.

Fue todo muy rápido. La casa se llenó de policías, de personas que se movían de un lado para otro. Todo el mundo nos miraba comprobando que estábamos bien. Alguien me echó una manta por encima y me acompañó a una ambulancia. Podía ver que hacían lo mismo con Arabia y con Tamo. Las dos contenían las emociones. Tenían el mismo miedo que yo. El miedo a que todo se descubriera, a exponernos ante el mundo. El sonido de la ambulancia me sobresaltó. Me tumbé en la camilla. Una chica joven me cogía de la mano y me hablaba, pero no podía oírla.

Me sentía fuera de mi propio cuerpo. A kilómetros de distancia de allí. La sensación era tan insoportable que quise gritar, pero no conseguí emitir ningún ruido.

El camino hacia el hospital fue corto. La chica joven me pidió que me incorporara y que bajara de la ambulancia. A la primera que vi fue a mi madre. Estaba situada en la puerta de urgencias, esperando con mi padre.

Salí corriendo y la manta que me cubría cayó al suelo. Necesitaba abrazar a mi madre con todas mis fuerzas, sintiendo que era lo que más quería en este mundo, pero dos agentes me lo impidieron.

—Hija... —me dijo llorando en la distancia—. Qué miedo he pasado, creí que no te volvería a ver.

Lloré por ese abrazo que no llegó, por el dolor que le había producido. En ese momento fui consciente de todo el daño que le había hecho. Todo lo que mi madre había tenido que sufrir por mi ausencia.

Mi padre también lloraba. Por primera vez en mi vida, me sentí querida por mis padres. Esa sensación me desbordó y las piernas me fallaron. Caí al suelo con el grito ahogado de mi madre. Alguien acercó una silla de ruedas y me senté. Una policía indicó a mis padres que en breve podrían abrazarme, porque antes necesitaban asegurarse de que estaba bien. Debían esperar en una sala habilitada para ello.

Vi llegar a Tamo y como sus padres salieron a la carrera para abrazarla. Su madre se acercó corriendo, pero alguien se interpuso entre ellas, pidiéndole paciencia. Tenían que conseguir el mayor número de pruebas posibles y asegurarse de que estábamos bien.

Cuando llegó Arabia, yo estaba entrando por la puerta. Los gritos de su madre me conmovieron y no puede evitar llorar. Arabia se saltó todas las recomendaciones y se abrazó a su madre, llorando. Los quejidos de la mujer se escucharon en todo el recinto, maldiciendo a quien había ordenado que las niñas se sometieran a un reconocimiento médico antes de abrazar a sus familias. Alguien me empujó la silla y me acompaño al interior del hospital.

Entré en una habitación que olía a desinfectante. No quise contenerme y rompí a llorar desconsoladamente, atrapada por un nudo en la garganta.

—Hola, Estefanía. Soy la doctora Abarohoun y ella es mi compañera, la doctora Osman. Vamos a hacerte un reconocimiento médico. Tus padres nos han autorizado a realizar pruebas ginecológicas, como marca el protocolo de actuación en estos casos. Vamos a empezar por hacerte un análisis de sangre, tomarte la tensión y escuchar tu corazón. Va a ser todo muy rápido. ¿Me has entendido?

—Sí, contesté. Pero ¿podría hacerme el examen una mujer? —pedí con pudor.

—Mi compañera es ginecóloga. Solo entrarán mujeres a esta habitación, no te preocupes. En otro momento te harán un examen psicológico, pero, si quieres, también puede hacértelo una mujer.

—Se lo agradecería —rogué con voz tenue.

—Tu familia está aquí al lado. Ahora, en cuanto terminemos de examinarte, podrás verla.

Todo fue muy rápido. Me sacaron sangre y me tomaron la tensión. Cuando terminé el examen médico, pasé a una sala adyacente. Mi madre entró corriendo, sin dejar paso a mi padre, que la seguía de cerca.

—¡Mamá! —La abracé—. No sabes cuánto te he echado de menos.

Mi madre me cogió la cabeza y me miró a los ojos.

—¿Estás bien, hija? —me preguntó asustada.

—Sí, no te preocupes, no me han hecho daño.

Una señora sin uniforme nos interrumpió.

—Soy la inspectora Santiago. Me gustaría hacerte unas preguntas.

—Inspectora —hablé sin dejar de llorar—. No quiero hacer ninguna declaración. Solo quiero irme a casa.

—Lo sé —añadió la inspectora—. Pero necesitamos respuestas para atrapar a las personas que os han tenido retenidas. Y sois las únicas que podéis ayudarnos a que los cojamos.

—No puedo. Quiero irme a casa —repetí.

—Está bien, mañana iré a visitaros. Ahora, en cuanto os den los resultados, una patrulla os llevará a casa. Te hemos traído algo de ropa, espero que sea de tu talla.

Se lo agradecí y me metí en el baño a vestirme.

Los resultados tardaron treinta minutos. Me di cuenta de lo difícil que iba a ser todo. Mi madre necesitaba respuestas. Pasó los treinta minutos llorando mientras me miraba atentamente, agradeciendo que estuviera viva.

«Quiero irme a casa» fue lo único que salió de mi boca.

La doctora nos dijo que tenía el hierro muy bajo y que necesitaba comer bien.

En la calle, me asombró la cantidad de medios de comunicación que se amontonaban en la puerta. Tuvieron que escoltarnos hasta el coche. Miraba asombrada los micrófonos, las cámaras, las luces, las personas que querían acceder a la noticia.

Y la noticia éramos nosotras.

Tres jóvenes dispuestas a borrar un pasado para poder construir un presente.

Cuando nos quedamos solas, mi madre se sentó a mi lado.

—Dime, ¿no quieres hablar o no puedes?

—Mamá, no puedo contar nada, porque, si cuento algo, mi vida será siempre una pesadilla. Si no hablo, podré seguir con ella. Pero no te preocupes, no he estado sufriendo, he estado bien, no me han hecho nada malo.

—Me creas mucha inquietud, Estefanía, pero voy a intentar ser paciente.

Sabía que estaba rompiendo mi promesa, que estaba contando parte de la verdad. Pero imaginé que mis amigas acabarían haciendo lo mismo.

—Mamá, no nos han hecho nada. No hemos tenido contacto con nadie.

—Tienes que contarlo todo a la policía, hija, ellos te ayudarán.

—No, mamá, no me ayudarán. No podrán. Es mejor callar. Confía en mí.

—Confío en ti. Duerme.

Cuando cogí mi móvil y pude ver las redes sociales, me asombré del movimiento que se había creado a nuestro alrededor. La de teorías que le habían quitado el sueño a mi madre. Había algunas que nos situaban en una secta, otras, en la trata de blancas, y la más disparatada nos convertía en presa de unos extraterrestres. Me asombró el apoyo de los tres pueblos, de los tres institutos, de nuestros vecinos.

Estuve una hora leyendo noticias que me partieron el corazón. Artículos donde nuestra familia se cuestionaba, nuestro hogar era expuesto y salpicado de mentiras y bulos sin sentido. Imaginé cuánto habrían sufrido las tres familias sin saber dónde nos encontrábamos, lo que nos estaban haciendo.

Visualicé todas las declaraciones de la inspectora Santiago y me di cuenta de que nos había defendido y que había comparecido en público cada vez que las cosas se complicaban.

Me pregunté cómo estarían mis amigas. Miré sus estados de WhatsApp. Tamo tenía una frase que decía: «Os echo de menos, gracias por cuidarme y quererme». Arabia, en cambio, había escrito una muestra de agradecimiento que imaginé que era para toda su familia.

No fue fácil volver a casa. No podía dormir, echaba de menos a mis amigas, sus abrazos antes de caer rendidas. Nunca imaginé que en tan poco tiempo se pudieran crear unos lazos tan fuertes.

Bastaron tres días para que Arabia nos convocara.

En esos tres días, la inspectora Santiago había intentado que habláramos. Pero comprendió que no iba a conseguir nada. Había resultado muy complicado. Fueron muchas horas de interrogatorios, de diferentes personas que trataron de todas las formas posibles que contáramos lo ocurrido. «Vuestro pacto de silencio no me pone las cosas muy fáciles», me dijo la inspectora en su última visita.

A los tres días, nos subimos a un tren para encontrarnos.

Habíamos tenido tiempo para pensar. No hizo falta hablar. Solo nos miramos. Y eso bastó para tener la certeza de que el siguiente paso era el correcto.

61

Inés

Después de descubrir que Cosme había recomendado a Inma a ese ser despreciable, sentí que mi vida había perdido el sentido. Recuerdo el resto de la noche como una película que veía desde fuera, como una espectadora aterrada ante el desenlace. Solo quería salir de allí, llegar a casa y meterme en la cama. Olvidarme de todo.

Pero me fue imposible dormir.

Me levanté a las cuatro de la madrugada, llorando por la angustia que me producía lo que tenía que callar. No podía más.

Abrí el ordenador de mi marido. Lo examiné con cuidado. No había ninguna carpeta oculta, ni ningún rastro sospechoso en el historial. Suspiré aliviada.

En el correo tampoco encontré nada. Fue cerrando la aplicación cuando me di cuenta de que tenía una segunda cuenta de e-mail, una que no conocía. Estaba memorizada en el ordenador, pero no se podía acceder sin la clave.

Cosme tenía el teléfono cargando en el salón. Lo cogí. Allí la contraseña estaba memorizada. Asombrada por lo fácil que había sido iniciar la sesión, comencé a leer los correos.

Sentí que una parte de mí se moría. Había un largo listado de correos que contenían enlaces con las grabaciones de la casa. Horrorizada, me di cuenta de que tenía también diferentes mensajes con los vídeos con los que las niñas habían sido chantajeadas. Piero se los había reenviado todos. Inma me había mentido. Los vi, espantada por el contenido, y me asaltaron las ganas de vomitar.

Me imaginé a mi marido disfrutando con las imágenes de esas niñas. Leí el último correo. En él, mi marido confirmaba que se quedaba con Tamo. Las palabras resonaron en mi interior, hiriéndome con dureza. Entendía perfectamente lo que significaba. Quería ser el *sugar daddy* de mi alumna. De una niña. Sentí ganas de vomitar.

No pude leer más.

Me vestí en silencio, sin valorar lo que estaba a punto de hacer. Sin medir las consecuencias de ese impulso que acababa de sentir. Tenía que parar aquello.

Cogí el móvil de Cosme, las llaves del coche y llamé a la inspectora Santiago, a la que desperté.

—La espero en comisaría, es urgente —le dije.

La inspectora llegó cinco minutos después. Pidió amablemente que nos trajeran un par de cafés y me invitó a entrar en un despacho.

—Han sido mi marido y mi hija —dije entre llantos—. Ellos lo organizaron todo.

—Lo sabemos —me dijo la inspectora—. Llevamos días preparando el operativo. Los detendremos mañana.

—¿Lo sabían?

—Sí, le seguimos hasta la casa. Todas las personas cercanas a las niñas tenían un dispositivo de vigilancia. En los casos de secuestro, el entorno cercano es siempre lo primero que se investiga. Sospechamos de usted desde el principio. Sabía que ocultaba algo. Indagamos en su círculo más cercano y no fue difícil atar cabos. En la fiesta de su hijo había dos policías infiltrados. Por la insistencia de su mirada, descubrimos al cuñado de su hija y comprobamos que coincidía con el chico de la foto que le mostramos. Ha estado vigilada siempre.

—Mi marido fue el que empezó todo. Aquí tienen su móvil.

—Disponemos de una orden del juez para registrar la casa de su hija y la suya. Siento mucho que tenga que pasar por esto.

—Solo yo tengo la culpa. He vivido toda la vida de espaldas a mi realidad. Siendo la sombra de mi marido. Sin tomar decisiones. Y yo… ni siquiera me di cuenta de que Pablo se apellidaba igual que el marido de Inma. No lo recordé de los cumpleaños anteriores. Si lo hubiese hecho, podría haberlo parado todo. —Sollocé rompiéndome en mil pedazos.

—Ha sido valiente —cortó la inspectora—. Está aquí. Y la necesito. Necesito que me ayude a que las niñas declaren. Serán claves en la investigación.

—Cuando sepan que hay vídeos suyos, lo van a pasar muy mal. Mentí, les dije que no había.

—No conocía su existencia. Nos tememos que estas niñas no han sido las únicas víctimas de esta trama. Creemos que encontraremos más.

—Podemos hacerlos desaparecer, puedo borrarlos sin dejar rastro, soy muy buena, yo...

—No podemos. Es fácil perder el control de este tipo de cosas. Nuestros compañeros los custodiarán. No serán expuestos y solo los verá el juez. Yo misma me aseguraré de ello.

—Ellas no lo van a entender. Ese era su gran miedo. —Sollocé.

—Debemos convencerlas. No va a ser fácil.

—Tienen una vida muy complicada.

—Mañana las citaremos. Yo las calmaré, les daré garantías de que ese material no será expuesto.

—Y quiere que yo apele a su lado sentimental, que las convenza de algo que no quieren hacer.

—No, no quiero eso. Quiero que me ayude a hacerles entender que, si no paramos esto, otras chicas pasarán por lo mismo. Usted es la que más pierde en esta historia. Se enfrenta a perder a su familia y a un proceso judicial. Por eso también es la que más argumentos puede ofrecerles.

Me cubrí la cara con las manos.

Eran las nueve de la mañana cuando nos avisaron de que las tres chicas estaban en comisaría.

—¡Inés! —exclamó Tamo— ¿Qué haces aquí?

—Inés ha venido a poner una denuncia. Ha denunciado a su marido y a su hija. En primer lugar, quiero aclararos que teníamos las pruebas suficientes para resolver este caso, y que en unas horas se va a desarrollar un dispositivo con varios registros simultáneos.

—¿Tu marido? ¿Has denunciado a tu marido? ¿Y a tu hija? —preguntó Arabia.

—El marido de Inés estaba en posesión de los vídeos. No habían sido borrados del todo. Inma mintió. Un total de cinco personas los han visualizado. Y nos tememos que no habéis sido las únicas víctimas. Necesitamos que declaréis.

—Lo haremos —confirmó Estefanía—. Lo hemos hablado entre nosotras. Pero tenemos una condición.

—Que Inés no sea juzgada. Hablaremos con el juez o con quien haga falta. Tendrá nuestra declaración si Inés se queda fuera de esto —añadió Tamo.

—Estoy segura de que el juez valorará su ayuda y colaboración en el caso.

—No nos ha entendido, inspectora. No queremos que valore nada. La queremos fuera. Si no, no hablaremos, no declararemos y será todo mucho más difícil.

—Nos dejaremos la piel para que ninguna chica pase más por esto. Vamos a escribir un libro con nuestra experiencia y lo vamos a publicar. Contaremos con detalle cómo pasó todo y relataremos nuestra experiencia para que le pueda servir a otras chicas. Pero dejaremos a Inés fuera. Lo haremos antes del juicio. Movilizaremos a toda la sociedad. Crearemos un juicio paralelo —contó Arabia con un tono altivo.

—No es necesario, tenéis que dejar que la justicia haga...

—Mire, inspectora —cortó Tamo—. No me hable de justicia. Dentro de poco voy a estar en la calle. Estefanía no consigue llegar a fin de mes, cuando se levanta a las cinco de la mañana para hornear el pan. Y Arabia se pasa la vida quitando la mierda de los ricos para tener un simple plato de comida en la mesa. ¿Cree que hay algún tipo de justicia de la que nos pueda hablar? No nos podemos callar. Lo hemos pensado mucho y debemos ser valientes. Conseguir que ninguna niña se deje la cámara web abierta en su habitación. Que ninguna adolescente cuelgue su vida entera en las redes, a riesgo de que unos desalmados aprovechen esa información. Queremos hablar para que nadie se deje deslumbrar por regalos caros que luego les cobrarán. Nuestra historia tiene que servir para algo, nuestro sufrimiento tiene que poner barreras en el camino para que otras no lo tengan que recorrer. Las chicas necesitan saber que acudiendo a la policía el sufrimiento se acorta y que es la única solución. Y la manera correcta de hacerlo es contarlo con detalles. Y si de eso sacamos un dinero para que nuestras vidas mejoren, aunque solo sea un poco, no puede pedirnos que no lo hagamos. Escribiremos ese libro y esperamos que nuestra vida mejore. Nuestros padres nos apoyan.

La inspectora Santiago las miró.

—Hablaré con el juez —dijo la inspectora—. Ahora tenéis que salir. Os iré llamando una a una para tomaros declaración con vuestra familia presente. Voy a informarlas por si quieren avisar a un abogado. Inés, no te vayas, enseguida estoy contigo.

Antes de salir, Tamo se acercó y se agachó para estar a mi altura.

—Lo siento, lo siento tanto —me dijo llorando.

—No tienes la culpa de nada. Solo yo soy la culpable. La que tiene que pedirte mil veces perdón. Mi familia te ha destrozado la vida.

—No, Inés, tu familia se ha destrozado ella misma. Yo solo he vivido una experiencia horrible que superaré. Y no dudes que estaré a tu lado para ayudarte.

La abracé con toda la ternura que pude. Esa niña me acababa de dar la lección de empatía más bonita que iba a recibir en mi vida.

—Gracias, Tamo, eres la persona más generosa que he conocido nunca.

Cuando volvió la inspectora Santiago, no era capaz de articular palabra.

—¿Quiere que llame a su hijo para que se acerque a recogerla? —preguntó.

—No, prefiero irme sola. Quiero estar en casa cuando vengan a hacer el registro, quiero ver su cara.

—Llame a su hijo, no es bueno que esté sola.

—Lo haré, tengo mucho que explicarle.

—Mañana, cuando se encuentre mejor, la llamaré a declarar.

—Gracias. Es muy considerada.

Salí de comisaría sintiendo que las piernas me temblaban. Vi a la madre de Tamo sentada, sonreía a su hija. Arabia y su madre se abrazaban. Los padres de Estefanía le sujetaban la mano y la miraban con cariño.

Las habían escogido por considerarlas vulnerables. Almas débiles fáciles de dañar.

Y ese había sido su error.

La verdadera vulnerabilidad no la sufrían ellas.

Era mucho más frágil quien estaba rodeado de personas que tenían esa falta de capacidad para empatizar, para amar, para cuidar a los demás.

Caminé por la acera, llorando, sintiendo que mi vida no me pertenecía. Que en unas horas todo había saltado por los aires.

Lo único que me quedaba era la certeza de que yo era la verdadera vulnerable de esta historia.

Agradecimientos

Quiero mostrar mi agradecimiento a las personas que me han obsequiado con sus historias para que este libro estuviera vivo.

Comienzo por mi hermana Susana, que no dudó en regalarme su terrible experiencia, los momentos más duros de su vida, para que no se repitiera su historia. No olvidaré el día en que los agentes de delitos informáticos vinieron a casa. Un desconocido controló de forma remota la cámara de su ordenador. Su intimidad se convirtió en un chantaje al que no cedió. Ganó la partida, pero sufrió un proceso largo y tedioso. Gracias por tu generosidad.

Cualquier palabra se queda pequeña para agradecer a Tamo todo lo que ha puesto en este libro. No solo me regaló su personalidad para que vistiera a mi personaje, también me permitió conocer de cerca su tierra y su forma de expresarse. Y aunque la vida que se refleja en el libro no coincide con la realidad, su cercanía me ha hecho valorar lo valiente y valiosa que es. Te admiro y te quiero a partes iguales.

A Arabia no puedo más que decirle que la estaré eternamente agradecida por regalarme su historia. Una historia que tristemente es real y que viví muy de cerca. Estaba en su vida cuando ella descubrió que su padre tenía una doble vida, yo fui la que la llevé en coche a aquella casa. La belleza del personaje que se refleja en este libro no le hace justicia. Todavía es mucho más bonita por dentro y por fuera. En ese café, donde me pediste que contara tu historia en una de mis novelas, me hiciste uno de los regalos más hermosos de mi vida. Gracias.

A Estefanía no solo tengo que agradecerle que me prestara su personalidad para crear uno de los personajes que más he disfrutado. Sus anotaciones y correcciones fueron decisivas para que este libro tomara el camino correcto. Gracias, amiga.

En esta ocasión, he tenido la suerte de contar con cinco lectores cero que me han hecho reír a carcajadas con sus ocurrencias y sugerencias. Cinco adolescentes que me pusieron los pies en la tierra más de una vez. Gracias a Francis, Yeray, José, Alejandro y Ana. Sin vuestra ayuda, no hubiera sido posible.

Y como siempre, tengo que agradecer a mi padre, a Mari Carmen, a Marta G. Navarro y a Rafa la paciencia de ir leyendo capítulo tras capítulo.

No puedo olvidarme de agradecer a mis amigos del #claustrovirtual el apoyo que siempre me dais. Sois el mejor centro de recursos de este mundo. Os quiero.

Y también a todo el equipo de Penguin Random House, que hace posible que tengas en tus manos este libro. Tener detrás un equipo de correctores, de diseñadores y a mi editora Ana María Caballero hace que siempre camine segura. Gracias por todo vuestro trabajo.

Por último, agradecerte a ti, lector, que hayas llegado hasta aquí. Gracias por escogerme y leer hasta la última de mis palabras. Sin ti, nada sería posible.